S.od

Madame Tout-le-monde

DE LA MÊME AUTEURE

Saga Madame Tout-le-monde

Tome I: *Cap-aux-Brumes*. Montréal, Hurtubise, 2011.

Juliette Thibault

Madame Tout-le-monde

tome 2

Jardins de givre

Roman historique

Hurtubise

Catalogage avant publication de Bibliothèque et Archives nationales du Québec et Bibliothèque et Archives Canada

Thibault, Juliette, 1945-

Madame Tout-le-monde : roman historique

L'ouvrage complet comprendra 5 v.

Sommaire : t. 1. Cap-aux-Brumes – t. 2. Jardins de givre.

ISBN 978-2-89647-507-0 (v. 1)

ISBN 978-2-89647-988-7 (v. 2)

I. Titre. II. Titre : Cap-aux-Brumes. III. Titre : Jardins de givre.

PS8639.H515M32 2011   C843'.6   C2011-941257-8
PS9639.H515M32 2011

Les Éditions Hurtubise bénéficient du soutien financier des institutions suivantes pour leurs activités d'édition :

– Conseil des Arts du Canada ;
– Gouvernement du Canada par l'entremise du Fonds du livre du Canada (FLC) ;
– Société de développement des entreprises culturelles du Québec (SODEC) ;
– Gouvernement du Québec par l'entremise du programme de crédit d'impôt pour l'édition de livres.

Conception graphique : René St-Amand
Illustration de la couverture : Sybiline
Maquette intérieure et mise en pages : Andréa Joseph [pagexpress@videotron.ca]

Copyright © 2012, Éditions Hurtubise inc.
ISBN 978-2-89647-988-7 (version imprimée)
ISBN 978-2-89647-990-0 (version numérique PDF)
ISBN 978-2-89647-989-4 (version numérique ePub)

Dépôt légal : 3e trimestre 2012
Bibliothèque et Archives nationales du Québec
Bibliothèque et Archives Canada

Diffusion-distribution au Canada :   Diffusion-distribution en Europe :
Distribution HMH   Librairie du Québec/DNM
1815, avenue De Lorimier   30, rue Gay-Lussac
Montréal (Québec) H2K 3W6   75005 Paris FRANCE
www.distributionhmh.com   www.librairieduquebec.fr

Imprimé au Canada
www.editionshurtubise.com

Personnages principaux

Benjamin: époux de Rachel Dumas et fils de l'épicier de Cap-aux-Brumes

Briand, Julien: correspondant d'Anne-Marie Dumont

Dumas, Adrien: fils de Marie et Guillaume, marin vivant aux États-Unis

Dumas, Aurélien: fils de Georges et Lydia, petit-fils de Marie

Dumas, Bérangère: fille de Georges et Lydia, petite-fille de Marie

Dumas, Cécile: fille de Marie et Guillaume vivant aux États-Unis

Dumas, Félix: fils de Georges et Lydia, petit-fils de Marie

Dumas, Georges: fils de Marie et Guillaume

Dumas, Guillaume: époux de Marie, ancien capitaine de goélette

Dumas, Irène: fille de Marie et Guillaume vivant aux États-Unis

Dumas, Lorraine: fille de Georges et Lucette, petite-fille de Marie

Dumas, Lucette: deuxième épouse de Georges

Dumas, Lydia: épouse de Georges

Dumas, Marie: née Lemieux, épouse de Guillaume

Dumas, Rachel: fille de Marie et Guillaume, épouse de Benjamin

Dumont, Anne-Marie: fille de Théo et Marie-Reine, petite-fille de Marie

Dumont, Clémence: fille de Théo et Marie-Reine, petite-fille de Marie

Dumont, Étienne: fils de Théo et Marie-Reine, petit-fils de Marie

Dumont, Germain: fils de Théo et Marie-Reine, petit-fils de Marie

Dumont, Gisèle: fille de Théo et Marie-Reine, petite-fille de Marie

Dumont, Jérôme: fils de Théo et Marie-Reine, petit-fils de Marie

Dumont, Marguerite: fille de Théo et Marie-Reine, petite-fille de Marie

Dumont, Marie-Reine: née Dumas, fille de Marie et Guillaume, épouse de Théo

Dumont, Théo: époux de Marie-Reine Dumas, gendre de Marie

Dumont, Victor: fils de Théo et Marie-Reine, petit-fils de Marie

Fontaine, Alma: voisine et amie de Marie-Reine Dumont, Val-des-Castors

Fontaine, Estelle: fille de Ludger et Alma, voisine et amie d'Anne-Marie Dumont

Fontaine, Ludger: voisin et ami de Théo Dumont, Val-des-Castors

Fontaine, Zoé: fille de Ludger et Alma, voisins des Dumont, Val-des-Castors

Fortier, Achille: charretier à Cap-aux-Brumes, beau-père de Théo Dumont

Jolicœur, Bertrand: voisin de Marie Dumas, béguin d'Anne-Marie Dumont

Joncas, Léonie: deuxième épouse de Paul-Émile Joncas

Joncas, Paul-Émile: beau-frère de Marie, marchand général de Cap-aux-Brumes

Lacasse, Agnès: fille de Mathilde Tremblay, petite-fille de madame Dondon, épouse de Bertrand Jolicœur

Lacasse, Mathilde: née Tremblay, fille de madame Dondon

Lavertu, monsieur et madame: bureau de poste du rang des Cailles, Val-des-Castors

Lepage, Julien: correspondant d'Estelle Fontaine

Santerre, Noémie: maîtresse d'école du rang des Cailles, Val-des-Castors

Soucy, Adeline: épouse d'Honoré, voisine des Dumont, Val-des-Castors

Soucy, Honoré: voisin des Dumont, Val-des-Castors

Soucy, Octave: deuxième fils d'Honoré et Adeline

Soucy, Odilon: troisième fils d'Honoré et Adeline, déserteur

Soucy, Ovide: fils aîné d'Honoré et Adeline

Tremblay, madame: surnommée madame Dondon, potineuse de Cap-aux-Brumes

Vaillancourt, Elphège: propriétaire du magasin général de Val-des-Castors

À la douce mémoire de celui à qui je destinais cette saga,
mon petit-fils,
Jérémy Karim
et
avec toute ma tendresse,
à son demi-frère,
Gabriel

1

Cap-aux-Brumes, février 1929

Les murs de la chambre de Marie-Reine ondulent sous l'éclairage vacillant de la lampe à pétrole dont Marie a raccourci la mèche pour la nuit. Les lueurs de la flamme atténuée cabriolent comme des feux follets capricieux, alternant en ombres menaçantes et lueurs fuyantes. Hypnotisée par la réverbération sinueuse du chiche éclairage, Marie se transporte à Boston. Guillaume a-t-il reçu son télégramme ? Comment l'accueillera-t-elle ? Il viendra, elle n'en doute pas. Ne serait-ce que par amour pour sa fille.

La respiration laborieuse de Marie-Reine s'évapore en sifflements et râles. Marie humecte les lèvres, caresse le visage souffrant de sa fille et abreuve son mouchoir de larmes amères. Avant de quitter Guillaume, elle a voulu punir son époux infidèle en lui laissant une note mensongère. Mais son subterfuge s'est retourné contre elle. Comment aurait-elle pu imaginer que Marie-Reine était vraiment malade quand elle écrivait qu'elle avait eu des rêves prémonitoires à ce sujet ? Dans sa folie vengeresse, elle a oublié que chaque geste que l'on fait porte à conséquence.

S'estimant responsable de la maladie de sa fille, Marie se sent incapable de lui survivre. Porter le poids de sa faute durant d'interminables années s'avère au-dessus de ses forces. Le soir de son arrivée à Cap-aux-Brumes, après s'être confessée au curé venu administrer le sacrement des mourants à Marie-Reine, elle s'était raccrochée à l'espoir qu'il avait fait naître en elle. «Allons, madame Dumas, avait-il dit, gardez la foi, votre fille va guérir.» Il lui avait parlé du sacrifice de Théo, qui avait renoncé au tabac pour la guérison de sa femme, et lui avait demandé de faire venir Guillaume. «C'est un geste d'humilité et de pardon que je vous demande d'accomplir dans la foi, pour votre propre bien», avait-il ajouté pour vaincre ses réticences. Comme elle a été insensée de le croire! Depuis l'envoi du télégramme, Marie-Reine ne cesse de dépérir.

Dans un sursaut de remords, Marie marchande avec le ciel. «Dieu tout-puissant, prenez ma vie en échange de celle de Marie-Reine. Ma fille n'est pas coupable, il n'est pas juste que ce soit elle qui paie à ma place», se lamente-t-elle. Elle promet même à la Vierge ce qu'elle s'était refusé à envisager jusqu'à présent. «Sainte Marie, je vous promets de reprendre la vie commune avec Guillaume si vous épargnez ma fille.» «Et de lui pardonner», suggère une voix intérieure aussitôt chassée par le souvenir de Guillaume embrassant cette catin devant le bureau de poste de Boston. «Et d'*essayer* de lui pardonner, corrige Marie. Que Dieu me vienne en aide!

«Oui, que Dieu me vienne en aide», répète-t-elle quand le blizzard d'émotions revient troubler son esprit. Sa colère se ravive sous l'aiguillon de la jalousie. «Guillaume a piétiné mon amour, trahi son serment de fidélité. Comment pourrai-je seulement le regarder sans avoir envie de vomir? Malgré mes bonnes résolutions, j'aurai plutôt envie de le griffer. "Rivière écumante n'est pas ruisseau tranquille", disait maman, et je suis une rivière en colère dont la digue a cédé, emportée par la débâcle.»

La malade entrouvre les yeux et remue les lèvres sans qu'aucun son n'en sorte. Marie se penche sur sa fille.

— Papa, balbutie Marie-Reine, le souffle haletant.

Ce mot broie les entrailles de Marie. Que Marie-Reine, à l'article de la mort, évoque ainsi son père lui fait mesurer l'importance qu'il a pour ses enfants.

— Il va bientôt être là, dit-elle pour rassurer sa fille.

Marie-Reine ferme les yeux, le visage apaisé. « Doux Jésus, prie Marie intérieurement, faites qu'il arrive avant qu'il soit trop tard. »

Elle a l'impression que le temps est suspendu depuis que Théo a décroché le balancier de l'horloge pour l'empêcher de sonner. Son gendre veille à ce que rien ne vienne troubler le repos de sa femme. Le front soucieux, il répète inlassablement : « Il faut tout faire pour qu'elle guérisse. »

Bien que Marie reste auprès de sa fille la nuit, Théo somnole sur l'une des causeuses du salon, toujours prêt à intervenir. Sa mère et lui se relaient dans la journée. Léonie vient s'occuper des enfants de Marie-Reine, qu'elle considère comme sa propre nièce. L'ancienne bonne de Marie et sa « presque-belle-sœur » – comme elle la surnomme depuis son mariage avec Paul-Émile, le veuf de sa défunte sœur – a toujours continué de veiller sur la progéniture de Marie.

***

Marie s'éveille au son des pleurs de Jérôme. Le fils cadet de Marie-Reine est un véritable tourbillon, ses mauvais coups se succèdent plus vite que Léonie n'arrive à réparer les dégâts. Marie met sa robe de chambre et descend l'escalier en vitesse. À la cuisine, Léonie balaie les tessons de verre qui jonchent le plancher et Théo tient fermement dans ses bras le garçonnet de deux ans qui se débat et hurle à pleins poumons.

— Tais-toi, ta mère est malade, essaie-t-il de le raisonner.

Mais l'enfant continue de gesticuler et de crier. À bout de patience, Théo gifle son fils qui, de surprise, s'arrête net, puis recommence à hurler. Le père énervé plaque sa main sur la bouche de son rejeton afin d'atténuer ses cris. Peine perdue, Jérôme s'égosille et se démène de plus belle.

— Viens trouver grand-maman, dit Marie en tendant les mains vers l'enfant.

Le petit bonhomme en larmes se réfugie dans ses bras et appuie sa tête sur l'épaule indulgente, comme s'il pouvait y déverser toute la misère qui s'abat sur lui depuis la maladie de sa maman.

— Chut! Chut! dit doucement Marie en lui caressant le dos.

Elle se retire dans la chambre de l'enfant et ferme la porte pour étouffer le bruit de ses pleurs. À force de lui murmurer des paroles de réconfort, Jérôme se calme et finit par s'endormir sur son épaule. Marie le couche et revient à la cuisine.

Assis à la table, Théo boit une tasse de thé, la tête appuyée sur la main gauche, l'air abattu. De grands cernes noirs dénotent son épuisement et l'une de ses paupières est secouée de tics nerveux.

— Tu devrais aller t'étendre un peu, lui suggère-t-elle.

— Je peux pas dormir, répond-il, l'air malheureux.

Marie pose une main sur l'épaule de son gendre.

— Tu es à bout, Théo, dit-elle d'un ton las. As-tu envie de tomber malade toi aussi? Sois raisonnable et va t'allonger en haut, dans le lit d'Anne-Marie. Je te réveillerai à l'heure du souper.

La mine défaite, les épaules affaissées, Théo se lève et se traîne jusqu'à l'escalier. Marie entend ses pieds lourds escalader les marches. Le plafond de la cuisine craque. Le sommier du lit d'Anne-Marie crisse quand le malheureux s'y effondre.

Marie regarde pensivement sa petite-fille. La fillette, au tempérament primesautier, vient d'avoir six ans. La maladie de sa mère a changé sa personnalité du tout au tout. Debout, devant sa grand-mère, Anne-Marie est pâle et triste. Marie ouvre ses bras encore capables de dispenser de la tendresse en dépit des malheurs qui l'accablent et la fillette vient s'y réfugier.

— Est-ce que maman va guérir ? demande-t-elle d'une toute petite voix.

Soucieuse de maintenir le moral de chacun, Marie se sent néanmoins incapable de mentir à sa petite-fille.

— Nous faisons de notre mieux pour la soigner, répond-elle d'une voix posée.

Par sa présence aimante, Marie sème l'espoir à son insu. Elle ressemble à la jardinière qui, en enlevant une à une les mauvaises herbes, permet à son potager de croître harmonieusement. Pourtant, la maraîchère demeure effrayée par les divers dangers qui peuvent anéantir ses efforts, mais elle garde ses craintes pour elle et les semis s'en portent bien.

⌁

Avec une infinie douceur, Théo fait glisser quelques gouttes de bouillon de poulet entre les lèvres de la malade qui garde les yeux à demi fermés. Dès qu'elle sent le liquide sur sa langue, Marie-Reine avale et s'étouffe. Avec patience, il lui demande d'attendre qu'il ait fini de verser la cuillerée avant de l'ingurgiter et il lui donne de nouveau un peu de liquide nourrissant.

— Avale, murmure-t-il.

Marie-Reine absorbe la petite quantité avec effort. Théo recommence et un peu de bouillon coule sur le menton de la malade. Il essuie l'écoulement, puis corrige le mouvement malhabile de sa main faite pour les gros travaux. Marie-Reine s'applique à respecter la consigne et le consommé gargouille en se traçant un chemin jusqu'à son estomac.

— C'est ça, dit Théo d'un ton encourageant. On commence à l'avoir.

Mais Marie-Reine serre les lèvres et lève faiblement la main quand il lui présente une autre cuillerée.

— Dors maintenant, chuchote-t-il.

Théo quitte la chaise placée près du lit de sa femme et fait signe à Marie de le suivre. Arrivé à la cuisine, il dépose le bol et l'ustensile sur le comptoir et se tourne vers sa belle-mère, le visage rayonnant.

— Elle prend du mieux!

La confiance qu'il affiche est loin de persuader Marie. Elle veut bien admettre que sa fille émerge lentement de la demi-conscience dans laquelle elle était plongée, mais de là à dire que son état s'améliore, il y a un écart qu'elle se refuse à combler trop vite. Par le passé, elle a déjà vu des améliorations plus marquées être suivies de rechutes fatales et elle demeure pessimiste. Sa fille n'est plus qu'une copie rachitique de la nymphe rêveuse qui faisait le désespoir des soupirants qu'elle éconduisait sans malice.

— Quelqu'un vient, dit Théo en s'étirant le cou à la fenêtre au-dessus de l'évier.

À l'extérieur, un cheval s'ébroue et l'on entend le crissement des pas sur la neige. À la porte de la cuisine apparaît Achille Fortier, le beau-père de Théo, le bonnet de poil enfoncé jusqu'aux yeux. Derrière lui, Marie aperçoit Guillaume. Comme un dément, son cœur se déchaîne et tambourine jusqu'à ses tempes. Incapable de faire un geste, elle voudrait disparaître. Son esprit tourne à vide, ne sachant quel comportement adopter en présence de témoins.

Guillaume, l'air grave, donne une poignée de main à son gendre. Marie voit sa pomme d'Adam se soulever quand il s'avance vers elle, signe chez lui d'un chagrin souverain. Il l'emprisonne dans ses bras et leurs larmes se mêlent quand leurs joues se touchent. Le corps renégat de Marie s'abandonne à la vigueur de Guillaume et ses deux mains enlacent instinctivement le cou de son homme.

— Elle te demande, réussit-elle à articuler à travers les sanglots qui l'étouffent.

Guillaume renforce son étreinte et pleure sans retenue, le nez enfoui dans le cou de sa douce. Bourrelée de remords, pétrie d'angoisse et mortifiée par sa passion dévorante, Marie se sent vaincue. Elle n'a plus la force de se dépêtrer de ses contradictions.

***

Au chevet de son aînée, Guillaume se sent l'âme à vif. La maladie de Marie-Reine lui apparaît comme une punition pour ses fredaines. Il a cherché à noyer son sentiment d'inutilité dans l'alcool. En vain. La douleur revenant sans cesse, il devait augmenter sa consommation pour l'engourdir de nouveau. De même, il s'est jeté à corps perdu dans le poker pour compenser la banalité des jours sans péril qui s'accumulaient dans une platitude désolante. Il y a perdu une bonne somme d'argent.

Grâce à son frère Edward, son initiation à la bourse l'a stimulé dans les premiers temps, mais il s'est vite lassé des fluctuations économiques. Les profits et pertes étaient dépourvus de vie. Ce n'était qu'un autre passe-temps pour tromper son désœuvrement. Il avait donc décidé de retirer ses billes de ce stupide jeu qui ne l'amusait plus.

Guillaume, qui n'avait jamais fait confiance à aucune institution financière, avait été obligé de transiger avec une banque pour miser à la bourse. Après la vente de ses actions, il avait dû patienter quelques jours pour retirer son argent et fermer son compte. En attendant, Edward avait proposé de célébrer leur bonne fortune. C'était une belle victoire pour ces parieurs impénitents. Les deux frères avaient gagné de quoi être à l'abri du besoin pour le reste de leurs jours.

Une fois de plus, Guillaume s'était égaré dans les brumes de l'alcool. Émergeant de sa soûlerie, la bouche pâteuse, il était dégoûté de lui-même. En quittant New York, il s'était juré de faire oublier à Marie toutes ses incartades. Il avait les poches bourrées d'argent et il entendait la gâter comme elle le méritait.

En rentrant chez lui, le logis était froid, la penderie vide. Sa douce s'était lassée de ses frasques. Son message n'était qu'un simulacre pour sauvegarder les apparences, il le comprenait et s'accablait de reproches. Ne sachant que faire, il avait passé la nuit à pleurer et ses mains tremblaient en raison de son brusque sevrage. Le lendemain, le télégramme alarmant de Marie l'avait tout d'abord confondu. Puis, l'angoisse avait enserré sa poitrine comme un étau.

Guillaume effleure du dos de la main la joue de Marie-Reine. Elle ouvre les yeux et son visage irradie de bonheur. Sa main décharnée s'agrippe à la sienne. En observant les doigts émaciés de sa fille autour de sa main robuste, Guillaume se souvient avec émoi du petit doigt qui avait un jour enserré le sien. Dès sa naissance, son aînée s'était accrochée à lui. Aujourd'hui encore, elle se cramponne, comme si elle avait besoin de lui pour s'en sortir. Guillaume en est ébranlé, mais s'efforce de sourire pour rassurer la malade. Le père et la fille n'ont pas besoin de paroles pour se comprendre. D'instinct, ils savent ce que l'autre ressent, leurs esprits se devinent et Guillaume tient à lui insuffler de sa force.

— Je vous aime tant, murmure Marie-Reine.

L'amour de sa fille le réconforte et lui rend un semblant de dignité. Si Marie l'avait regardé de la même manière à son arrivée, Guillaume se serait senti lavé de toute souillure.

— Ma chère enfant, chuchote-t-il en emprisonnant la main desséchée dans les siennes.

La malade ferme les yeux et Guillaume sent s'alourdir le bras frêle qu'il couche délicatement sur la couverture.

— Il faut la laisser dormir, murmure Théo. Je vais veiller sur elle. Allez vous reposer.

⁂

Guillaume tourne sans bruit la poignée de porte de leur ancienne chambre, celle qu'ils ont partagée jusqu'à leur départ pour les États-Unis, où Edward lui avait fait miroiter des possibilités d'avenir pour lui et les membres de sa famille. Guillaume s'était laissé tenter, car son goût de l'aventure ne l'avait pas quitté malgré la maladie qui avait mis fin à sa carrière de navigateur. Le naufrage de sa goélette le remuait encore et *La Cigale* revenait régulièrement hanter ses rêves.

Marie est étendue sur leur lit, le visage caché par son avant-bras. Elle a gardé tous ses vêtements. Le message est clair : « Pas touche, bonhomme ! » Bien sûr, il ne s'était pas attendu à ce qu'elle lui saute dans les bras, mais la vue de ce corps cuirassé lui gratouille l'espérance.

Il enlève son veston et le range sur le dossier de la chaise placée à la tête du lit, puis s'étend tout habillé près de Marie. Sa douce le fuit au moment où il aurait le plus besoin de sa chaleur. Même si elle ne l'a pas habitué à refréner son impétuosité, elle peut parfois se montrer plus farouche qu'une daine. Guillaume sait que l'amour ne se commande pas, il vient à vous librement et c'est le plus merveilleux des cadeaux que la vie peut offrir. Son erreur a été de croire que cet amour lui était acquis pour toujours.

Dans cette chambre qui a abrité leur bonheur, il se remémore leurs nuits passionnées. «Pour repartir à neuf, c'est le décor qui convient», se dit-il, déterminé à reconquérir sa femme. «Et Marie-Reine reprend du mieux, selon Théo», se dit-il encore pour soutenir son moral défaillant. Peu à peu, la respiration régulière de Marie l'apaise.

Voguant à la surface du rêve, le ciel se dégage, les voiles claquent au vent, la mer reflète la joie du soleil… Bercé par la houle et entortillé dans les câbles, Guillaume se sent en sécurité. Il baigne dans une chaleur délectable.

Il ouvre les yeux, Marie s'est pelotonnée contre lui durant son sommeil. Sa jambe repose sur les siennes et l'un de ses bras entoure sa taille. Un rayon de lune satine ses longs cheveux défaits. Il n'ose bouger de crainte que s'envole ce bonheur ineffable.

⟞⟝

Depuis quelques jours, Marie-Reine revient tout doucement à la vie. Avec l'aide de son mari, elle réapprend à marcher. L'effort la fatigue vite et elle se recouche après quelques pas chancelants, s'adossant à sa pile d'oreillers de plumes qu'elle retrouve avec bonheur. Aujourd'hui, son sourire heureux fait place à une mine pitoyable que Théo s'explique mal puisqu'elle a pu bavarder avec ses parents, confortablement installée dans la chaise berçante de la cuisine. Allongé près d'elle, il lui demande tout bas :

— À quoi tu penses ?

— Je vous donne bien du trouble, se blâme-t-elle. En plus, t'as dû faire un gros sacrifice. À cause de moi, tu te prives de tabac.

— Arrête de dire des affaires de même, Marie-Reine.

— Je sais comment t'aimais fumer, mon Théo.

Il l'entoure de son bras vigoureux.

— Ben, je t'aime encore plus que le tabac, murmure-t-il en déposant un doux baiser sur sa joue. Je pourrais pas vivre sans toi, ma femme.

— Je t'aime, moi aussi, Théo, sois-en certain. Mais vu que j'ai jamais eu une grosse santé, ça me coûtait de me marier. Je me suis fiée à monsieur le curé qui m'a dit que c'est moi qui enterrerais toute ma famille. Mais, comme c'est là, j'ai de la misère à me tenir sur mes deux jambes.

La tristesse de Marie-Reine fait peine à voir.

— Ça va revenir, t'en fais pas, la rassure-t-il en lui caressant la joue.

Théo l'observe, la tête appuyée sur son bras replié.

— Pourquoi tu m'as jamais dit que t'avais un frère jumeau? demande-t-il.

— Parce que…

Marie-Reine hésite, elle remonte les couvertures pour se couvrir jusqu'au cou. Pendant qu'elle se berçait à la cuisine, Marie et Guillaume ont parlé pour la première fois devant Théo de la disparition de Nicolas.

— Parce que quoi? insiste Théo.

— Parce que je n'aime pas en parler.

— Même à moi, ton mari?

— Oui, avoue-t-elle après un moment de silence.

Théo pose sa grosse main sur celle de Marie-Reine.

— Parle, j'ai besoin de savoir. On ne doit pas se faire de cachette quand on est mariés.

Marie-Reine hésite, l'air malheureux, puis pousse un profond soupir avant de confier ce qui la ronge depuis tout ce temps.

— On n'a jamais su ce qui est arrivé à mon frère.

Elle regarde le plafond, avale une goulée de chagrin et poursuit d'un ton las :

— C'est ça le plus dur, toujours se poser des questions. J'étais malade quand c'est arrivé, je n'ai pas pu le chercher. J'ai eu beau prier le petit Jésus, il ne m'a pas entendue. Tu ne peux pas savoir comme je m'en veux. J'aurais dû être près de mon frère pour le protéger.

— T'avais juste quatre ans et t'étais malade. C'est pas ta faute.

— Mon frère me manquait et j'avais du mal à dormir la nuit, reprend Marie-Reine. Il m'arrivait d'entendre maman pleurer quand elle nous croyait endormis.

De grosses larmes glissent silencieusement sur son visage défait.

— Je rêve encore souvent à Nicolas, confesse-t-elle dans un murmure. Je rêve que je le retrouve et que papa et maman sont heureux de...

Sa voix s'ébrèche. Théo enlace les épaules de sa femme et Marie-Reine décharge son trop-plein de larmes, évacuant un peu du sentiment de culpabilité qui ne l'a pas quittée depuis l'âge de quatre ans. La présence aimante de son époux la réconforte et elle finit par s'endormir après avoir pleuré et hoqueté ses remords stériles.

Au matin, Marie-Reine s'éveille dans les bras de son Théo qui lui fait une grimace comique. Ses yeux bleu clair pétillent de malice. Elle s'esclaffe et lui pince le nez. Comme un gamin espiègle, il fait mine de lui mordre la main.

— Grand fou ! dit-elle dans un nouvel éclat de rire.

— T'es pas très polie, dit-il en faisant semblant d'être vexé. Me traiter de fou! Je vais le dire à ton père.

Marie-Reine le bécote en riant. Elle a du mal à garder son sérieux avec ce mari toujours prêt à jouer des tours et à plaisanter. Auprès de Théo, sa mélancolie s'éloigne comme la brume chassée par un vent opportun. Elle affiche de moins en moins le regard absent qui l'isolait des autres avant son mariage.

Malgré la bonne humeur de son mari, des accès de tristesse reviennent parfois assombrir son doux visage quand le souvenir de son petit Laurent revient la tarauder. En dépit des protestations de Théo, qui maintient que ce serait quand même arrivé si elle était restée à la maison, elle se reproche de l'avoir laissé aux soins de sa belle-mère pour aller se promener chez ses parents aux États-Unis. Marie-Reine endure des assauts de culpabilité à répétition comme d'autres souffrent d'eczéma.

◆

Après une suite de jours où le soleil a chauffé la couenne des hivernants, leur faisant croire à un printemps hâtif, la neige furibonde surgit à l'improviste. Charriées par le vent du nordet, les rafales de neige tourbillonnante présagent trois jours de mauvais temps. Avant de céder la place au printemps, l'hiver tempête et le mois de mars met rudement à l'épreuve le moral des habitants de ce coin de pays.

Théo chausse ses raquettes pour enjamber les lames de neige qui se sont formées au cours de la nuit. Tant que durera la tourmente, il ne servirait à rien d'essayer de déblayer la route. Enfants privés d'école, vieillards fragiles et ménagères vigilantes se cantonnent près du poêle qu'on surchauffe pour lutter contre l'effet du vent qui fouette et réfrigère tout ce qui entrave son passage.

En signe de reconnaissance envers son employeur qui lui a permis de rester auprès de sa femme durant sa maladie, Théo ne ménage pas ses efforts afin de rattraper le temps perdu. Pour lui éviter de revenir dîner à la maison dans ce blizzard, Marie lui a préparé un casse-croûte. Théo rabat et attache les oreilles de son casque doublé de feutre.

Enveloppée dans sa robe de chambre, Marie-Reine lui noue un large foulard de laine autour du cou.

— Cache-toi bien le nez, lui recommande-t-elle en lui faisant la bise.

— Ne t'inquiète pas pour moi et va te recoucher, parvient-il à dire à travers son bâillon de laine, avant de s'engouffrer dans la poudrerie.

Le médecin a prescrit à Marie-Reine trois mois de repos complet. Depuis trois semaines, elle récupère lentement et chaque jour voit s'accroître son appétit. Ses mains s'enrobent, son teint se colore, ses yeux s'illuminent, son sourire renaît. Dorlotée par son mari et ses parents, Marie-Reine se remmaille à la vie. «Elle revient de loin», claironne le Dr Gaucher, ébahi de la guérison inespérée de sa patiente.

De la fenêtre du salon, Marie-Reine regarde Théo enjamber les monticules neigeux. Sa boîte à lunch noire qui se balance à son bras tranche sur la blancheur qui le cerne et s'attache à ses habits. Au bout d'à peine quelques pas, Théo disparaît derrière l'épais rideau de flocons et Marie-Reine revient se chauffer à la cuisine.

À la table, Anne-Marie écrit sur une feuille de papier. Sa grand-mère vient de lui montrer à écrire la première lettre de l'alphabet. La fillette s'applique à reproduire de beaux A. Insatisfaite du résultat, elle efface et recommence.

À l'évier, Marie lave la vaisselle du déjeuner et Guillaume l'essuie. En voyant sa mère, Jérôme lui tend les bras pour se faire bercer. Le bambin laisse aller sa tête contre le sein maternel. Le poêle à bois bourdonne et une latte du plancher de bois ronchonne à chaque balancement de la chaise. La joue appuyée sur la tête de son fiston, Marie-Reine chante une comptine d'une voix douce, les deux bras croisés autour de l'enfant. La chansonnette finie, son fils ne réagit pas alors qu'elle s'attendait à ce qu'il en redemande.

— Jérôme s'est endormi! s'étonne-t-elle.

— Il a l'air d'un ange, murmure Marie en l'observant.

La petite tornade, une fois calmée, a l'air si sage que Marie-Reine se plaît à regarder son fils dormir. Revenue à la vie, elle se repaît des petits bonheurs quotidiens.

— Je vais aller le coucher, chuchote Guillaume après avoir mis à sécher le linge à vaisselle sur la corde suspendue derrière le poêle.

Il soulève son petit-fils avec précaution. La tête posée sur l'épaule de son grand-père, le garçonnet continue de sommeiller. Guillaume va l'étendre dans la chambre réservée au petit dernier, celle qui donne sur la cuisine.

— On dirait qu'il est moins turbulent depuis que tu le berces, fait observer Marie.

— C'est un enfant nerveux. Il lui faut beaucoup de calme et de sommeil.

— Parlant de repos, pourquoi tu n'irais pas te coucher? Il n'y a rien à faire aujourd'hui, profites-en donc, suggère Marie.

— Je vais aller m'étendre une heure, concède Marie-Reine.

Elle s'arrête près d'Anne-Marie et lui caresse les cheveux, jetant un coup d'œil à sa feuille d'exercice.

— C'est très bien, dit-elle.

La fillette relève la tête et rosit de plaisir. Le petit Jésus a écouté ses prières et sa maman est en train de guérir, son grand-père lui donne une pièce de 5 cents quand elle aide sa grand-maman qui, elle, la traite comme une grande fille. La joie s'invite de nouveau dans la maisonnée et la vie apparaît chargée de promesses.

— Tu ne fumes pas? questionne Marie après le départ de Marie-Reine.

— Pas dans la maison, répond Guillaume.

— Pourquoi? Tu as toujours aimé ça une bonne pipée après le déjeuner.

— C'est pour donner une chance à Théo. Il m'a dit que l'odeur du tabac lui donne le goût de fumer.

Guillaume sourit, Marie a enfin remarqué qu'il se prive de sa pipée. Il ne boit plus non plus, mais elle n'en fait pas mention. Marie s'assoit près d'Anne-Marie et se concentre sur le travail de la fillette. Malgré l'empressement dont fait preuve Guillaume, sa douce maintient une distance polie entre eux.

Prudemment, Guillaume progresse légèrement vers sa femme, comme lors des accalmies sur le fleuve quand seul l'effet des courants faisait avancer sa goélette. En marin avisé, il évite de naviguer contre le courant qui le ferait culer. Il se met à la cape et patiente. Sa mauvaise conscience l'aide à supporter sans se rebiffer la froideur de Marie.

Leur vie commune se déroule au ralenti, chacun des conjoints n'osant pas entamer les discussions qui pourraient dissiper leurs malentendus, comme un bon vent chasse les nuages. Si Guillaume avait pratiqué la navigation au moteur diesel que les capitaines commencent à adopter en remplacement des anciennes goélettes, il opterait peut-être pour une autre tactique. Mais, en homme de son temps, il endure les contretemps avec patience.

Depuis que sa douce le tient à distance, il l'observe davantage et Marie lui semble à la fois pareille et différente : toujours déterminée mais plus réservée, gaie et active mais plus secrète. Et cette femme à l'abord difficile réussit encore à le tenir sous son charme. À quoi cela tient-il ? Il ne saurait le dire.

Chaque fois qu'il s'éveille avant elle, sa douce, en robe de nuit, s'est lovée contre lui. Et Guillaume s'efforce de se réveiller plus tôt pour profiter de cet abandon inconscient qui le fait palpiter. Quand il la sent sortir du sommeil, il fait mine de dormir.

⁂

Depuis le rétablissement de Marie-Reine, Marie fait la sieste après le dîner. La tension nerveuse l'épuise. Elle va s'allonger dans le lit étroit d'Anne-Marie afin de signifier à Guillaume qu'elle n'est pas prête à se donner à lui. Elle redoute la nuit, où elle doit s'étendre près de lui afin de ne pas éveiller les soupçons de ses proches. Elle va se coucher le plus tard possible, mais elle a beau s'endormir au bord du lit, au matin, elle se rend compte qu'elle s'est réfugiée dans les bras de Guillaume au cours de ses rêves, car ses nuits sont peuplées de lui et de sa tendresse.

Marie s'irrite d'être assoiffée de caresses. Elle a l'impression que plus elle essaie de mater son désir, plus il devient lancinant. Si elle n'avait vu de ses propres yeux Guillaume embrasser une autre femme, elle aurait moins de mal à se laisser aller. Mais quand elle vient près de faiblir, l'image revient la faire frémir et Marie doit se retenir pour ne pas lui crier son dégoût et sa peine. Elle s'en veut de continuer à l'aimer car, dans le secret de son cœur, elle ne peut se cacher que son ressentiment est dû à l'amour qu'elle continue d'éprouver pour son grand moustachu.

Les premières nuits où ils devaient dormir côte à côte, Marie redoutait que Guillaume se mette à la caresser. S'imaginer qu'elle pourrait succomber lâchement la révoltait. Mais le temps passant sans qu'il n'exprime la moindre appétence, elle commence à se questionner. « Il n'éprouve plus de désir pour moi, il ne m'aime plus », en vient-elle à conclure. Elle en éprouve alors tant de dépit qu'elle songe à l'aguicher discrètement pour se refuser ensuite. Mais la pensée qu'il pourrait la laisser en plan lui fait renoncer à sa stratégie revancharde. Rien ne serait pire pour sa fierté que le rejet de Guillaume.

« Pourquoi m'entoure-t-il de ses bras, la nuit ? », se questionne-t-elle pourtant. Chaque matin, au réveil, son époux la tient enlacée. « Bah ! La force de l'habitude, sans doute. On est devenu un vieux couple », songe-t-elle, maussade.

À la dérobée, elle jette un coup d'œil à Guillaume assis dans la chaise berçante. Ses yeux bleus sont posés sur elle et ils expriment tant d'amour que le ventre de Marie frémit de désir. Comme les aimants s'attirent, elle n'arrive plus à se détacher des yeux de son vieil amant rivés sur elle.

— Grand-maman, grand-maman, répète Anne-Marie en lui secouant le bras. Vous tremblez. Êtes-vous malade ?

— Grand-maman est fatiguée, répond Guillaume. Elle ne dort pas bien quand il vente.

— Je n'ai pas eu connaissance du vent, se défend Marie.

— Tu as fait des mauvais rêves et tu t'es débattu une partie de la nuit en gémissant.

L'aveu de Guillaume la fait frissonner davantage. Il veille sur ses nuits agitées et l'enlace donc délibérément. Son cœur s'emballe, Guillaume la désire encore et elle ne sait si elle doit s'en réjouir ou s'en affliger.

— Attends-moi, dit-il en se levant, tu as besoin d'un petit remontant.

Marie reste assise, incapable de bouger. Elle a l'impression que ses nerfs tendus viennent de céder, comme une montre s'arrête net quand son ressort casse.

Guillaume revient et verse un peu de brandy dans un demi-verre de lait.

— Bois ça. Ça va te réchauffer.

Marie tient le verre de ses deux mains tremblotantes et l'avale d'un trait. Le lait agréablement parfumé la réchauffe et atténue l'agitation trouble qu'elle ressent. Guillaume rebouche la bouteille de brandy et va la ranger dans sa cachette.

— Tu n'en prends pas ? dit-elle, lorsqu'il revient à la cuisine.

— Non...

Debout devant elle, il la regarde dans les yeux. Marie le sent hésitant. Elle voudrait le féliciter, l'encourager à persévérer, mais la présence d'Anne-Marie l'empêche de parler. Il est hors de question que leur petite-fille découvre les problèmes de boisson de son grand-père.

— C'est bien, se borne-t-elle à dire.

Guillaume esquisse un demi-sourire.

— Je vais aller pelleter la galerie, dit-il. J'en profiterai pour fumer.

— Habille-toi chaudement, l'exhorte Marie.

Elle l'entend s'habiller et se chausser. La porte grince quand il l'ouvre et un courant d'air froid s'engouffre dans la demeure.

— On devrait aller faire un somme, propose-t-elle à Anne-Marie.

La fillette range son crayon et son cahier. Depuis le retour de sa grand-mère à Cap-aux-Brumes, Anne-Marie la suit pas à pas. Marie se reconnaît dans cette enfant qui semble avoir hérité de plusieurs traits de son caractère. La petite est vive et curieuse comme une belette. Dès que Marie peut lui consacrer du temps, la fillette ne cesse de lui poser des questions à tout propos.

— Est-ce que je peux coucher avec vous dans votre chambre? s'enquiert-elle, les yeux brillants.

Marie s'empresse d'acquiescer, heureuse que sa petite-fille la protège de ses élans malavisés pour Guillaume.

— Vous allez retourner aux États-Unis? questionne Anne-Marie aussitôt allongée près de sa grand-mère.

— Pas tout de suite. Ta maman n'est pas complètement remise de sa maladie, elle a encore besoin d'aide.

La question oblige cependant Marie à réfléchir à son avenir. Les autres ne manqueront pas de la lui poser un jour ou l'autre. Jusqu'à présent, son histoire de rêves prémonitoires a fait le tour du village grâce à la diligence de madame Tremblay. Sa prescience a épaté plus d'une commère. Quant aux mauvaises langues, toujours empressées, elles ont dû ravaler leurs sarcasmes quand Guillaume est venu la rejoindre. Seul le curé pourrait émettre des doutes quant aux dons divinatoires de sa paroissienne s'il n'était lié par le secret de la confession.

— Je veux vous garder toujours avec moi, dit Anne-Marie en lui prenant le bras.

— Moi aussi, j'aimerais rester ici.

La fillette se love contre sa grand-mère.

— Mais c'est à ton grand-père de décider, ajoute-t-elle.

Marie espère que sa petite-fille ira plaider sa cause auprès de lui et que Guillaume renoncera à retourner vivre à Boston. La vie pourrait s'écouler paisiblement au jour le jour sans qu'elle ait à se justifier à quiconque. La pensée d'avoir à suivre son époux au Massachusetts la désespère.

Revoir les lieux de son forfait est le pire supplice qu'elle puisse imaginer. «Bonne Sainte Vierge, implore-t-elle, faites que je reste ici.»

Marie s'éveille alors qu'Anne-Marie est assise par terre et fouille dans la penderie.

— Qu'est-ce que tu fais? dit-elle, la voix chargée de reproches.

Marie a horreur qu'on fouine dans ses affaires et la curiosité de sa petite-fille l'agace. Elle se retient à grand-peine de la sermonner comme elle le mériterait.

— J'essaie de trouver des A dans le journal, déclare piteusement la fillette.

— De quel journal parles-tu? s'enquiert Marie en s'assoyant sur le bord du lit.

La fillette se lève, rougissante. Fixant le plancher, elle remet à sa grand-mère *La Presse*, puis s'enfuit de la chambre en courant.

Marie jette un coup d'œil au journal et se rappelle qu'elle avait décidé de le conserver afin de montrer les spéciaux à Marie-Reine. Comme sa fille était au plus mal à son arrivée, elle avait rangé le plus gros de ses bagages et n'avait plus repensé aux annonces du journal. Elle se souvient de l'homme qui avait abandonné sur une table de la gare de Montréal les deux quotidiens qu'il venait de lire. Il ressemblait tant à Guillaume que le cœur de Marie s'était stupidement emballé jusqu'à ce qu'elle réalise sa méprise.

Une fois la surprise passée, elle s'était demandé où allait cet homme alors qu'elle aurait plutôt dû se questionner sur sa provenance, songe-t-elle, assommée par cette subite prise de conscience. «Si cet individu était à la gare en même temps que moi, c'est qu'il avait voyagé par le train. Fort probablement par celui venant de Boston.»

En partant de la maison, Guillaume lui avait dit qu'il allait à New York avec Edward. Marie s'interroge. Si son époux lui a dit la vérité, il ne pouvait être à Boston. «C'est peut-être son sosie que j'ai vu sortir de l'hôtel, en face du bureau de poste, raisonne-t-elle. Et le hasard, ou le destin, m'a permis de le croiser à Montréal.»

Marie se reproche de ne pas avoir envisagé cette possibilité après avoir aperçu le double de Guillaume. Se sentir trahie l'a aveuglée au point de lui faire perdre tout discernement. «Heureusement que je me suis retenue et que je ne l'ai pas abreuvé d'injures, se dit-elle, mortifiée. Merci, mon Dieu, de m'avoir éclairée. Je vous rends grâce pour votre infinie miséricorde.» Elle se sent soudain transportée d'aise.

Excitée par sa trouvaille, elle dégringole l'escalier en s'écriant d'un ton guilleret:

— Marie-Reine, je t'ai rapporté un journal de Montréal. Il est rempli d'annonces de toutes sortes.

Elle dépose le quotidien sur la table et commence à le feuilleter.

— Regarde ces publicités idiotes.

Dans le journal, le beurre pasteurisé de la Nouvelle-Zélande est offert à 43 cents. On le dit «frais de pâtures vertes».

— Veux-tu bien me dire quelle peut être la fraîcheur d'un produit qui a dû voyager par bateau sur un parcours d'une durée de plusieurs semaines? raille Marie.

— On dirait qu'ils prennent les clients pour des idiots, rétorque Marie-Reine. Comme si on ne savait pas que la Nouvelle-Zélande est à l'autre bout du monde.

— Et regarde celle-là, reprend Marie en pouffant d'un rire nerveux.

L'annonce offre des œufs canadiens frais pondus, de marque bande bleue – pour bébés et invalides – à 47 cents au lieu de 65 cents. Marie-Reine s'esclaffe à son tour.

— Et maintenant, jette un coup d'œil au "Courrier de Colette".

Une lectrice veut connaître un truc pour se débarrasser des fourmis: la courriériste lui conseille la térébenthine. Une dame pose une question concernant l'étiquette, d'autres s'informent de choses connues de toutes les femmes.

— Tiens, celle-là est encore plus sotte, pouffe Marie en pointant la question du doigt.

La dame demande si elle peut porter un chapeau rouge à des funérailles. Comme il fallait s'y attendre, Colette lui suggère de porter quelque chose de moins voyant.

— Je ne peux pas croire que des femmes dépensent un timbre pour de pareilles sornettes, dit Marie-Reine. C'est un vrai scandale.

Marie tourne les pages avec frénésie, sa main est agitée de spasmes.

— Ça ne va pas? s'inquiète Marie-Reine.

~♉

La pièce où Marie est allongée baigne dans la noirceur. Nul bruit ne lui parvient à l'exception du hurlement du vent, mais elle se sent à l'abri et l'âme en paix. Enfoncée dans un matelas de plumes, elle repose bien au chaud sous un amas de couvertures. Seule l'envie d'uriner lui commande de se lever. « Où suis-je? », s'interroge-t-elle. Quand elle essaie de bouger, elle a l'impression de peser une tonne tant ses membres sont lourds. Elle s'extirpe péniblement de son cocon protecteur et s'assoit sur le bord du lit, essayant de se rappeler ce qui a précédé ce sommeil de plomb.

Un souvenir surgit : une plume, douce comme du duvet de canard, a effleuré ses lèvres. « C'était aussi exquis qu'un tendre baiser de Guillaume », songe-t-elle, alanguie. C'était Guillaume, croit-elle se rappeler. Elle nageait en plein brouillard et l'image est confuse. Il lui semble qu'elle avait froid, si froid qu'elle grelottait.

Dehors, le vent s'acharne et elle a l'impression que la maison tremble. Elle n'a jamais ressenti autant la fureur du blizzard qu'à Cap-aux-Brumes. Elle se souvient des nuits d'angoisse passées à se soucier du sort de Guillaume menacé par la gueule béante des vagues déchaînées.

Durant son exil aux États-Unis, sa maison s'est convertie à l'eau courante et à l'électricité. Elle pose le pied sur le plancher froid et tire la cordelette qui pend du plafond pour allumer la lumière. Mais la pièce reste plongée dans l'obscurité et Marie ne retrouve plus ses anciens repères.

Dans le noir, elle se dirige vers le bruit des rafales sur la vitre. Elle entrouvre les rideaux, mais n'entend que les flocons furibonds s'agglutiner sur les carreaux. La pièce conserve son opacité. Marie se souvient que la porte de la chambre est sur la droite et s'y rend à pas hésitants, les deux bras tendus devant elle. Le bout de ses doigts heurte un mur qu'elle palpe jusqu'à ce qu'elle mette la main sur la poignée de porte.

Elle descend l'escalier à l'aveuglette et avance à pas prudents vers le cabinet de toilette dont elle ferme la porte. Là encore, la noirceur la dépayse. L'ancien baril de bois a fait place à une baignoire de porcelaine et la chaise percée a été remplacée par des toilettes modernes. Quand elle percute la cuvette, Marie s'y assoit et ressent un soulagement proche de l'extase. Elle se lève ensuite et s'éloigne prudemment pour tirer la longue chaîne qui actionne la chasse d'eau, car Marie craint chaque fois que la boîte en bois fixée au-dessus de la cuvette ne lui déverse sur la tête son contenu d'eau glacée. Elle cherche à tâtons le lavabo, se rince les mains à l'eau froide. Toujours à tâtons, elle déniche la serviette et s'essuie soigneusement, laissant à ses plus récents souvenirs le temps de ressurgir.

Depuis le début de la tempête, il n'y a plus d'électricité et Théo a sorti les lampes à pétrole que Marie-Reine range sur la tablette du haut de l'armoire. Marie a oublié la sienne sur leur table de nuit. Comment s'en étonner? Fortement ébranlée, hier, par le journal venu chambouler ses certitudes, elle s'est couchée tôt. Guillaume l'a forcée à avaler une nouvelle dose curative de brandy avant de la conduire à son lit.

Le poêle à bois s'est éteint durant la nuit, tout comme l'excitation de la découverte de la veille fait maintenant place au doute. La jalousie est un poison visqueux qui englue sa victime. «Je me suis emballée trop vite, se reproche-t-elle à présent. Je l'ai pourtant vu de mes yeux vu. J'étais même si certaine que j'aurais été prête à le jurer sur la Sainte Bible.» Et pourtant… Comme une litanie, elle reprend sans fin: «Doux Jésus! Comment savoir si l'homme sortant de l'hôtel de Boston était Guillaume ou son sosie? Sur quoi se fier si nos yeux nous induisent en erreur?»

Frissonnante, elle refait le chemin inverse vers leur chambre, guidée par ses mains et ses pieds qui explorent les jalons du parcours à suivre.

Au petit matin, elle s'éveille pour constater que la place de Guillaume est vide. La lampe à pétrole n'est plus sur la table de chevet. D'un bond, Marie saute du lit.

Seul à la cuisine, son époux se berce sans bruit. Le poêle à bois pétille.

— J'ai fait cuire du gruau, dit-il tout bas à Marie.

— Ça sent bon, chuchote-t-elle.

— Viens t'asseoir.

Il lui cède sa chaise berçante, près du poêle. Marie s'y laisse tomber, se sentant aussi molle qu'une chiffe. Habituée à avoir de l'énergie à revendre, elle ne comprend pas ce qui lui arrive.

— Quelle heure est-il ? s'inquiète-t-elle.

Guillaume sort sa montre de poche.

— Six heures moins dix.

— Je vais aller m'habiller.

Déjà debout, il lui met une main sur l'épaule pour l'inviter à rester assise.

— Ne bouge pas, je vais aller chercher ta robe de chambre.

Elle veut s'opposer, mais Guillaume est déjà parti. Il revient et l'aide à endosser le chaud vêtement. Marie referme les pans l'un sur l'autre, noue la ceinture en tremblotant et se rassoit en prenant appui sur les accoudoirs de la chaise. Guillaume repart vers le salon et en revient avec la bouteille de brandy. Il lui prépare la même médecine que la veille.

— Ça va te faire du bien, dit-il.

Marie boit lentement le verre de lait additionné de brandy. À la première gorgée, elle ressent un peu de nausée, mais d'une lampée à l'autre, la mixture lui semble moins amère et elle commence à réchauffer son corps transi.

— As-tu faim ? demande Guillaume.

Marie a honte de se sentir si lasse.

— Non, le sommeil nourrit.

— Il faut que tu manges si tu veux reprendre des forces. Tu vas goûter à mon gruau et me dire s'il est bon.

Son estomac gargouille, car elle n'a presque rien pu manger la veille au souper et l'odeur est appétissante. Après avoir généreusement saupoudré son gruau de cassonade, Marie constate dès la première cuillerée que le goût va de pair avec l'arôme.

— Il est cuit juste à point, dit-elle.

Flottant dans sa longue robe de nuit, Anne-Marie trottine jusqu'à la table et s'assoit à la gauche de sa grand-mère, appuyant sa tête contre le bras de son aïeule. Marie entoure les épaules de sa petite-fille et Guillaume sort un bol de l'armoire.

— Goûte le gruau de grand-papa, dit-il fièrement.

De la porte entrouverte de sa chambre, Jérôme pointe son nez et les observe d'un air canaille. Le garçonnet rit et crie quand son grand-père l'attrape et le fait tournoyer dans les airs. Marie-Reine et Théo arrivent à leur tour et toute la famille se réunit autour de la table.

— C'est vous qui avez fait ce gruau, papa? s'étonne Marie-Reine. Il est meilleur que le mien.

Marie se surprend à penser qu'après trente ans de mariage, son époux redevient celui qu'elle a connu et aimé. Elle ne l'a pas vu boire depuis son retour, bien qu'on ne manque pas de brandy à la maison. «Il avait sans doute besoin de revenir à Cap-aux-Brumes pour se retrouver», songe-t-elle, heureuse.

— Je vais m'habiller, décide Marie-Reine, après avoir rincé son bol.

— Moi aussi. Ensuite je vais commencer la boulange, affirme Marie. On va manger du bon pain frais ce soir. On fera un pouding au pain avec le reste de la dernière fournée.

❦

Avril voit fondre les bancs de neige. Cette année, parce que le soleil refuse de coopérer en se cachant derrière un écran d'épais nuages, dame Nature se sert du vent et de la pluie pour déloger l'hiver. Les jours gris et tristes assombrissent le moral des habitants exténués par la froidure et le manque de soleil. La neige noircit, la rue est parsemée de crottin de cheval, les fenêtres sont sales, les perrons boueux, tout est d'une malpropreté repoussante.

Néanmoins, la santé de Marie-Reine se fortifie. Grâce aux attentions des siens, elle s'épanouit comme une rose placée à l'abri du vent. Par contre, l'état de Marie reste chancelant. Chaque matin, elle prend son verre de brandy. Après le déjeuner, elle met son tablier avec entrain, mais au dîner la lassitude l'abat et elle doit se coucher tous les après-midi.

Guillaume la dorlote comme une enfant malade et, en un sens, elle est malade, même si son mal n'a pas de nom. Marie n'a d'autres symptômes qu'une immense fatigue. Elle s'étiole comme une plante trop longtemps privée d'eau. Guillaume se sent coupable du mal qui la frappe. Après ses écarts de conduite, la maladie de Marie-Reine a fait éclater le dernier bastion qui protégeait sa douce.

Ce matin, après lui avoir administré sa dose matinale de remontant, il retourne au salon ranger la bouteille de brandy. La pluie morne qui cravache les carreaux le désespère. Si le soleil se pointait, il emmènerait sa douce se promener sur la grève. Il lui tiendrait le bras pour la soutenir et cela l'aiderait à maintenir sa détermination de ne plus boire. Confiné à la maison, Guillaume a peur de flancher.

S'il pouvait s'évader quelques heures et jaser avec les marins qui s'activent dans le havre, il y puiserait quelque réconfort. À travers les vitres maculées, il observe les flots agités et le souvenir de Ti-Toine, soûl, vient lui rappeler la laideur de l'ivrognerie. «Tu vas tenir le coup, bonhomme», se morigène-t-il en revenant à la cuisine.

— As-tu promis de ne plus boire pour la guérison de Marie-Reine? s'informe Marie en le voyant apparaître.

Stimulé par le synchronisme de leurs pensées, Guillaume décide qu'il est temps de reconnaître ses torts. Il y a trop longtemps qu'il traîne ses remords comme un boulet.

— Non, je l'avais décidé juste avant de revenir à Boston. Je te demande pardon, Marie. J'ai bu comme un trou et j'ai honte de moi. Même si tu ne m'as jamais fait de reproches, je sais que je t'ai fait de la peine et c'est ce qui me fait le plus mal.

Sa voix chevrote et il doit prendre un moment pour se ressaisir avant de poursuivre.

— Quand je suis revenu de New York et que j'ai vu la garde-robe et les tiroirs vides, j'ai su que tu étais partie pour longtemps, ma douce.

Il la fixe dans les yeux. Elle penche la tête, mal à l'aise.

— Tu dis que tu étais allé à New York ? demande-t-elle d'une voix à peine audible.

— Oui, avec Edward. On a vendu toutes nos actions en bourse et on a fait beaucoup d'argent.

— À New York ? répète-t-elle en relevant la tête.

— Oui, c'est là qu'est la bourse.

— Tu veux dire que durant toute ton absence, tu étais à New York ?

Elle fronce les sourcils d'un air de doute.

— Oui. Ça a pris plus de temps que je pensais. Il a fallu attendre des transferts d'argent pour fermer mon compte à la banque.

— Toi, tu avais un compte à la banque ? dit-elle, les yeux dilatés par l'étonnement.

Guillaume rit, se souvenant combien il a rouspété dans le passé contre les banquiers qu'il traitait de voleurs.

— C'est un mal nécessaire quand on veut investir à la bourse.

Il observe Marie qui reste prostrée. Il donnerait sa fortune pour connaître ses pensées à ce moment précis. Les traits de sa douce expriment tour à tour tant de sentiments contradictoires. Puis elle exhale un long soupir et ses épaules se relâchent.

Le soleil de la fin d'avril ranime la mère et la fille, coiffées d'un chignon soigneusement retenu par un filet de mailles. Marie a revêtu son tablier blanc et elle pétrit la pâte à pain pendant que Marie-Reine sort du four une tôle pleine de galettes à la mélasse dont l'odeur sucrée aromatise la cuisine.

À la demande de Marie, Guillaume est allé voir le vieux Nazaire afin de lui acheter une chaudière de *clams*. Chaque printemps, le pêcheur creuse la grève pour ramasser les coquillages qui y sont enfouis. Guillaume raffole de la chaudrée de palourdes que Marie a appris à cuisiner au Massachusetts et il ne s'est pas fait prier pour aller en chercher.

À table, Anne-Marie s'ingénie à écrire la dernière lettre de l'alphabet que lui a apprise sa grand-mère. La petite futée est rendue au H et sa calligraphie est excellente. Les lettres sont bien formées et d'égale hauteur. Elle travaille de façon appliquée, se tordant parfois la bouche sous l'effort de concentration requis par l'exercice.

— J'espère que Nazaire Truchon a encore des *clams*, dit Marie-Reine en déposant les galettes cuites dans un grand plat de service. Sinon, on devra attendre jusqu'à l'an prochain pour en manger.

Comme Marie s'y attendait, Anne-Marie relève la tête.

— Pourquoi ? lance la fillette.

— Parce qu'après le mois d'avril on ne peut pas en manger sans danger, répond Marie-Reine.

— Pourquoi ?

— Parce qu'en dehors des mois sans R, on risque de s'empoisonner si on mange des *clams* ou n'importe quel coquillage, explique sa mère.

La fillette grimace et plisse le front.

— Ça veut dire quoi : les mois sans air ? Ça respire pas. les mois, dit-elle, le bec pincé, croyant qu'on se moque d'elle.

— Les mois de mai, juin, juillet et août ne contiennent pas la lettre R, l'instruit Marie, qui se retient de rire pour ne pas offenser sa petite-fille.

La fillette hausse les épaules et fait la moue pour montrer que la nouvelle explication n'est guère plus éclairante.

— Tu vas comprendre tout ça dans quelques mois, quand tu auras appris toutes les lettres de l'alphabet, ajoute sa grand-mère.

— J'ai donc hâte d'être grande, soupire Anne-Marie.

⟿

Un gros bouquet de lilas agrémente la table de la cuisine. Les minuscules fleurs mauves exhalent un parfum suave. Marie-Reine, pleine d'allant, prépare un ragoût de pattes de cochon pour le souper. C'est l'un des plats favoris de Théo. Il faut le voir écraser ses patates dans la sauce brune épaissie avec de la farine grillée et désosser les morceaux de viande du ragoût, puis se délecter de la moelle des os. Comme il est le seul à priser la substance jugée rebutante par les autres, chacun détourne la tête quand il s'en régale.

Aujourd'hui marque leur septième anniversaire de mariage. Marie-Reine lui a tricoté une paire de chaussettes pour commémorer leur anniversaire de laine. Elle porte à son cou un ruban de velours noir où pend le petit cœur de bois qu'il lui a offert pour leur cinquième anniversaire de mariage. Les cadeaux qu'ils se font sont simples et peu coûteux. La plupart du temps, ils les fabriquent de leurs propres mains et ces présents ont, de ce fait, une grande valeur sentimentale.

Après le dessert, Théo et Marie-Reine échangent leurs modestes présents et Jérôme, la petite peste, s'empare des bas tout neufs de son père et les enfile comme des mitaines. Théo l'assoit sur lui et s'amuse à lui enlever les chaussettes au fur et à mesure que l'enfant s'en recouvre les bras. Marie-Reine porte à son poignet gauche le bracelet de laine, cadeau de Théo. Elle se doute qu'il est l'œuvre de sa belle-mère : une jolie boutonnière permet d'attacher le bracelet à un bouton de bois en forme de cœur, semblable à celui de sa parure de cou.

Marie lave la vaisselle et Guillaume, qui l'essuie, en profite pour la frôler en douce quand les regards sont tournés ailleurs. Marie lui fait de gros yeux pour l'inciter à plus de retenue, mais leur brillance contredit le blâme et le fripon continue son manège jusqu'à ce que sa douce, par jeu, l'asperge de gouttelettes d'eau savonneuse. Il pare le coup en brandissant le linge à vaisselle et attire ainsi l'attention des enfants, intrigués par les enfantillages de leurs grands-parents.

⁓

— Qu'est-ce que tu dirais, ma douce, qu'on aille voir nos enfants aux États ?

Contrairement à ce qu'elle appréhendait, le retour à Boston ne fait plus peur à Marie. Son Guillaume ne boit plus et il se montre plus amoureux que jamais.

— Ce serait une bonne idée. On ne les a pas vus depuis longtemps.

— Si tu es d'accord, on rapporterait notre ménage et on s'installerait ici pour finir nos vieux jours.

D'abord sans voix, Marie le regarde, la bouche ouverte.

— Je dirais que c'est bien dur de transplanter un vieil arbre, dit-elle, les yeux étincelants. C'est ici que j'ai mes racines et nos petits-enfants sont adorables. Oh, Guillaume ! J'en serais si heureuse. Mais tes poumons ?

— Ils se porteront pas plus mal à Cap-aux-Brumes si je fais attention.

— Qu'est-ce que tu dirais qu'on demande à Théo et Marie-Reine de rester avec nous autres pour de bon ? La maison est bien assez grande.

— Nos idées se rencontrent.

∼ᑅᕽᐁ

À bord du train qui la ramène à Boston, Marie observe le paysage verdoyant qui défile pendant que Guillaume ronfle doucement, la tête appuyée sur son épaule. Le même conducteur qui l'avait frôlée de manière suspecte à l'aller l'ignore totalement aujourd'hui. Il a poinçonné leurs tickets sans sourire et sans commentaires, comme si elle était invisible.

Marie espère revoir son fils Adrien, parti en mer la plupart du temps, comme son père autrefois. Adrien vient d'avoir vingt-deux ans et on ne lui connaît pas de petite amie. La réputation des marins bourlingueurs décourage plus d'une jeune fille de s'enticher d'un beau matelot qui, fût-il sérieux et honnête, la laissera seule durant de longs mois avec une trâlée de marmots ; sans compter que les femmes de marin deviennent trop souvent de jeunes veuves. Adrien écrit de temps en temps. Postées de lointains ports étrangers, ses courtes missives mettent des semaines à leur parvenir.

Des onze enfants que Marie et Guillaume ont mis au monde, il ne leur en reste que six. Leur nichée s'est dispersée au gré de leurs migrations. Marie-Reine, Georges et Rachel résident à Cap-aux-Brumes, les trois plus jeunes se sont établis aux États-Unis. Quatre reposent en terre, près du fleuve qui les a vus naître. En dépit de recherches intensives, ils n'ont jamais retrouvé leur fils aîné, Nicolas.

Marie récite son chapelet pour le repos des âmes de ses chers disparus et demande instamment à la Vierge de l'éclairer sur le sort de Nicolas dont elle espère encore le retour, vingt-cinq ans après sa mystérieuse disparition.

Arrivés à la gare de Boston, Guillaume descend devant elle et l'aide à franchir la dernière marche. Marie se cramponne à son bras, fière de l'allure de son grand moustachu qui a retrouvé sa prestance d'autrefois. Elle a hâte que leurs filles le voient, frais et pimpant dans son complet anthracite, celui qu'il s'est fait confectionner sur mesure pour le mariage de leur fils Georges et qu'il n'a porté ensuite que pour les noces de sa fille Irène avec Peter, jeune Américain de vieille souche, et celles de sa petite dernière, Cécile, avec son beau Patrick, fougueux Irlandais contestataire.

2

Le soleil scintille sur les flots argentés du fleuve qui s'étale à l'infini. Armé d'une petite pelle, Jérôme scrute les coquillages qui jonchent la plage de sable gris. Le petit seau, que tient Anne-Marie, est déjà à moitié rempli de ces trésors inestimables dont raffolent les enfants, petits et grands. Un adolescent boutonneux cherche des pierres qu'il s'amuse à faire ricocher sur le sommet des vaguelettes de la marée montante. Le dernier caillou lancé, un peu trop lourd, s'enfonce dans l'eau en émettant un plouc sonore des plus humiliants pour la fierté du jeune efflanqué. Marie-Reine s'empresse d'imiter bruyamment le lancer maladroit, ce qui ravive l'enthousiasme du jeune homme qui fait une nouvelle tentative couronnée de quatre bonds impeccables.

— Comment fais-tu, Bertrand ? lui demande Marie-Reine. Je n'ai jamais réussi à en faire plus de deux.

Le jeune voisin, fier de lui, entreprend de lui enseigner l'art du lancer de pierres plates dont la grève regorge.

— Regardez, il faut d'abord choisir un caillou assez plat aux bords arrondis. Ensuite on se penche et on lance en droite ligne, au ras de la crête des vagues.

Connaissant bien le sport local pratiqué de tout temps par les jeunes et moins jeunes au cours de leurs promenades sur la grève, Marie-Reine fait exprès de lancer trop haut.

— Penchez-vous un peu plus.

Pour mieux se faire comprendre, il fait une nouvelle démonstration au ralenti en expliquant l'importance des angles et de la position que le corps doit adopter pour maîtriser la technique. Cette fois, Marie-Reine décide d'encourager son jeune professeur et réussit un lancer à deux ricochets.

— Vous commencez à l'avoir, dit-il.

Le mouvement n'a pas échappé à Jérôme qui accourt et commence à lancer n'importe comment des cailloux à l'eau.

— Il aurait besoin d'un bon professeur ! dit Marie-Reine en riant.

Le jeune Bertrand essaie patiemment d'initier le bambin. Visiblement moins doué que sa mère, Jérôme n'arrive qu'à lancer un peu plus loin son caillou qui émet un gros plouf en disparaissant dans l'onde. Marie-Reine acclame chacun de ses progrès par des cris amusés et l'enfant court sur ses petites jambes, pressé de recommencer ses tentatives malhabiles. L'obligeant Bertrand, se rappelant sans doute ses propres débuts, n'hésite pas à féliciter son jeune élève et, pour leur plaire, le petit bout d'homme dépense jusqu'à sa dernière goutte d'énergie. Au milieu de l'après-midi, Bertrand doit le porter sur ses épaules pour le ramener.

En chemin, Marie-Reine voit venir Mathilde Lacasse, portant le dernier de ses petits morveux à cheval sur sa hanche. La fille de madame Tremblay, l'ancien bourreau de Marie-Reine du temps où elle allait à l'école, s'est mariée précocement au début de la guerre pour éviter à son grand dadais d'amoureux d'être enrôlé. Le gredin s'est appliqué à lui faire une ribambelle d'enfants sans penser qu'il faut travailler pour faire vivre une famille décemment. À l'image de leurs parents, les deux aînés ont abandonné l'école très jeunes et vivotent de petites jobines ou plutôt de petites combines, car personne ne veut les embaucher.

— Oh, non! dit-elle à mi-voix.

— Qu'est-ce que vous dites? questionne Bertrand.

— Rien, répond Marie-Reine, à l'approche de la souillon.

La robe froissée, les cheveux en bataille, Mathilde se traîne les savates sur le trottoir de bois. Ses yeux de belette balaient sans répit les alentours. «C'est bien le seul indice qu'elle possède un peu de vitalité», songe mesquinement Marie-Reine au moment de la croiser. Elle lui adresse un discret signe de la tête en guise de bonjour et se tourne vers Bertrand, espérant échapper à l'abordage de la fouine. Peine perdue, l'autre lui saisit le bras au moment où Marie-Reine commençait à remercier le ciel de l'en avoir délivrée.

— T'as ben l'air pressé, la chicane Mathilde. Le feu est-y pris chez vous?

— Il faut que j'aille coucher Jérôme, se justifie Marie-Reine en se dégageant de la poigne de sa tortionnaire.

Juché sur les épaules de Bertrand, le petit bonhomme dodeline de la tête et menace de tomber. Marie-Reine le fait glisser de son perchoir et l'appuie contre son épaule. Mathilde bougonne dans son dos quand Marie-Reine se détourne et continue son chemin.

— Maudite pimbêche, l'entend-elle marmonner.

«Maudite souillon», a envie de répliquer Marie-Reine qui se retient à grand-peine.

— Ma mère est pas capable de la sentir, celle-là, murmure Bertrand entre ses dents.

Après avoir couché Jérôme, Marie-Reine offre à son jeune voisin des galettes et un verre de lait. Assise en face de Bertrand, Anne-Marie grignote la sienne. Elle jette des coups d'œil extasiés au jeune homme. Inconscient du trouble qu'il vient de semer dans le cœur d'une petite fille bien trop jeune pour attirer son attention, l'adolescent complimente Marie-Reine pour ses galettes qui disparaissent dans son estomac avec la même virtuosité qu'il met à lancer des cailloux à fleur d'eau.

La fournée de galettes ayant connu une durée de vie éphémère, Marie-Reine doit rallumer le poêle à bois afin de cuisiner un dessert pour le souper de son mari quand le jeune Bertrand retourne chez lui.

Dans la bienfaisante fraîcheur du soir, après une journée suffocante, Théo et Marie-Reine se bercent sur la galerie. Les enfants se sont endormis rapidement : l'air salin du large arrive à vaincre les nerfs les plus tendus.

— Ça me fatigue sans bon sens d'entendre nos nouveaux locataires inventer un autre malheur chaque mois pour expliquer leur retard à payer leur loyer, se plaint Marie-Reine.

— Moi aussi, je suis tanné de leurs menteries. La bonne femme est une vraie souillon. J'ai jamais vu du monde aussi cochon.

— Ils vont finir par abîmer notre maison. Avoir su ce qu'on sait aujourd'hui, on aurait pu la vendre quand mes parents sont partis s'installer aux États. Astheure, c'est un peu tard, j'en ai peur.

— Il est jamais trop tard pour bien faire, dit sentencieusement Théo. Avec cet argent-là, on pourrait clairer ce qu'on doit au docteur.

— Fais à ton idée, Théo. Tu prends toujours des sages décisions.

Marie-Reine se garde bien de montrer trop d'enthousiasme. Depuis que ses parents leur ont proposé d'habiter en permanence avec eux, elle se creuse la tête pour amener son mari à vendre leur maisonnette, près du moulin à scie, tout en ménageant son amour propre. Étant plus instruite, Théo lui a confié la gestion de leurs finances, mais Marie-Reine s'efforce de lui donner l'impression que c'est lui qui décide de tout. Quand elle n'est pas sûre qu'il conduira l'affaire de manière avantageuse, comme ce soir, elle mentionne, mine de rien, le prix à demander et vérifie ses intentions par des questions qui ont le mérite de ne pas le faire tomber du piédestal sur lequel elle l'a placé.

La semaine suivante, Théo annonce à Marie-Reine qu'un de ses collègues souhaite acheter leur maison. Comme il a l'argent pour la payer comptant, les deux hommes ont pris rendez-vous chez le notaire pour signer l'acte de vente.

— On passe chez le notaire au début de la semaine prochaine.

— As-tu averti nos locataires ? s'informe-t-elle.

— J'attends d'avoir signé le contrat chez le notaire. Après j'irai leur présenter le nouveau propriétaire. Ils s'arrangeront avec lui, ce sera plus mon problème.

— Je suis bien contente. Un souci de moins.

— Pis on aura assez d'argent pour en mettre de côté après avoir réglé le docteur pis t'avoir acheté un beau manteau de fourrure.

— Un manteau de fourrure ? s'étonne Marie-Reine. Ça coûte les yeux de la tête !

— Pourquoi se priver quand on a les moyens ? L'argent, faut que ça serve à quelque chose, après tout. Si t'es à la chaleur cet hiver, on paiera moins de docteur.

— Si tu penses que c'est mieux de même…

Marie-Reine se voit en train de faire admirer son manteau de fourrure à la chipie de Mathilde.

— Pourquoi tu souris ?

— La Mathilde va en placoter un coup.

— Laisse-la faire. Elle est jalouse de toi.

Marie-Reine jubile à l'idée de narguer la fainéante qui passe son temps à venir écornifler chez elle pour aller colporter ensuite dans le voisinage un tas de médisances.

— On nous dit d'aimer notre prochain, mais je te dis qu'il y a en qui sont plus difficiles à aimer que d'autres. Mathilde n'arrête pas de me picosser, se plaint-elle.

Chaque fois que ses bons sentiments arrivent à prendre le dessus et que Marie-Reine s'efforce d'être charitable, Mathilde l'asticote méchamment et ses vieilles blessures piquées au vif viennent anéantir sa bonne volonté.

— Elle est là pour te faire gagner ton ciel, plaisante Théo en lui faisant un clin d'œil coquin. Attends qu'elle voie ton manteau de fourrure. C'est elle qui va avoir besoin d'indulgences.

Théo, comme toujours, réussit à faire rire Marie-Reine qui oublie vite ses doléances. Pourquoi se plaindrait-elle alors qu'elle a un mari vaillant et attentionné ? Peu importe que le monde soit peuplé de Mathilde, du moment qu'elle a Théo dans sa vie, elle s'estimera toujours la plus chanceuse des femmes.

⁓ৎ

Une fine bruine se mélange aux flots gris. Au grand dam de Guillaume, aucun navire n'est en vue, le port est désert. La casquette dégoulinante, il revient vers le village, la mine renfrognée. Comme il n'a pas eu sa ration de jasette, il décide de s'arrêter au magasin général de son beau-frère. Chez Paul-Émile, un groupe d'hommes est rassemblé dans un coin. Comme d'habitude, les compères glosent entre eux.

— Le premier ministre est venu inaugurer la route de la Gaspésie l'année passée, radote le père Anthime. Ç'a dû coûter un bras au gouvernement, ça monsieur.

— C'est le gars des postes qui a dû être content, clame un vieux en exhalant la fumée de sa pipe. C'était pas drôle pour lui d'essayer de traverser les rivières, d'escalader les rochers, pis de redescendre les pentes à pic par tous les temps.

— Des fois, la marée haute l'obligeait à attendre ben des heures à grelotter, renchérit un autre. Sur le bord de la mer, y a rien pour s'abriter du vent du large. Quand y faisait un temps à pas mettre un chien dehors, le pauvre bougre souffrait le martyre. Pas question de rester chez lui les deux pieds sur la bavette du poêle, la malle doit être livrée, beau temps mauvais temps.

— En tout cas, moi, je m'en vas me promener à Gaspé la semaine prochaine, annonce le père Anthime, les deux pouces passés sous les bretelles de son pantalon.

Guillaume retient la répartie cinglante qui lui vient à l'esprit. Le vieil usurier du village aura beau jeu pour faire de nouvelles victimes : personne là-bas ne connaît son avarice et sa fourberie. Au comptoir, Paul-Émile écrit dans son livre de comptes.

— La route apporte la prospérité, pis les filous en profitent, marmonne Guillaume à son beau-frère.

— Au moins, on l'aura pas dans les jambes, chuchote Paul-Émile. Garde un œil sur lui, parce qu'il commence à avoir les doigts croches, le bonhomme.

— Il est rendu à voler ? s'étonne Guillaume.

— La caisse populaire lui a coupé les ailes. Y a plus personne au village qui fait affaire avec lui.

— Bien fait pour lui ! Il nous a assez exploités, le verrat !

Guillaume a encore sur le cœur le taux d'intérêt excessif qu'il a dû payer à l'usurier.

Septembre ajoute des touches de couleurs chaudes aux feuillus qui contrastent avec les résineux d'un beau vert foncé. Anne-Marie a commencé l'école au début du mois. Tous les jours, les religieuses font faire des exercices de calligraphie aux élèves de première année et la fillette s'applique à former les lettres que sa grand-mère lui a déjà apprises. Le soir, sa mère l'aide à faire ses devoirs et Théo s'assoit au coin de la table, attentif aux instructions que donne Marie-Reine à sa fille.

Quand la fillette monte se coucher, Marie s'aperçoit que Théo sort à son tour un cahier ligné et trace des lettres avec application. Il le montre ensuite à sa femme qui lui adresse un signe de tête approbateur et Marie comprend que Théo apprend à écrire en même temps que sa fille.

Marie-Reine confie le lendemain à sa mère que madame Dumont a trimé dur pour faire vivre les deux garçonnets après la mort de son mari. Comme beaucoup de jeunes garçons, son gendre n'a pas eu la chance de fréquenter l'école bien longtemps. Devenus orphelins, son frère et lui ont dû commencer à travailler en bas âge pour aider leur mère.

— Je suis fière de Théo. Il est maintenant capable de signer son nom et de lire les gros titres des journaux.

— Je ne me serais jamais doutée qu'il ne savait pas lire. Il a l'air si intéressé par le journal de ton père, le soir.

— Ça le gêne terriblement. Il a sa fierté, vous comprenez.

Marie n'a pas besoin d'autres explications. La fierté des hommes est l'une des premières choses qu'une femme apprend à ménager. Son gendre est travaillant, honnête et il prend bien soin de sa fille. Elle n'en demande pas davantage.

— Il n'a peut-être pas d'instruction, dit Marie, mais il a une belle éducation. C'est le plus important. On a beau être instruit, si on est mal élevé, on n'est guère apprécié.

À voir le visage rayonnant de sa fille, Marie comprend qu'elle est très entichée de son époux. Comme elle-même l'est de Guillaume. Et ce genre d'amour est tenace, il a beau vous broyer le cœur, vous ne pouvez y échapper. Il vous suit, il vous traque et vous rattrape quand vous croyez l'avoir semé.

L'air frais de l'automne incite les habitants de Cap-aux-Brumes à faire de longues marches sur le trottoir de bois du village. Leurs talons résonnent dans la pénombre du soir. Porté par la brise frisquette, le son de leur voix paraît amplifié. Les bouches volubiles boucanent comme les cheminées des maisons chauffées au bois, dont l'odeur se mêle à l'air salin du large.

Guillaume et sa douce se promènent sur le quai, s'arrêtant pour examiner les nouvelles goélettes munies d'un moteur diesel.

— Les fils du capitaine Murray ont réussi à le convaincre d'acheter un moteur de quarante-cinq forces. Ça lui coûte 4 500 piastres. Te rends-tu compte ? C'est plus cher que la valeur de sa goélette. Ils vont devoir la transformer durant l'hiver. Il faut la débarrasser de son mât arrière pour faire de la place pour la nouvelle cabine, au niveau du pont. Ils vont même être obligés de déplacer le gouvernail pour dégager un espace pour l'hélice et le moteur.

Marie l'écoute sans faire de commentaires.

— Si j'avais eu une belle cabine fermée pour me mettre à l'abri, je serais peut-être encore capable de naviguer.

— Et comment se porteraient tes poumons à charger et décharger la cale sous la pluie froide et le vent glacial ?

— Ouais... se borne à dire Guillaume.

Sans s'en rendre compte, il a adopté la réponse passe-partout de feu Ti-Toine. Réponse laconique et diplomatique qui lui laisse le temps de tourner sa langue sept fois avant de se mettre à argumenter. Il aimerait bien parler à Marie du treuil mécanique qui peut maintenant être installé sur le pont afin de faciliter la tâche des marins, mais à quoi bon ? Entraînant sa douce vers le village, il renonce à ses lubies de reprendre la mer, mais il reviendra demain jaser moteur avec les marins convertis à la mécanique. S'il avait eu la santé, il les aurait volontiers imités tant il a rêvé, la nuit avant de s'endormir, à tous les moyens imaginables qui pourraient améliorer la navigation, réduire les délais de livraison, accroître les profits.

～✐

Marie-Reine soulève le couvercle de la soupe au *barley*. Les grains d'orge gonflés remontent à la surface du potage qui bouillonne depuis le matin sur le rond arrière. À l'aide d'une grande cuillère trouée, elle extrait de la soupe le morceau de jarret de bœuf qui y a cuit lentement. Elle brasse soigneusement la chaudronnée entre chaque prélèvement afin de s'assurer qu'il ne reste aucun morceau de viande ou, pire, un bout de peau grasse qui lui soulève le cœur depuis qu'elle est toute petite. Sur le comptoir, elle détache de l'os les fibres de la viande et les débarrasse du gras, puis les coupe en menus morceaux et les remet dans le potage.

Accompagnée de pain, cette soupe assaisonnée d'herbes salées, d'oignons hachés et de poivre pourrait composer à elle seule le repas de midi tant elle est consistante. Les enfants et les femmes s'en contenteraient, mais les hommes ont plus d'appétit et Marie-Reine fait cuire des crêpes de sarrasin qu'ils arroseront de sirop d'érable. Elle découpe des tranches de porc froid à l'intention de Théo qui travaille fort et réclame de la viande.

Les vendredis, où il faut faire maigre pour répondre aux exigences de la religion catholique, elle prépare une riche soupe aux pois et fait dessaler de la morue ou du maquereau. Pour rassasier les gros appétits, elle prépare un dessert consistant.

Tous les matins, Guillaume sort se promener avec son petit-fils. Au retour, il lui demande de l'aider à monter du bois de la cave pour remplir la boîte près du poêle. Depuis qu'il a l'occasion de dépenser le trop-plein d'énergie dont l'a doté la nature, le garçonnet pense moins à faire des mauvais coups. L'attention que lui consacre son grand-père le remplit d'importance et il suit son aïeul comme une ombre fidèle tout en s'efforçant de l'imiter. Il y réussit si bien qu'il lui ressemble de plus en plus, et le grand-père espiègle doit se surveiller afin de toujours donner le bon exemple. Sinon, Marie-Reine le rappelle à l'ordre.

Marie aide sa fille en s'occupant du pain, du repassage, du petit entretien quotidien et de la vaisselle. Après le dîner, Jérôme et sa mère font la sieste. Marie-Reine se plaint souvent de maux de tête et elle affirme qu'un petit somme la soulage. Plus tard, la mère et la fille tricotent, reprisent, cousent ou tissent pendant que Guillaume s'en va causer avec les marins de passage.

Après le souper, Marie raconte à ses petits-enfants des histoires puisées dans ses souvenirs d'enfance ou dans le répertoire de son imagination, ce qui permet à Marie-Reine d'aller prendre l'air au bras de Théo. Parfois, c'est Guillaume qui leur raconte des épisodes de sa vie de marin et tous l'écoutent, subjugués par ses aventures. Au retour de leur mère, celle-ci va les coucher l'un après l'autre en prenant soin de leur faire réciter leurs prières et c'est alors au tour des grands-parents d'aller se promener.

Quelquefois, Paul-Émile et Léonie viennent jouer aux cartes. Quand Rachel et Benjamin peuvent faire garder leurs enfants par les grands-parents paternels, ils viennent faire un bout de veillée. Georges et sa Lydia ne sortent que le dimanche après-midi, car Georges travaille de longues heures tous les jours. Comme plombier, il est toujours appelé à gauche et à droite pour installer des sanitaires ou réparer un tuyau qui fuit.

Tous les dimanches après la grand-messe, Guillaume achète pour chacun de ses petits-enfants un petit sac de papier brun contenant des bonbons mélangés. Les jeunes mamans ont beau le gronder, le grand-père fait fi des avis à l'effet que les bonbons sont mauvais pour les dents des enfants.

～ｐ

Le train-train quotidien des Dumas-Dumont est parfois entrecoupé de visites imprévues : Mathilde et sa mère se spécialisent notamment dans les arrivées impromptues. Elles surgissent par tous les temps et Marie reprend son ancienne phrase d'accueil.

— Quel bon vent vous amène ? dit-elle à madame Dondon un vendredi après-midi.

Marie démontre aujourd'hui plus de patience envers la petite madame Tremblay dont elle a appris à apprécier le bras secourable lors de sa malencontreuse rencontre avec madame Docteur à la gare de Mont-Joli. Toutefois, cette dernière affiche maintenant moins de froideur lorsqu'elle rencontre Marie. « Les honoraires élevés encaissés par son mari pour soigner ma fille méritent un peu de considération », se dit malicieusement Marie en observant le nouveau chapeau de l'auguste dame sur le parvis de l'église, le dimanche.

— Imaginez-vous donc... halète la loquace petite femme, la main posée sur la poitrine.

En l'entendant respirer bruyamment, Marie imagine un baleineau en détresse.

— Prenez le temps de reprendre votre souffle. Venez vous asseoir pour enlever vos couvre-chaussures, dit-elle en avançant une chaise.

Madame Tremblay se laisse tomber sur le siège, la main comprimant toujours sa poitrine hors d'haleine.

— Pour l'amour, voulez-vous bien me dire ce qui vous arrive? Vous êtes aussi pâle que si vous aviez vu un fantôme!

— Parlez-moi-z'en pas, répond madame Tremblay, l'autre main retenant son galurin tout de guingois sur sa tête.

Arrivant de la cuisine, Marie-Reine l'observe, amusée.

— Tout le monde va bien chez vous, madame Tremblay? s'informe-t-elle pour la forme.

— Oui, oui, l'assure la dame.

— Qu'est-ce qui peut bien vous mettre dans des états pareils? questionne Marie.

— La bourse! madame Dumas. Ils disent que la bourse a "kraché" à New York. Y paraît qu'un tas d'hommes d'affaires ben riches sont ruinés. C'est terrible, c'est terrible!

— Aviez-vous de l'argent placé à la bourse? s'enquiert Marie.

— Non, ben sûr que non, voyons donc. Je m'appelle pas Rockefeller!

Marie est sidérée que sa petite madame Dondon ait entendu parler du richissime industriel américain. «À s'intéresser aux potins futiles, il faut croire qu'on en retire parfois des renseignements utiles», se dit-elle.

— Où avez-vous appris la nouvelle ? demande-t-elle, intriguée. Ce n'était pas dans le dernier journal qu'on a reçu.

— Au presbytère, voyons donc ! La servante de monsieur le curé m'avait invitée et pendant que j'étais là, monseigneur a téléphoné.

Madame Tremblay paraît tout heureuse d'être la première à colporter la nouvelle dans le petit village éloigné du désastre financier où les quotidiens en provenance de Montréal et Québec arrivent par le train avec un retard de plusieurs heures. Mais Marie doute que la servante du curé ait invité la commère au presbytère. Il est plus probable que ce soit l'indiscrète paroissienne qui se soit imposée, comme elle le fait chez tout un chacun.

— Bon, ben, je peux pas rester, reprend la cancaneuse de sa voix haut perchée. Faut que j'aille annoncer ça aux autres.

Madame Tremblay se lève prestement, rajuste son chapeau de feutre et reprend sa route de dépêches verbales à délivrer de toute urgence.

— Ton père va faire toute une tête en apprenant ça, dit Marie à sa fille. J'espère que ton oncle Edward ne s'est pas remis à jouer à la bourse.

Dans les jours qui suivent, les journaux commentent largement le krach boursier du 24 octobre 1929, qualifié de «Jeudi noir». Quelques grands banquiers investissent massivement et se portent acheteurs afin de soutenir le prix des actions. Mais la panique se généralise à partir du 29 octobre et la bourse s'effondre de nouveau. Les gens se ruent sur les banques demeurées ouvertes pour retirer leurs économies.

— Il y a même des banques qui font banqueroute, s'indigne Guillaume. Je suis donc content d'avoir empoché mon argent.

Même si les modestes citoyens de Cap-aux-Brumes n'ont jamais joué à la bourse, la nouvelle de la ruine de plusieurs multimillionnaires américains les consterne.

— Ils seront moins nombreux à venir pêcher le saumon l'été prochain, disent-ils.

Certains Canadiens sont aussi du nombre des investisseurs ayant tout perdu. Un nombre incalculable de petits investisseurs américains, éblouis par les gains rapides obtenus à la bourse au cours des dernières années, sont à présent lessivés de leurs économies et même endettés au-delà de leurs capacités de remboursement parce qu'ils ont acheté leurs actions en empruntant la plus grosse part du capital requis. Plusieurs hommes d'affaires accablés se suicident en se jetant des fenêtres des gratte-ciel de New York. Tous ces malheurs alimentent les conversations du village.

— C'est une catastrophe, commente Guillaume. Aussi pire qu'une avalanche qui engloutit tout sur son passage. Tu vas voir, Marie, on va connaître des années de misère.

❧

Pourtant, à Cap-aux-Brumes, la vie reprend graduellement son cours sans que les sombres prédictions de Guillaume se réalisent. Marie n'a pas à s'inquiéter de l'avenir, leur magot repose dans la cave, en toute sécurité, bien enfoui sous quelques pouces de terre pour le protéger des voleurs et d'un incendie toujours redouté.

Guillaume poursuit ses visites quotidiennes au quai. Avec les grandes marées de l'automne, les navires ont beau être dotés de moteurs puissants, ils ne pourront défier les éléments déchaînés et la saison de navigation continuera d'ajuster son calendrier sur celui du froid qui pétrifie le fleuve et empêche tout mouvement.

À l'écoute des conversations entre son grand-père et les autres capitaines, le jeune Jérôme s'initie au vocabulaire maritime. À son tour, Guillaume est harcelé de pourquoi, car le gamin ne comprend pas de quoi parlent entre eux les hommes de mer. Parce que son grand-père lui explique avec une infinie patience et que l'intérêt du bambin ne flanche pas, on entend les vieux loups de mer lancer des «Salut, moussaillon!» à son approche. La première fois que le petit bonhomme se voit interpeller de la sorte, il regarde son grand-père et comme celui-ci sourit, Jérôme en déduit que ce doit être un qualificatif aimable. Il salue comme un grand en soulevant sa petite casquette.

Sur le chemin du retour, Jérôme interroge son grand-père et Guillaume lui énumère tout ce que doit savoir un matelot. En arrivant à la maison, Jérôme annonce fièrement à sa mère:

– Je suis un moussaillon!

꘎

À l'approche des fêtes, Marie-Reine a beau rappeler à son fils que seuls les enfants sages reçoivent des étrennes au jour de l'An, ses semonces n'ont guère de prise sur le garçonnet turbulent. Au déjeuner, sa mère, horrifiée, le voit verser du lait par terre. Elle lui enlève son verre et lui administre une bonne tape sur le bras.

— Ramasse ton dégât, ordonne-t-elle en lui tendant un torchon humide.

— Mimi voulait du lait, se défend le petit bonhomme en faisant la lippe.

Comme pour appuyer ses dires, la chatte lape le lait et Jérôme attend qu'elle ait léché toute la flaque avant de passer le torchon, ce qui irrite sa mère, qui attend, les poings sur les hanches.

— Va te coucher! rugit-elle en levant le bras en direction de la chambre du récalcitrant. Pour ta punition, tu n'iras pas te promener avec grand-papa ce matin.

Piteux, Jérôme se dirige vers sa chambre en traînant les pieds, le dos courbé vers l'avant, comme un petit vieillard accablé par l'injustice d'une vie de miséreux.

— Il n'a pas encore trois ans, marmonne Guillaume, après que son petit-fils a fermé la porte de sa chambrette.

— L'éducation commence au berceau, objecte Marie-Reine. Un enfant, c'est comme un arbre, si on le laisse pousser croche, il va rester croche toute sa vie.

— Tu n'as pas tort, intervient Marie. Sauf qu'il faut apprendre à doser la discipline. Un excès de sévérité peut révolter un enfant au point de l'endurcir, tu sais.

— Un moussaillon doit avoir de la discipline, rétorque Marie-Reine. Papa l'a bien assez souvent répété à Georges.

L'argument étant irréfutable, Marie se tourne vers l'évier et commence à laver la vaisselle du déjeuner. Guillaume attrape le linge à vaisselle derrière le poêle. Mais leur silence empreint de gravité est plus éloquent que toutes les protestations qu'ils pourraient formuler pour se porter à la défense du petit bonhomme.

᠊ᢌᡄ

À la messe de minuit, Marie-Reine étrenne son manteau de fourrure tout neuf. Le mouton rasé est si soyeux que la future maman ne peut s'empêcher de le caresser à la dérobée, comme elle cajole en pensée le petit embryon qui grandit, à l'abri des regards indiscrets, sous son corset. Conçu au cœur de l'été, la cigogne devrait le livrer en avril.

En apprenant l'heureuse nouvelle, les grands-parents ont compris l'impatience manifestée ces derniers temps par leur fille et, d'un commun accord, ils veillent à trouver des occupations qui permettent à Jérôme de recevoir des encouragements plutôt que des réprimandes. Ils soulignent ses bonnes actions par un compliment, une caresse, une faveur. Pour le récompenser d'avoir été «un grand garçon», son grand-père obtient la permission des parents de l'emmener à l'église.

Dûment chapitré sur la façon de se comporter, Jérôme se tient bien droit. En cachette, avant la messe, Guillaume lui a promis une surprise s'il était satisfait de sa conduite. Marie, de son côté, a promis la même chose à Anne-Marie parce qu'elle a de bons résultats scolaires.

Au sortir de la messe de minuit, les paroissiens s'attardent sur le parvis de l'église. Échanges de poignées de main et de vœux, commentaires sur le climat, la crèche et la chorale vont bon train. Dans l'air calme, les lents flocons de neige tombent doucement et contribuent à la magie de Noël. Les hommes portent leur complet du dimanche et les femmes ont mis leurs plus beaux atours. Au bras de Théo, Marie-Reine rayonne de bonheur. Mathilde la détaille d'un œil torve, la rage déforme ses traits. Engoncée dans son manteau de drap miteux, elle fonce sur Marie-Reine.

— Joyeux Noël, Mathilde, susurre Marie-Reine quand la harpie la heurte au passage.

Sans un mot d'excuse, l'infortunée Mathilde quitte les lieux d'un pas pressé, sourde aux appels de son mari, qui doit courir après elle pour la rattraper.

— Elle n'a pas l'habitude de décamper aussi vite, murmure Théo à l'oreille de sa femme.

— Dommage, dit Marie-Reine dont le sourire dénote une joie bien peu chrétienne. On vient de manquer les derniers potins.

⁓

— Je n'en reviens pas comme les enfants ont été sages, dit fièrement Théo.

Deux frimousses radieuses se tournent vers leurs grands-parents en train d'aider leur mère à mettre le couvert du réveillon.

— Jérôme est un grand garçon maintenant, affirme Guillaume.

Le grand garçon, le sourire aux lèvres, regarde tendrement son grand-père.

— Je suis fier de toi, mon petit homme, dit Théo en lui posant une main sur l'épaule. Et je suis fier aussi de ma grande fille.

Anne-Marie sourit, à la fois heureuse et gênée d'être le centre d'attraction. En général, c'est la turbulence de son petit frère qui mobilise l'attention de ses parents.

— Elle travaille bien en classe, ajoute la grand-maman en caressant les cheveux bouclés d'Anne-Marie, qui se pend aussitôt à son bras, souriant de toutes ses dents.

À tout bout de champ, sa petite-fille se blottit contre elle comme un petit chat en mal de câlins. Marie s'émerveille du lien mystérieux qui les unit. Elle a l'impression que l'enfant retrouve auprès d'elle un peu de son insouciance. En tant qu'aînée, sa mère lui répète inlassablement qu'elle doit servir de modèle, surveiller son petit frère, aider à la vaisselle. Marie la materne en catimini pour ne pas heurter les autres membres de la famille, elle ne veut pas manifester de préférence entre ses petits-enfants. Mais l'affection entre

Anne-Marie et elle est si vive qu'elle transparaît dans le moindre de leurs regards et de leurs gestes, tout comme il est évident que Jérôme et son grand-père forment la paire.

⁓᷼

Le froid incisif de Cap-aux-Brumes fignole de magnifiques cristaux givrés sur les carreaux vitrés des fenêtres. Chaque œuvre finement ciselée par le frimas est unique, aucune des créations qui ornent la fenêtre ne ressemble à une autre. Le froid est un grand artiste et ses cristaux de glace sont un véritable chef-d'œuvre pour qui prend le temps de les observer.

— Regardez celui-là, dit Marie à ses petits-enfants en pyjama, le matin du jour de l'An.

Le regard fixé sur la vitre givrée, Jérôme tourne la tête d'un côté, puis de l'autre. L'appréciation des motifs glacés nécessite chez lui plusieurs prises d'angle alors qu'Anne-Marie s'extasie déjà en détaillant les différentes formes des cristaux.

— Ici, on dirait des étoiles, dit-elle en pointant le doigt vers l'un des carreaux.

— Oui, approuve Marie. Il est rempli d'étoiles comme le ciel, la nuit.

— L'autre à côté est plein de rayons de lune, commente la fillette.

Son frère s'avance, la tête bien droite, pour admirer les dessins de plus près. Son haleine chaude, trop près de la vitre, embue la fenêtre.

— Recule un peu, lui dit doucement sa grand-maman. Sinon on ne verra plus les cristaux de givre. Ton haleine va les faire fondre.

L'enfant obéit, mais continue de scruter la vitre avec attention.

— Je veux voir les rayons de lune, dit-il d'un ton déçu.

Marie indique le motif et cherche ce qu'elle pourrait dire au gamin curieux pour l'aider à découvrir les fameux rayons de lune évoqués par sa sœur.

— Tu as déjà vu des rayons de soleil?

Le garçonnet réfléchit un moment et grimace en haussant les épaules.

— Ce sont des petits traits lumineux qui descendent du ciel quand le soleil perce les nuages.

— Ah! fait Jérôme.

Son tempérament hyperactif ne lui a pas permis de s'arrêter assez longtemps pour percevoir les infinies merveilles de la nature.

— Les rayons de lune, c'est un peu pareil, sauf qu'ils sont moins éblouissants. Regarde ce dessin, dit Marie en pointant les nombreux rayons qui le composent.

— Oh, ça ressemble à des épées! déclare Jérôme, épaté.

— C'est vrai, on dirait des épées transparentes.

Sur les entrefaites, Guillaume surgit derrière eux. Absorbée dans sa contemplation, Marie sursaute quand il se met à tousser.

— As-tu le rhume? s'inquiète-t-elle.

— Non, j'avais juste un chat dans la gorge.

Jérôme se tourne vers son grand-père et s'esclaffe.

— Avez-vous avalé Mimi? demande le coquin.

— Oui, Mimi et une souris aussi, réplique le grand-père en attrapant l'enfant moqueur.

Jérôme rit aux éclats et se tortille sous les chatouilles de son grand-père. Marie-Reine et Théo sortent de leur chambre en se frottant les yeux. Les adultes ont veillé tard la veille au soir en compagnie de Paul-Émile et Léonie.

— Seigneur ! Il est presque huit heures, s'exclame Marie-Reine en regardant l'horloge. Il faut vite que j'aille m'habiller.

— Tu t'habilleras plus tard, dit Théo en la retenant dans ses bras.

— Si on a de la visite et que je ne suis pas habillée, qu'est-ce qu'ils vont dire ? s'indigne-t-elle en essayant de remonter ses cheveux en chignon.

— Personne n'est habillé, rétorque Guillaume. Si de la visite est assez mal élevée pour se présenter si tôt, ils verront qu'on a des beaux pyjamas.

— Pour une fois, on va d'abord déjeuner, décrète Marie. Après on ira se faire tout beaux pour fêter le jour de l'An.

Le mercredi 2 avril 1930, vers deux heures du matin, la cigogne vient livrer chez les Dumont un petit bébé que l'on fait baptiser l'après-midi même. Benjamin et Rachel sont les parrain et marraine du petit Étienne. Léonie tient dans ses bras le futur baptisé, elle est la « porteuse », honneur que les parents réservent à une personne qui leur est chère. Théo et Guillaume complètent le petit groupe. Étienne reste calme, même quand le curé verse sur son front quelques gouttes d'eau bénite. Après la cérémonie, Théo signe fièrement le registre de la paroisse, qui atteste la naissance et le baptême de son fils.

Marie est restée à la maison pour s'occuper de Jérôme et Marie-Reine, et préparer le souper de baptême.

De retour de l'église, Rachel berce son filleul et lui tient un gentil babillage, comme si le bébé naissant pouvait la comprendre.

— Un peu plus et tu étais un petit poisson d'avril, dit-elle gaiement.

Dans les bras de sa tante, le bébé grimace et commence à pleurnicher.

— Je vais l'amener à sa mère. Il doit avoir faim, soutient Théo en reprenant son fils.

— Il ressemble à grand-maman Lemieux, vous ne trouvez pas? dit Rachel à ses parents.

Marie et Guillaume se regardent gravement.

— Qu'est-ce qu'il y a? s'enquiert-elle, déconcertée.

— Oui, tu as raison, répond Guillaume, alors que Marie détourne la tête et fait mine de chercher quelque chose dans l'armoire. C'est ce qu'on s'est dit, ta mère et moi, quand le docteur nous l'a montré.

Guillaume et Marie s'efforcent de ne pas laisser paraître qu'ils ont été saisis en apercevant le poupon. Ils ont été projetés trente ans en arrière, car Étienne ressemble de façon troublante à son oncle Nicolas. «On va finir par s'habituer», a soupiré Marie quand ils se sont retrouvés dans leur chambre. Mais plus tard, Guillaume l'a entendue pleurer. Il l'a enlacée en silence et ils ont fini par s'endormir dans les bras l'un de l'autre. Ce matin, ils ont évité d'aborder le sujet, mais Guillaume a vu Marie verser de nouvelles larmes quand elle a revêtu le poupon de sa jolie robe de baptême, et lui-même a dû sortir son mouchoir pour s'essuyer les yeux.

~⁂~

Boston, le 25 mai 1930

Chers parents,

Je profite de ce beau dimanche pour vous donner des nouvelles. Ici les lilas sont en fleur, ils me rappellent mon enfance et le lilas qui poussait à l'arrière de notre maison.

Notre petite Elsie se porte bien. Elle a tellement changé depuis l'an dernier que vous ne la reconnaîtriez pas. Elle a maintenant de longs cheveux bouclés châtain clair et ses yeux sont du même bleu que ceux de papa. Je m'efforce de lui parler en français quand Peter n'est pas à la maison. J'aimerais qu'elle parle les deux langues afin de pouvoir jaser avec ses cousins et cousines quand elle sera plus grande et que nous aurons la chance d'aller vous visiter au Canada.

Peter a toujours son emploi de chef d'atelier à la factory, mais les salaires ont baissé. Ce qui enrage Patrick. Il accuse les patrons de profiter de la crise économique pour s'en mettre plein les poches. Peter craint que les patrons finissent par le congédier. Ils n'aiment pas beaucoup les agitateurs et la main-d'œuvre est abondante, car il y a de plus en plus de chômage depuis le krach boursier.

Peter a essayé de lui faire entendre raison, mais Patrick l'accuse d'être du côté des boss. J'ai averti Cécile du danger et, comme elle attend du nouveau d'ici la fin de l'année, elle va essayer de le raisonner. Ce n'est pas le temps que son mari perde sa job.

Et vous, comment allez-vous ? Dans votre dernière lettre, vous m'écriviez que Georges et Lydia avaient eu un petit garçon eux aussi. Vous les féliciterez pour moi.

Bon, Elsie vient de se réveiller, il faut que je vous laisse. Embrassez toute la famille pour moi.

Votre fille qui vous aime,

Irène

P.S. Peter vous embrasse aussi.

Le moulin à scie du village fonctionne à plein régime sur deux quarts à ce temps-ci de l'année. Les navires partis de Cap-aux-Brumes déchargent leur bois à Québec, mais une bonne partie des commandes reprend la mer, sur de gros vapeurs, en direction des vieux pays.

— On va supprimer le quart de nuit à l'automne, déplore Théo. À la fin de l'automne, on arrivera à suffire à la demande avec un seul quart de travail. La demande est moins forte. Les employés de nuit vont se retrouver sans emploi cet hiver. C'est bien triste d'en arriver là.

— T'es chanceux de garder ta job, commente Guillaume.

— Je suis chanceux pour le moment, mais on s'aperçoit que les commandes diminuent tout le temps, confie Théo.

— Les salaires baissent, les *shops* doivent "slacker" du monde, reprend Guillaume. Quand on se met à reculer, on sait pas quand ça va s'arrêter. J'ai bien peur que le chômage empire, on est mieux de pas garrocher notre argent par les fenêtres.

Après la dépense du manteau de fourrure pour Marie-Reine, Théo se sent visé par le commentaire de son beau-père.

— L'année passée, Mackenzie King disait pourtant qu'on n'avait pas de raison de s'inquiéter, dit-il.

— Je te prédis que Bennett va le battre aux prochaines élections, riposte son beau-père, mais il pourra pas faire mieux que l'autre. Faut jamais croire un politicien. Mon père m'a raconté que c'est déjà arrivé dans son temps, une crise comme celle-là. Mais j'étais trop jeune quand il en parlait pour me rappeler ce qu'il disait. En tout cas, mon idée est qu'on n'est pas sortis du bois.

— Vous connaissez ça mieux que moi, concède Théo.

Le gendre se montre toujours respectueux et veut à tout prix éviter de donner à ses beaux-parents l'impression qu'il est un ingrat après tout ce qu'ils font pour lui. Étant de nature sociable l'un et l'autre, l'harmonie règne entre les deux hommes qui s'apprécient.

De même, la mère et la fille apprennent à partager la cuisine sans trop de heurts. Marie-Reine se montre déférente en tout temps, sauf que tous constatent à l'occasion qu'une contrariété transforme sa physionomie. Le visage de Marie-Reine est le miroir de ses émotions et son entourage comprend instantanément le message fugace qui s'y inscrit, mais la bonne nature de la jeune femme l'amène rapidement à excuser les gens et à voir le beau côté en toutes choses. Derrière le masque de pondération qu'elle arbore se cache un volcan en ébullition, pour le plus grand bonheur de Théo, qui savoure la passion dont fait montre sa femme dans l'intimité du lit conjugal.

Il a cependant appris à ne pas répéter à tort et à travers les histoires salées dont il se régale. Quand il ne peut se retenir de raconter une bonne blague, Marie-Reine esquisse un sourire de circonstance, mais le reste de son faciès exprime une ferme désapprobation. Le contraste est si cocasse que leur auditoire s'en amuse franchement, puis l'incident est vite oublié et on passe à autre chose jusqu'à ce que Théo recommence par jeu à la provoquer de nouveau pour faire rire leur entourage. Néanmoins, leur amour transparaît même lors de ces petits duels feutrés qui ne portent guère à conséquence.

‑‑⁓◗

Détenteurs en bonne et due forme d'un permis pour la pêche au saumon, Guillaume et Théo remontent la rivière en canot à la recherche d'un endroit d'où ils pourront lancer leurs mouches en direction d'une fosse poissonneuse.

Ayant déniché l'emplacement approprié, ils accostent sur la berge et tirent leur canot hors de l'eau. Chaussés de hautes bottes imperméables, ils marchent avec précaution dans le lit rocheux de la rivière Mélodie. Arrivé à une distance jugée convenable, Guillaume projette sa canne à pêche vers l'arrière en lui imprimant aussitôt un mouvement vif vers l'avant. La ligne fend l'air en émettant un léger sifflement. La mouche artificielle se pose délicatement sur l'eau de la fosse. Une tête sort hors de l'onde au moment où Guillaume ramène lentement le leurre à l'aide de son moulinet. Mais le saumon abandonne le moustique volage et retourne dans les profondeurs.

Théo lance sa ligne à son tour sans que le monde aquatique manifeste le moindre intérêt pour sa mouche qui a amerri aux abords de la fosse. Doucement, il remorque le leurre dédaigné.

La mouche de Guillaume revient se poser à l'endroit atteint un peu plus tôt. Cette fois, le saumon attrape goulûment l'appât et une lutte féroce s'engage entre le pêcheur et sa proie qui rebondit et se débat farouchement. Le corps luisant sort de l'eau, s'arque, le poisson fait claquer sa queue et l'eau rejaillit autour de lui quand il replonge à toute vitesse, comme s'il cherchait à entraîner à sa suite le pêcheur et son gréement. Guillaume donne du mou à la ligne pour éviter que le saumon la sectionne, puis à l'aide du moulinet il rapproche lentement sa prise. Le saumon résiste à son attaquant et le pêcheur doit de nouveau laisser filer la ligne. Même si le poisson est bien ferré, Guillaume sait que le combat sera long. Qui gagnera? Personne ne se risquerait à parier.

Le pêcheur doit se monter habile et patient, car le saumon regimbe et rebondit, prêt à se défendre jusqu'à l'épuisement. Les muscles du pêcheur, constamment sollicités par les efforts rageurs du poisson, commencent à faiblir. Infatigable et rusé, le saumon modifie les feintes, mettant à l'épreuve la résistance de son adversaire. Au bout d'une vigoureuse bataille, alors que Guillaume craint de flancher, le valeureux poisson commence à donner des signes de fatigue.

— Viens me donner un coup de main, crie-t-il à Théo. Prend la puise pour l'attraper, mais fais attention en t'approchant, la fosse est creuse.

Théo avance prudemment dans la rivière, sondant du pied la profondeur de l'eau. Le saumon remonte à la surface de l'onde. Théo allonge le bras et plonge le bout de l'épuisette dans l'eau. Il surveille les déplacements modérés du poisson afin de placer le filet directement sous son corps mouvant, puis d'un coup sec relève la grande puise contenant le saumon qui recommence à s'ébattre. Il se dépêche de le ramener sur la terre ferme.

— La belle prise! s'écrie-t-il. Regardez-moi ça, le beau-père!

— C'est un vétéran, celui-là, s'exclame Guillaume en soulevant par les ouïes le lourd saumon. Il a bien failli m'avoir.

Le saumon se rebiffe et, d'un puissant coup de queue, échappe aux doigts de Guillaume. Dans l'herbe de la berge, il se fraie un chemin vers la rivière. Guillaume se hâte de l'assommer avec une roche avant qu'il ne regagne son habitat naturel.

— On va bien se régaler ce soir, se réjouit-il en déposant son trophée dans un grand panier d'osier nanti d'un lit d'herbes fraîches.

— Tenez, dit Théo en lui tendant sa gourde.

Sans se faire prier, Guillaume avale la moitié de la gourde pour étancher la soif qui le tenaille depuis le mitan de sa joute avec le saumon.

Marie-Reine agite dans l'eau chaude d'un seau un morceau de savon emprisonné, au bout d'un manche d'acier, dans une toute petite cellule grillagée. Elle y plonge ensuite la couche qu'elle vient de rincer dans la cuvette.

Même si monsieur le curé la presse de questions en confession dès que son dernier-né atteint l'âge d'un an, elle aimerait bien connaître un répit plus long que deux ans entre les naissances de ses enfants, ne serait-ce que pour être délestée de la corvée des couches. Mais elle garde pour elle ses désirs inavouables. Elle a beau rincer immédiatement les langes souillés, l'odeur âcre de l'urine imprègne la pièce où ils attendent d'être lessivés. Avec deux enfants aux couches, elle doit laver et étendre tous les jours. Par mauvais temps, elle les étend dans l'une des pièces de l'étage qu'elle réserve à cet usage.

À monter et descendre le grand escalier plusieurs fois par jour, Marie-Reine reprend vite sa taille après les accouchements. L'entretien d'une demeure aussi vaste que celle de sa mère impose un travail ardu. Marie et elle en font un peu chaque jour à travers les repas à préparer, les soins aux enfants et la multitude des autres travaux domestiques. Mais quand elles ont fini d'épousseter toutes les pièces, il est déjà temps de recommencer la ronde du nettoyage là où elle avait débuté.

Alors que sa mère pétrit la pâte à pain et qu'elle-même s'occupe de la lessive, Marie-Reine réalise soudain que sa vie se passe à frotter.

— Comment faisiez-vous pour tenir la boutique en plus de la maison? demande-t-elle à sa mère. L'été, vous faisiez un grand jardin et papa n'était même pas là pour vous donner un coup de main.

— Grâce à Dieu, j'ai toujours eu une bonne santé, répond Marie. Quand la famille s'est agrandie pour la peine, ton père a embauché Léonie. Lorsqu'elle s'est mariée, maman a pris la relève et vous avez assumé votre part de travail au fur et à mesure que vous grandissiez. J'ai eu beaucoup d'aide, quand on y pense.

— Je me souviens que vous n'arrêtiez jamais, même quand vous aviez passé une nuit blanche à soigner un enfant malade. On ne vous a jamais entendue vous plaindre.

— J'ai fait comme toutes les mères de famille, ma chère enfant, comme toi, maintenant. Grâce à ton père, j'ai toujours été bien installée. Il y a bien des femmes qui n'étaient pas aussi bien nanties que moi. Pourtant, elles s'en sortaient. Le travail n'a jamais fait mourir personne, tu sais.

— Je n'ai pas votre endurance.

— Tu la développes, ma fille. La maison est bien tenue, tes enfants sont propres et bien élevés. Je trouve que tu t'en tires à merveille.

— Merci, maman. Vous avez toujours le don de nous encourager.

L'air songeur, Marie relève la tête, tenant dans ses mains une boule de pâte luisante.

— J'ai eu des bons enfants et un bon mari, dit-elle. Malgré nos épreuves, on s'est toujours soutenus, ton père et moi. Tout compte fait, j'ai eu une bonne vie. Je souhaite juste que ton père vive encore longtemps… Ça m'angoisse quand je pense qu'il a dix ans de plus que moi et que ses poumons sont malades.

— Parlez pas comme ça, maman. Ça pourrait attirer le malheur.

— Excuse-moi, ma fille, dit-elle sans se départir de son air soucieux. J'ai parlé inconsidérément.

Comme un tourbillon de vent, les humbles tâches quotidiennes entraînent Marie-Reine dans leur spirale étourdissante. Les jours vécus dans la paix familiale passent à toute vitesse. Heureusement, sa santé se maintient, de même que celle de tous les siens.

Un seul nuage obscurcit l'horizon. La crise économique oblige chacun à restreindre son train de vie. Le prix des denrées augmente de façon inquiétante alors que les salaires s'amenuisent. Les plus chanceux, ceux qui ont encore un emploi, doivent, en plus des restrictions, aider leur entourage, car le chômage sévit chez un fort pourcentage de la population. La crise s'attaque à tous les secteurs de l'économie. Même les fermiers, qui ne manquent pourtant pas d'ouvrage, paient plus cher leurs semailles et leurs intrants que ce qu'ils retirent de la vente de leurs produits. Tel un maître despotique, la misère étend son empire.

Au fédéral, le nouveau gouvernement Bennett, élu en août, met en place des programmes pour lutter contre les effets de la crise. Le 11 décembre 1930, la Loi d'aide aux chômeurs, sanctionnée par le gouvernement provincial, prévoit la remise de sommes d'argent aux municipalités pour entreprendre des travaux publics. Avec les prestations d'assistance sociale, sous forme de bons alimentaires, les bénéficiaires arrivent à peine à survivre. L'effet boule de neige s'amplifie, comme l'avait prédit Guillaume.

Blottis sous leurs couvertures, Marie et Guillaume se chuchotent leurs impressions à la suite de la visite de Georges. L'intimité de leur chambre et la noirceur favorisent les confidences. Dehors, le vent glacial souffle sans ménagement depuis le début du Nouvel An, indifférent aux pauvres qui n'ont pu s'acheter autant de bois de chauffage que les années passées.

— Qu'est-ce que tu dirais qu'on aille leur rendre visite demain ? Je ne serais pas surpris de voir qu'ils n'ont pas grand-chose à manger.

— Je pense comme toi. J'ai dans l'idée qu'il n'y a pas beaucoup d'argent qui rentre chez eux de ce temps-ci.

— Le monde ménage leurs sous. C'est pas le temps de se faire installer une toilette ou un bain pour ceux qui n'ont pas eu les moyens de le faire avant.

— Sans compter que ceux qui ont besoin d'un plombier n'ont pas toujours l'argent pour payer les réparations, ajoute Marie. Au moins, Georges est en bonne santé et il est débrouillard. Avec le chevreuil qu'il vient de tuer, ils vont avoir de la viande pour un bout de temps.

— Si tu veux, on va s'arranger pour vérifier leurs provisions. Comme je connais mon gars pis sa femme, ils n'oseront pas venir nous demander de l'aide.

— Je m'inquiète pour nos autres enfants aussi, dit Marie. Les maris d'Irène et Cécile n'ont pas de gros revenus non plus.

— Au moins, Patrick a compris que ce n'était pas le temps de se battre pour le syndicat.

— C'est dans sa nature de contester, soupire-t-elle. Tôt ou tard, il va recommencer à brandir ses pancartes, tu sauras me le dire.

— Avec une autre bouche à nourrir, il va réfléchir avant d'agir. C'est un père de famille astheure, ça vous met du plomb dans la cervelle d'avoir charge d'une famille.

Alors que Marie étouffe un bâillement, l'horloge émet son carillon familier suivi de dix coups. Le vent mugit dans les encoignures. Marie se pelotonne contre Guillaume, la tête appuyée sur son épaule.

— Bonne nuit, ma douce. Oublie les soucis et fais de beaux rêves, dit-il en chatouillant son front d'un doux baiser.

~~✒~~

Au moment où sa mère s'endort, Georges fait la tournée des chambres afin de bien couvrir ses enfants. La quantité de bois de chauffage qu'il a achetée à la fin de l'été suit la chute du thermomètre. L'hiver s'entête à maintenir le mercure à trente degrés sous zéro. Georges et les siens gardent en tout temps un bon chandail de laine par-dessus leurs vêtements. Comme les oignons avant un dur hiver, ils s'enrobent de pelures additionnelles pour combattre le froid de la maison qu'ils n'ont plus les moyens de chauffer à leur aise. Georges est allé bûcher sur le lot de son père avant les fêtes, mais le bois fraîchement coupé est inutilisable. Quand bien même il bourrerait le poêle de rondins, il n'arriverait qu'à encrasser la cheminée sans obtenir de chaleur pour la peine, le bois devant sécher plusieurs mois encore.

Georges n'a plus un sou. Le père de Benjamin, qui tient l'épicerie, refuse maintenant de lui faire crédit. «Mes fournisseurs exigent que je les paie comptant», lui a-t-il dit, navré, en lui donnant un dernier sac de farine. Georges est retourné sur le lot de son père tendre des collets. Quand il rapporte des lièvres, Lydia les met à cuire dans l'eau, ce qui donne des bouillons nourrissants. Elle désosse ensuite la maigre quantité de viande et l'ajoute à une sauce claire qu'elle sert avec des pommes de terre. Ils n'ont plus assez de farine pour faire du pain. L'arrivée du chevreuil sur leur table s'avère providentielle.

Pour ce plombier qui n'a jamais ménagé sa peine, il est hors de question de solliciter la charité de l'État alors qu'il est en bonne santé et capable de travailler. Georges rapetisse physiquement, en raison du manque de nourriture, et moralement, à cause du sentiment d'impuissance qui le mine.

Après avoir tout tenté, il doit boire sa honte jusqu'au fond du puits de sa désespérance avant d'aller quémander les infâmes coupons : un dollar par semaine pour chaque membre de la famille, le strict minimum pour rester en vie. Lydia, dont le souci constant est de nourrir ses enfants affamés, serait prête à les demander à la place de son mari, mais les autorités exigent que le chef de famille se présente en personne.

« Je n'ai plus le choix, s'avoue Georges au creux de la nuit froide. La semaine prochaine, je devrai y aller si je ne veux pas laisser mourir les miens. »

Chose inconcevable par le passé, partout dans la province, une longue file d'hommes défaits, aux vêtements usés et rapiécés, s'en va rejoindre le cortège des indigents réduits à l'assistance du secours direct. Ils font peine à voir, ces dos courbés vaincus par la calamité déclenchée par des financiers imprudents, premières victimes des mirages de la spéculation boursière. À trop courir après la fortune, les boursicoteurs ont oublié en cours de route les préceptes transmis par les générations passées. Leur intérêt se portait ailleurs que dans les valeurs impalpables de leurs aïeux, comme s'ils avaient besoin d'écus sonnants pour satisfaire leur besoin de sécurité après avoir connu les affres de la guerre.

— Si t'es de mon dire, ma douce, on va couper dans les petites gâteries pour aider notre Georges.

Marie opine de la tête, trop secouée par l'indigence extrême dont elle a pris conscience lors de sa visite. Avant de partir, Guillaume a dû insister pour que son fils accepte le billet de 20 dollars qu'il avait prévu lui remettre. Il l'avait sorti de l'une de ses cachettes secrètes, persuadé qu'il serait le bienvenu, quelle que soit la situation. Mais il ne s'était pas attendu à l'absence totale de vivres.

— On va commencer par aller voir Benjamin à l'épicerie, dit-il. Je ne serais pas surpris que Georges leur doive de l'argent.

Derrière le comptoir, Benjamin bafouille lorsque Guillaume lui pose la question.

— Je n'ai pas le droit de parler des affaires de nos clients, objecte-t-il, mal à l'aise. C'est...

— Fais pas de manières, mon gendre, le coupe Guillaume. On est en famille, dis-moi combien il vous doit.

Le père de Benjamin, ayant entendu l'échange entre les deux hommes, s'approche d'eux. Marie se tient en retrait, près de la porte d'entrée, un mouchoir à la main.

— Georges n'a pas de compte en souffrance, monsieur Dumas. On a conclu une entente lui et moi. Il me rembourse en faisant des travaux de plomberie quand j'en ai besoin.

— C'est bien généreux de votre part. Mais je ne voudrais pas que ça vous mette dans l'embarras. Je suis capable d'aider mon gars, mais vous savez comment sont nos enfants. Ils ne veulent pas nous inquiéter avec leurs problèmes.

— Ah, monsieur Dumas, on a des bons enfants. C'est pas de leur faute si les temps sont durs. Mais je peux vous dire qu'ils sont durs pour tout le monde.

— C'est pour ça que je veux vous régler le compte de Georges. J'imagine qu'il y a bien des gens qui vous doivent de l'argent dans la paroisse. Vous ne pouvez pas vivre de l'air du temps vous non plus.

— Si vous insistez, finit par dire l'épicier après un moment d'hésitation. Mais ça me met mal à l'aise sans bon sens.

— J'insiste. Dites-moi combien et je reviens vous payer dans quelques minutes.

L'épicier se gratte la tête.

— À une condition, ajoute-t-il. Que ça reste strictement entre nous. Quand Georges pourra me rembourser, je vous rendrai votre argent.

— C'est correct.

— Apporte-moi le livre de comptes, dit l'épicier à son fils.

Benjamin ouvre le tiroir-caisse et en sort le livre de comptes. L'épicier tourne les pages en s'assurant de cacher l'identité de ses débiteurs. Arrivé à la bonne page, il pointe du doigt le montant dû. Tous les achats sont inscrits et Guillaume s'aperçoit que Lydia s'est montrée économe, bien que la dette représente une somme appréciable.

⤙ᵖ

Les corneilles sont de retour, annonçant la fin des rigueurs de l'hiver. Cette année, leurs croassements réjouissent Marie qui, le plus souvent, s'irrite des criaillements aigus des volatiles, noirs de la tête à la queue et des pattes au bec. Elle les observe voler en rase-mottes au-dessus de la rue et s'y poser en plein milieu. Leurs plumes lustrées reluisent au soleil. Les oiseaux picorent la terre graveleuse, relèvent la tête pour scruter les alentours, babillent leur contentement d'être de retour au pays de leurs amours, puis vont se percher sur les branches dénudées d'un érable bordant la rue.

Enveloppée dans son châle de laine, Marie balaie la galerie qui court sur les deux côtés et la façade de sa maison.

La tâche terminée, elle range le balai dans le tambour donnant accès à la cuisine. Le silence de la maison n'est ponctué que par des pleurs étouffés. Par la porte entrebâillée, elle aperçoit Jérôme allongé sur le ventre, la tête enfouie dans son oreiller. Il pleure sans retenue. De gros sanglots font tressauter le corps du gamin.

— Qu'est-ce qu'il y a, mon trésor ? demande doucement Marie en caressant le dos agité du garçonnet.

— Grand-papa m'aime plus, hoquette l'enfant.

— Qu'est-ce qui peut te faire penser une chose pareille ? s'étonne Marie. Tu sais bien que grand-papa t'aime beaucoup, voyons !

— Il m'achète plus de bonbons.

Marie sourit et caresse les joues mouillées de son petit-fils. Cet immense chagrin de petit garçon est si facile à guérir. Ne dit-on pas : « Petits enfants, petits problèmes ; grands enfants, grands problèmes ? »

— Grand-papa t'adore, mon trésor. S'il n'achète plus de bonbons, c'est parce qu'on lui a dit que les bonbons font carrier les dents.

Elle ne veut pas lui parler de la crise économique et des privations que chacun doit s'imposer. Quand elle le peut, Marie préfère éviter de parler aux enfants des soucis des grandes personnes. Malgré leur décision commune de couper les dépenses non nécessaires afin d'aider Georges et sa famille, Jérôme lui fait réaliser que les petites douceurs sont parfois plus nécessaires qu'on le croit.

— Si tu continues d'être sage comme tu l'es depuis que tu as quatre ans, je vais lui demander de t'en acheter un petit peu dimanche prochain.

Sans un mot, Jérôme se relève et se blottit dans ses bras. La tête couchée sur la poitrine de sa grand-maman, le petit chaton se laisse minoucher.

~φ

Pour occuper les gens désœuvrés, les trois paliers de gouvernement – fédéral, provincial et municipal – mettent en branle un programme de travaux publics afin de faire travailler les sans-emploi qui bénéficient du secours direct. Les journées de travail sont longues et les salaires minables, mais les hommes en tirent une certaine fierté. Ils ont moins l'impression d'être des mendiants.

Puis, le nombre de chômeurs augmentant sans cesse, le gouvernement provincial libéral de Louis-Alexandre Taschereau fait adopter à l'automne 1931 une mesure visant à donner une aide financière sans exiger un travail en retour.

Afin de désengorger les villes de leurs hordes de sans-emploi, le gouvernement adopte également un budget important pour favoriser la colonisation de régions éloignées tels le Lac-Saint-Jean, l'Abitibi et le Témiscamingue.

Le Code civil de la province est amendé, à la suite d'une recommandation du Rapport Dorion, pour permettre aux femmes mariées de gérer leur salaire.

— C'est bon pour les femmes, jubile Guillaume.

Depuis son retour au Canada, il a recommencé à expédier une lettre par année à son député provincial afin de faire changer ledit Code. Il reçoit chaque fois un accusé de réception poli, mais la cause n'avance pas. Ainsi la mère ne peut toujours pas autoriser un médecin à opérer son enfant.

~φ

Le moulin à scie de Cap-aux-Brumes reçoit suffisamment de commandes pour maintenir son quart de jour. Le salaire des employés baisse encore, mais Théo s'estime chanceux d'avoir un emploi à l'année.

Des hommes en haillons débarquent de temps à autre à la gare. Ces voyageurs clandestins s'agrippent aux wagons et s'y maintiennent tant bien que mal, essayant de se dissimuler aux regards des inspecteurs embauchés par la compagnie ferroviaire pour les débusquer. Les accidents sont fréquents, laissant des morts et des mutilés le long de la voie ferrée. Ces vagabonds faméliques, qualifiés de *hobos*, espèrent trouver ailleurs que chez eux un petit boulot, un croûton de pain. Mais partout, ils ne trouvent que dénuement. Ces malheureux sont si démunis qu'ils offrent de travailler contre un peu de nourriture pour tout salaire.

Plus favorisé qu'eux, Georges accepte pourtant mal de vivre aux crochets de ses parents. Pour l'amour de Lydia, enceinte de leur quatrième enfant, il refoule l'humiliation qui refait surface chaque fois que son père lui remet de l'argent. Il réussit à surmonter ses scrupules en voyant le minois florissant de ses enfants, qui mangent maintenant à leur faim. Il se promet de tout rembourser, avec intérêts, dès que ce sera possible. Dans l'intervalle, il redouble d'efforts et bûche du bois pour toute la famille. Avec la permission de Guillaume, Benjamin et les siens n'ont plus à se soucier de leur approvisionnement en bois de chauffage. Mais le père de Benjamin déduit la valeur des cordes de bois du montant que Guillaume fait marquer pour ses achats d'épicerie. Georges continue de trapper et chasser pour améliorer leur ordinaire.

Quand il ne fait pas trop froid, Guillaume l'accompagne et lui donne un coup de main.

— C'est plus sécuritaire d'être deux, dit le père quand le fils essaie de l'en dissuader. Et tu ne peux pas savoir comme ça me fait du bien de marcher dans la forêt, à l'abri du vent, de sentir la gomme de sapin, d'en mâcher un morceau frais cueilli. C'est bon pour ma santé et je m'endors en me couchant au lieu de me tourner d'un bord pis de l'autre et de me ronger les sangs.

3

Les champs reverdissent, les bourgeons éclatent sous la pression des pousses d'un beau vert tendre. Leur odeur si particulière se mêle aux arômes du bois fraîchement scié, cordé en piles sur le quai dans l'attente d'être chargé dans les cales des navires. Les goélands tournoient inlassablement dans le ciel comme s'ils devaient s'entraîner sans cesse afin d'améliorer leur vol plané.

Marie s'émerveille de les voir si nombreux et attire l'attention de Jérôme sur la parade des grands oiseaux de mer. Ensemble, leurs regards se tournent vers le spectacle aérien. Soudain, au-dessus de leurs têtes, deux goélands se croisent un peu trop vite et emmêlent leurs ailes.

— Oh! fait Jérôme, portant la main à sa bouche.

Surpris, les goélands font du sur-place un court instant, puis reculent en battant vivement des ailes et repartent dans des trajectoires divergentes. Marie les observe un moment.

— Ils ne se sont pas fait mal, dit-elle pour rassurer le garçonnet. Allons voir grand-papa, il est temps que je retourne à la maison.

Main dans la main, ils s'en vont rejoindre Guillaume qui, la pipe au bec, jase avec un vieux capitaine qui traînaille au port tous les jours.

— Je te laisse Jérôme, lui dit Marie. Il faut que j'aille aider Marie-Reine à préparer le dîner et que je pétrisse la pâte à pain.

Après avoir essuyé ses bottines sur le paillasson, Marie enlève son chapeau, ses gants et son manteau de printemps. Elle les range dans la penderie de l'entrée. Nul bruit ne lui parvient de la cuisine. Intriguée, elle jette un coup d'œil en passant devant la porte de la chambre de sa fille. Marie-Reine est allongée dans son lit, la main sur le ventre.

— Je crois que la cigogne s'en vient, halète-t-elle.

— Doux Jésus! s'affole Marie, qui court à la cuisine chercher un bassin d'eau chaude.

L'esprit en pagaille, elle se répète tout haut ce qu'elle doit apporter dans la chambre en priorité : la table à cartes d'abord. Elle repart en courant vers le salon récupérer l'objet, ses pieds glissent sur le parquet de bois fraîchement ciré. Elle se rattrape à temps, s'empare de la table et la dépose au pied du lit.

— Je reviens tout de suite, souffle-t-elle à Marie-Reine, qui grimace.

Marie galope en tous sens, rassemblant dans la chambre de la parturiente les objets indispensables à la délivrance du petit enfant impatient de faire son entrée dans la famille Dumont. Durant sa chevauchée échevelée, une mèche s'est échappée de son chignon et pendouille sur sa joue. Marie n'en a cure, elle se lave les mains à l'évier de la cuisine, pressée de rejoindre sa fille.

Quelle n'est pas sa surprise, en entrant dans la chambre, de voir poindre une petite tête duveteuse entre les jambes relevées et écartées de Marie-Reine. Marie court chercher un piqué et n'a que le temps de le glisser pour recevoir le corps visqueux qu'elle soulève ensuite par les pieds en tapotant le haut du dos du bébé.

— C'est une fille, déclare-t-elle, émue.

Marie-Reine s'étire le cou pour apercevoir son poupon, mais la grand-mère repose le nourrisson sur le piqué afin de couper le cordon ombilical qui le retient encore à sa mère. En douceur, elle lave l'enfant à la débarbouillette, la lange et l'emmaillote dans une couverture de flanelle. Les yeux pleins d'étoiles, elle présente à Marie-Reine la nouvelle mademoiselle Dumont.

— Regarde comme elle est belle!

Le visage de Marie-Reine resplendit de bonheur. La naissance d'un enfant en bonne santé est pour elle, comme pour sa mère, un véritable enchantement. C'est le mystère incarné, le miracle fait chair. Quelque chose de plus grand que soi que l'on ne peut s'expliquer. La maman se sent proche de l'extase et oublie aussitôt les douleurs de l'accouchement.

Au son de la porte d'entrée qui s'ouvre sur le babillage de Jérôme, Marie referme doucement la porte de la chambre.

— Veux-tu préparer le dîner des enfants? crie-t-elle à Guillaume à travers la porte.

La phrase, formulée comme une question, ressemble davantage à un ordre déguisé. Marie est convaincue que Guillaume s'exécutera de bonnes grâces.

— Viens m'aider, l'entend-elle dire à Jérôme. On va se faire un bon petit gueuleton.

Chez Georges, les choses ne se passent pas aussi bien. Le docteur Gaucher, les manches roulées jusqu'aux coudes, essaie en vain de dégager le bébé de Lydia. L'enfant se présente par le siège. La parturiente gémit et saigne abondamment. Les traits crispés, le médecin transpire.

— Respirez à fond, ma petite madame. Puis après, poussez fort.

Appelé à la dernière minute, le médecin n'a pu repositionner le bébé dans le ventre de sa patiente. L'enfant était déjà engagé dans le passage trop étroit.

Lydia cesse de geindre, son pouls faiblit. Toute la science du praticien s'avère inopérante. Le bébé reste coincé et l'hémorragie foudroyante de la mère l'entraîne inexorablement de l'autre côté du temps. Au moment où Lydia expire, une larme coule sur la joue du docteur Gaucher. Le visage défait, il range son stéthoscope inutile dans sa grande trousse de cuir noir. Il ferme les yeux de la morte et remonte le drap sur la mère et l'enfant qui n'ont pu se séparer l'un de l'autre.

— Je n'ai pu sauver ni la mère ni l'enfant, dit-il gravement en sortant de la chambre.

Affolé, Georges accourt près du lit, rabat le drap et saisit la main sans vie de sa femme.

— Lydia, t'en va pas… J'ai besoin de toi! crie-t-il, désespéré.

⁕

Le vent soulève un pan du large ruban de crêpe noir accroché près de la porte d'entrée. S'associant au chagrin de Georges, le ciel s'endeuille. Un amoncellement de nuages sombres obscurcit la contrée jusqu'aux confins de l'horizon. Georges veille la dépouille de sa femme, de jour comme de nuit. Il ne parle plus, ne mange plus, ne dort plus. Une partie de lui s'est envolée avec sa bien-aimée. Le visage hagard, il reste prostré près du cercueil.

Inquiets, Marie et Guillaume restent auprès de leur fils, le couvant discrètement et s'occupant d'accueillir comme il se doit les proches et autres visiteurs venant présenter leurs condoléances. Georges serre les mains en silence, indifférent à tout ce qui l'entoure.

Les orphelins sont hébergés chez Marie, sous la bonne garde de Léonie, toujours prête à secourir la famille Dumas. «Ils sont bien trop jeunes pour perdre leur maman», s'est-elle exclamée quand elle a appris l'affreux malheur. L'aîné, Aurélien, aura cinq ans en septembre, Bérangère a eu trois ans en février et le petit Félix atteindra l'âge de deux ans dans quelques jours à peine.

Plus chanceuse que Lydia, Marie-Reine doit néanmoins rester alitée quelques jours et se désole de ne pouvoir rendre un dernier hommage à sa belle-sœur. Sa petite Clémence a été baptisée à la sauvette, sans cérémonie. Superstitieuse, la maman n'a pas voulu reporter à plus tard le baptême de son enfant. «Jamais deux sans trois», a-t-elle dit, en larmes, à Théo pour le convaincre de procéder sans tarder.

Le glas lugubre résonne et traverse le brouillard qui recouvre la petite municipalité. Au cimetière, Georges s'agenouille en pleurant sur les bords de la fosse. Recouvrant de son grand corps la tombe de sa femme, il sanglote éperdument. Guillaume et Paul-Émile doivent le relever de force et l'entraîner au loin pour permettre au bedeau de faire descendre le cercueil. Au pied du trou où l'on enterre Lydia, Marie s'essuie les yeux. Les cris désespérés de son fils la transpercent. Contrairement au petit Jérôme, aucun bonbon ne peut consoler son grand garçon.

À la maison, quelques voisines sont venues de bon matin afin de préparer et servir le repas qui suit les obsèques. Chacune a apporté un grand chaudron de soupe, un cipaille, un dessert, du pain, des marinades et tout ce qui peut sustenter un estomac chagrin qui réclame sa pitance parce que la vie continue. On doit servir plusieurs tablées et les femmes s'affairent à laver la vaisselle et à dresser les couverts de la tablée suivante.

— Le pauvre homme, dit l'une d'elles en apercevant le jeune veuf égaré.

— Beau comme il est, chuchote une autre, les filles vont toutes se battre pour le consoler, tu sauras me le dire.

«Chut!», fait l'une des intéressées en plaçant son index sur sa bouche. Elle s'empresse de verser une tasse de thé et d'aller la porter à Georges.

— Buvez ça, dit-elle en le couvant d'un regard tendre.

— Non, merci, répond-il poliment.

— Vous devez boire et manger, insiste la jeune fille.

Guillaume intervient et se débarrasse de l'importune en lui demandant d'aller porter un plateau-repas à Marie-Reine.

— Prends ça, dit-il à son fils en lui tendant un verre de brandy non dilué.

Habitué à obéir immédiatement à son capitaine de père, Georges avale d'un trait l'alcool.

— Un autre? demande Guillaume en reprenant le verre.

De la tête, Georges fait un signe de dénégation. Une main sur son épaule, Guillaume entraîne son fils hors de la pièce.

— Ta mère a préparé ton ancienne chambre. Va te coucher, mon garçon. Tu ne tiens plus debout.

Comme un automate, Georges monte l'escalier, entre dans la chambre qu'il a occupée jusqu'à son mariage, se laisse tomber sur le lit. Guillaume desserre la cravate de son rejeton, lui enlève ses souliers et rabat le côté du couvre-lit sur lui. Épuisé par les nuits sans sommeil et assommé par le brandy, Georges sombre aussitôt dans les profondeurs de l'oubli.

Deux jours plus tard, Georges émerge de son long sommeil. Aussi sonné qu'un boxeur vaincu, il s'affale sur l'une des chaises berçantes de la cuisine. Marie emplit une tasse de thé fumant et Guillaume y verse une once de brandy. C'est le seul remède qu'ils connaissent pour soigner le physique et le moral.

— Bois ça, dit Guillaume.

Économe de paroles, il respecte le chagrin de son fils et lui prodigue un support frugal. Quand les mots ne peuvent consoler, l'amour vrai se prouve dans la présence, les gestes discrets et les silences.

Dans leur candeur, les enfants expriment leur tristesse en se blottissant contre la personne aimée, comme des petits animaux en mal de câlineries. Les trois enfants de Georges s'agglutinent à lui, éprouvés par l'énormité du vide de l'absence de leur mère.

Leur cousine Anne-Marie, à neuf ans, compatit à leur malheur. La fillette sensible les materne avec toute la tendresse d'un jeune cœur souffrant des tourments d'un amour non payé de retour. Bertrand, son idole et voisin, ne fait montre d'aucun intérêt malgré ses tentatives maladroites pour attirer son attention. Le jeune homme n'a d'yeux que pour les filles de son âge. La pauvre enfant voudrait vieillir en accéléré afin d'évincer ses rivales.

Sans prendre une minute de repos, Marie se dépense pour les siens. Flairant la peine de son entourage, Jérôme se tient tranquille. Marie-Reine n'ose étaler son bonheur. La délicate Clémence feutre ses pleurs. Théo, lui, s'évertue de mille manières à maintenir un climat serein. Il amuse les enfants, dorlote Marie-Reine, papote avec ses beaux-parents, demande aide et conseils à Georges. Comme un peintre rend à menus coups de pinceau la finesse du grain de la peau de son modèle, Théo, avec ses manières simples et sa gaieté naturelle, émaille et anime la vie des siens.

⁂

Au cours des mois qui suivent, Georges réapprend à poser un pied devant l'autre afin de poursuivre la route sans Lydia. Logé avec ses enfants chez ses parents, il s'accommode de quelques travaux de plomberie par-ci par-là, de petites jobines, de chasse et de pêche. Par un heureux coup du sort, il réussit à vendre sa maison et ses meubles à un ouvrier du moulin désirant prendre femme.

Son premier souci, quand il touche le montant de la vente, est d'aller régler son compte à l'épicerie. Comme si de rien n'était, le père de Benjamin encaisse l'argent et le rend par la suite à Guillaume.

Pendant que Georges recommence à bûcher pour toute la famille, la situation économique ne cesse d'empirer en Amérique du Nord. Les banques sont en crise. Au cours de l'année 1933, le chômage atteint des sommets jamais vus au Canada.

⁂

À Cap-aux-Brumes, se pointent de plus en plus de pauvres hères affamés venant d'on ne sait où. À bout de ressources, ils viennent quêter un bol de soupe, un petit boulot, un peu d'espoir pour se raccrocher à la vie.

Par un matin pluvieux et venteux de novembre, alors que la température atteint le point de congélation, Marie ouvre la porte et trouve une forme humaine recroquevillée sur le paillasson de la porte d'entrée. D'abord effrayée, elle songe à réintégrer la sécurité de son foyer quand l'homme en haillons tourne son visage émacié vers elle. Une plainte sourde émane du miséreux qui gît sans force. L'homme claque des dents et ses yeux caverneux mendient un peu de chaleur humaine. Bouleversée par le degré de dénuement du pauvre type, Marie appelle sa fille d'un ton impératif.

— Viens m'aider, Marie-Reine. Vite !

Elles ont beau le soutenir chacune par un bras, le malade est trop faible pour se lever. Marie décide de le soulever par les épaules et Marie-Reine le tient par les pieds. Même si son corps est squelettique, l'individu pèse lourd. À bout de forces, les deux femmes le déposent sur le plancher du salon. Le miséreux ne bouge plus. Vivement, Marie tâte l'intérieur du poignet crasseux à la recherche du pouls.

— Il vit encore. Mais son pouls est faible et lent.

— Qu'est-ce qu'on va faire de lui ?

— On va commencer par le soigner, répond Marie en tâtant les joues de l'itinérant. Il fait de la fièvre.

— On ne peut pas le laisser par terre, maman. Et on ne peut pas le transporter dans une chambre, non plus. Il a peut-être des poux.

— On s'occupera des poux plus tard, s'indigne Marie. Viens m'aider, on va descendre un matelas et de la literie.

Intrigués par le bruit, les enfants accourent au salon et regardent, pétrifiés, l'homme étendu par terre.

— Allez jouer dans la cuisine, leur ordonne Marie-Reine.

Bien disciplinés, les petits mousses réintègrent leurs quartiers pendant que Marie et sa fille apportent matelas, draps, oreiller et couvertures de laine. Elles enlèvent à l'homme ses bottes éculées et son manteau troué. Il reprend conscience et murmure à travers ses lèvres desséchées qu'il a soif. Marie-Reine l'aide à avaler un peu d'eau tiède et

Marie lui fait ingurgiter du sirop de sapin. Quelques minutes plus tard, elle déboutonne la chemise malpropre et applique sur la poitrine du malade un cataplasme de moutarde.

— Dormez, maintenant, murmure-t-elle en passant sa main sur le front fiévreux.

— Merci, madame, murmure l'inconnu en fermant les yeux.

En rentrant de sa tournée, Guillaume aperçoit le lit de fortune dans le salon. Étonné, il s'avance sans bruit. Un homme tout crotté ronfle sereinement, bien abrié sous les couvertures bordées d'un drap blanc immaculé replié sous son menton.

— Voulez-vous bien me dire ce qui se passe ici ? Que fait ce *hobo* dans mon salon ? Il empeste, l'animal ! rugit-il en entrant à la cuisine.

— Il est malade, répond Marie. On le soigne.

— As-tu perdu la tête ? C'est probablement un voleur de la pire espèce.

— Pour le moment, il ne vole pas bien haut, comme tu peux t'en apercevoir. Aurais-tu préféré que je le laisse mourir sur le pas de la porte ? Que fais-tu de la charité chrétienne, Guillaume Dumas ?

Quand sa douce accole son nom de famille à son prénom, Guillaume a intérêt à ne pas la contrarier davantage.

— Ne viens pas te plaindre s'il nous dévalise un de ces jours, ne peut-il s'empêcher de rétorquer.

— Parle moins fort, tu vas réveiller les morts, rouspète Marie.

Vexé, Guillaume sort sa pipe et emboucane la cuisine à grandes bouffées de tabac. Le fourneau de la pipe en devient si chaud qu'il doit le lâcher avant de se brûler les doigts. Il serre le bec de la pipe entre ses dents, continuant d'exhaler la fumée comme un engin poussé à pleine vapeur.

En fin de journée, le criard du moulin, l'horloge et les cloches de l'église sonnant l'angélus conjuguent leurs efforts pour réveiller le malheureux couché dans le salon des Dumas. Il entrouvre une paupière sur Marie qui le veille en tricotant à la lumière d'un lampion brûlant au pied d'une statuette de la Vierge. Marie n'a pas voulu allumer l'ampoule électrique au plafond. L'éclairage est trop cru pour un malade, a-t-elle dit à Guillaume qui se berce à ses côtés.

— ... soif, bredouille l'inconnu.

— Laisse, lui dit Guillaume quand elle veut se lever. Je m'en occupe.

Guillaume revient avec une tasse d'eau tiède, additionnée de brandy. Il s'agenouille et soulève la tête du malade pour le faire boire à petites gorgées. La lumière tamisée du lampion adoucit les traits anguleux de l'individu. Assoiffé, l'homme ingurgite lentement tout le contenu de la tasse.

— Comment vous appelez-vous ?

L'homme fronce les sourcils, il semble devoir faire un effort pour se souvenir de son identité.

— Nico, finit-il par dire.

— Nico qui ? insiste Guillaume.

— Je sais pas, murmure l'homme d'une voix faible. J'ai pas d'autre nom.

Épuisé par l'effort, le malade se rendort au moment où Théo, revenant du moulin, entre par la porte donnant sur la cuisine.

— Papa, on a de la visite, l'informe Jérôme avant que son père ait le temps d'enlever son manteau.

Théo interroge du regard Marie-Reine.

— C'est un pauvre homme malade qu'on a trouvé ce matin sur la galerie d'en avant. Papa et maman le veillent au salon. Tu peux aller le voir, si tu veux.

Théo approche de la porte d'arche et voit le matelas de fortune posé par terre. Le quidam ronfle.

— Nos femmes se prennent pour des bonnes sœurs infirmières, se moque Guillaume en apercevant son gendre.

— Voulez-vous que j'aille chercher le docteur?

— Non, dit Marie. Sa fièvre baisse, je crois qu'on va le réchapper.

— Il est maigre à faire peur, chuchote Théo.

⸙

Assis à la table de la cuisine, Anne-Marie, Jérôme et Aurélien font leurs devoirs. Les deux cousins ont commencé l'école en septembre. On entend babiller la petite Clémence que Marie-Reine lave dans le lavabo des toilettes. Guillaume berce Bérangère et Félix. Théo et Georges sont sortis prendre l'air. Marie range la vaisselle du souper. Le poêle pétille, la pièce baigne dans une douce chaleur.

— On cogne à la porte d'en avant, dit Guillaume.

Marie se dépêche d'aller ouvrir avant que les coups répétés ne réveillent leur protégé.

— Quel bon vent vous amène?

— Ben, je viens aux nouvelles, voyons donc, dit la voix haut perchée facilement reconnaissable. On m'a dit que vous aviez recueilli un guenillou.

— Les nouvelles vont vite! Donnez-moi votre manteau, madame Tremblay. On va passer à la cuisine pour jaser.

En passant devant le salon, la commère s'arrête pour examiner le mystérieux clochard dont on cause dans les chaumières du village.

— Venez prendre une tasse de thé, chuchote Marie en pressant le coude de sa visiteuse pour la diriger vers la cuisine.

— Bien le bonsoir, monsieur Dumas, dit la cancaneuse.

— Bonsoir, répond-il d'un ton bourru.

Sur les entrefaites, Marie-Reine sort des toilettes avec la petite Clémence en robe de nuit. L'enfant babille en postillonnant allègrement.

— Bonsoir, la belle enfant, chantonne madame Tremblay.

— On a de la belle visite, dit en souriant Marie-Reine à sa fille. Dis bonjour à madame Tremblay.

Elle agite la menotte de sa fille en direction de la visiteuse.

— Elle est belle comme un cœur, s'extasie la visiteuse.

— Vous allez m'excuser, madame Tremblay, dit Marie-Reine. Il faut que j'aille coucher ma fille.

— Va, va, je comprends, voyons donc! Dérangez-vous pas pour moi.

— Attends-moi, dit Guillaume en se levant avec les deux plus jeunes enfants de Georges dans les bras. On va coucher Bérangère et Félix en même temps.

Les deux enfants regardent leur grand-père sans comprendre. D'habitude, ils montent se coucher bien après leur jeune cousine.

— Grand-papa va vous raconter une belle histoire! dit-il pour empêcher toute protestation inopportune.

Restée seule avec la potineuse, Marie déplace la bouilloire sur le rond avant du poêle et remplit la théière de feuilles de thé.

— Il fait pas chaud à soir. J'ai rencontré votre gars pis votre gendre en m'en venant. Dites-moi donc, votre Georges s'est-y fait une blonde, coudon?

— Non, répond Marie, qui n'a pas envie de parler du deuil inconsolable de son fils.

— Ça fait plus qu'un an qu'y est veuf, y pourrait penser à se remarier. Ça vous donne de l'ouvrage sans bon sens de vous occuper de ses enfants. C'est pas ben d'adon pour des femmes de notre âge de recommencer à élever une famille.

— Ça ne me dérange pas, au contraire. Mes petits-enfants sont tellement fins.

— On sait ben. Mais changement de propos, voulez-vous ben me dire qui c'est que vous avez hébergé chez vous aujourd'hui ?

— Un pauvre homme qui se mourait de froid sur notre perron.

— Ah ! moi, j'aurais jamais fait rentrer un pouilleux chez nous. Je lui aurais dit d'aller mourir ailleurs.

Marie pense que le pauvre hère aurait sans doute préféré mourir plutôt que d'avoir à subir les soins grincheux de la harpie.

— Vous me surprenez, madame Tremblay. On dit dans la paroisse que vous êtes si charitable.

La petite madame Dondon se tortille sur sa chaise, pinçant le bec de contentement.

— C'est sûr, la charité, je la pratique tous les jours. Mais une femme seule peut pas héberger un homme étranger, vous comprenez ?

— Je comprends fort bien, l'assure Marie d'une voix mielleuse. Mais je suis certaine que vous auriez fait comme moi si vous aviez été à ma place.

Flattée dans le sens du poil, Marie sait que la gazette sur deux pattes va au moins éviter de colporter des potins mensongers.

Au bout d'une semaine, le vagabond est toujours alité sur une paillasse dans le salon éclairé en permanence par un lampion. Le malade connaît des périodes d'éveil de plus en plus longues. Il ne fait plus de fièvre. Il a recommencé à s'alimenter, mais ses membres restent faibles et Guillaume a dû installer leur vieille chaise percée près de la paillasse afin que l'homme puisse satisfaire ses besoins naturels sans le secours des femmes. Ils ont suspendu des draps le long de la porte d'arche pour lui assurer un peu d'intimité. Guillaume l'a décrassé à la débarbouillette et lui a fait revêtir l'un de ses pyjamas.

— Je vais laver ses vêtements et les rapiécer, dit Marie.

— Fais brûler ces vieilles guenilles en lambeaux, l'enjoint Guillaume. On lui en donnera d'autres.

Durant la longue convalescence de leur protégé, chacun s'habitue à sa présence. En raison de son extrême faiblesse, personne ne se sent menacé par l'étranger. L'homme n'est pas exigeant, il se contente de peu, il se montre toujours poli et reconnaissant.

Quand le malade peut se tenir sur ses jambes, Guillaume lui fait couler un bain. Nico en ressort aussi brillant qu'un sou neuf. Marie coupe sa longue tignasse et l'épouille. Après la séance d'épouillage, épuisé et heureux, Nico retourne se coucher dans les draps propres de sa paillasse.

— On l'a réchappé, dit Marie. Dans quelque temps, il pourra reprendre la route.

— On ne va pas le renvoyer en plein hiver, proteste Guillaume. Il ne sera pas assez fort pour passer à travers le froid et les privations.

— C'est vrai qu'il n'est pas bien fort encore, reconnaît Marie, mais ça va venir.

— Ouais, répond Guillaume en lissant sa moustache.

Penchée sur sa machine à coudre, Marie actionne son pédalier. Elle achève de coudre une chemise pour Nico. Noël approche et elle veut qu'il soit aussi bien vêtu que le reste de la famille pour aller à la messe de minuit. Guillaume a donné à leur protégé son ancien complet. Georges lui a fait cadeau d'une parka usagée. Marie lui a acheté une paire de bottes doublées de mouton et un casque à oreilles garni de feutre. Marie-Reine lui a tricoté des mitaines et un foulard assorti. Théo s'est séparé de l'une de ses deux précieuses cravates afin de compléter la toilette de Nico.

D'un commun accord, les membres de la famille ont décidé de garder Nico le vagabond. Le moribond qu'il était recouvre petit à petit la santé et se remplume. Ses joues s'arrondissent et ses rides disparaissent, laissant apparaître un homme plus jeune que ne l'avait d'abord supposé Marie.

— Il doit être proche de l'âge de notre Marie-Reine, suppute Guillaume.

Nico a maintenant sa chambre à lui. Des six chambres du haut, une seule ne compte pas de lit. On y range le rouet, le métier à tisser, des provisions et les cordelettes sur lesquelles Marie-Reine étend le linge par mauvais temps.

Durant la messe de minuit, Marie se rend compte que Nico ne connaît pas le rituel liturgique. Ne sachant quand il doit se lever, s'asseoir ou se mettre à genoux, il a toujours quelques secondes de retard sur les autres.

Au moment de la communion, voyant qu'il s'apprête à aller communier pour faire comme les autres, elle l'invite à s'asseoir.

— C'est réservé aux catholiques qui se sont confessés auparavant, lui chuchote-t-elle à l'oreille. Assoyez-vous, la messe achève.

Sur le perron de l'église, Nico devient le centre d'attraction. Tous les villageois viennent saluer les Dumas et s'informent de l'identité de l'étranger qui se tient légèrement en retrait de la famille.

– C'est un lointain cousin, répond simplement Guillaume avant d'ajouter : Nico, je te présente monsieur untel.

Nico se contente d'arborer un sourire en faisant un léger signe de tête.

C'est ainsi que le petit mensonge de Guillaume fait du chemin. Dans tout le village, le vagabond est maintenant identifié sous le nom de Nico Dumas. Et comme il vaut mieux que l'homme ait un nom de famille, Guillaume et Marie ne voient aucune objection à ce qu'il emprunte le leur.

⁓

Sous l'emprise du froid mordant de janvier, l'année 1934 s'annonce aussi sombre que les précédentes. La crise économique perdure.

Georges réussit à gagner un peu d'argent afin de vêtir ses enfants. Sa mère et sa sœur s'occupent si bien des trois orphelins qu'ils s'adaptent rapidement à leur nouvelle vie et retrouvent leur vivacité ancienne. Le veuf reprend peu à peu goût à la vie et la compagnie de Théo semble lui être bénéfique, comme elle l'est pour tous. La bonne humeur et la sérénité de l'époux de Marie-Reine allègent l'atmosphère chagrine qui régnait depuis la mort de Lydia. Les cousins et cousines fraternisent comme s'ils avaient toujours vécu ensemble.

Marie se sent comblée par la vie. Plus elle a de monde à aimer autour d'elle, plus elle déborde d'amour. Comme si son cœur avait eu besoin de grossir jusqu'à l'éclatement pour découvrir le bonheur qui dormait en elle tel un trésor caché. L'arrivée inopinée de Nico a contribué à augmenter le potentiel d'affection de Marie. Elle a vu dans cet homme anéanti un être souffrant, en équilibre précaire entre la vie et la mort. Elle a fait fi de la peur inspirée par l'inconnu et sa confiance en a été récompensée. Nico lui est si reconnaissant qu'il se comporte comme un fils envers elle.

Assis à la table de la cuisine, il l'observe.

— Plus je vous regarde et plus je me dis que j'ai déjà vu vos yeux, dit-il, songeur.

— C'est possible, répond Marie, mais je ne me souviens pas de vous. Peut-être qu'on s'est croisés voilà longtemps. Au fait, quel âge avez-vous, Nico ?

— J'en sais rien, madame.

— Vos parents ne vous ont rien dit ? s'étonne-t-elle.

L'homme hausse les épaules.

— J'ai pas de famille, affirme-t-il.

— Mais vous avez bien dû avoir une maison quand vous étiez jeune, non ?

— Je m'en souviens pas. J'ai toujours couru les routes, c'est tout ce que je me rappelle.

— Vous aviez bien une famille ? Vous ne pouviez pas courir les routes tout seul quand vous étiez enfant.

— J'étais pas tout seul, on se tenait en bande, mais c'était pas toujours les mêmes personnes qui en faisaient partie.

— Pauvre enfant. Vos parents étaient-ils morts ?

— J'en sais rien. En tout cas, personne m'a jamais dit que j'ai eu un père ou une mère. Je suis un nomade, comme on dit.

Les cheveux noués en deux longues tresses pour la nuit, Marie-Reine est allongée dans son lit, un bras passé derrière le cou. La prunelle vague, son esprit voyage dans des contrées lointaines.

— À quoi tu penses ? demande Théo en se couchant à ses côtés.

Elle se tourne lentement vers son mari.

— As-tu remarqué que Nico pourrait passer pour un proche parent de notre Étienne ? Même nez, mêmes lèvres charnues.

— Non seulement j'ai remarqué, répond Théo, je me fais même écœurer avec ça.

— Comment ça ? dit Marie-Reine en s'assoyant dans le lit.

— Tu sais comment qu'est le monde ? Toujours à supposer le pire.

— Qu'est-ce qu'ils disent ?

— Ben… on me dit : t'es-tu sûr que le Nico est pas passé chez vous ben avant aujourd'hui ? T'es-tu sûr que ton gars, c'est ben ton gars ?

Les traits de Marie-Reine se décomposent, elle blêmit de colère.

— J'aurai tout entendu, dit-elle, soufflée. J'espère que tu me fais confiance, Théo.

— Ben sûr que je te fais confiance, ma femme. Pour leur clouer le bec, j'ai dit comme ton père : que Nico est un lointain cousin. Et que c'est normal qu'il ait des airs de famille.

— T'es bien fin, mon Théo, de défendre mon honneur. Mais je peux te jurer que je t'ai toujours été fidèle et que notre Étienne est bien ton fils.

Devant l'air solennel et malheureux de sa femme, Théo l'enlace et commence à la bécoter fiévreusement. Marie-Reine noue ses deux bras autour de son homme et le serre à l'étouffer. Lentement, leurs corps assoiffés de caresses glissent sur le lit. Semblables à tous les amants du monde, les époux s'abandonnent avec volupté, oubliant tout le reste.

Au printemps, Georges et Nico bûchent et trappent ensemble, et Marie-Reine se bat contre les nausées matinales. Elle compte mentalement sur ses doigts : la cigogne devrait passer en novembre. Elle aura connu un bon répit entre les deux naissances : deux ans et demi. Mais il était temps de mettre fin au sacrilège ! Les questions de monsieur le curé devenaient embarrassantes. Le saint prêtre se fait un devoir de faire appliquer les exhortations de l'évêché et il trouve que sa brebis ne met pas assez de zèle à peupler le pays. Les relations sexuelles ne sont tolérées qu'en mariage seulement et à la condition qu'elles portent fruit : une fois par année, comme les pommiers.

Enceinte pour la sixième fois, Marie-Reine se plaint de plus en plus des maux de tête. Un rien la fatigue et elle profite de la présence de sa mère pour allonger de quelques minutes sa sieste d'après dîner. Jeune femme d'un courage exemplaire, elle supporte mieux les grandes épreuves que les petites contrariétés du quotidien. Si les malheurs ne découlent pas de son fait, comme la mort de Laurent qu'elle attribue à son absence, Marie-Reine fait preuve de résignation. Alors que si le gruau colle au fond, elle s'adresse des reproches à n'en plus finir pour son manque d'attention.

Étant économe par nature et en raison des circonstances, Marie-Reine voit à tout récupérer, à ne rien perdre et, plus que tout, à ne rien jeter. Les pénuries causées par la crise économique l'incitent à la plus grande prévoyance. Pour elle, il n'est pas question de jeter les pommes de terre si elles prennent au fond. Elle fait tremper le chaudron couvert dans trois pouces d'eau très froide. Dix minutes plus tard, la partie brûlée reste dans la marmite et les pommes de terre récupérées n'ont aucun arrière-goût.

Habituées à repriser, Marie et sa mère rapiècent les vêtements jusqu'à ce qu'ils tombent en ruine. Même alors, elles transforment les tissus usés en guenilles qui servent à tisser les lourdes catalognes pour les tenir au chaud durant les nuits d'hiver. Pour mieux faire face aux duretés de la crise, les femmes s'échangent les petits trucs qu'elles découvrent. Avec humour, elles qualifient leurs astuces de « système D », pour « débrouillardise ».

Pour oublier les privations, on chante et on danse comme on a trimé, avec une rage de vivre décuplée. Chacun tourne en dérision ses petites misères et les veillées que le bon curé vilipende n'en sont que plus endiablées.

Le dernier samedi d'avril, Guillaume et Théo organisent à l'improviste l'une de ces soirées où le violon d'Edmond, l'accordéon de Napoléon et les talons de Madelon scandent avec entrain les rigodons. Un peu éméché, le grand Médée, à son ruine-babines, ajoute quelques fausses notes qui se noient dans les rires et les petits verres de caribou.

— Joue-nous *Le Reel du renard*, lui commande Guillaume quand les deux autres musiciens décident de prendre une pause caribou.

— Permettez que je me rince le dalot, capitaine. En attendant, pour faire patienter nos amis, racontez-leur l'histoire du renard.

Sans se faire prier, le capitaine à la retraite raconte l'histoire du renardeau qui, de bon matin, courait après sa queue à l'orée du bois, le lendemain d'une veillée organisée sur le pont par les marins cloués en bordure du fleuve en raison d'une accalmie. À la fin du récit, le grand Médée reprend son harmonica.

— Approchez, les gigueux, dit-il. La gigue va commencer!

Louis Laflamme, l'ancien moussaillon devenu capitaine, va se placer devant l'auditoire, suivi de Nico et Théo. Dès les premières mesures, les danseurs sautillent sur place en cadence, les bras en l'air. Les pas rapides pirouettent, les jambes cabriolent. Les danseurs se trémoussent comme des pantins désarticulés pendant que les spectateurs tapent des mains en mesure.

Quand les dernières notes de la gigue s'envolent, les autres musiciens reprennent leur instrument et le câleur invite les couples sur la piste de danse improvisée :

— Formez votre compagnie...

Georges s'avance, tenant par la main une jolie brunette aux yeux pétillants. Lucette, que les mâles de la place lorgnent avec envie, lui sourit. Deux jolies fossettes creusent ses joues. Paul-Émile vient les rejoindre avec Léonie, suivis de Guillaume et Marie.

— Il manque un couple, crie le câleur.

Laura essaie de convaincre Louis de se joindre au quadrille, mais il prétexte que la gigue l'a épuisé. Même chose pour Théo qui halète. Nico cherche dans l'assistance une danseuse qu'il pourrait inviter sans froisser l'homme qui l'accompagne. Apercevant la jeune Anne-Marie perchée dans l'escalier, il lui fait signe de venir le retrouver. À onze ans, l'aînée de Théo a grandi si rapidement que Jérôme la surnomme «cure-dent». La jeune fille filiforme s'avance en rosissant, c'est la première fois qu'on l'invite à danser.

Après les différentes figures d'un quadrille étourdissant, le câleur chante de sa voix puissante :

— Et domino, les femmes ont chaud !

À l'exception de Georges et Lucette, qui se tiennent par la main au milieu de la place vide, les danseurs en sueur vont se rasseoir, les musiciens avalent une gorgée de caribou et enchaînent avec une valse lente. Entre un petit verre et une danse, les soucis s'oublient dans une folle gaieté jusqu'aux petites heures du matin.

Privés de sommeil, mais plus légers, les fêtards reprennent leur routine avec le sourire. Le lendemain soir, en famille, on se rappelle en rigolant que Théo a tant fait tournoyer Marie-Reine qu'elle est tombée sur les genoux de Georges, qui en a renversé son verre de caribou sur les genoux de Lucette. La belle est allée nettoyer sa robe à la salle de bain et est revenue cueillir les excuses navrées du fautif.

— Georges, tu lui tournes autour comme un ours attiré par les framboises, le taquine Théo.

— Mêle-toi de tes oignons, rétorque Georges, gêné.

Les bambocheurs devront se confesser avant de se présenter à la Sainte Table, le dimanche suivant. Ils devront se faire pardonner d'avoir dansé, d'avoir pris un petit coup et d'avoir eu de mauvaises pensées en frôlant, par accident, un sein affriolant.

Le mardi soir suivant la veillée chez Guillaume, on se retrouve à l'église, la mine pieuse. Le mois de mai, consacré à la Vierge, vient de commencer. Le mois de Marie, suivi du mois du Sacré-Cœur en juin, convie les fidèles de la paroisse à la prière tous les soirs et aux processions dans la rue principale du village. L'invitation du pasteur est suffisamment pressante pour que Guillaume la qualifie d'obligation.

Assis sur des bancs voisins, Georges et Lucette se lancent des œillades à la dérobée. La jeune femme est charmante dans sa robe marine au col de dentelle blanche. Marie observe leur manège et voit un sourire creuser les jolies fossettes de la demoiselle. «Enfin, se dit-elle, heureuse, il est temps qu'il se case. Un deuil de deux ans est bien assez long pour un homme en pleine santé, avec trois enfants à charge. Je ne serai pas toujours là pour prendre soin d'eux.»

Elle adresse une prière à sa mère du ciel afin que Nico tombe lui aussi amoureux d'une jolie jeune femme qui le retiendrait à Cap-aux-Brumes, car elle éprouve pour l'étranger une affection qui ne cesse de croître.

⁂

Sur la grève chauffée par le soleil de juillet, Guillaume et Marie étendent les couvertures de laine où pourront se prélasser les trois générations qui vivent sous le même toit.

Jérôme, Aurélien, Étienne et Félix apportent des galets assez lourds pour retenir les quatre coins de chacune des couvertures afin de contrer les effets indésirables du vent chaud qui souffle de l'ouest. Anne-Marie et Bérangère jouent avec Clémence et la surveillent pour l'empêcher de se rendre à l'eau. La petite de deux ans lance des cris perçants quand un goéland vient se poser trop près d'elle.

Théo, Georges et Nico apportent les paniers d'osier contenant la mangeaille. La grossesse de Marie-Reine se dérobe sous une robe à fronces et un corset rigide. Assise sur l'une des couvertures, l'une de ses mains en visière sur son front, elle scrute l'horizon. Les flots bleus se marient au ciel et projettent des éclats de soleil aveuglants. Au loin, un grand bateau à vapeur laisse échapper sa volute de fumée blanchâtre. Les cris des mouettes se mêlent à ceux des enfants pour glorifier la perfection de ce dimanche.

— Eh, les garçons! crie Georges à ses fils et neveux. Venez vous baigner!

Théo, Nico et Georges ont enlevé leurs bas et leur chemise. Le pantalon roulé jusqu'aux genoux, ils entraînent les garçons à leur suite. Marie entend les jeunes crier de saisissement quand ils trempent leurs orteils dans l'eau glaciale du fleuve. Ils reculent vivement en claquant des dents, puis y retournent pour montrer qu'ils sont des hommes puisque ces derniers marchent dans l'eau salée sans manifester le moindre inconfort.

— Venez manger, les enfants, crie Guillaume pour abréger le supplice de ses moussaillons dont les lèvres commencent à bleuir.

Le grand-père leur essuie les pieds en les frictionnant et leur fait remettre leurs chaussettes, puis Marie distribue les victuailles selon les goûts de chacun. Quand la marmaille est servie, les trois baigneurs adultes, attirés par l'odeur, viennent se servir à leur tour. Théo rejoint ensuite Marie-Reine pour partager l'assiettée comble qu'il leur a préparée. Georges s'assoit sur la couverture réservée à sa famille.

Nico s'assoit au bout de la couverture, devant Marie et Guillaume, les pieds enfoncés dans le sable. Quand ils relèvent la tête en direction de leur protégé, ils se redressent, saisis, les yeux agrandis de stupeur. Ils restent un moment paralysés, puis se tournent l'un vers l'autre, le regard chargé d'embruns. Marie se rapproche de l'épaule sécurisante de Guillaume, qui l'enlace. Sous le coup de l'émotion, les muscles de son avant-bras roulent comme des vagues.

Un goéland plonge dans leur direction et s'empare de la nourriture contenue dans l'assiette qu'ils ont délaissée.

Débouchant de l'ouest, Mathilde Lacasse, son mari et leurs marmots s'immobilisent devant la famille comme des mouettes importunes.

— Si c'est pas monsieur et madame Dumas! s'écrie Mathilde, qui a flairé les restes du pique-nique.

Son mari dépose par terre leur benjamin de deux ans. Le petit bonhomme crotté se lance aussitôt sur le panier de victuailles ouvert et s'empare d'une cuisse de poulet. Sa mère et son père ne réagissent pas.

— Servez-vous, dit aimablement Marie en les invitant du geste. Nous en avons plus qu'il faut.

L'air affamé des enfants la bouleverse. Après ce qu'elle vient de découvrir, elle ne peut faire autrement que de plaindre tous les enfants affamés de la terre. Sa mansuétude s'étend même aux parents oublieux. L'émotion la submerge. Marie est si ébranlée qu'elle a l'impression de se voir agir avec détachement; elle est à la fois actrice et spectatrice d'une pièce de théâtre non apprise parce que non écrite. Elle reste appuyée contre son homme, réconfortée par la chaleur qui s'en dégage.

Marie-Reine lorgne la bande d'ogres engloutir les restes du pique-nique et sa mine trahit l'écœurement qu'elle éprouve devant leur sans-gêne

⁂

En fin d'après-midi, on replie les couvertures et on range dans les paniers d'osier les couverts sales. Les grands oiseaux de mer tournoient au-dessus de leur tête. Les Lacasse ne leur ont rien laissé et les mouettes protestent, comme aurait aimé le faire Marie-Reine.

La grande famille reprend le chemin du retour, laissant à chacun un souvenir à classer dans l'album de sa mémoire.

Bras dessus bras dessous, Marie et Guillaume ferment la marche en traînant le pas.

De retour à la maison, Marie-Reine offre à ses parents de leur faire chauffer une soupe, vu qu'ils n'ont rien mangé au pique-nique.

— On a besoin de faire la sieste, s'excuse Marie.

Guillaume et sa douce montent dans leur chambre et ferment les rideaux, parce que ce qu'ils ont à partager ne peut être étalé à la lumière crue du jour. Plongée dans la demi-pénombre, la chambre se prête mieux aux confidences. Ils s'allongent sur leur lit, soudés l'un à l'autre. La tête de Marie repose sur l'épaule de son homme.

— Tu as vu la tache ?

— Oui, chuchote Guillaume. Ça veut peut-être rien dire, ma douce. J'ai tellement peur que tu sois déçue si un jour on s'aperçoit qu'on s'est trompé.

Marie pleure en silence.

— J'ai tellement prié, hoquette-t-elle. As-tu pensé que c'est sans doute le destin qui l'a conduit jusqu'à nous ?

— J'y ai pensé, soupire-t-il. Il y a beaucoup de points qui me font penser que Nico pourrait être notre Nicolas. Mais, d'un autre côté, il ne se rappelle de rien à propos de nous ou de son enfance. C'est délicat de lui annoncer tout à trac qu'il est peut-être notre fils disparu.

— Il a le nez, les lèvres et le teint de maman, insiste Marie, les larmes aux yeux.

— Et puis, il a la tache de naissance sur l'épaule, à la même place…

— Je crois que c'est lui, Guillaume. Nico est notre fils.

— C'est possible, ma douce, dit-il en la serrant fort dans ses bras.

— J'ai tant désiré ce moment, sanglote-t-elle. Et maintenant, j'ai peur. J'ai peur que ce ne soit qu'un beau rêve, j'ai peur de me réveiller et que Nico soit parti.

— Es-tu d'accord qu'on garde ça pour nous encore un peu ?

Les pleurs de sa douce redoublent. Ceux de Guillaume restent emprisonnés. Sa gorge est nouée, il a l'impression d'avoir un poids énorme sur l'estomac. Depuis le temps qu'ils espéraient ce jour, ils ont du mal à croire à leur bonheur. Et puis, ils ont aussi entendu parler de retrouvailles malheureuses.

Dans les semaines qui suivent, Marie examine Nico, elle essaie de discerner dans les traits adultes du vagabond les ressemblances avec son petit garçon disparu. Remplie d'espoir, elle sort l'album de photos et le feuillette avec lui sans que cela provoque la moindre réaction. Elle espérait qu'une image éveillerait son intérêt ou ressusciterait un souvenir profondément enfoui. Déçue, elle range l'album.

En sa présence, le soir, elle raconte à ses petits-enfants les histoires qu'elle racontait à Nicolas autrefois, sans plus de résultat.

Son cœur vacille. Marie s'emmure dans le silence, car Nico reste égal à lui-même : un vagabond reconnaissant et poli.

Boston, le 10 septembre 1934

Chers parents,

Je ne voudrais pas que vous vous inquiétiez pour moi même si vous entendez parler des grèves dans l'industrie du textile. Nous devons nous serrer la ceinture, mais nous avons encore de quoi manger.

J'admire le courage de Patrick. Les patrons nous étranglent et profitent de la crise pour engranger des profits plus gros qu'avant. Ça ne peut plus continuer et les syndicats prennent de la force à la grandeur du pays. Les travailleurs sont révoltés et la grogne est générale.

Je suis heureuse de savoir que tout va bien à Cap-aux-Brumes. Quand les choses iront mieux, nous irons au Canada.

Embrassez tout le monde pour moi.

Votre fille qui vous aime beaucoup,

Cécile

Cap-aux-Brumes, le 15 septembre 1934

Bien chère Cécile,

Je t'envoie un peu d'argent pour mettre du beurre sur ton pain, comme on dit. N'hésite pas à nous faire signe si les choses se gâtent.

Ton père et moi aimerions que toi et les enfants veniez passer quelques semaines avec nous, ainsi que Patrick s'il le peut. Si tu te décides, nous t'enverrons l'argent nécessaire.

Je prie pour toi et les tiens tous les soirs. Vous êtes toujours dans mes pensées, mes chers enfants.

Ici tout va pour le mieux. Rachel et Benjamin viennent de faire baptiser leur petit dernier, un gros garçon de neuf livres et demie.

Dis à Patrick que nous prions pour lui et tous les travailleurs en grève. Gros bisous à vous tous.

Papa et maman qui t'aiment beaucoup

Au début d'octobre, Georges rentre seul. Assis dans la chaise berçante, il délace ses bottes de travail, la mine renfrognée.

— Où est Nico? s'informe Marie.

— J'aimerais bien le savoir, répond-il en poussant un soupir.

Marie dépose sur le poêle la bouilloire fumante et se poste devant lui.

— Mais il travaille avec toi, dit-elle, intriguée. Et il est parti avec toi ce matin.

— Oui, mais il a disparu en fin d'après-midi.

— Comment ça, disparu? s'insurge-t-elle. Il ne peut pas se volatiliser comme ça, voyons. C'est ton bras droit, il est toujours avec toi.

Elle s'énerve, retourne au poêle, la tête tournée vers le plafond afin de cacher ses larmes qui affluent à la vitesse d'un tsunami.

— En fin d'après-midi, je lui ai demandé d'aller me chercher un bout de tuyau et des coudes au magasin général. Je l'ai pas revu.

— L'as-tu cherché au moins?

Georges regarde sa mère, l'air implorant. Même s'il était trop jeune pour s'en rappeler, le petit garçon qui sommeille en lui a déjà vécu ce genre d'interrogatoire.

— Oui, je l'ai cherché, s'emporte-t-il. Il y a un gars qui m'a dit qu'il l'a vu s'en aller en direction de la gare.

— De la gare… répète Marie, consternée. Comme ça, il est reparti avec le dernier train.

Les jambes en guenilles, elle prend place dans l'autre chaise berçante. Georges garde le silence, l'air malheureux.

— Je l'aimais bien, Nico, dit-il après un long moment. Peut-être que le sifflet du train et l'appel de la route ont été trop tentants…

4

Cap-aux-Brumes, 1934

Dans sa chaise berçante à la cuisine, à l'abri des soirées fraîches de l'automne, Marie s'apitoie.

— A-t-il un gîte pour dormir, a-t-il de quoi manger? se questionne-t-elle tout haut.

Le cœur d'une mère ne tient compte ni de la taille ni de l'âge de son enfant. Pour elle, il reste toujours le nourrisson dont elle a pris soin.

— Arrête de t'en faire, lui recommande Guillaume. Nico a près de trente-cinq ans et il a passé tant d'hivers à courir les routes sans mourir de froid ou de faim qu'il est capable de se débrouiller.

— Je sais bien, soupire-t-elle. Mais c'est plus fort que moi. Ailleurs qu'ici, il y a encore beaucoup de chômage et tant de gens vivent dans la misère.

Guillaume se lève et va secouer sa pipe éteinte dans le poêle.

— Une bonne journée, on va le voir revenir. Viens, ma douce, il est temps d'aller se coucher.

Marie a l'impression de peser une tonne. Chaque marche de l'escalier représente une montagne à escalader. De son pas lourd, elle se traîne à sa chambre et se laisse tomber sur le lit. La voyant si désemparée, Guillaume s'allonge près d'elle.

— Ce n'est plus un petit garçon, Marie. C'est un homme aguerri.

Dehors, le vent hulule. Le mois de novembre est lugubre. On l'appelle le mois des morts parce que les gémissements du vent sont associés aux plaintes des âmes errantes et les pluies torrentielles évoquent les larmes du deuil. Au cimetière, les feuilles mortes jonchent les tombes. La grisaille assombrit les pensées jusqu'à ce que la première neige vienne épurer le panorama.

~~⌘~~

De gros flocons blancs voltigent dans le ciel à la plus grande joie de Bérangère, Félix et Étienne qui roulent la neige fondante pour en faire un bonhomme de neige. Leur grand-père hisse la deuxième boule, de dimension moyenne, sur celle grand format de la base du bonhomme en train de naître.

Dans le lit de Marie-Reine, un petit être plissé et visqueux aboutit sur un grand piqué immaculé. La petite Gisèle fait son entrée dans une grande famille prête à l'aimer. Sa grand-mère la nettoie et la lange. Au creux du bras de sa maman, la petiote s'agite doucement.

— On est le 25 novembre, dit Marie. Le jour de la Sainte-Catherine.

— J'espère que ce n'est pas une date porte-malheur pour ma fille, s'inquiète Marie-Reine.

Ce jour-là, on cuisine la fameuse tire de la Sainte-Catherine et on se moque de toute jeune femme non mariée âgée de vingt-cinq ans. «Tu as coiffé la Sainte-Catherine», lui dit-on perfidement, ou on la rabaisse en la traitant carrément de vieille fille.

— J'ai toujours pensé que cette fête-là a été inventée par des hommes frustrés pour se venger des filles qui ne veulent pas d'eux.

— Maman, proteste Marie-Reine, vous ne devriez pas dire des choses pareilles. S'il fallait que papa vous entende !

— Il m'approuverait. On ne ridiculise jamais les "vieux garçons", rétorque Marie pour se justifier. Vois-tu, ma fille, je ne regrette pas d'être née femme, mais reconnais qu'on permet tout aux hommes. On sait bien, c'est pas eux qui portent le paquet !

Marie-Reine grimace en raison des contractions de son utérus qui cherche à évacuer le placenta. Il y a des moments dans la vie d'une femme où il vaut mieux éviter de comparer les sexes.

Dans la cuisine, Théo berce Clémence. Depuis le premier cri du nouveau-né, il n'entend plus rien et se tracasse pour Marie-Reine. Lui, l'homme fort, préférerait souffrir à la place de sa femme. Avec Clémence dans les bras, il n'ose approcher de la chambre et la distance atténue le bavardage étouffé des femmes.

— Veux-tu bien me dire ce qui se passe ? marmonne-t-il.

Lorsque sa femme accouche quand il est à la maison, on s'empresse habituellement de l'informer, ne serait-ce que par une phrase prononcée un peu plus fort pour franchir le barrage de la porte. N'y tenant plus, il interpelle sa belle-mère :

— Tout va bien, madame Dumas ?

— Une belle fille, répond laconiquement Marie.

Théo soupire de soulagement, puis s'avise que la réponse peut cacher un drame.

— Comment va ma femme ?

— Je vais bien, Théo, le rassure Marie-Reine.

⁓

Le plancher de la cuisine craque, malmené par Georges qui se berce furieusement sans dire un mot. Marie remarque

que son fils s'enferme un peu plus sur lui-même depuis le départ de Nico et elle évite de parler du fugitif.

Dans l'espoir de lui changer les idées, elle a invité Lucette à venir après le souper sous le prétexte de lui montrer à faire des boutonnières bordées. La jeune femme lui a parlé dimanche après la grand-messe d'un tailleur qu'elle coud pour sa mère. Marie ne comprend pas pourquoi Georges n'a pas fréquenté la jeune fille dont il semblait si épris au printemps.

Théo et Marie-Reine invoquent la fatigue et se retirent dans leur chambre quand on cogne à la porte. Marie fait passer Lucette à la cuisine et observe son fils dont la prunelle s'allume en l'apercevant. Après l'avoir saluée d'un sourire gêné, il s'excuse et prétexte une sortie urgente pour s'esquiver.

— Georges n'est pas dans son assiette depuis que Nico est parti, dit Marie pour expliquer le comportement étrange de son fils.

Après la leçon sur la confection des boutonnières et le départ de Lucette, Marie se promet de tirer les choses au clair. Mais quand Georges revient en compagnie de son père, elle choisit de reporter la discussion jusqu'à ce qu'elle se retrouve seule avec lui.

Le lendemain soir, Marie invite Georges à l'accompagner sur la grève.

— J'ai envie de regarder la mer en furie, confie-t-elle. Depuis que ton père et toi avez cessé de naviguer, je peux admirer les éléments déchaînés sans me ronger les sangs.

Les hautes marées de l'automne fouettent la plage. Le déferlement grondant des vagues puissantes assourdit les rares promeneurs qui se tiennent loin de leurs assauts. La mer furieuse charrie des troncs d'arbre et les fait s'échouer comme s'ils étaient de simples cure-dents. Le ressac balaie une partie du sable de la grève vers le large, une nouvelle vague le ramène sur la berge.

L'irascibilité du fleuve s'accorde avec l'humeur de Georges. L'air abattu, il avance sur le quai envahi par les lames traîtresses. Marie s'accroche à son bras et l'entraîne vers la sécurité. Indifférent, il la suit en silence. Conjugué avec la salinité de l'air, le tumulte de l'immense étendue d'eau en ébullition apaise habituellement l'agitation de l'âme.

Toujours au bras de son fils, Marie revient à pas lents. Ne sachant comment aborder le sujet qui la préoccupe, elle reste anormalement silencieuse.

— On dirait que quelque chose vous turlupine, s'inquiète Georges.

— Je pense à l'avenir de mes enfants et de mes petits-enfants, répond-elle. Je réalise ce soir que ton père et moi ne serons pas toujours là pour veiller sur vous.

— Nous prendrons la relève.

— Marie-Reine n'a pas une grosse santé et toi, tu te retrouveras seul pour élever tes enfants. Comment feras-tu ?

— Je me débrouillerai.

— Tu n'as pas envie de te remarier ?

— L'envie, c'est pas tout. Qu'est-ce que j'ai à offrir à une femme ? Je n'ai plus de maison, plus de meubles. Je suis devant rien. J'ai juste des petites jobines à l'occasion. Je n'ai pas les moyens de faire vivre une femme et de mettre d'autres enfants au monde.

— Tu vois tout en noir, Georges. La crise économique ne durera pas éternellement. En attendant, tu as un toit sur la tête et on a les moyens de t'aider. Si tu décides de te remarier, la maison est bien assez grande pour accueillir ta femme. Si elle voulait habiter avec nous, comme de raison.

Georges ne réagit pas.

— Quand on mourra, ton père et moi, tu recevras ta part d'héritage et on pourrait marquer dans notre testament que toi et Marie-Reine pourrez continuer d'habiter notre maison.

Georges ne dit rien et Marie se tait afin de laisser les pensées de son fils voguer au gré de ses propres désirs. Elle lui a tendu une perche comme on lance une bouée à une personne en train de se noyer. Libre à lui de la saisir et de se laisser secourir en faisant confiance à la vie. Marie songe que si tous les gens attendaient les conditions parfaites pour se marier, avoir des enfants ou prendre tout autre engagement, il y aurait peu d'accomplissements en ce bas monde.

⁂

Endimanché de blanc, décembre s'amène et invite chacun à préparer la fête de Noël. Marie-Reine a revêtu un tablier immaculé se prêtant à divers usages : garder sa robe propre, isoler ses doigts pour sortir les plats chauds du four, s'essuyer les mains si elle est pressée.

Penchée au-dessus d'un grand poêlon empli de graisse chaude, elle fait dorer les beignes qu'elle saupoudrera de sucre au moment de les servir. Les douzaines de beignets s'empilent dans des contenants hermétiques sur les tablettes de la remise du portique arrière. Les attendent des tartes, pâtés à la viande, bûches de Noël glacées, galettes et une réserve de pains : de quoi sustenter tout un régiment d'affamés.

Ayant trop à faire avant les fêtes, Marie-Reine se passe de sa sieste la plupart du temps. Avec le bébé à allaiter, la couture et le tricot en retard, elle se sent débordée et craint de manquer de temps.

— Arrête de t'énerver, lui dit Guillaume. Tu vas arriver à Noël en même temps que tout le monde.

Marie s'occupe davantage des enfants qui sont un peu plus turbulents parce qu'ils sortent moins souvent et moins longtemps en raison du froid. C'est Guillaume qui les supervise quand ils jouent dehors, mais il a lui aussi un surplus de travail. Cette année, en guise de cadeau à ses petits-enfants, il fabrique une grande traîne sauvage pour les emmener glisser. Il s'y est pris d'avance, car il a fallu courber le bout des planches à la vapeur pour le devant du traîneau.

Théo prend soin des enfants le soir et leur fait dire leurs prières avant de s'endormir. Georges sort tous les « bons soirs » de la semaine. Les potineuses colportent de porte en porte que le beau plombier fréquente une jolie brunette à fossettes et que... Mais le reste des cancans est chuchoté à l'oreille et le vent pousse les ouï-dire vers le large.

～ぁ

En ce beau dimanche après-midi de la fête des Rois, Marie-Reine parade au bras de Théo, bien au chaud dans son manteau de fourrure. Après avoir donné la tétée au bébé, elle apprécie la liberté d'une promenade au grand air. Devant eux, déambulent Georges et Lucette qu'ils chaperonnent. Les amoureux se sont fiancés à Noël et vont se marier à la fin du mois de juin.

Pendant que Marie garde Clémence et Gisèle, Guillaume emmène glisser les plus grands qui étrennent enfin leur toboggan. Le froid trop vif les a empêchés de jouer dehors et, pour les faire patienter, Marie-Reine a dû leur expliquer que leur grand-papa ne pouvait pas sortir par mauvais temps en raison de sa santé fragile.

Malgré son autorité naturelle, le grand-père éprouve certaines difficultés avec ses petits-fils. Les quatre moussaillons : Aurélien, Félix, Jérôme et Étienne, âgés de quatre à sept ans, donnent du fil à retordre au capitaine. Les deux filles : Bérangère, presque six ans, et Anne-Marie, près de douze ans, se tiennent à l'écart dans l'attente de leur tour. Guillaume annonce que trois d'entre eux pourront descendre à la fois.

— Je veux descendre en premier, exigent Jérôme et Aurélien.

— Je veux pas être avec les filles, bougonne Étienne.

— Moi non plus, grimace Félix.

— D'accord, dit Guillaume. Puisque vous ne vous entendez pas, je vais vous répartir en trois descentes au lieu de deux. Approchez, les filles, c'est votre tour.

Un concert de protestations monte du rang des petits bonshommes.

— On sait ben, vous préférez les filles ! marmonne Jérôme.

— Si vous continuez de rouspéter, les moussaillons, leur dit le grand-père d'un ton sévère, je vous retourne à la maison. C'est compris ?

Observant un silence courroucé, les garçons regardent les filles qui remontent la pente en tirant la longue traîne sauvage, puis Guillaume installe les deux plus jeunes pour la descente suivante. Les bras croisés, les deux grands conservent leur mine renfrognée. Jérôme tape du pied dans la neige comme un étalon. Quand vient son tour, il se rue vers le toboggan dès qu'Aurélien prend place à l'avant. La luge dérape avant qu'il ait le temps de bien s'y asseoir. Au lieu de descendre en ligne droite, le traîneau dévie et percute un sapin en bordure de la piste. Jérôme culbute et disparaît dans les branches chargées de neige. Guillaume accourt. Aurélien se relève, à moitié sonné.

Jérôme gît, inconscient, sur la branche la plus basse du grand sapin. Guillaume tapote ses joues sans obtenir de réaction, il tâte le pouls au poignet. Le cœur de l'enfant bat lentement.

Ses petits-enfants, témoins impuissants de l'accident, déboulent la pente.

— Est-ce qu'il est mort? demande Anne-Marie, pâlichonne.

— Non, ma grande. Il a perdu connaissance. On va le ramener à la maison. Va me chercher le traîneau.

Avec d'infinies précautions, Guillaume fait glisser sur la luge le corps inerte. Le cortège silencieux suit la traîne transportant le blessé. Chaque petit minois affiche un air anxieux.

Venant en sens inverse, Marie-Reine se met à courir en apercevant son fils inanimé sur le toboggan.

— Jérôme! crie-t-elle en s'agenouillant près de la civière improvisée.

— Ne le bouge pas, lui commande son père. Viens m'aider, Théo. Soulève le pied de la traîne, on va le porter à l'intérieur.

En tant que marin, Guillaume en a vu des corps chuter des grands mâts des goélettes et il a appris qu'il vaut mieux ne pas bouger un blessé. Marie-Reine, affolée, court ouvrir la porte de la maison pour laisser entrer la luge-civière.

— Va chercher le docteur, supplie Marie-Reine quand son mari dépose le toboggan et Jérôme sur le plancher du salon.

Aussitôt le père parti, le garçonnet revient à lui. Tout étonné de l'attroupement qui s'est formé autour de lui, il les regarde tour à tour sans comprendre ce qui lui arrive. Calmement, Guillaume s'agenouille près de lui.

— Tu as eu un accident de traîneau. Reste couché, lui dit-il en exerçant une pression sur le bras du garçonnet quand celui-ci fait mine de se lever.

Il dénoue le foulard de Jérôme.

— As-tu mal quelque part? l'interroge-t-il en déboutonnant le manteau du blessé.

— Non, répond faiblement le garçon.

— Le docteur va venir t'examiner, dit Marie-Reine, à genoux près de son fils.

Guillaume déchausse l'accidenté, lui enlève sa tuque.

— Va enlever ton manteau, ordonne Marie. Je vais m'en occuper. Toi aussi, Marie-Reine Vous aussi, les enfants! Allez, ouste! vous êtes tous en train de mouiller le plancher avec vos bottes.

Théo revient en compagnie du Dr Gaucher portant sa grande trousse de cuir noir. Il en sort son stéthoscope et sonde la poitrine de Jérôme qui fait montre d'une sagesse peu coutumière.

— Peux-tu bouger tes jambes? demande le médecin.

Jérôme bouge ses orteils, puis plie les genoux.

— C'est bien. Comment t'appelles-tu?

— Jérôme Dumas.

— Te souviens-tu quel jour on est?

— Dimanche.

— Qu'est-ce que tu faisais avant l'accident?

— J'étais allé glisser avec mon grand-père.

— As-tu mal au cœur?

— Non, dit Jérôme, dont le teint blême n'est guère rassurant.

Le Dr Gaucher palpe son patient tout en continuant à lui poser des questions.

— Il n'y a rien de cassé, mon bonhomme. Tu as été chanceux. Il faudra être plus prudent à l'avenir. Promis?

Jérôme hoche la tête et prononce un faible oui. Le médecin range son stéthoscope et fait signe aux parents de le suivre.

— Faites-lui garder le lit jusqu'à demain soir. Pas de glissade dans les prochains jours. Il doit se reposer. S'il vomit ou semble confus, revenez me chercher. Je crois qu'il va s'en tirer avec une légère commotion.

Guillaume range la traîne sauvage dans le hangar. Même si Jérôme semble se remettre de sa mésaventure, le grand-père n'a pas envie de revivre pareil incident.

Marie-Reine se reproche encore une fois son absence malgré les protestations de Théo et de ses parents qui l'assurent que ce serait quand même arrivé si elle était restée à la maison.

Ébranlés par l'accident, les enfants se tiennent anormalement tranquilles. Le pétillement du poêle à bois et le carillon de l'horloge sont les seuls bruits qui résonnent dans la maisonnée soucieuse.

Au printemps, un nouveau projet voit le jour à Cap-aux-Brumes. À la requête de l'évêque du diocèse, une communauté religieuse de Québec achète un hôtel désaffecté en vue de le convertir en hôpital. La mère supérieure embauche Georges comme plombier et homme à tout faire. De nouveaux médecins se joignent aux religieuses nouvellement arrivées.

— Quelle bonne nouvelle! se réjouit Marie. On n'aura plus besoin de prendre le train pour aller se faire opérer.

— Pour une bonne nouvelle, c'est une bonne nouvelle, commente Guillaume. Mais les mères de famille ne peuvent toujours pas signer pour faire opérer leurs enfants.

— Ça viendra bien un jour, répond Marie. C'est une loi qui a tellement pas d'allure qu'ils vont bien finir par se rendre compte qu'il faut la changer.

⁓

La « ligue du vieux poêle », comme les appelle Paul-Émile, se réunit tous les après-midi dans son magasin. Les vieux du coin, presque toujours les mêmes, viennent papoter. Ils achètent peu, la plupart du temps rien, et Paul-Émile se retrouve, en fin de journée, avec un tiroir-caisse maigre et un crachoir bien rempli.

— Ils viennent se péter de la broue et se conter des peurs, se moque Guillaume, qui vient souvent jaser avec son beau-frère, mais se mêle rarement aux discussions du groupe.

Aujourd'hui, le père Anthime part le bal des « astineux » avec l'un de ses sujets de prédilection : la politique.

— Duplessis, c'est mon homme, ça monsieur ! C'est sûr que je vais voter pour lui aux élections qui s'en viennent.

— Viens pas me parler de ce gars-là, rétorque le père Alphédor, furibond. Moi je suis venu au monde libéral, puis je vas mourir libéral.

Voyant les deux compères prêts à se livrer bataille, Guillaume décide d'intervenir.

— Les politiciens, c'est tous des menteurs, peu importe le parti, tranche-t-il. Quand ils sont au pouvoir, ils oublient vite leurs promesses. Ils sont pas mieux l'un que l'autre. Ils déshabillent Ti-Jean pour habiller Ti-Paul, pis nous autres on se retrouve toujours le bec à l'eau.

⁓

Nullement préoccupé par les élections provinciales de l'été, Georges nage en pleine félicité. Le samedi 29 juin, par une belle matinée ensoleillée, il épouse la jolie Lucette. La jeune femme a cousu elle-même sa robe de mariée. Une robe toute simple en crêpe beige, cintrée à la taille et boutonnée devant par une multitude de petits boutons ronds, recouverts du même tissu, sanglés par de délicates brides. Une partie de son voile de dentelle écrue est rabattue sur son visage. « La simplicité et le chic réunis », se dit Marie-Reine en regardant la mariée avancer dans la grande allée au bras de son père.

Accompagnés par leur grand-mère, assis au premier banc de l'église, les trois enfants de Georges se tiennent droit, incommodés par leurs vêtements neufs. Leur père leur a annoncé il y a deux semaines, juste avant la grand-messe et la publication des bans, que Lucette deviendrait leur nouvelle maman. Félix et Bérangère étaient trop jeunes quand leur mère est morte pour se souvenir de la douceur de sa voix ou de l'éclat de ses yeux aimants. Ils n'ont que trois photos pour se rappeler ses traits. Que ces trois images figées et sans vie qu'ils vénèrent comme des reliques. Quand il les examine, Aurélien caresse les clichés jaunissants du bout de l'index. L'aîné garde souvenance du satiné de la joue de sa maman qui se penchait le soir pour baiser son front. Sa nouvelle maman ressemble étrangement à celle qui n'est plus. Se penchera-t-elle sur lui avec la même tendresse ?

Anne-Marie enregistre chaque détail de la toilette de la mariée qu'elle trouve ravissante sous tous les rapports. Sa tante Lucette lui apparaît comme le summum de l'élégance et de la distinction. « Quand je me marierai, se promet-elle, je porterai une robe comme celle-là, j'aurai un joli bouquet de corsage blanc comme le sien et je coifferai mes cheveux en chignon, je pourrai dire adieu aux vilains boudins de gamine que ma mère doit friser sur des guenilles.»

Jérôme et Étienne brûlent d'amour pour l'exquise Lucette. Comme leur oncle Georges, ils la couvent des yeux. Dans le cœur de ces jeunes garçons germe l'espoir d'épouser un jour une demoiselle aussi charmante.

Au moment du consentement mutuel des époux, Théo presse doucement la main de Marie-Reine. Marie soupire de contentement: Georges ne sera plus seul et elle a une bru selon son cœur. «Lucette est digne de remplacer ma chère Lydia», songe-t-elle en récitant un *Ave* pour l'âme de la défunte.

Guillaume tourne légèrement la tête vers sa douce et prie le ciel d'accorder à son fils un bonheur aussi durable que le sien.

⚯

Après les noces suivent les élections provinciales. Les esprits partisans s'échauffent et on en vient même aux échanges d'insultes personnelles. Le père Anthime a beau faire cabale pour le Parti conservateur, Maurice Duplessis se fait battre et Louis-Alexandre Taschereau est réélu. Comme les années passées, une fois connus les résultats du scrutin, les perdants subissent les railleries des vainqueurs. Peureux et orgueilleux, le père Anthime reste tapi chez lui durant de longs jours. Au sortir de sa tanière, il prétexte avoir été si malade qu'il soupçonne ses adversaires politiques d'avoir essayé de l'empoisonner.

L'adaptation de Lucette à sa nouvelle famille se déroule encore mieux qu'elle ne l'avait espéré. Ses neveux et nièces admiratifs la courtisent si bien que ses beaux-enfants doivent rivaliser de prévenances pour attirer son attention. Sa bonne humeur et les jolies fossettes qui creusent ses joues quand elle sourit achèvent de gagner tous les occupants de la maisonnée à sa cause.

Aurélien lui demande tous les soirs de leur raconter une histoire quand elle monte coucher les garçons. Toutes ces histoires commencent par : « Il était une fois… », mais avant qu'elle le quitte, il lui tend les bras et la maman substitut baise son front avec la même tendresse que la vraie, autrefois. Seule Bérangère maintient une certaine réserve malgré les efforts déployés par la jeune femme pour se faire aimer de sa belle-fille.

La vaillance de Lucette allège les tâches ménagères que les femmes se partagent à trois. Guillaume use et abuse de la complaisance de sa fille et de sa bru pour amener sa douce en promenade les après-midi de beau temps. Malgré les privations qu'impose la crise économique, les vieux tourtereaux s'estiment privilégiés d'être si bien entourés.

⁓ᑭ

Marchant main dans la main, les amoureux abandonnent leurs empreintes au sable de la plage. Au tournant d'une courbe de la rive, s'assoyant sur un rocher chauffé par le soleil, à l'abri des regards indiscrets, Marie niche sa tête au creux de l'épaule de Guillaume.

— Le fleuve est calme comme de l'huile, s'émerveille-t-elle.

— Le calme plat, soupire-t-il, aucune brise ne trouble la surface de l'eau. Quand je naviguais, je maudissais ces périodes d'accalmie qui nous retenaient prisonniers. C'est le temps que j'haïssais le plus parce que chaque heure d'attente m'éloignait de toi.

— Moi, c'est le soir que je m'ennuyais à mourir. Le lit était trop grand sans toi.

— J'en suis au soir de ma vie, lâche-t-il, songeur.

— Ne parle pas comme ça, l'implore Marie.

Une mouette plane dans le ciel sans nuage. Repérant le couple dissimulé dans un méandre du rivage, elle pousse un cri déchirant.

— Regarde-moi, ma douce, dit Guillaume en forçant Marie à relever la tête. Je ne suis plus un jeune homme. J'ai soixante-six ans bien sonnés.

— Tu es encore si beau, répond-elle en caressant de son index les rides qui sillonnent le visage de son bien-aimé.

La mouette solitaire tournoie au-dessus de leur tête et semble approuver la remarque de Marie d'un léger cri rauque. Guillaume enserre tendrement sa douce.

— Je t'aime, murmure-t-il à son oreille.

Marie refoule les larmes qui affluent. Guillaume n'a pas l'habitude de parler de ses sentiments. Comme la plupart des hommes, il prouve son amour par des actes. Ayant rarement entendu les mots tendres qu'il vient de prononcer, elle s'en effraie, convaincue qu'il s'épanche ainsi parce qu'il sent la vieille sorcière toute noire approcher avec son sourire édenté et sa faux bien affûtée.

— Je t'aime, dit-elle dans un souffle.

Toutes les autres paroles aimantes qui montent en elle restent emprisonnées dans sa gorge. Marie regrette d'avoir, un jour, douté de son homme. Elle noue ses bras autour de son cou et lui offre ses lèvres. Leurs baisers avides les transportent dans un univers sans limite, loin de la terre et de la mort.

La mouette survole une dernière fois la scène des vieux amants emportés par leur passion et retourne à son mâle esseulé qui louvoie au-dessus de l'onde paresseuse.

Cachées derrière le rideau de dentelle du salon, Marie et Marie-Reine observent les allées et venues d'Anne-Marie qui, avec l'aide de Jérôme, vient d'installer la table à cartes devant la maison, près du trottoir. Elle la recouvre d'une nappe blanche et y étale des contenants de bleuets de différentes tailles.

— Voulez-vous bien me dire ce qu'elle fait là? s'étonne Marie-Reine.

— Ça ressemble à un étal, répond Marie, le sourire aux lèvres. J'ai l'impression que ta fille tient de sa grand-mère, c'est de la graine de commerçante.

— Ils vont vendre les bleuets qu'ils ont cueillis aujourd'hui! s'écrie Marie-Reine. Mais on n'en aura pas pour faire des tartes.

— Laisse-les faire. On les enverra en cueillir d'autres demain, répond la grand-mère, amusée.

— Vous avez peut-être raison... Pour une fois que Jérôme et Anne-Marie ne se chicanent pas, autant les laisser à leurs petites manigances. On verra bien ce que ça donnera.

À la fin de l'après-midi, tous les contenants de bleuets ont trouvé preneurs. Jérôme les a transvidés dans des sacs de papier fripé pendant que sa grande sœur empochait l'argent. Jérôme empile les contenants vides et Anne-Marie replie la nappe.

— Montons, propose Marie, et faisons comme si on n'avait rien vu.

Quand elles redescendent pour préparer le souper, la table à cartes a réintégré sa place au salon. Aucun bol ne traîne sur le comptoir de cuisine. La petite nappe blanche impeccablement repliée a été remisée dans le tiroir du buffet.

— Vous n'avez pas rencontré d'ours en allant aux bleuets? s'enquiert l'espiègle Marie.

— Non, s'empressent de répondre le frère et la sœur pour rassurer leur grand-mère.

— Où sont vos bleuets ? demande hypocritement Marie-Reine.

— On les a tous vendus, rétorque Jérôme pendant que sa sœur rosit.

— Vendus ? déplore ingénument la grand-maman. Mais avec quoi on va faire des tartes ?

— Euh… fait Jérôme pendant que les joues de sa sœur prennent les couleurs des pétales de pivoine. On ira en ramasser d'autres demain.

Il se tourne vers Anne-Marie, quêtant son approbation.

— Oui, affirme-t-elle. On est tombés sur une grosse talle de bleuets. On y retournera demain.

— Combien a rapporté la vente des bleuets ? s'informe la grand-mère.

— Quinze cents, répond Anne-Marie en montrant fièrement une poignée de sous noirs.

— Qu'allez-vous faire de cet argent ? interroge Marie-Reine, le front plissé.

Le frère et la sœur se consultent du regard devant l'air sévère que prend leur mère et se tournent vers leur grand-mère, quêtant muettement son appui. En jeune mère soucieuse de bien éduquer ses enfants, Marie-Reine s'alarme des cachotteries de ses deux aînés.

— C'est un secret… pour le moment, hasarde courageusement Jérôme, plus frondeur que sa sœur.

— Est-ce que vous promettez de le dire plus tard à votre mère ? intervient Marie.

— Oui, oui, répondent-ils, soulagés.

— Allez serrer votre argent, ordonne Marie-Reine, sans sourire. Ensuite vous irez vous laver les mains et vous mettrez la table.

Heureux de s'en tirer à si bon compte, Jérôme et Anne-Marie détalent comme des souriceaux ayant aperçu un gros chat.

~⌀

Dans la cuisine désertée, Lucette faufile à la main l'intérieur du collet de la robe de couvent de Bérangère. Le menton appuyé sur ses deux poings, la fillette attend le moment de l'essayage. Quand sa belle-mère coupe le fil et pique l'aiguille sur la pelote à épingles, Bérangère se lève prestement, enlève sa robe de coton usée et lève les bras au-dessus de la tête pour recevoir l'uniforme d'écolière qui marque la fin de son enfance et la classe parmi les grandes.

— Tourne lentement que je vérifie si tout est correct, dit Lucette.

La future élève se tient droite, le visage rayonnant, et tournoie légèrement avec la régularité du tic tac de l'horloge.

— C'est beau. Maintenant, je vais mesurer le bas de la robe.

Lucette s'agenouille et épingle le tissu à la hauteur réglementaire décrétée par les religieuses.

— Bon, il ne restera plus ensuite qu'à coudre les boutonnières et à poser les boutons, dit-elle gaiement. On va l'enlever en faisant attention aux épingles.

Bérangère remet sa robe de coton usée que sa tante Marie-Reine rangera à l'automne dans un coffre au grenier. Le vêtement ressortira de la grande malle quand Clémence aura grandi. On repasse les habits aux plus jeunes et, en ces années de crise, on les reprise jusqu'à ce qu'ils tombent en lambeaux.

Lucette replie et épingle le bas de la robe d'écolière, puis étend le vêtement sur la planche à repasser. Elle s'approche du poêle, où mijote le ragoût du souper, et accroche à la poignée de fonte et de bois l'un des fers à repasser gardés au chaud sur le rond arrière. Bérangère s'assoit à la table de la cuisine. Le fer à repasser grésille quand Lucette le fait glisser sur le linge humide qui recouvre le bas de la robe.

— Tu devrais profiter du beau temps pour aller jouer dehors, dit Lucette.

— J'aime mieux vous regarder faire, maman, répond Bérangère d'une toute petite voix.

C'est la première fois que la fillette s'adresse ainsi à sa belle-mère. Jusqu'à aujourd'hui, à l'opposé de ses frères, elle a soigneusement évité d'utiliser l'affectueuse dénomination. Deux jolies fossettes et un sourire apparaissent sur le visage de l'interpellée.

— Quand tu iras à l'école, tu n'auras plus le loisir de jouer à ton goût, commente Lucette.

— Est-ce que je peux rester, pour aujourd'hui ? demande la fillette d'un ton implorant.

— Bien sûr que tu peux rester, ma belle fille, approuve la « maman », la tête penchée sur le pressage.

Les traits de l'enfant se détendent. Les rayons de soleil dansent sur le plancher de la pièce, un merle sifflote en se posant sur l'une des branches du lilas défleuri, la brise chaude s'infiltre par la moustiquaire de la fenêtre ouverte sur la fin d'un été des plus doux.

⚬

Le soleil irise les flots bleus et le fraîchin détrône l'odeur du bois empilé sur les quais. Les pêcheurs déchargent leurs prises. Guillaume attend sur le quai près d'une voiturette. À la maison, les femmes se préparent à dépecer les morues et à les mettre dans la saumure. Elles ont dû acheter d'autres jarres de grès pour répondre aux besoins grandissants de la famille qui ne cesse de s'accroître. Les pots de conserve se sont aussi multipliés avec les années.

Guillaume et Marie limitent leurs dépenses et usent leurs habits à la corde, mais il est hors de question de priver leur famille de nourriture. Le jardin agrandi a livré une belle récolte. La cave est bourrée de victuailles et de bois de chauffage. Les maigres salaires de Théo et Georges contribuent au bien-être de toute la maisonnée. Personne ne lésine sur sa quote-part même si chacun doit se serrer la ceinture. Ils ont conscience d'être favorisés et s'emploient à secourir leur entourage.

Même l'ingrate Mathilde reçoit à l'occasion des denrées alimentaires que les Dumas donnent au curé de la paroisse afin qu'il les remette discrètement aux Lacasse. Voyant l'hiver venir, une boîte contenant bas de laine, foulards, tuques et mitaines prend la même direction. Ignorant d'où provient la manne, Mathilde continue d'embêter Marie-Reine lors de ses visites inopinées.

— T'es ben chanceuse, toi! gémit-elle. Pendant que nous autres on crève de faim, y en a qui sont gras comme des voleurs.

Marie-Reine tourne le dos à la visiteuse et affiche son air contrarié.

— T'es-tu fait un jardin cet été? s'informe Lucette.

— J'avais même pas d'argent pour acheter des graines, se plaint Mathilde.

— On t'en donnera l'année prochaine, dit Marie-Reine, le dos tourné. Comme ça, vous pourrez avoir des bons légumes frais et des conserves pour l'hiver.

Mathilde renifle et sort un mouchoir crasseux de la poche de sa robe tachée de graisse.

—J'ai pas de bêche, plaide-t-elle pour justifier son inaction.

— On te prêtera la nôtre pour ameublir la terre du jardin au printemps, dit Guillaume. Après, il te restera rien qu'à mélanger un peu de fumier à la terre retournée, à semer tes graines, à arroser et désherber de temps en temps.

— Je connais pas grand-chose au jardinage.

— Ce n'est pas compliqué, l'assure Marie. J'irai te montrer comment faire.

À bout d'arguments, Mathilde se lève.

— Bon, ben, je vais y aller, moi là. Le petit doit être réveillé à l'heure qu'il est.

— Tu l'as laissé tout seul ? questionne Lucette.

— Ben non, mon mari dormait avec son ti-pit quand je suis partie. À la revoyure.

— C'est ça, à la prochaine, marmonne Marie-Reine, au comble de l'exaspération.

Le 14 octobre de la même année, le Parti libéral, dirigé par William Lyon Mackenzie King, reprend le pouvoir au fédéral. Le père Anthime, aussi bleu au fédéral qu'au provincial, perd encore ses élections. Le lendemain du scrutin, ses adversaires trempent des quenouilles dans l'huile, y mettent le feu et paradent devant la maison aux volets clos en chantant à tue-tête de leurs voix éraillées par le caribou de la victoire : « On a gagné nos épaulettes, ma luron, ma lurette ! » Ils y ajoutent quelques grivoiseries que la décence empêche de répéter. Le père Anthime disparaît encore une fois durant deux semaines d'affilée, victime d'une attaque sournoise de grippe.

Depuis deux semaines, Guillaume est grippé lui aussi et la fièvre le cloue au lit. Marie le soigne à l'aide de mouches de moutarde et de sirop de sapin sans que l'état de son homme s'améliore. Appelé en renfort, le Dr Gaucher lui administre ses médecines sans plus de résultat. Guillaume délire et livre combat aux fantômes qui le cernent. Marie le veille jour et nuit, lui humecte les lèvres et lui fait avaler un peu de liquide. Théo a monté l'une des chaises berçantes de la cuisine pour qu'elle puisse au moins s'adosser au dossier quand la fatigue l'engourdit.

— Il faudrait l'hospitaliser, recommande le médecin. Vous allez vous épuiser, madame Dumas.

Incapable de manger et de dormir, Marie dépérit. La pâleur et les traits tirés de son visage augmentent l'impression de malaise chez ceux à qui ses yeux furibonds lancent des éclairs déments quand ils l'incitent à prendre du repos.

— Non, répond-elle, butée.

Impuissant à la raisonner, le Dr Gaucher referme sa trousse et sort de la chambre du moribond, raccompagné par Georges.

— J'espère que vous m'écoutez, dit-il sévèrement à Marie-Reine et Lucette avant de quitter la demeure.

Les deux belles-sœurs doivent accoucher au printemps et le praticien tient à les préserver de la contagion.

— Papa n'en a plus pour longtemps, leur annonce Georges d'un ton grave avant de retourner auprès de ses parents.

Au mitan de la nuit, la respiration de Guillaume change. Des râlements sourds soulèvent sa poitrine décharnée. Marie approche la chaise du lit et prend la main de son bien-aimé qu'elle baise avec dévotion.

Dans son délire comateux, Guillaume sent l'étreinte de sa douce autour de sa grande main. Les lèvres de sa femme s'y posent avec la délicatesse d'un pétale de rose. Guillaume s'enchante de la douceur de la brise d'été qui fait claquer les voiles de *La Cigale*. Le ciel et les flots d'azur se marient. Le goéland apprivoisé par le grand Médée plane à l'avant de la proue, le bec montrant la route à suivre, sa petite patte noire sagement repliée sous lui. Fermement campé sur ses pieds bottés de cuir, Guillaume tient la barre d'une main robuste. Il fait corps avec sa goélette qui l'emporte et il se laisse bercer par la houle. De la chambre sous le pont montent les notes d'une gigue irlandaise : *Le Reel du renard* fait danser l'équipage. Le vent gazouille dans les voiles et ensorcelle le capitaine, comme le chant des sirènes séduit les marins épris d'aventures.

— Paré à virer ! crie-t-il.

— Paré à virer ! répond Ti-Toine.

Une longue expiration met un terme à la lente agonie de Guillaume et Marie laisse enfin couler ses larmes. Son amour est parti vers une destination dont on ne revient pas. Désormais, Marie devra vivre amputée de la meilleure partie d'elle-même que Guillaume emporte avec lui.

Elle caresse une dernière fois le visage chéri, tandis que le corps de son homme dégage encore la chaleur dont elle sera privée pour le reste des nuits à venir. Elle ferme les paupières de Guillaume pour se donner l'illusion qu'il dort paisiblement. Sa vision embrouillée par l'abondance d'une source chagrine intarissable, Marie n'arrive pas à se repaître de l'image aimée.

Au matin, Georges la trouve affalée sur la dépouille de son père. Sans la réveiller, il l'allonge à côté du défunt et s'en va chercher le médecin qui n'a plus qu'à constater le décès.

— Papa est parti, dit-il à sa sœur et à sa femme en arrivant à la cuisine.

— Maman? interroge Marie-Reine à travers ses sanglots bruyants.

— Je l'ai couchée à côté de papa, dit-il en enserrant sa sœur. Il vaut mieux la laisser dormir. Je vais demander à Jos Bellavance de faire la toilette mortuaire de papa.

— Il faut avertir monsieur le curé, lui rappelle Lucette.

◆

Le glas funèbre annonce aux habitants de Cap-aux-Brumes que leur petite municipalité vient de perdre l'un des siens. Malgré la pluie diluvienne accompagnée par le vent du nord qui emporte couvre-chefs et parapluies, les gens s'attroupent à l'épicerie et au magasin général pour savoir lequel d'entre eux est allé rejoindre son Créateur.

— C'est qui, qui a viré son capot de bord? s'informe le père Anthime, fraîchement sorti de sa réclusion.

— Mon beau-frère, Guillaume Dumas, répond tristement Paul-Émile.

— Cré bateau! dit l'un des vieux loups de mer venu aux nouvelles. On le voyait plus sur le quai depuis deux semaines, mais j'aurais jamais pensé qu'il lèverait les pieds aussi vite. Il avait encore bon pied bon œil, il me semble.

— Ses poumons étaient fragiles, rappelle Paul-Émile.

— Cré bateau! répète le vieux en enlevant sa casquette pour se gratter le toupet. C'est ben de valeur, oui, ben de valeur!

— Bellavance, le croque-mort, vient d'arriver chez les Dumas, annonce le père Anthime, posté près de la vitrine du magasin.

᠃ᢉ

Georges transporte sa mère dans le lit de la chambre où dort maintenant, dans la couchette d'enfant, la petite Gisèle. Le bras de Marie pend mollement. Affolée de voir sa mère dans cet état, Marie-Reine accourt et tâte son pouls.

— Seigneur! gémit-elle. Elle est sans connaissance.

— Maman a juste besoin de récupérer un peu, la rassure Georges. Elle n'a presque pas dormi depuis deux semaines.

— Je n'aime pas ça, avoue Marie-Reine en portant la main à ses tempes.

Ses maux de tête augmentent en fréquence et en force durant ses grossesses et la maladie de son père ne lui a guère laissé de temps pour faire ses siestes d'après dîner. Empêchée de se trouver près de son cher papa, Marie-Reine s'est morfondue et ses nuits ont été courtes, elle a dormi d'un sommeil agité.

— C'est mieux de même, l'assure Georges. On va la laisser dormir jusqu'à ce que Jos Bellavance ait fini d'installer papa au salon.

Du geste, il invite sa sœur à le suivre à la cuisine et referme la porte de la chambre.

— Il faudrait envoyer des télégrammes aux États, dit-elle.

— C'est fait.

— As-tu pensé à mon oncle Édouard?

— Oui, j'en ai envoyé à Irène, à Cécile et à Adrien aussi.

— Vont-ils avoir le temps de s'en venir?

— Les funérailles auront lieu lundi avant-midi. Ça devrait leur laisser le temps d'arriver. Mais c'est loin d'être certain pour Adrien.

Marie-Reine se masse de nouveau les tempes.

— Seigneur! grimace-t-elle. On ne sait jamais où est rendu notre petit frère. J'espère qu'il va venir, ça fait tellement d'années qu'on ne l'a pas vu. Ah! J'y pense, as-tu prévenu Rachel?

Georges n'a pas le temps de répondre que Rachel, en larmes, surgit à la cuisine. Tous les trois n'en finissent plus de s'étreindre en sanglotant. Ils ont besoin de se rapprocher les uns des autres pour tenter de combler le trou béant laissé par le départ de celui sur lequel ils ont toujours pu s'appuyer.

— Il va falloir vous montrer fort pour votre mère, dit Théo.

❦

Les voiles noirs sont suspendus dans le salon éclairé par deux cierges posés à la tête et au pied du cercueil de bois de chêne vernis. Dans son beau complet anthracite, Guillaume a l'air de s'être endormi avant d'avoir fini de réciter le chapelet reposant entre ses mains jointes.

Après une dizaine de *Je vous salue Marie* récités d'une voix morne, Georges décide d'aller réveiller sa mère qui dort d'un sommeil lourd. La voyant si pâle et amaigrie, elle lui paraît fragile, pour la première fois, et Georges fond de tendresse. Aujourd'hui les rôles s'inversent: c'est à lui de prendre soin de celle qui a toujours veillé sur eux tous, car il connaît assez sa mère pour comprendre qu'elle sera dévastée par le décès de son père.

Au moment de la toucher, il hésite et se demande s'il ne serait pas préférable de la laisser dormir encore. Il s'assoit sur le bord du lit, prend sa main avec douceur.

— Maman, murmure-t-il.

Marie ne réagit pas et Georges se souvient du conte *La Belle au bois dormant*. Qu'advient-il des princesses qui perdent leur prince charmant ? Aucune histoire n'en parle jamais. La vie n'est pas un conte de fées et aucune formule magique ne peut résoudre les problèmes que les humbles mortels doivent affronter. Ils ne peuvent compter que sur leur intuition, cette petite voix intérieure qui guide leurs pas maladroits.

— Maman, répète-t-il en caressant le visage blafard.

Marie ouvre lentement les yeux sur son fils.

— Comme tu ressembles à ton père, dit-elle.

Le sourire de sa mère est empreint de tristesse et Georges continue de caresser la joue diaphane.

— Lucette vous a fait chauffer du bouillon de poulet.

— Je n'ai pas faim.

— Il faut manger.

Soutenue par son fils, Marie se lève et vient s'asseoir dans la chaise berçante. Lucette lui sert le bouillon chaud dans une tasse.

Dehors, la pluie et le vent interprètent leur morne symphonie automnale. La tête tournée vers la vitre mouillée, Marie sombre dans les abysses du néant, espérant y rencontrer l'âme errante de Guillaume. « Tu n'avais pas le droit de me laisser toute seule », lui reproche-t-elle, dans un accès de révolte.

Lucette s'approche d'elle et lui enlève la tasse de bouillon des mains. En douceur, elle lui fait avaler les cuillerées de consommé. Vidée de sa substance, Marie boit docilement, l'esprit ailleurs, loin des exigences de son corps. Elle n'a d'appétit que pour les baisers de son grand moustachu.

— Va faire couler un bain, dit Lucette à son mari. Verses-y l'eau chaude du réservoir du poêle et vérifie la température.

À Marie-Reine qui arrive du salon, Lucette demande d'aller chercher la robe de chambre de sa mère.

— On va vous faire belle, madame Dumas, affirme-t-elle.

Dépourvue de volonté, Marie la suit à la salle de bain et se laisse dévêtir sans pudeur. Sa bru la savonne, la rince, la sèche et la poudre sans que Marie fasse le moindre geste. Lucette la fait monter à sa chambre pour l'habiller avant la venue des visiteurs qui vont bientôt se présenter.

~🐟~

Vêtue d'une robe de crêpe noir dépourvue de toute ornementation, Marie entre au salon. Ses cheveux d'ébène, attachés en chignon, se sont teintés d'acier au cours des derniers jours. Telle une marionnette, Marie obéit à tous les ordres qu'on lui murmure. L'un des siens n'a qu'à dire « Nous allons prier », et Marie égrène son chapelet d'une voix à peine audible. Elle serre les mains qu'on lui tend, reçoit les condoléances sans réaction.

On la fait boire, on la fait manger, on la couche, on l'habille et on la coiffe comme on le ferait pour un enfant déficient. Marie n'appartient au monde des vivants que parce qu'elle tient encore debout. Comme la vieille horloge dont on a enlevé le balancier par respect pour le mort, le mécanisme de Marie est bloqué. Elle ne gardera aucun souvenir du défilé des sympathisants qui se sont présentés avant l'arrivée de ses enfants en provenance des États-Unis.

Les yeux rougis, Irène et Cécile débarquent à la maison, frissonnant dans leur manteau trop léger pour le climat nordique de leur ancienne patrie. À leur suite, le vieil oncle Edward enlève respectueusement son chapeau. Caché derrière l'oncle américain, Adrien claque la porte au nez du vent frisquet.

En les apercevant, Marie émerge de la brumaille qui l'emprisonnait. Leurs étreintes farouches et leurs larmes la raniment. Son bel Adrien, qu'elle n'a pas vu depuis plus de six ans, est enfin devant elle, costaud, le teint cuivré par l'air salin des océans, comme son père. Leurs retrouvailles sont douloureuses, mais combien précieuses en ces moments où elle a l'impression que sa vie bascule.

Manquant de lits pour accueillir la rare visite des États, Paul-Émile et Léonie offrent le gîte aux voyageurs. La petite madame Tremblay se charge de coordonner le travail bénévole des voisines accourues nourrir le cortège des visiteurs, et Marie-Reine se réconcilie avec la commère et sa fille qui font preuve d'une bienveillance à laquelle elle ne s'attendait pas.

⁓ঌ

La grisaille de novembre opprime Marie et la frigorifie. Le vent gémit dans les branches dénudées des grands peupliers qui bordent le cimetière. La terre détrempée et froide s'apprête à engloutir Guillaume.

— Non ! hurle-t-elle.

Georges et Adrien la retiennent au bord du gouffre où le cercueil descend lentement.

— Venez, lui dit Adrien en essayant de l'entraîner.

— Non, non! gémit-elle en résistant à la poigne de son fils. Je veux rester jusqu'à la fin. Je t'en prie! supplie-t-elle.

Un peu en retrait du groupe, exposé à la pluie et au vent, un géant souffle entre ses mains jointes. Les premières notes sortant de son harmonica couvrent le chuintement de l'averse. Sur les joues du musicien, se mêlent aux gouttes de pluie des larmes nostalgiques. Inhabituelle en ce lieu d'affliction, la gigue entraînante se veut un témoignage d'estime envers un homme d'exception. *Le Reel du renard* salue le capitaine parvenu à sa destination finale.

Au retour du cimetière, Lucette suggère à Marie-Reine d'installer sa mère et la famille proche au salon pendant qu'elle-même et Théo s'occuperont des autres visiteurs.

Comme l'aurait souhaité Guillaume, les verres de caribou délient les langues. On se remémore les exploits du disparu, son courage et sa joie de vivre. On se relance à coups de: « Te souviens-tu… ? », et la gaieté générale cache les pleurs qu'on versera plus tard dans la solitude lorsqu'on repensera au disparu.

Quand, à la fin de la soirée, tous les visiteurs se retirent, Georges raccroche le balancier de l'horloge. La vie doit reprendre son cours normal, mais le silence de la maison, vidée de tout ce monde affectueux et bruyant, le plonge dans la souffrance qu'il s'est efforcé de réprimer. Théo et lui devront retourner au boulot dès demain en laissant les femmes à leur chagrin. Il desserre sa cravate et prend une profonde inspiration.

La visite des États, qui ne repart que dans quelques jours, servira de tampon entre la fébrilité des derniers jours et l'insipidité de ceux qui suivront leur départ.

Recouvert de neige verglacée, le trottoir de bois ressemble à une patinoire. Anne-Marie s'agrippe au bras de son frère. Ils ont décidé de se rendre, après l'école, au magasin général de l'oncle Paul-Émile pour leurs toutes premières emplettes du jour de l'An. Anne-Marie a apporté, dans sa trousse à crayons, les sous amassés lors de la vente des bleuets.

— Bonjour, mon oncle, disent-ils en chœur en s'avançant vers le comptoir où Paul-Émile écrit dans son livre de comptes.

— Bonjour, mes enfants, répond ce dernier, surpris de voir au magasin les enfants de sa nièce. Qu'est-ce que je peux faire pour vous ?

— On veut acheter un cadeau pour maman et un pour grand-maman, proclame Jérôme.

— On n'a pas beaucoup de sous, précise Anne-Marie.

— Qu'est-ce que vous aimeriez comme cadeau ?

— Des mouchoirs de fantaisie, dit Anne-Marie.

— Ouais, des mouchoirs, répète Jérôme en faisant la moue. Elles pleurent tout le temps.

Anne-Marie lui donne un coup de coude pour lui intimer de se taire, mais le garçon, qui s'en va sur ses neuf ans, n'entend pas se faire dicter sa conduite par une fille. Il grimace et s'éloigne juste assez pour ne plus être à portée de bras.

Paul-Émile se dirige vers l'une des tablettes qui ornent le mur derrière son comptoir et en retire une boîte de carton remplie de mouchoirs ravissants. Anne-Marie les examine les uns après les autres.

— Regarde comme celui-ci est joli, dit-elle à son frère en lui montrant un mouchoir garni de dentelle.

— Trop de trous, réplique Jérôme. Ce serait mieux d'en choisir un plus pratique.

Reconnaissant la justesse de la remarque de son frère, la jeune fille range le mouchoir au fond de la boîte et examine attentivement les autres. Elle écarte ceux brodés de fleurs rouges, jugeant que ce serait un manque de délicatesse de choisir cette couleur durant la période de deuil. Elle en déniche un, brodé de blanc avec juste une petite pointe de dentelle, qu'elle juge des plus élégants.

— Pour grand-maman, dit-elle en tendant le mouchoir à son frère.

Jérôme le met de côté sur le comptoir et Anne-Marie continue sa recherche. Le dernier de la pile est brodé de minuscules fleurs mauves.

— Pour maman, dit-elle, le sourire aux lèvres. Elle aime tellement le lilas.

— Bons choix, approuve Paul-Émile.

— C'est combien ? s'inquiète Jérôme, dont le sens pratique est toujours en éveil.

— Cinquante cents pour les deux, répond le grand-oncle.

Le frère et la sœur se regardent, les yeux exorbités.

— Nous n'avons que 15 cents, bredouille Anne-Marie.

— Je pourrais vous faire crédit, propose Paul-Émile.

Ils se consultent du regard. Les conversations entre leur mère et leur grand-mère qui se plaignaient des clientes qui achetaient à crédit et qu'elles avaient du mal à faire payer leur reviennent en mémoire.

— Maman serait fâchée d'apprendre qu'on a acheté des cadeaux à crédit, dit la jeune fille.

— Seriez-vous prêts à travailler pour gagner les sous qui vous manquent ?

— Oui, mais le travail est rare, rétorque Jérôme.

— Je connais un marchand qui aurait bien besoin d'aide avant les fêtes.

— Ah, oui ? disent-ils de concert.

— Dites-nous lequel, on va aller le voir tout de suite, ajoute Anne-Marie.

— Vous l'avez devant vous. J'ai du bois de chauffage à faire corder dans la remise à l'étage, des caisses de marchandises à déballer, de l'époussetage à faire dans le magasin et bien d'autres petits travaux. Ça vous intéresse?

— Et comment! répond Jérôme.

— Quand est-ce qu'on commence? demande Anne-Marie.

— Demain, après l'école, dit Paul-Émile. Une heure chaque soir de la semaine et toute la journée de samedi prochain.

— Vous ne le regretterez pas, mon oncle, promet Jérôme.

Anne-Marie dépose ses sous noirs sur le comptoir.

— L'acompte pour mettre de côté les deux mouchoirs, dit-elle, les yeux brillants.

La mine réjouie, ils rentrent à la maison avec des airs de conspirateurs. Au souper, ils devront informer leurs parents qu'ils arriveront désormais en retard après l'école. Le magasin de leur grand-oncle étant situé juste à côté de leur maison, ils n'ont pas le choix d'avouer qu'ils vont travailler pour lui. Mais comme ils ne veulent pas éventer la surprise des cadeaux, ils ont décidé de prétendre qu'ils veulent amasser de l'argent pour s'acheter une canne à pêche l'été prochain.

⟶✣⟵

La famille en deuil vivra le temps des fêtes dans la plus stricte intimité. Les normes édictées par la bonne société, quoique très contraignantes, sont truffées de bon sens puisque la plupart des endeuillés ont besoin de temps et de solitude afin de puiser au fond d'eux-mêmes les ressources insoupçonnées de résilience que possède le genre humain. Le temps est un grand guérisseur, dit-on.

Pourtant, Marie-Reine en doute en voyant sa mère si profondément attristée. Sa physionomie a changé au point où rien de la femme conquérante d'autrefois ne subsiste. Ses yeux ont perdu tout éclat, son visage aux pommettes saillantes s'est affaissé et allongé. Sa bouche rieuse a pris la forme d'un accent circonflexe. Son teint est devenu terreux, ses cheveux ternes, son pas plus lent, ses gestes mesurés. Seul, son dos bien droit rappelle l'impétuosité de la jeune fille que sa mère comparait à une rivière écumante.

Après les funérailles, Lucette et Marie-Reine avaient décidé de dispenser Marie de sa part de travail pour lui permettre de reprendre des forces, mais elles se sont vite rendu compte que cela ne donnait pas les résultats escomptés et l'ont finalement laissé agir à sa guise. Alors, Marie a repris tout naturellement son petit train-train quotidien, en l'effectuant sans joie. Dans la grande maison où l'on n'entend plus ni chant ni rire, Marie-Reine se désole de la perte de son père et se tracasse pour sa mère. Marie est présente physiquement, mais son esprit est ailleurs. Elle ressemble aux coquillages éventrés et vides qui se dessèchent sur la grève.

Pour le petit enfant à naître, qui s'agite dans son ventre, et le reste de la famille, Marie-Reine s'efforce de masquer son chagrin. Comme sa mère, elle attend que la maisonnée soit endormie pour verser quelques larmes.

Contrairement aux autres années, le garde-manger ne contient ni biscuits de fantaisie, ni bûches de Noël.

— On va quand même faire des beignes et des tartes, décide Lucette. Il faut penser aux enfants et à nos hommes.

— Eh, oui… soupire Marie-Reine, la vie continue.

Les mains enduites de pâte à tarte, Lucette s'essuie la joue à l'aide de son avant-bras. La chaleur l'incommode depuis le début de sa grossesse et le poêle à bois qu'elle chauffe au maximum pour faire cuire ses tartes la fait ruisseler. Marie-Reine, occupée au repassage, doit sans cesse déposer le fer pour s'essuyer les yeux.

— Ce n'est pas bon pour ta santé de ruminer ta tristesse de même, dit Lucette. Et ça ne fera pas revenir ton père.

— Je sais bien, mais ce n'est pas facile avec les fêtes qui s'en viennent, se plaint Marie-Reine. Papa avait le don de répandre la joie autour de lui. Quand il naviguait, je t'assure qu'on voyait la différence dès qu'il mettait les pieds à la maison.

— Si ton père te voit brailler de là-haut, je suis sûre qu'il ne doit pas aimer ça.

— Il nous dirait : "Arrêtez de faire vos faces de mi-carême", dit Marie-Reine en esquissant un timide sourire.

<hr />

Un froid sibérien souhaite la bienvenue à l'année 1936. Après avoir béni discrètement leur famille, Théo et Georges alimentent sans faillir le poêle à bois et le foyer du salon. Les carreaux des fenêtres sont recouverts de frimas. En dépit de la froidure, quelques fêtards font leur tournée du jour de l'An. On entend les grelots des attelages qui passent devant la maison.

Dans le salon sont suspendus les bas de laine des enfants que saint Nicolas a, selon la coutume, remplis durant la nuit d'une pomme et de bonbons. Au pied du grand sapin décoré, près de la crèche de l'Enfant-Jésus, sont alignés les paquets enrubannés contenant les étrennes des enfants.

Après le déjeuner, la famille se réunit au salon, comme par les années passées. Marie tient à perpétuer cette partie des traditions. « Pour les enfants », plaide-t-elle. En tant que doyenne, elle procède à la distribution des petites gâteries et reçoit un baiser reconnaissant de ses petits-enfants.

Anne-Marie et Jérôme sortent de leur cachette secrète deux petits paquets enveloppés de papier de soie et s'avancent, le visage rayonnant, vers les destinataires des présents, en commençant par leur grand-maman.

— Oh ! fait Marie, surprise. Qu'est-ce que c'est ?

— Si vous voulez le savoir, vous avez rien qu'à l'ouvrir ! rétorque Jérôme avec aplomb.

Ce qui a l'heur de dérider sa grand-mère que tous voient sourire pour la première fois depuis deux mois. Comme les deux cadeaux sont presque identiques, les enfants se dépêchent de remettre à leur mère celui qui lui est destiné.

En découvrant son mouchoir, Marie-Reine s'exclame :

— Comme il est joli !

Quant à Marie, elle est si émue qu'elle doit immédiatement l'étrenner pour essuyer les larmes qui perlent à ses yeux.

⁓

Après un autre interminable hiver, la douceur du printemps incite Marie à prendre le large. Comme Guillaume, elle se sent attirée par le fleuve. Lors de ses promenades solitaires sur la grève, elle s'épanche auprès de l'ancienne maîtresse de son époux. Elle ne craint plus l'étendue d'eau mouvante qui aurait pu engloutir son homme. Aujourd'hui, il lui est loisible de goûter ses attraits. Auprès de la mer qu'il aimait tant, Marie a l'impression de retrouver Guillaume. Le ressac régulier des vagues apaise son âme meurtrie, l'air salin calme ses nerfs tendus et elle arrive à mieux dormir le soir.

En rentrant au milieu de l'après-midi, elle n'a pas le temps d'enlever son chapeau et son manteau que Marie-Reine l'appelle de sa chambre à coucher :

— Le bébé s'en vient !

Marie sort un grand piqué de l'armoire et le glisse sous sa fille. La galopade habituelle pour apporter de l'eau chaude et des langes se déroule sans heurt. Marie se lave rapidement les mains et revient à la chambre juste à temps pour voir pointer le crâne du bébé qui échoue en douceur sur l'alèse.

— Ma foi ! s'écrie Marie. Tu accouches comme une chatte !

— C'est normal, c'est mon septième, répond Marie-Reine. Fille ou garçon ?

L'enfant commence à pleurer dès que sa grand-mère le soulève par les pieds.

— C'est un beau garçon, dit Marie en s'affairant à le nettoyer.

— J'en ai maintenant trois de chaque ! commente Marie-Reine, la mine réjouie.

Le poupon pleure sans arrêt. Marie l'emmaillote et le présente à sa fille.

— Il a peut-être faim. Donne-lui le sein, ça devrait le calmer.

Le nourrisson cherche maladroitement le mamelon en continuant de chigner. Marie-Reine plaque le téton entre les lèvres du pleurnichard avec plus ou moins de succès. L'enfant grimace et gesticule en geignant.

— Qu'est-ce qu'on fait ? demande-t-elle, le visage implorant.

Marie reprend le bébé, le déshabille et l'examine des pieds à la tête. Rien ne semble clocher. Elle le couche contre son épaule en frottant doucement son dos, mais le petit bout d'homme bêle comme un mouton qu'on mène à l'abattoir.

— Je n'ai jamais vu ça, avoue-t-elle, impuissante.

Elle couche l'enfant dans son berceau et lui cale un petit oreiller dans le dos.

— Il va bien finir par se fatiguer, dit-elle en revenant auprès de sa fille pour terminer son travail de sage-femme.

— Les contractions de Lucette ont commencé, annonce Marie-Reine quand sa mère enlève l'alèse souillée.

— Doux Jésus ! s'écrie Marie. Pas les deux en même temps ! Où est-elle ?

— Dans sa chambre.

Marie monte les marches en trombe. Même si le travail d'une primipare prend plusieurs heures, elle s'inquiète. S'il fallait que le bébé soit mal placé, comme pour Lydia, il n'y aurait pas un instant à perdre. Georges lui a expressément recommandé d'appeler le médecin dès les premières contractions s'il n'était pas à la maison.

Allongée dans son lit, Lucette se masse le ventre en grimaçant. Marie s'efforce de sourire et de prendre un air calme pour rassurer sa bru.

— Ça fait combien de temps que les contractions ont commencé ?

— Environ une heure.

Marie palpe doucement l'abdomen tendu, puis écarte les jambes de Lucette.

— Tout a l'air normal, ma belle fille. C'est souvent long pour un premier bébé, tu sais. Essaie de te reposer entre les contractions. Je vais aller prévenir le docteur et préparer le nécessaire.

— Georges voudrait que j'accouche à l'hôpital, répond Lucette, rougissante.

— Je vais demander au Dr Gaucher de venir avec son automobile.

Elle se sent soulagée de ne pas être obligée d'imposer la décision de son fils à la jeune femme qui aurait pu s'en inquiéter. Accoucher à l'hôpital ! Qui aurait envisagé une telle possibilité il y a quelques mois à peine ? L'accouchement n'est pas considéré comme une maladie, c'est un phénomène naturel et parfois cruel, elle le reconnaît, la délivrance a sonné le glas de nombreux bébés et de plusieurs mamans. Mais de là à accoucher à l'hôpital!

Marie file chez le médecin où madame Docteur lui apprend que son mari est parti faire sa tournée des malades. Sans perdre une minute, elle court à l'hôpital.

— Où est-ce que je peux trouver Georges Dumas? demande-t-elle à la jeune religieuse à l'entrée. C'est urgent.

— À l'entrepôt, chuchote la sœur.

La nonne lui indique la direction à suivre et Marie trottine en essayant de ne pas faire de bruit afin de ne pas déranger les malades. Comme elle approche de la porte de l'entrepôt, une jeune religieuse, qui en sort précipitamment, la percute violemment.

— Excusez-moi, bredouille-t-elle.

Les joues empourprées et la cornette de travers, la non-nette détale sur-le-champ. En ouvrant la porte de l'entrepôt, Marie aperçoit le jeune vicaire de la paroisse en train de sortir l'arrière de sa soutane, coincée dans son pantalon. Le prêtre se retourne et blêmit.

— Je viens de terminer mes confessions, bafouille-t-il.

«Drôle d'endroit pour faire des confessions», se dit Marie, interloquée.

— Je cherche mon fils, Georges Dumas. On m'a dit que je le trouverais ici.

— On l'a demandé à la cuisine. Pour une fuite d'eau, précise l'abbé, toujours aux prises avec le pan de sa soutane.

Marie abandonne l'ecclésiastique et finit par trouver Georges étendu dos par terre, la tête sous le grand évier de la cuisine.

— J'ai terminé, ma sœur. Faites couler un peu d'eau pour voir si tout est étanche.

La religieuse obéit en s'étirant au maximum afin d'éviter tout contact physique avec le plombier.

— Tout est beau. Je ne comprends pas que ce coude-là se desserre à tout bout de champ. Je n'arrête pas de le réparer, c'est pas normal, marmonne-t-il en se relevant.

Surpris de voir sa mère, il s'inquiète.

— Lucette ?

— Oui, répond Marie. Peux-tu trouver une automobile pour l'hospitaliser ? Le Dr Gaucher n'est pas disponible.

Marie se berce en tricotant. Depuis les funérailles de Guillaume, le tricot occupe ses mains et son esprit durant ses moments de loisir. Ce travail de routine lui convient tout à fait : il ne demande guère d'efforts tout en étant productif et utile aux siens, et il l'aide à passer le temps, ce temps qui lui reste à vivre, amputée de Guillaume. Une maille à l'endroit, une maille à l'envers. Le brin de laine va et vient sous l'aiguille à tricoter. La maille de riz donne un tricot souple qui convient parfaitement au foulard qui s'allonge au rythme des cliquetis répétés inlassablement. Le silence de la maison endormie apaise Marie.

Le bébé de Marie-Reine a fini par s'endormir, épuisé d'avoir pleuré durant des heures. Marie et Théo ont essayé de le calmer en le promenant, Marie-Reine a tenté de lui donner le sein à quelques reprises. Toutes leurs tentatives ont échoué lamentablement.

Maintenant, les pensées de Marie sont tournées vers l'hôpital où Lucette subit le combat que lui livre un petit être qui aspire à la vie. Elle attend Georges, prête à le soutenir, dans la joie comme dans la peine. Elle se prépare à toute éventualité, coupée désormais de l'émotivité qui la faisait vibrer auparavant et la rendait si pétillante. Elle ressemble à son tricot: une maille à l'endroit, une maille à l'envers. Marie ne fait plus de vagues, elle ondule mollement.

À deux heures du matin, Georges rentre enfin. Elle reconnaît son pas allègre.

— Une belle fille de huit livres et demie, dit-il, le visage rayonnant.

Le lendemain après-midi, les cloches du patelin carillonnent pour annoncer le baptême double de Victor Dumont, dit le braillard, et de sa paisible cousine, Lorraine Dumas, qui a hérité des jolies fossettes de sa maman.

Marie porte le bambin geignard sur les fonts baptismaux en songeant que ce poupon, encore en gestation dans le ventre de sa mère quand son grand-père est mort, a sans doute ressenti tout le chagrin qui l'entourait et qu'il l'a fait sien. «Cher petit homme, se dit-elle, émue. Ta grand-maman va s'appliquer à t'insuffler de la joie, tu n'as pas à prendre notre peine. Mais puisque tu ne le sais pas encore, pleure tout ton soûl, mon ange. Je te consolerai.»

Après la cérémonie, Georges ramène le bébé à l'hôpital, auprès de sa mère. Comme d'habitude, Léonie vient aider Marie à prendre soin des neuf enfants et de l'accouchée. Le soir, Anne-Marie aide les trois autres écoliers à faire leurs devoirs. Théo et Georges amusent les plus jeunes avant de les coucher. Marie va au plus pressé: nourrir toutes ces bouches affamées et les vêtir proprement. Malgré l'eau courante et l'éclairage électrique, la tâche est lourde et elle commence à ressentir le poids des années.

Le récital de pleurs de Victor se poursuit sur toutes les notes de la gamme avec quelques variantes ponctuées de hoquets chagrins. Marie l'emmaillote chaudement et le tient serré contre son épaule, le berce et le promène avec une patience sans limite. Elle le bécote et le dorlote, mais qu'elle chuchote ou sifflote, Victor sanglote ou chevrote. Marie ne trouve aucun antidote pour faire taire le larmoyant despote. Quand Victor finit par s'endormir, tous soupirent de soulagement.

— Je n'en peux plus, se plaint Léonie au bout d'une semaine.

La pâleur de son teint tranche avec les reflets de sa chevelure flamboyante.

— Va te reposer, l'enjoint Marie.

⁓

Tôt le lendemain matin, Paul-Émile, le front soucieux, vient prévenir Marie que Léonie doit garder le lit et qu'il a demandé au médecin de passer la voir dans la journée.

— Elle n'a même pas la force de se lever, confie-t-il. Et toi, vas-tu t'en sortir?

— Je vais garder Anne-Marie pour m'aider. Dis à Léonie que je passerai la voir dans l'avant-midi et que je vais vous apporter à dîner.

— Merci, Marie. À plus tard.

Pendant la conversation avec son grand-oncle, Anne-Marie est restée près de sa grand-mère et elle lui fait signe de la suivre à la salle de bain dès que Paul-Émile retourne chez lui. Le visage de la jeune fille est empreint de gravité, elle est pâle et porte la main à son ventre.

— Es-tu malade? s'inquiète Marie.

— Oui, gémit la jeune adolescente. Je saigne beaucoup.

— Où? s'informe Marie, qui ne voit ni tache de sang ni blessure apparente.

— Là, fait signe Anne-Marie en indiquant son entre-jambe.

— Ça ne t'était jamais arrivé avant?

— Non, répond-elle, en larmes. Est-ce que je vais mourir?

Marie comprend que Marie-Reine n'a pas renseigné sa fille à propos des menstruations. La pauvre enfant fait peine à voir avec son petit visage aux traits crispés.

— Ce n'est rien de grave, ma chouette, s'empresse-t-elle de la rassurer. Toutes les femmes connaissent ce petit inconvénient qui revient tous les mois. Ça veut dire que tu es une demoiselle maintenant!

Rassérénée, la jeune demoiselle essuie ses yeux du revers de sa manche. Marie sort du chiffonnier les guenilles servant à éponger le flux menstruel et fournit à sa petite-fille toutes les informations utiles pour faire face aux désagréments mensuels dont elle-même n'a plus à se soucier. Avec circonspection, elle la met en garde contre les dangers qui la guettent à présent. Il faut éviter à tout prix le déshonneur qui rejaillit sur la famille d'une fille-mère. Marie aurait préféré que ce soit Marie-Reine qui s'en charge, mais connaissant la réserve de sa fille, elle juge préférable d'initier elle-même Anne-Marie aux secrets de la vie.

— Promets-moi de n'en parler à personne, insiste-t-elle.

Anne-Marie sourit, ses joues retrouvent leur couleur vermeille. Ses cheveux blondinets et bouclés ondulent sur ses épaules quand elle promet, en secouant la tête, de garder le secret.

De l'autre côté de la porte, Jérôme s'impatiente.

— Qu'est-ce qu'on mange, à matin?

— J'arrive, lui crie Marie.

Au lavabo, Anne-Marie mouille une débarbouillette.

— Tu viendras m'aider quand tu auras fini de te laver, ma chouette.

De la cuisine où elle boulange et surveille la marmaille, Marie entend sa petite-fille, promue au rang des demoiselles, chantonner en faisant les lits. Intriguée par le silence inhabituel de Victor, Marie recouvre d'un linge humide les boules de pâte.

— Surveille tes petites sœurs, recommande-t-elle à Étienne.

Marie longe le couloir sur la pointe des pieds de crainte de réveiller le bébé. Elle entrouvre la porte de la chambre en douceur. Appuyée sur un monticule d'oreillers, Marie-Reine donne la tétée au poupon. La mère et la fille se sourient, les moments paisibles sont si rares. Marie se rend vite compte que les bruits de succion diminuent; l'enfant repu s'endort, la bouche encore au sein de sa mère. Marie-Reine se glisse sur le bord du lit. La tête contre l'épaule de sa maman, le petit Victor émet son rot, puis retourne à son berceau.

— Ta tante Léonie est malade, chuchote Marie quand Marie-Reine se recouche. Anne-Marie va s'occuper des enfants pendant que j'irai lui porter à dîner. En passant, ta fille est grand-fille. La pauvre enfant croyait qu'elle allait mourir.

Marie-Reine rougit sous le reproche que sous-entend la remarque de sa mère.

— Je vais aller vous aider, dit-elle en se rassoyant sur le bord du lit.

— Reste couchée. Anne-Marie va m'aider une couple de jours.

— J'ai des fourmis dans les jambes, dit tout bas Marie-Reine.

Marie se rappelle qu'elle-même était toujours pressée de se relever après ses accouchements.

— Tu peux marcher si t'as le goût de te dégourdir les jambes, mais je te défends de travailler.

Le sourire qu'elle adresse à sa fille tempère le ton autoritaire employé. Dans deux jours, Lucette recevra son congé de l'hôpital et les deux accouchées pourront recommencer à besogner. Dans l'intervalle, Marie compte garder sa petite-fille à la maison, d'autant plus que ce congé d'école arrive à point pour la jeune fille aux prises pour la première fois avec les guenilles incommodantes.

◆

Décidée de se rendre chez Léonie par l'escalier situé à l'intérieur du magasin de son beau-frère, Marie entre dans le commerce baignant dans la fumée de pipe qui imprègne l'air ambiant de l'odeur du tabac canadien. Le dos tourné à la porte, le père Anthime gesticule.

— Les maudits rouges! bougonne le vieil avare. C'est rien qu'une bande de voleurs! Duplessis a démasqué Taschereau pis les abus de sa gang de corrompus. Vous allez voir que l'Union nationale, ils vont le retrousser quand ils vont prendre le pouvoir!

Paul-Émile se concentre sur ses travaux d'écriture et laisse le bonhomme pérorer à sa guise. La ligue des vieux grincheux n'a pas l'habitude de se regrouper avant le dîner. «Ventre affamé n'a pas d'oreille», prétend-on, et les vieux sages préfèrent prendre des forces avant de se livrer à leurs combats de coqs. Le soliloque du père Anthime l'enflamme au point que son faciès prend la couleur de la crête de l'orgueilleux volatile. Pourtant, personne n'est là pour le contredire et Marie, ahurie, le regarde. Elle contourne l'énergumène qui poursuit son discours. Penché sur son livre de comptes, Paul-Émile paraît soucieux.

— Est-ce que le docteur est passé ? demande-t-elle en déposant sur le comptoir le plateau du dîner.

Surpris par l'arrivée de Marie, Paul-Émile relève la tête.

— Oui, répond-il. Il pense que c'est son cœur. Il recommande le repos complet.

— Ça va sans doute se replacer avec du repos, dit-elle, malgré tout assommée par le diagnostic.

— Je vais engager une servante.

« Léonie est trop jeune pour être aussi malade, tente de se persuader Marie. Depuis que sa fille adoptive est morte de la grippe espagnole en 1919, Léonie n'a pas eu une grosse besogne à abattre. Non, c'est impossible. Ce n'est quand même pas les pleurs du bébé qui l'ont mise à mal. Elle est solide, ma Léonie. »

— Le Dr Gaucher commence à se faire vieux. Tu devrais consulter un docteur plus jeune, suggère-t-elle.

— Tu as raison, je vais m'adresser au petit Dr Couture, dit Paul-Émile, dont les plis soucieux s'effacent pour faire place à un sourire rempli d'espoir.

Pendant leur discussion, le père Anthime poursuit sa harangue, la ponctuant de grands moulinets des bras.

— On n'a pas besoin de déchausser celui-là pour savoir où il a mal. Voici ton dîner, dit-elle en lui tendant une assiette recouverte d'un linge propre. Je vais aller voir Léonie.

Adossée à une pile d'oreillers, Léonie est aussi blanche que ses draps. Le contraste avec ses cheveux roux est si effrayant que Marie manque de laisser tomber son plateau.

«Doux Jésus! On dirait qu'elle n'a plus une seule goutte de sang dans le corps», se désole-t-elle.

En voyant Marie apparaître, Léonie lui sourit tristement. Elle reste immobile, le souffle court.

— Je t'ai apporté une bonne soupe, dit Marie en adoptant un ton résolument optimiste.

— Je n'ai pas très faim, murmure la malade.

— Il faut manger pour reprendre des forces. Je t'ai préparé un bon bouillon de poulet, c'est facile à digérer et c'est nourrissant.

⁂

D'un air compassé, le jeune Dr Couture ne peut que confirmer le diagnostic de son confrère: Léonie Joncas souffre d'une affection cardiaque qui ne se soigne, hélas, que par le repos complet.

Démoralisée, Marie continue de faire ingurgiter à la malade son bouillon de poulet. C'est tout ce qu'elle peut faire: un peu de consommé et beaucoup de prières. Avant de s'endormir, dans son lit solitaire, Marie s'apitoie sur le mauvais sort qui frappe à tort et à travers. Elle échangerait volontiers sa place pour celle de Léonie tant elle est pressée d'aller rejoindre Guillaume.

⁂

À présent que Lucette et Marie-Reine ont repris leurs tâches quotidiennes, Marie se sent de nouveau inutile. Il n'y a que le petit Victor qui semble avoir besoin d'elle, car le petit bonhomme continue de pleurnicher. Sa grand-maman le promène, le berce, le cajole, sans arriver à consoler le chagrin inexplicable du nourrisson qui se développe pourtant

166

normalement. Pour permettre aux jeunes mamans et à toute la maisonnée de se reposer, chaque fois que le beau temps le permet, Marie emmaillote l'enfant et l'emmène faire de longues randonnées en carrosse.

Aux abords de la grève, les goélands survolent le landau et criaillent avec le petit bébé qui piaille jusqu'à l'épuisement. Le bruissement des vagues atténue le tintamarre des doléances des uns et des pleurnicheries de l'autre. Enfermée dans sa douleur, Marie se laisse divaguer. Victor pleure une peine inexplicable alors qu'elle n'a plus de larmes pour écouler la sienne.

⟶ᴄᴏ

En août, c'est au tour du clan libéral de se morfondre. La corruption et les abus dénoncés par Maurice Duplessis ont marqué le gouvernement de Taschereau au fer rouge. Après les trente-neuf ans de règne du Parti libéral, l'Union nationale prend le pouvoir.

Après tant de défaites humiliantes où on l'insultait, le père Anthime exulte. Ses adversaires subissent les agressions de rubans bleus que le vieil usurier agite en ricanant sous leur nez. Atteints dans leur dignité, les partisans libéraux se sentent misérables et en veulent à leurs anciens dirigeants de les avoir bassement floués. Désabusés, plusieurs d'entre eux ne sont pas allés voter.

— Ton Duplessis fera pas mieux qu'eux autres, fulmine le père Alphédor quand il se fait apostropher au magasin général. C'est rien qu'un péteux de broue.

Marie, qui revient de sa visite quotidienne à Léonie, se réfugie derrière le comptoir.

— T'es jaloux, le nargue le vieil Anthime.

— Vieux grippe-sou, rouspète Alphédor, au bord de la crise d'apoplexie.

Le père Anthime, vexé par la vérité, lève le poing en direction du menton de son adversaire, mais ce dernier pivote et pare le coup.

— Ça va faire, crie Paul-Émile en s'interposant entre les deux vieux. Je ne veux pas de bataille dans mon magasin.

Comme un jeunot malappris, Alphédor fait une vilaine grimace à son rival et sort de l'établissement.

— Ma grand foi du bon Dieu, s'exclame le père Anthime, sidéré. Il est en train de retomber en enfance, le vieux fou !

5

Cap-aux-Brumes, 1936

Par un matin clair et frais du début de septembre, Étienne et Félix marchent derrière Aurélien et Jérôme. Vêtus de culottes courtes et chaussés de bas montant jusqu'aux genoux, les deux garçonnets traînent leur sac d'école contenant un cahier ligné, deux crayons de plomb, une gomme à effacer et une règle. Bérangère, qui entreprend sa deuxième année, se hâte vers le couvent en compagnie de sa cousine Anne-Marie, promue en huitième année.

De la fenêtre du salon, Marie-Reine et Lucette les observent un moment.

— Chaque fois qu'un de mes enfants commence l'école, dit Marie-Reine, j'ai l'impression qu'il me pousse un cheveu blanc.

— Tu te fais du souci ?

— Un peu, mais c'est surtout que ça me fait réaliser que je vieillis.

— Allons, dit Lucette, chasse tes idées noires, sinon je vais t'appeler "ma vieille".

Marie-Reine fait mine de s'offenser.

— Ma belle drôle, dit-elle en riant, on s'en reparlera quand Lorraine commencera l'école.

Au même moment, les deux poupons nés en mai réclament leur maman. La douce mélodie de la petite Lorraine est vite enterrée par la puissante voix de Victor.

Dans le salon des Joncas, Léonie fait admirer à Marie le gramophone que Paul-Émile vient d'acheter. Le meuble sur pied, en bois de couleur bordeaux, combine la radio et le tourne-disque.

— Il est électrique, fait remarquer Léonie. On n'a plus besoin de tourner une manivelle avant de faire jouer les disques. Je vais te faire écouter la chanson que je préfère.

Léonie extrait d'une pile de 78 tours, rangés dans la bibliothèque, la mélodie recherchée. Elle sort le disque de sa pochette de carton et le dépose sur le tourne-disque. Avec précaution, elle soulève le bras muni d'une aiguille ressemblant à celle d'une machine à coudre et le pose délicatement sur le bord des rainures. La voix charmeuse de Tino Rossi entonne :

Marinella
Ah ! reste encore dans mes bras
Avec toi je veux jusqu'au jour
Danser cette rumba d'amour
Ton rythme doux
Nous emporte bien loin de tout
Vers un pays mystérieux
Le beau pays des rêves bleus.
Blottie contre mon épaule
Tandis que nos mains se frôlent
Je vois tes yeux qui m'enjôlent
D'un regard plein de douceur
Et quand nos cœurs se confondent
Je ne connais rien au monde
De meilleur.
Marinella
Ah ! reste encore dans mes bras...

Léonie flotte dans sa robe tube, de couleur lilas, qui lui arrive aux mollets. La chanson de Tino Rossi la transporte dans un univers romanesque et Marie éprouve un malaise indéfinissable devant le sourire angélique qui éclaire le visage émacié de la malade. Son repos des derniers mois l'a laissée aussi blanche que son col Claudine et les manchettes de ses manches trois quarts. Marie prend conscience que, contrairement à ce qu'elle avait espéré, l'état de Léonie ne s'améliore pas.

La romance prend fin et Léonie s'empresse de choisir un autre disque.

— On va écouter une chanson de la Bolduc.

La chanteuse gaspésienne est reconnue pour son humour, mais le langage populaire de ses chansons folkloriques déplaît aux milieux sophistiqués.

Me voilà mal amanchée j'ai un bouton su'l bout du nez
Quand je viens pour regarder j'vous dis que ça m'fait loucher
J'vous assure c'est bien souffrant ça m'fait faire du mauvais
    sang
J'me suis fait un bon onguent y'a guéri dans pas grand temps
Pi j'en ai un su'l'bout d'la langue qui m'empêche de turluter
Pis ça me fait bégay gay gay gay bégay gay gay gay bégayer
J'au un clou su'l nerf du cou qu'est aussi grand qu'un trente
    sous
J'en ai un sur le menton qu'est aussi gros qu'un citron
J'en ai un autre su'l'bord d'l'oreille qui m'sert de pendant
    d'oreille
J'vous assure qu'i' ternissent pas sont garantis 14 carats

— Ça me fait du bien de l'entendre, elle est tellement drôle! commente Léonie, au milieu de la chansonnette.

— Guillaume l'aimait, lui aussi.

Marie se souvient comme elle riait avec son grand moustachu en écoutant ces chansons pleines d'ironie. Pourtant,
ce matin, elle n'a pas l'humeur à la légèreté, mais elle s'efforce
de sourire pour ne pas assombrir la joie de Léonie. Ce n'est
la faute de personne si la Bolduc n'arrive plus à la dérider.

*Si v's êtes comme ça mes amis ça veut dire qu'vous êtes mal
    pris
J'ai un conseil à vous donner vous êtes mieux d'vous faire
    soigner
Avant que ça aille trop loin allez voir le médecin
Quand on attend trop longtemps ça finit par un enterrement*

La ritournelle terminée, Léonie range le disque dans sa
pochette.
— Je vais aller me coucher, dit-elle.
Après l'avoir reconduite à son lit, Marie salue la bonne
occupée à cuisiner et descend au magasin. Paul-Émile, toujours impeccablement vêtu, range de la marchandise dans
les étagères situées au mur, derrière son comptoir.
— Léonie m'a dit que tu te fais installer le téléphone
bientôt.
— Oui, ils vont venir cette semaine. Comme ça, je vais
pouvoir appeler le docteur si…
Paul-Émile a la mine triste et résignée des gens qui
savent. La phrase laissée en suspens est si éloquente que
Marie doit détourner la tête pour ne pas montrer son désarroi. Là-haut, elle a senti la présence de la vieille chasseresse
à l'affût.
— À demain, marmonne-t-elle en s'enfuyant lâchement.

Les après-midi sans pluie, Marie promène le landau de Victor sur la grève. Si la marée est basse, elle marche sur le sable tapé par le reflux des vagues. Quand la marée haute l'oblige à se confiner à la plage de sable mou, les roues du carrosse s'enfoncent et elle doit tirer le landau au lieu de le pousser. Plutôt que de protester, comme Marie s'y serait attendue, le bambin ballotté s'endort paisiblement. L'effort en vaut la peine, se réjouit-elle, et elle s'arrange les jours suivants pour ne plus contourner les obstacles qui se dressent sur sa route. Les balades houleuses sont suivies de nuits plus calmes.

— Il a le pied marin comme son grand-père, prétend Georges, quand Marie lui fait part de ses observations. C'est pour ça qu'il dort comme un loir quand il se fait secouer, il a l'impression de voguer sur la mer. Quand je me retrouvais sur le plancher des vaches, j'avais toujours de la misère à m'endormir les premières nuits.

Lorsque les déluges d'automne incitent Marie à rester à l'abri, elle installe le berceau de Victor au pied de sa chaise berçante. Pendant qu'elle tricote, elle appuie son pied sur l'une des berces et l'enfant balancé se calme et s'endort.

Le silence bienheureux n'est rompu que par le pétillement du poêle à bois. Marie-Reine et Lucette peuvent faire leur sieste en toute tranquillité et les pensées de Marie s'envolent auprès de son bien-aimé. Dans quelques jours, une année se sera écoulée depuis sa mort et Marie s'étonne d'être encore en vie. Tous les soirs, elle le supplie de venir la chercher. « Guillaume Dumas, songe-t-elle, tu as beau faire la sourde oreille, tu vas m'entendre quand je vais arriver de l'autre bord ! »

Revenant de la messe anniversaire du décès de Guillaume, Marie lutte contre les rafales. Son parapluie est inutilisable, deux de ses baleines se sont cassées quand il s'est tourné à l'envers, et elle doit tenir son galurin qui menace de l'abandonner malgré la grande aiguille à chapeau fermement piquée dans son chignon.

— Je vous rejoindrai plus tard, dit-elle aux siens, qui se sont endimanchés pour assister à l'office. Je veux aller voir votre tante Léonie. Ne m'attendez pas pour déjeuner.

Elle entre au magasin au moment où Paul-Émile raccroche le téléphone.

— Léonie nous a quittés, dit-il, la mine triste.

— Doux Jésus! murmure-t-elle en portant la main à sa bouche.

Bien sûr, Marie s'attendait à pareille nouvelle, mais elle est consternée que la mort de Léonie survienne un an jour pour jour après celle de Guillaume.

— Je viens d'appeler le docteur pour constater le décès. Est-ce que je peux te demander de faire sa toilette mortuaire? Je suis certain que Léonie aurait préféré que ce soit toi qui s'en charge plutôt que la bonne.

Marie opine de la tête, incapable de prononcer une seule parole. Paul-Émile accroche une pancarte «Fermé» dans la porte du magasin général.

— Montons, dit-il. Le docteur ne devrait pas tarder.

Jos Bellavance et son fils aîné arrivent au moment où le glas résonne dans la paroisse assaillie par les trombes de pluie. Marie enlève les sous noirs qu'elle avait déposés sur les paupières de la morte afin de les tenir fermées. Aidée de la servante, elle a revêtu Léonie de son élégante robe noire garnie de dentelle. Les longs cheveux roux sont noués en catogan.

Avant de se retirer, les Bellavance récitent le chapelet en présence des proches rassemblés près de la défunte. Les fenêtres drapées de noir et le faible éclairage des cierges, qui brûlent au pied et à la tête de la dépouille, transforment le salon en un décor funèbre. C'est à peine si l'on ose respirer tant l'ambiance est accablante.

Dans l'heure qui suit, les villageois commencent à défiler les uns après les autres. Comme un long rosaire qui n'en finit plus, le cortège ne s'arrêtera qu'après les funérailles. Le marchand général est connu dans la paroisse et les alentours, et chacun tient à lui transmettre ses condoléances.

Prévenus par téléphone, les fils de Paul-Émile, Jean et Gabriel, accompagnés de leurs épouses, arrivent le lendemain par le train, en même temps que Paulette et son mari. Les deux frères se sont établis à Montréal après leurs études universitaires. Ne s'étant pas revus depuis plusieurs années, les cousins et cousines des familles Joncas et Dumas ont du mal à se reconnaître. À la vue des grands fils de sa chère Reine, Marie est émue aux larmes.

— Comme votre mère serait fière de vous, leur dit-elle en les embrassant.

Le salon est bondé de sympathisants et l'air y devient si irrespirable que les hommes s'esquivent pour aller fumer dehors. Pour se protéger de la pluie persistante, ils se regroupent sous la véranda du magasin ou sous celle de la maison de Marie, voisine de celle des Joncas. À la cuisine, les femmes ne chôment pas avec les nombreuses tablées à servir. On se relaie aux deux endroits durant trois jours et trois nuits d'affilée. Les veillées nocturnes sont cependant moins achalandées.

Dans l'église remplie à pleine capacité, les membres de la famille Laflamme sont facilement repérables. Leurs chevelures rousses affichent diverses nuances allant du roux clair à l'acajou foncé, en passant par le cuivré et l'auburn.

Les couleurs vives semblent défier la mort et Marie se sent soudain remplie d'une paix profonde. Elle a l'impression de baigner dans un océan d'amour, et elle comprend enfin qu'il est inutile de lutter contre l'inéluctable. Une voix intérieure lui murmure que le mystère de la vie et de la mort lui sera révélé en son temps. Dans l'intervalle, elle a le devoir de bien vivre chaque moment qui lui est accordé.

⁂

De retour à l'hôpital, le lendemain des funérailles, Georges reçoit la visite de la mère supérieure. D'un air courroucé, la religieuse lui intime de la suivre. La nonne autoritaire fait demi-tour. Sa robe froufroute au rythme de son pas militaire. Arrivée à son bureau, elle lui indique d'un geste martial une chaise et ferme la porte. Elle s'assoit à son pupitre.

— Assoyez-vous ! dit-elle, le ton cassant.

Le front soucieux, Georges obtempère. Il a toujours eu de bonnes relations avec la supérieure et il ne comprend pas son attitude revêche. Il serait le diable incarné qu'elle ne le regarderait pas avec plus de haine.

— Vous êtes congédié ! vocifère-t-elle.

— Pour quelle raison ? demande-t-il, estomaqué. J'ai toujours bien fait mon travail.

La mère supérieure croise les bras sur sa poitrine. Ses yeux furibonds étincellent.

— Ne me faites pas perdre mon temps ! dit-elle, les mâchoires crispées. Vous le savez aussi bien que moi.

— J'en ai aucune idée, réplique-t-il, médusé.

— Vous êtes plus hypocrite que je le pensais! crache-t-elle. Sortez d'ici immédiatement et ne remettez jamais les pieds dans cet hôpital!

— Mais, ma mère...

— Sortez! le coupe-t-elle en bondissant de sa chaise. Et comptez-vous chanceux de vous en tirer à si bon compte.

Le doigt vengeur de la furie pointe la porte. Sans comprendre, Georges quitte l'hôpital et retourne chez lui. Indifférent à la pluie qui tombe dru, il marche, les bras ballants. Il a beau se creuser la tête, il ne trouve aucune explication.

⸺✑

En voyant Georges franchir la porte, tout dégoulinant, Marie comprend à son air désespéré qu'il vit quelque chose de très grave.

— Qu'est-ce qui se passe?

Georges se jette dans ses bras.

— Je comprends plus rien, maman, bredouille-t-il au bout de quelques secondes.

Il se dégage des bras de sa mère, l'air misérable.

— La sœur supérieure vient de me congédier et elle n'a même pas voulu me dire pourquoi.

— Mais, voyons! s'étonne Marie. Ça ne se fait pas. Elle ne t'a rien dit?

— Elle prétend que je le sais, dit-il, hébété. Et que je suis chanceux de m'en tirer à si bon compte. Mais, je vous jure, maman, que j'ai rien fait de mal. J'ai toujours été consciencieux et poli. J'y comprends rien.

Se cachant le visage de ses mains, Georges éclate en gros sanglots. Lucette dévale l'escalier et se pend au cou de son homme en dépit de ses vêtements trempés.

— Tu vas te trouver autre chose, l'assure-t-elle. C'est pas la fin du monde.

— Je vais aller la voir et tirer tout ça au clair, décide Marie.

Déterminée, elle monte enfiler sa robe du dimanche, redescend et met son manteau d'automne, cale son chapeau de feutre sur sa tête et chausse ses bottes de pluie. «Si ça a du bon sens, marmonne-t-elle, congédier un bon employé sans lui donner d'explications...»

À la satisfaction de Marie, le magasin général est désert. La pluie torrentielle incite les gens à reporter leurs sorties. Elle s'essuie les pieds sur le grand tapis à l'entrée et appuie son parapluie mouillé au cadre de la porte. Sa visite à l'hôpital n'a pas eu les effets escomptés et Marie a besoin de se défouler avant de retourner à la maison.

— Veux-tu bien me dire ce qui te fait sortir par un temps pareil? dit Paul-Émile, visiblement heureux de sa visite.

— La supérieure de l'hôpital, grogne-t-elle.

— Tu n'as pas l'air de bonne humeur.

— Non, je dirais même que je suis en beau fusil!

Paul-Émile la regarde, amusé, et sourit.

— Conte-moi ça.

— Imagine-toi donc, dit Marie, les deux poings sur les hanches, que la bonne sœur a congédié Georges. Sans même lui fournir une seule explication!

— Ça parle au diable! dit-il en fermant la porte qui communique avec son logis afin d'empêcher la servante d'entendre leur conversation.

— Je suis allée la voir pour tirer ça au clair, tu comprends bien. Mais la... la tabarnouche m'a revirée de bord comme un sac de farine vide. J'ai rien appris de plus.

— C'est bizarre, dit-il en fronçant les sourcils.

— Bizarre, puis choquant, si tu veux le savoir !

— Je comprends.

— Georges, c'est un bon garçon. Il est honnête et travaillant. J'y comprends rien, ab-so-lu-ment rien, martèle Marie.

— Moi non plus, avoue-t-il, ahuri. Dis-moi donc ce qu'elle t'a dit au juste.

— Rien. Enfin, rien de bien éclairant. Juste des bêtises.

— Comme quoi ?

— Bien, elle m'a dit que j'avais mal élevé mon garçon ! Puis quand j'ai insisté pour connaître les raisons de son congédiement, elle m'a dit de me mêler de mes affaires ! Quand je lui ai répondu que les affaires de mon garçon, c'étaient mes affaires aussi, elle s'est choquée noir et m'a ordonné de sortir. Je te dis qu'elle était pas belle à voir, montée sur ses grands chevaux. Jamais j'aurais cru qu'une religieuse pouvait se conduire de cette manière.

Un craquement se fait entendre.

— Tu parles d'une affaire ! dit-il en lui faisant signe de continuer à parler.

À pas feutrés il se dirige vers la porte conduisant à son logis. Quand il l'ouvre d'un coup sec, la servante perd l'équilibre et le heurte au passage avant d'atterrir face contre terre. Toujours galant, Paul-Émile tend une main secourable à la jeune personne qui se relève, le visage rouge de honte.

— Seriez-vous assez aimable pour nous préparer du thé ? dit-il courtoisement.

Une fois que la jeune fille s'est éloignée, il se masse le bas du dos en grimaçant et fait signe à Marie de parler tout bas.

— Vas-tu la garder à ton service ? chuchote-t-elle.

— Oui, c'est le meilleur moyen de m'assurer de sa discrétion. Si je la renvoie, elle va se faire un malin plaisir de colporter dans tout le village pour se venger.

— Tu vas la sermonner, j'espère.

— Ce ne sera pas nécessaire, je crois qu'elle a été suffisamment humiliée.

En attendant le thé, Marie parle du temps qu'il fait, des enfants qui ont le rhume et d'autres banalités.

— Viens souper avec nous autres ce soir, dit-elle très fort. Donne-lui congé pour le reste de la journée, murmure-t-elle.

La jeune servante redescend chargée d'un plateau contenant la théière et deux tasses.

— Merci. Avez-vous fini le repassage ? lui demande Paul-Émile.

— Oui, répond-elle, le rouge aux joues.

— Étant donné que ma belle-sœur m'invite à souper, vous pouvez retourner chez vous. Fermez à clef la porte du logement, vous n'aurez qu'à sortir par le magasin.

Marie remplit leurs tasses de thé fumant et se réchauffe les mains contre la théière. La bonne redescend et se hâte vers la sortie, sans les regarder.

— À demain, dit Paul-Émile.

Quand la jeune fille sort sous la pluie battante, Marie s'esclaffe, mais devant le visage grimaçant de Paul-Émile, son fou rire cesse net.

— Qu'est-ce que tu as ?

— Un simple tour de reins, ne t'en fais pas.

— Bon, alors je t'attends à six heures, dit-elle en récupérant son parapluie.

Trempée et soucieuse, Marie rentre chez elle. Assis dans la chaise berçante de la cuisine, la petite Lorraine dans les bras, Georges l'interroge du regard.

— Je n'ai rien appris de plus, avoue-t-elle, la supérieure est bête comme ses deux pieds. Et ton oncle Paul-Émile souffre d'un lumbago. Je l'ai invité à souper, mais tu devrais aller l'aider au magasin, il m'a l'air souffrant. Je vais te donner de l'huile camphrée pour le frictionner.

—⤳⌁—

À l'heure convenue, Paul-Émile arrive. La maison fleure bon la soupe aux pois, le pain frais, le pot-au-feu et le pouding chômeur. L'oncle-gâteau apporte aux enfants un sac de bonbons dont s'empare Marie-Reine qui le range aussitôt dans l'armoire.

— Pas avant le souper, réplique-t-elle aux protestataires.

— Viens te bercer, Paul-Émile, dit Marie.

— Non, je préfère m'asseoir sur une chaise droite, répond-il. J'ai le dos un peu raide. Merci pour l'huile camphrée, ça m'a fait du bien.

Georges sert à son oncle un verre de caribou et la grande famille s'assoit sans cérémonie autour de la table.

Tôt dans la soirée, Paul-Émile retourne chez lui, affirmant qu'après une bonne nuit de sommeil, tout rentrera dans l'ordre.

Dans les jours suivants, Georges passe ses journées au magasin général, car l'entorse lombaire de Paul-Émile le restreint dans ses activités.

— Je vieillis… dit-il, un soir à la fermeture du magasin, en se massant le bas du dos.

— Mais non, ça va se replacer, mon oncle, l'assure Georges.

— Peut-être, mais je me rends compte depuis quelques mois que je n'ai plus l'endurance d'autrefois. Les heures d'ouverture de mon commerce sont longues et il faut manipuler des tonnes de marchandises. Sans aide, je ne pourrai pas tenir le coup. J'aimerais que tu viennes travailler avec moi pour de bon, si le cœur t'en dit, naturellement.

— Je ne demande pas mieux, répond Georges, ému.

Après la fermeture du magasin, Georges apporte à la maison le journal que reçoit Paul-Émile. À la suite des compressions que Marie et Guillaume s'étaient imposées en raison de la crise économique, ils avaient mis fin à leur abonnement. Après le souper, Georges et Théo se repassent le quotidien et Marie le feuillette plus tard. Marie-Reine et Lucette se contentent des nouvelles que les trois lecteurs veulent bien leur communiquer, car elles n'ont pas de temps à consacrer à ce loisir.

— Édouard VIII a abdiqué le 11 décembre, juste avant son couronnement, annonce Georges en baissant le journal.

— Je n'aurais pas cru que le roi renoncerait au trône pour épouser son Américaine, commente Marie, abasourdie par la nouvelle.

Occupée à langer le petit Victor, allongé sur un piqué au bout de la table, Marie-Reine se passionne pour les amours du roi d'Angleterre.

— J'ai oublié son nom, dit-elle. Comment elle s'appelle, déjà ?

Georges relève le journal et relit l'article.

— Wallis Simpson.

— Il ne pouvait pas l'épouser et rester roi ? interroge Lucette, qui ne s'est guère intéressée aux informations internationales jusqu'à présent.

— Non, elle est divorcée et américaine, explique Marie. Les protestants ont le droit de divorcer, mais la famille royale est très pointilleuse et elle n'admet pas que le roi épouse une divorcée ou une roturière, alors la chère Wallis est doublement désavantagée.

En raison de la mort récente de Léonie, la famille de Marie se conforme aux usages et limite ses activités du temps des fêtes aux repas intimes auxquels on convie Paul-Émile. Conscients de sa tragique solitude, Georges et Marie l'invitent régulièrement à partager leur repas du soir.

Le 1er janvier 1937, Marie-Reine contraint la famille à respecter les exigences de la religion catholique.

— C'est vendredi, leur rappelle-t-elle, l'air faussement sévère au déjeuner.

Personne ne se plaint des tranches de pain doré arrosées de mélasse. Au dîner, elle fait cuire une montagne de crêpes qu'elle garde au chaud sur le réchaud du poêle. L'obligation de faire maigre paraît encore une fois bien légère aux pénitents.

Quand sa mère soulève le couvercle de la grosse cocotte de fonte où apparaît la pâte dorée et luisante, Jérôme se réjouit :

— Du cipaille !

— À la morue, précise sa mère, un sourire narquois aux lèvres.

— Yeurk ! fait-il, la mine dégoûtée.

— Compte-toi bien chanceux de manger plein ton ventre, le morigène-t-elle. Il y a bien des enfants qui aimeraient être à ta place. Il y en a qui n'ont pas grand-chose à se mettre sous la dent.

L'idée de consommer du poisson lève le cœur de Jérôme, c'est toujours un sacrifice pour lui d'en manger. Il monte à sa chambre, sachant qu'il devra se passer de souper s'il ne mange pas ce qu'on lui sert.

— En tout cas, dit Théo, ça sent bon pas ordinaire.

— J'en ai l'eau à la bouche, ajoute Paul-Émile.

Le fumet du contenu de la grande marmite est exquis. Marie-Reine a pris soin d'ajouter à la morue émiettée beaucoup d'oignons et de bien assaisonner les cubes de pommes de terre.

Elle entend faire respecter, au sein de sa famille, les préceptes religieux qu'on lui a enseignés, mais elle regrette de gâcher le peu de joie qu'ils se permettent, en raison du deuil récent, pour célébrer ce premier jour de l'année. Elle se rend au pied de l'escalier :

— J'ai fait de la tarte au sucre ! crie-t-elle.

Sachant que Jérôme raffole de ce dessert, elle espère que l'annonce va l'inciter à participer au souper.

— Même s'il faut faire maigre, dit Georges quand sa sœur revient à la cuisine, c'est quand même le jour de l'An. Un petit verre de caribou ? propose-t-il à la ronde.

Quand, plus tard, Jérôme prend place à la table, sa mère lui sert une petite portion de cipaille et le garçon retrouve son entrain. Avec de bonnes tranches de pain bien beurré, le peu de poisson contenu dans le fricot s'avale sans problème. Comme récompense, Marie-Reine lui offre une généreuse pointe de tarte au sucre.

Dans la grisaille uniforme qui cerne la municipalité de Cap-aux-Brumes, la cloche de l'église sonne sans arrêt, agitée par un bedeau porteur de mauvaise nouvelle. Marie, Lucette et Marie-Reine arrêtent aussitôt de travailler, saisies par l'appel d'urgence du bourdon porte-malheur.

— Le tocsin, s'effraie Marie-Reine, en portant la main à sa poitrine. Veux-tu bien me dire quelle calamité nous tombe sur la tête?

Vivement, elle court ouvrir la porte du devant afin de s'enquérir auprès des gens qui accourent aux nouvelles. Une odeur âcre de fumée se mêle à l'air froid d'un mois d'avril lamentable, engourdi par la brume et la brise glaciale.

— Mets ton châle, lui crie Marie, saisie par le courant d'air hostile s'engouffrant dans la maison.

Rappelée à l'ordre, Marie-Reine rentre et ferme la porte. Elle sort son épais châle de laine de la penderie et s'en enveloppe. Le médecin l'a pourtant bien avertie de veiller à ne pas prendre de refroidissement.

— Il y a un feu quelque part, annonce-t-elle en frissonnant, mais avec le brouillard, on ne peut pas voir d'où vient la fumée.

— Ce serait important de savoir où est l'incendie, s'alarme Lucette, au cas où il faudrait évacuer les lieux.

— Je vais aller aux nouvelles, décide Marie. Attendez-moi et préparez-vous à toute éventualité.

Marie n'a pas à aller bien loin pour être renseignée. Le père Alphédor, arrivant de l'église, lui apprend que le moulin brûle. Affolée, Marie rentre chez elle alors que le vieil homme, tenant deux seaux vides, boitille vers le foyer d'incendie situé à l'autre bout du village.

— Allume un lampion, Marie-Reine, s'écrie Marie. Le feu est pris au moulin.

— Seigneur Jésus! s'exclame Marie-Reine.

Elle s'empare de la boîte d'allumettes et allume le lampion au pied de la statuette de la Vierge, dans le salon. L'air grave, les trois femmes se regroupent pour réciter le chapelet. Le vent, soufflant en sens contraire, protège leur foyer pour le moment, mais elles s'inquiètent pour Théo.

Le brasier rugit, léchant les vieux murs de bois sec qui s'embrasent à un train d'enfer. Les hommes affolés courent en tous sens, impuissants à circonscrire l'incendie. Dans la cohue vers la sortie, Théo évite de justesse, en sautant par-dessus, une poutre rougeoyante qui tombe et lui barre le passage. Il s'aplatit face contre terre sur le sol enneigé juste au moment où le toit du moulin s'effondre dans un craquement sinistre. Son patron l'empoigne et le tire de là en vitesse.

Des tisons s'éparpillent, allumant d'autres foyers d'incendie. Des hommes se roulent dans la neige pour éteindre les flammèches qui risquent de les transformer en torches vivantes.

Les pans de mur s'écroulent à leur tour et les pièces de charpente en feu projettent des étincelles qui atteignent les tas de bran de scie. L'incendie gronde et se propage aux piles de bois de la cour, chargée à pleine capacité à ce temps-ci de l'année. Le feu réduit l'inventaire en cendres avec la même célérité qu'il a rasé le moulin.

Le propriétaire du moulin à scie, les cheveux roussis, les vêtements troués par les étincelles, assiste à sa ruine, les bras ballants. Depuis la toute première flamme que ses hommes et lui ont tenté d'éteindre, ils ont lutté courageusement, au mépris de leur vie. La longue chaîne de seaux d'eau n'a servi à rien. Le feu a gagné, le moulin n'est plus qu'un tas de poutres calcinées.

Devant Théo s'appuyant sur son patron, les flammes s'élèvent dans le ciel et illuminent les visages tachés de suie. Ces deux valeureux combattants ne sont plus en mesure de lutter contre la flambée qui gagne encore du terrain. Leurs mains lacérées et sales saignent et sont couvertes de cloques.

Se tenant debout sur une seule jambe, Théo grimace de douleur.

D'autres volontaires accourus du village s'acharnent à sauver les maisons avoisinantes qui s'enflamment à leur tour. Mais le feu brûle sans pitié ces demeures appartenant pour la plupart aux employés du moulin, qui perdent en même temps leur foyer et leur gagne-pain. Ils n'ont plus rien, la rapidité du sinistre ne leur a pas permis de sauver quelque bien que ce soit. Des femmes et des enfants pleurent en silence devant les décombres fumants.

Deux médecins s'amènent sur les lieux et dispensent les premiers soins aux blessés. On allonge Théo sur une civière improvisée et on l'évacue vers l'hôpital.

Dans tout le périmètre dévasté, les ruines se consument en sifflant et en dégageant une fumée dense. L'air est irrespirable et l'on entend les hommes, les poumons emboucanés, tousser et cracher. Les personnes encore valides déversent des seaux d'eau sur les braises au cas où le vent tournerait traîtreusement.

Dans les maisons épargnées, on se répartit les sinistrés. L'accueil sera de longue durée, il faudra les nourrir et les vêtir en attendant de pouvoir les reloger. Les habitants de Cap-aux-Brumes agissent envers les autres comme ils aimeraient qu'on les traite si un malheur pareil s'abattait sur eux. Ils savent que la sécurité est illusoire, que personne n'est à l'abri de la maladie et des catastrophes de toutes sortes. Leurs maigres possessions peuvent s'évaporer en fumée en un instant, comme aujourd'hui.

On s'estime chanceux, malgré tout, puisqu'on ne déplore aucune perte de vie. Les blessés sont soignés gratuitement à l'hôpital par le personnel médical et les religieuses, qui entendent ainsi faire leur part pour la communauté frappée par le désastre.

De partout affluent des meubles, des vêtements, des couvertures qu'on entasse dans le sous-sol de l'église en attendant de les distribuer le plus équitablement possible. Le curé de la paroisse annonce au prône, le dimanche suivant, que les fruits de la quête seront versés dans un fonds de secours pour venir en aide aux sinistrés.

⁓

Couché sur son lit d'hôpital, Théo cache sous le drap immaculé son pied enserré dans une attelle. Ses deux mains, enduites de pommade, sont recouvertes d'une gaze stérile.

— Comment ça va aujourd'hui, mon Théo? demande Marie-Reine.

Allongé depuis une semaine, incapable de se lever et de se laver, le blessé se creuse les méninges pour trouver une issue à sa situation. Installé dans la même chambre, son patron lui a avoué qu'il n'aura pas les moyens de rebâtir le moulin. Selon son habitude, Théo essaie de maintenir le moral du malheureux qui se désole pour ses employés condamnés à l'assistance du secours direct. Par délicatesse, Théo évite d'en parler à Marie-Reine. S'il réussit plus tard à se dénicher un autre emploi, il l'aurait inquiétée inutilement.

— Je suis même pas capable de me moucher. Une chance que j'ai pas le rhume, dit-il, pince-sans-rire.

— Il ne manquerait plus que ça! répond-elle en riant.

Sans s'être consultés, les deux époux adoptent une attitude un peu frivole devant le propriétaire ruiné.

— Et vous, monsieur Dubois, vos mains ne vous font pas trop souffrir? dit-elle en se tournant vers le lit voisin.

— Ça va beaucoup mieux, merci. Je suis moins magané que votre mari, je peux marcher.

Disant cela, il glisse ses mains pansées dans les manches de sa robe de chambre et chausse ses pantoufles.

— Vous m'excuserez, dit-il courtoisement. Je vais me dégourdir les jambes et vous laisser jaser tranquillement.

Les bras pendant de chaque côté du corps, le malade sort de la chambre.

— Le pauvre homme, dit Marie-Reine, le visage éploré. Il a tout perdu dans cet incendie, il n'a même plus de maison. Et dire que sa femme est morte l'année dernière...

— C'est vrai qu'on s'en tire pas trop mal, reprend Théo. On a un toit sur la tête et, surtout, on est ensemble. À deux, c'est toujours plus facile de s'en sortir.

Marie-Reine presse son bras en un geste affectueux. Les deux autres patients sont restés alités et les époux n'osent pas aller plus loin dans leurs effusions.

— Tu vas bientôt pouvoir rentrer à la maison. J'ai hâte de prendre soin de toi.

— Tu as la main plus douce que les sœurs, chuchote-t-il en clignant de l'œil.

∼∽

Théo reçoit son congé de l'hôpital dès que ses mains sont suffisamment guéries pour lui permettre d'utiliser les béquilles qui l'aideront à marcher durant les prochaines semaines. Son pied est toujours emprisonné dans une attelle de bois qui maintient fermement sa cheville brisée. Ses mains sont encore sensibles et les cicatrices bien visibles.

Paul-Émile, qui s'est acheté une automobile récemment, l'aide à prendre place sur le siège avant.

— C'est une belle machine que vous avez là, le complimente Théo, une fois installé. Combien ça peut valoir?

Sous le soleil radieux, la Chevrolet Master DeLuxe noire étincelle. Paul-Émile passe son temps à la bichonner, il ne supporte pas le moindre grain de poussière sur la carrosserie et garde en permanence, dans le coffre arrière, un chiffon propre pour frotter son automobile. Il a décidé de se faire construire un garage pour la mettre à l'abri et les ouvriers tapent du marteau du matin au soir depuis deux jours.

— Autour de 800 piastres.

— C'est pas donné! J'aurai jamais les moyens d'en avoir une aussi belle.

— J'ai décidé de me gâter. Mes enfants sont tous établis, ils gagnent bien leur vie. Je suis tout seul.

— Vous faites bien, l'approuve Marie-Reine, assise à l'arrière.

Paul-Émile arrête devant la maison de Marie et sort aider Théo à s'extraire du véhicule. Marie-Reine s'approche avec les béquilles.

— Rentrez, dit-elle à son oncle, quand il les laisse passer devant lui.

— Non, je te remercie, il faut que j'aille au magasin.

— Vous êtes bien aimable, mon oncle, dit Théo. Merci beaucoup.

— On vous attend pour souper, ajoute Marie-Reine.

Puis, elle devance Théo pour lui ouvrir la porte. Malhabile avec ses béquilles, il progresse lentement. Il n'émet aucune plainte, mais elle le voit grimacer.

— Viens t'allonger, lui dit-elle une fois à l'intérieur.

Dans la chambre plongée dans l'obscurité, Théo peut enfin aborder avec sa femme la question de leur situation financière.

— Monsieur Dubois ne rebâtira pas, chuchote-t-il.

— C'est ce que tout le monde dit.

Le ton de Marie-Reine n'indique aucune inquiétude.

— J'en ai pour plusieurs semaines avant de recommencer à travailler, se désole-t-il. Dans l'intervalle, on n'aura aucun revenu.

— J'ai toujours ménagé et nous avons un peu d'argent de côté, murmure-t-elle. Ne te fais pas de souci, tu peux prendre tout le temps qu'il faut pour te soigner.

~~⤳~~

Dans la salle de bain, à l'abri des prunelles maternelles, Anne-Marie démêle ses longs cheveux bouclés. Elle les remonte en chignon pour vérifier l'effet. Les cheveux rehaussés la vieillissent, se réjouit-elle. Dans le tiroir contenant peignes et brosses, elle déniche une longue pincette et la glisse sous le rouleau en forme de banane pour le faire tenir.

Un dernier coup d'œil au miroir lui renvoie l'image d'une adolescente épanouie. Elle sourit, prend de grands airs, minaude, fait la moue, un clin d'œil de l'œil gauche, un autre de l'œil droit. Finalement, elle s'estime satisfaite des différentes mimiques qu'elle juge irrésistibles. Anne-Marie entend faire la conquête du beau Bertrand, qui n'est pas encore casé malgré ses vingt et un ans.

Sous son chemisier, deux petits seins pointent et sa mère lui a ordonné de les bander sous sa camisole afin de ne pas attirer les regards des mâles. Chaque matin, Anne-Marie s'aperçoit que sa mère lorgne sa poitrine naissante, mais comme elle se conforme aux ordres maternels, elle subit l'inspection sans broncher.

Depuis qu'elle est « indisposée », selon le terme que lui a appris sa grand-mère pour parler des menstruations, Anne-Marie a encore grandi. Sa taille s'est affinée. Elle a du poil au pubis et sous les aisselles, ce qui ne lui plaît guère, car elle transpire et tache le dessous de ses manches de blouse qu'elle doit frotter au savon du pays pour déloger les vilains cernes jaunâtres.

Sa nouvelle coiffure doit être approuvée par sa mère et Anne-Marie espère secrètement qu'elle soit dans sa chambre avec le petit Victor. Elle croit que si sa mère ne la voit qu'au retour de l'école, elle n'aura d'autre choix que de se plier devant le fait accompli.

— Vas-y, ma vieille, marmonne-t-elle tout bas pour se donner du courage.

Manque de chance, en ouvrant la porte des toilettes, la mère et la fille se font face. Anne-Marie relève bravement la tête, adoptant la pose « prendre-des-grands-airs » qu'elle vient de mimer dans le miroir en vue d'en imposer à son entourage.

— Tu ne t'en vas pas à l'école coiffée comme ça ! glapit Marie-Reine. Viens, je vais te coiffer comme du monde !

Anne-Marie pousse un long soupir de résignation et fait demi-tour. C'est le « comme du monde » de sa mère qui la vexe au plus haut point.

— Je n'ai plus l'âge des boudins, proteste-t-elle.

— Peut-être, admet Marie-Reine, mais tu n'as pas encore l'âge des cheveux remontés en chignon.

Optant pour un heureux compromis, Marie-Reine attache sur la nuque, à l'aide d'un fin ruban blanc, les longs cheveux soyeux de sa fille.

— Voilà la coiffure qui convient, dit-elle, satisfaite.

Anne-Marie a l'impression de porter encore un chignon quand elle se regarde de face. Vu de côté, le catogan est du plus bel effet.

— C'est mieux ainsi, avoue-t-elle sans trop montrer son plaisir, de peur que sa mère change d'avis.

« J'aurai bientôt quatorze ans et demi, il est grand temps que maman s'en aperçoive », se dit-elle en rosissant à l'idée qu'elle passera ainsi coiffée devant la maison de Bertrand.

⁓

Au mois de mai, les gens se sentent plus légers, ayant abandonné d'un cœur gai leur carapace d'hiver aux coffres de cèdre. Ils se baladent, protégés de la fraîcheur par un simple chandail de laine, et s'emplissent les narines des odeurs suaves des pousses vertes et des bourgeons frais éclos. La nature qui s'habille de verdure leur donne l'impression de renaître. En ville comme à la campagne, les mâles admirent les femelles. Comme celle des érables au printemps, la sève monte dans leurs veines.

Bertrand regarde passer Anne-Marie, son œil s'allume devant le tendron qu'il ne reconnaît pas au premier abord. Il émet un sifflement flatteur, mais cela froisse Anne-Marie. Elle juge ce comportement vulgaire, et elle pince le bec et relève le menton, espérant qu'un port majestueux décourage le mufle. S'il fallait qu'il continue de la siffler quand elle passe dans la rue, elle en serait si mortifiée qu'elle devrait se priver de sortir.

⁓

Au magasin général, le père Anthime fait le jars. Les pouces passés sous ses bretelles de pantalon, il bombe le torse.

— Pensez donc, Duplessis n'a pas perdu de temps pour adopter de nouvelles lois.

Le père Alphédor le laisse jacasser.

— Je t'attends dans le détour, mâchonne-t-il entre deux crachats.

— Qu'est-ce que tu dis ? s'enquiert le bleu.

—Je dis que tu commences à être dur de la feuille, répond le rouge.

— T'es-tu levé du pied gauche à matin ? réplique le père Anthime. Nous autres, les gauchistes, on les redresse. Duplessis a adopté la Loi contre la propagande communiste, mets ça dans ta pipe, Alphédor, pis oublie-le pas.

— Les syndicats disent qu'il a fait cette loi de fou-là pour les empêcher de défendre les honnêtes travailleurs.

— Les syndicats, c'est des communistes, tu sauras.

— Vous autres, les bleus, vous êtes comme les curés, vous voyez le mal partout.

— C'est pas tout, poursuit Anthime, pas plus tard que le mois passé, Duplessis a fait adopter la Loi d'assistance aux mères nécessiteuses. C'est pas rien, ça, ces femmes-là vont recevoir 400 belles piastres par année.

— Tu peux ben te vanter. Ton Duplessis a mis tellement de conditions qu'y a quasiment personne qui va pouvoir en bénéficier, argue Alphédor.

— Y te bâtirait un pont en or pour toi tout seul que tu serais pas encore content, déclare le bleu, qui commence à virer au rouge sous l'effet de la colère. J'aime mieux m'en aller, t'es pas parlable !

Le père Anthime sort en claquant la porte et Paul-Émile prédit à son neveu que le bonhomme boudera un certain temps.

Finalement, les prières du mois de Marie et celles du mois du Sacré-Cœur amènent, encore cette année, les deux vieux adversaires à se pardonner.

— La vie serait plate si on pouvait pas s'astiner de temps en temps, disent-ils, chacun de leur côté, à Paul-Émile et Georges.

De l'autre côté de l'Atlantique, Édouard, duc de Windsor, épouse Wallis Simpson au château de Candé, à Monts, en France. La famille royale n'assiste pas à la cérémonie. Albert, le frère cadet d'Édouard, l'a remplacé sur le trône du Royaume-Uni, prenant le nom de Georges VI.

— N'est-ce pas romanesque ? dit Anne-Marie, les yeux rêveurs, quand sa grand-mère les informe de la nouvelle.

— Où as-tu appris ce mot ? questionne Marie-Reine.

— À l'école, répond-elle évasivement.

Quand sa mère quitte la cuisine pour coucher le bébé, Anne-Marie se rapproche de sa grand-mère qui se berce en tricotant.

— J'aimerais avoir un magasin, comme vous, affirme-t-elle.

— Ah, oui ? Quelle sorte de magasin voudrais-tu tenir ?

— Je ne sais pas encore, mais je voudrais vendre des belles affaires. Du linge chic, des chapeaux élégants, des gants de toilette, des belles sacoches ou des choses dans ce genre-là.

— Comme ça, tu n'as pas l'intention de te marier ? s'étonne Marie.

Anne-Marie, surprise par la question, réfléchit un moment avant de répondre :

— Je veux me marier et avoir des enfants, c'est certain. Mais l'un n'empêche pas l'autre. Quand vous avez eu un magasin, vous étiez mariée, n'est-ce pas ?

Marie s'amuse des airs de grande dame que se donne sa petite-fille depuis quelques mois. La jeune fille cherche à se distinguer de sa mère qu'elle contredit de plus en plus. Autant Marie-Reine est posée et aime prendre son temps pour bien faire son travail, autant sa fille est vive et prompte. L'adolescente ne manque pas d'aplomb et les deux caractères s'affrontent. La fille est désireuse de s'affirmer, comme toutes les adolescentes, et la maman entend se faire respecter, comme toutes les mères.

— Oui, j'ai eu les deux, répond pensivement la grand-maman. Mais, tu sais, ça prend une bonne santé pour mener tout ça de front.

La cloche du collège annonçant la fin de l'année scolaire sonne enfin. Dans un brouhaha que le frère n'arrive pas à contrôler, les garçons rassemblent livres, cahiers et crayons qu'ils rangeront avec joie jusqu'à la fin de l'été. Le temps est venu pour Jérôme de faire place aux vacances. Anne-Marie et lui ont découvert l'an dernier une grosse talle de bleuets, à deux milles au sud du village, dans un ancien brûlis où quelques arbres ont repoussé. C'est l'endroit le plus loin qu'ils ont prospecté jusqu'à présent. En bordure de la forêt, ils ont vu plusieurs plants de framboisiers sauvages et quelques noisetiers.

Jérôme, qui a eu dix ans en février, se promet de pousser plus loin son exploration cette année. Il sait maintenant que la mousse sur les troncs d'arbre indique le nord, qu'il faut suivre un cours d'eau quand on se perd, qu'il suffit de chanter fort dans la forêt pour effrayer les ours, et il se sent l'âme d'un aventurier. Il ressent une grande envie d'outre-passer les limites de son petit patelin.

Délesté de son sac d'école, qu'il a remisé au fond de la penderie, Jérôme enlève son costume d'écolier qu'il range soigneusement. Les jambes de sa vieille salopette sont un peu courtes mais, comme il les roule la plupart du temps, le vieux vêtement fera l'affaire en attendant que sa mère lui couse une nouvelle tenue estivale. Ses orteils se heurtent à l'exiguïté de ses vieilles godasses.

— Youpi ! s'exclame-t-il en se déchaussant.

Se promener pieds nus l'enchante. Les premiers jours sont délicats, mais par la suite, la corne de ses pieds s'épaissit et il peut courir sur des cailloux pointus sans ressentir le moindre inconfort.

Marie-Reine désapprouve que son fils se balade partout sans chaussures.

— Tu vas te rentrer des échardes dans les pieds, rouspète-t-elle.

— Laisse-le donc faire si tu veux pas en faire une chiffe molle, objecte Théo. Mon père nous obligeait à nous déchausser dès la fin des classes. On mettait nos souliers juste pour aller à la messe, le dimanche.

Chaque été, la même scène se répète. Jérôme assiste, amusé, à l'échange. Avec l'appui paternel, sa cause est gagnée d'avance.

— Tu as l'air d'un pauvre va-nu-pieds, s'écrie Marie en apercevant son petit-fils. Je vais t'acheter des chaussures.

La grand-maman s'horrifie qu'un de ses descendants puisse passer pour un «Sauvage», comme disent les gens devant tout comportement se rapprochant de la vie des Autochtones. Méprisée dans son enfance en raison des origines de sa mère, Marie s'évertue à gommer tout indice pouvant révéler son sang-mêlé.

— On a encore les moyens de le chausser, objecte Théo, humilié. Marie-Reine, tu iras lui acheter des bottines.

❧

Les godillots neufs sont remisés près du sac d'école et Jérôme se trimbale les orteils à l'air sans que ses parents et sa grand-mère n'émettent de commentaire.

Le garçonnet invoque mille et un prétextes pour justifier son besoin d'évasion. Certains jours, c'est la cueillette des fruits sauvages en compagnie d'Anne-Marie, la pêche à l'éperlan au bout du quai, ou l'aide promise à un camarade pour corder du bois.

Du moment qu'il effectue les tâches qu'on lui assigne à la maison, Jérôme bénéficie d'une liberté qu'on n'accorde pas à sa sœur, pourtant plus âgée. Les filles sont surveillées étroitement, leur champ d'action est restreint, leur conduite scrutée à la loupe. On ne tolère aucun relâchement, elles doivent se plier à des normes strictes.

Anne-Marie accepte mal la discipline rigide qui la retient prisonnière. Elle doit aider aux travaux domestiques, s'occuper des plus jeunes, désherber le jardin, alors qu'elle aimerait gambader dans les champs comme son frère cadet.

La connivence entre la sœur et le frère se développe au fil des récipients de fraises, framboises ou bleuets qu'ils se hâtent de remplir à ras bord afin de profiter de quelques minutes de liberté pour vagabonder à leur guise. Les deux rebelles s'entendent alors à merveille, leurs chamailleries passées s'estompent dans la foulée des sentiers interdits.

⁓ꝰ

Le mois d'août prolonge la chaleur de juillet en prodiguant quelques jours de canicule avant de ramener les soirées fraîches de fin d'été où l'on doit ressortir les chandails de laine. Revenant d'une expédition dans l'arrière-pays couvert d'une forêt touffue, Jérôme et son copain transpirent sous les rayons ardents du soleil qui cuit la plaine dénudée. Aucune brise ne vient tempérer la chaleur humide oppressante.

— On se baigne ? propose mollement Jean-Claude.

— Je ne sais pas nager, avoue Jérôme.

— Dans le plus creux, on a de l'eau jusqu'en dessous des bras à ce bout-ci de la rivière.

Le jeune compagnon de Jérôme a les joues en feu, des mèches de cheveux mouillées collent à son front, son chandail trempé de sueur moule son torse grassouillet. Il s'approche de la rivière et s'y jette tout habillé.

— Ah, que l'eau est bonne ! s'exclame-t-il gaiement. Viens-t'en !

Jérôme entre dans l'eau prudemment. Ses parents lui ont interdit de se baigner dans la rivière, le mettant en garde contre les périls causés par les courants et le fond inégal pouvant receler des fosses profondes. Ils l'ont bien averti du danger des remous qui entraînent même les nageurs expérimentés dans la spirale de leur tourbillon funeste.

— Avance, aie pas peur, insiste Jean-Claude. Regarde, j'ai de l'eau jusqu'à la taille seulement.

Jérôme va rejoindre son compagnon et l'imite quand celui-ci se plonge entièrement dans l'onde rafraîchissante. Les deux amis relèvent leur tête dégoulinante en riant. Jérôme se laisse amadouer par la rivière caressante et s'ébroue comme un jeune chien fou. Il donne de grandes tapes à la surface de l'eau et éclabousse son copain. Ce dernier lui rend la pareille et ils courent l'un après l'autre en s'éloignant de la rive. Le jeu continue jusqu'à ce que Jérôme dérape sur le lit de roches limoneuses du cours d'eau.

Emporté par le courant, il réussit à sortir la tête de l'eau quelques dizaines de pieds plus loin, puis il perd l'équilibre de nouveau et disparaît dans les flots. Paniqué, Jean-Claude patauge jusqu'à la terre ferme en criant :

— Au secours ! Au secours !

Alerté par les cris, un homme à cheval stoppe à sa hauteur.

— Mon ami est en train de se noyer, braille-t-il en indiquant du bras l'endroit où Jérôme refait surface pour la deuxième fois, puis disparaît de nouveau sous l'onde.

Sans perdre un instant, le cavalier lance sa jument au galop et entre dans le lit de la rivière. Au moment où Jérôme réapparaît, l'homme lui lance l'extrémité de la corde enroulée autour du pommeau de sa selle et le garçon s'y agrippe, guidé par l'instinct de survie. L'inconnu le hale vers lui et l'arrache aux flots sournois.

Couché sur le ventre en travers du cheval qui regagne la berge, Jérôme régurgite l'eau obstruant ses poumons. Ses bras pendent dans le vide, son corps est secoué par les mouvements de la monture, il tousse et vomit encore.

— C'est ça, mon gars, crache, l'encourage son sauveteur.

Quand Jean-Claude court à leur rencontre, le cavalier lui demande :

— Où habite ton ami ?

— À côté du magasin général.

— Monte, dit l'homme, en le hissant d'un bras vigoureux sur la croupe du cheval.

~✦~

Assis sur sa galerie, Théo voit s'approcher la jument brune portant un homme robuste coiffé d'un chapeau cabossé. Devant lui, il aperçoit les jambes pendantes d'un corps inerte et, derrière le cavalier, un garçon ressemblant à Jean-Claude.

— Jésus, Marie, Joseph ! s'écrie-t-il en reconnaissant le pantalon roulé de son fils.

Théo bondit de sa chaise et s'élance vers l'équipage. Il boitille en raison de sa cheville blessée qui le gêne encore parce qu'il a renoncé trop vite à l'usage des béquilles.

— Il va s'en remettre, le rassure le cavalier.

Jean-Claude se laisse glisser de la croupe de la bête et s'empresse d'aider l'écuyer à descendre son acolyte. Jérôme met pied à terre et recommence à tousser et cracher.

— Tu es tout mouillé, s'étonne Théo, en jetant ensuite un coup d'œil interrogatif au cavalier.

Marie-Reine accourt, suivie de Marie et Lucette. Devant l'inconnu au regard sombre dissimulé sous des sourcils broussailleux, les trois femmes s'arrêtent dans leur élan.

— Il a failli se noyer, indique l'homme, imperturbable.

Les yeux de Marie-Reine commencent aussitôt à lancer des éclairs. Alors qu'elle s'apprête à ouvrir la bouche, Théo murmure :

— C'est pas le moment.

L'heure des réprimandes viendra plus tard et Jérôme regarde piteusement le sol.

— Entrez, dit Théo à l'inconnu qui vient manifestement de sauver son fils.

— Une autre fois, peut-être, marmonne l'étranger.

— Quand ça vous plaira, répond Théo. Merci beaucoup, monsieur.

L'homme effleure de ses talons le flanc de sa monture et lève son chapeau en guise d'au revoir. Les sabots du cheval pilonnent la terre desséchée par les jours de canicule et soulèvent des nuages de poussière qui dissimulent le cavalier et la bête à la vue de Théo.

— J'ai même pas pensé à lui demander son nom, se reproche-t-il.

⟡

Cette année, Marie-Reine éprouve un soulagement immense quand sonne la rentrée scolaire. Ses rejetons ne seront plus exposés aux dangers de la rivière. En dépit des exhortations de Théo, elle ne peut s'empêcher de revenir sans cesse sur la conduite téméraire de Jérôme afin de bien faire comprendre à ses enfants la sagesse de tous les interdits dont elle n'est pas avare.

Marie-Reine a du mal à contrôler ses humeurs. Leurs économies fondent comme neige au printemps et ses nausées matinales présagent un mois de Marie 1938 occupé à autre chose qu'aux prières à l'église. Elle se garde de l'annoncer à Théo, pressentant que la nouvelle ne pourrait que le tracasser davantage. Sa recherche d'emploi n'a donné aucun résultat. Durant sa longue convalescence, les rares emplois disponibles ont été raflés par ses compagnons valides.

Avec les meilleures intentions du monde, les deux époux se font des cachettes, croyant ainsi ménager l'autre.

Depuis trois semaines, Théo a commencé à bûcher le bois de chauffage de la famille sur le lot de sa belle-mère. Marie-Reine l'assure qu'ils ont encore des économies, sans préciser de quelle somme ils disposent, et Théo, peu convaincu, a décidé de se faire embaucher dans un camp de bûcherons de la Côte-Nord. Il ne l'a pas encore annoncé à Marie-Reine, jugeant inutile de l'inquiéter au cas où il parviendrait, d'ici là, à décrocher un boulot dans les environs.

Dès l'aube, il quitte la maison, pourvu d'une boîte à lunch bien garnie et d'une cruche d'eau, et grimpe dans la charrette d'un ancien ouvrier du moulin, qui emprunte l'attelage à son beau-père. Honoré Soucy est bien heureux d'aider Théo en échange de quelques cordes de bois de chauffage pour les siens. Ensemble, ils prendront bientôt le bateau qui larguera les travailleurs forestiers sur la terre ingrate de la Côte-Nord, couverte d'épinettes noires. Les hommes ne seront rapatriés qu'au printemps, quand les glaces auront libéré le fleuve de leur emprise.

Revenu de l'arrière-boutique d'où il a rapporté des pelles, Georges commence à ranger les dernières marchandises arrivées, que Paul-Émile vient tout juste d'étiqueter.

— Aucun de mes enfants ne prendra soin de moi, dit négligemment ce dernier. Ils ont une bonne situation et ne sont pas intéressés à revenir vivre à Cap-aux-Brumes.

Derrière son comptoir, l'oncle donne l'impression de se ratatiner.

— C'est bien triste pour vous, commente Georges.

— Je n'avais jamais pensé que je vieillirais tout seul.

Ayant fini d'aligner les pelles à neige contre le mur, Georges observe son oncle à la dérobée. Paul-Émile a prononcé la dernière phrase d'un ton neutre, comme s'il s'agissait d'un simple constat. Il n'affiche pas d'air apitoyé. Pourtant, ces simples mots troublent Georges, qui se souvient de son désarroi après le décès de Lydia.

— Vous n'êtes pas tout seul, mon oncle. Je veillerai sur vous.

— Je sais, répond Paul-Émile, retrouvant le sourire. C'est pourquoi j'ai pensé à toi pour prendre ma relève.

Georges s'attendait si peu à une telle déclaration qu'il en reste pantois.

— Malheureusement, je n'ai pas d'argent pour acheter votre commerce, mon oncle.

— Je n'ai pas besoin de le vendre tout de suite, ça te laissera le temps d'amasser des fonds.

Georges se gratte la tête, comme s'il avait des poux. Chaque fois que quelque chose l'embête, il ressent le besoin irrépressible d'occuper sa main, comme lorsqu'il suçait son pouce autrefois. Amasser une somme suffisante pour payer le commerce et la maison de son oncle exigerait des dizaines d'années de labeur et de privations.

— Et puis, l'argent n'est pas tout dans la vie, Georges. J'aimerais mieux te faire profiter de mon commerce plutôt que de le vendre à un étranger. Tu es dévoué, consciencieux et les clients t'apprécient.

— Je fais de mon mieux, admet Georges, touché par les compliments de son oncle.

— Si tu es prêt à prendre soin de moi jusqu'à ma mort, je pourrais te faire de bonnes conditions.

— Je prendrai soin de vous, mon oncle, promet Georges, même si vous vendez votre commerce à quelqu'un autre.

6

Le jour du grand départ, Théo presse sur son cœur chacun de ses enfants. Il ne les reverra pas avant sept mois et le petit dernier sera peut-être né quand le bateau le ramènera au printemps. Le fruit mûr tombe de l'arbre sans attendre le cueilleur.

Contrairement à ses habitudes, Marie-Reine étreint Théo sans se préoccuper de la présence des autres. Lui-même a la gorge nouée. Il l'enserre de ses deux bras et l'embrasse sur la joue. Puis il relâche son étreinte et sort précipitamment, comme un braqueur de banque pressé de fuir.

Honoré Soucy et son beau-père l'attendent devant la maison. Ils ont déjà chargé son barda qu'il avait sorti sur le perron avant de rentrer faire ses adieux. Théo s'appuie sur sa bonne jambe pour se hisser dans la charrette. Du coin de l'œil, il voit bouger le rideau de dentelle de leur chambre à coucher et se force à regarder devant lui. « Un homme ne pleure pas », le grondait son père quand, enfant, il sanglotait dans les jupes de sa mère.

Ses deux compagnons gardent un silence de circonstance. Ils ont eux aussi connu nombre de fois ces départs déchirants, sans pour autant s'y faire. Quel homme sain d'esprit pourrait quitter les siens sans regret pour trimer et vivre comme une bête de somme ? Qui serait assez nigaud pour se contenter d'être logé de façon rudimentaire après avoir travaillé de l'aube au crépuscule sous des froids mordants, le plus souvent mal nourri et dévoré par les poux?

Durant ces années de crise, les ouvriers besognent comme des galériens pour de maigres salaires. Ils se privent de tout, ils ménagent chaque sou gagné pour se payer le strict nécessaire et ils s'estiment heureux quand ils mangent à leur faim, qu'ils ont un toit sur la tête et de quoi se vêtir.

D'un chantier à l'autre, les conditions varient énormément. Ceux de la Côte-Nord sont isolés, les routes sont quasi inexistantes et les quelques hameaux de la côte, approvisionnés par les bateaux, passent l'hiver coupés du reste du monde.

~~p~~

Le navire à moteur roule comme un bouchon de liège, malmené par les grosses marées de l'automne. Plusieurs passagers vomissent, les chevaux embarqués hennissent. Les heures de traversée, pour atteindre le quai de Godbout, paraissent interminables. Théo, qui prend le bateau pour la première fois de sa vie, se trouve chanceux d'avoir le pied marin. Le tangage et le roulis n'affectent pas son estomac et, en dépit de sa cheville fragile, il arrive à garder son équilibre quand il doit se déplacer. Le pauvre Honoré a le teint verdâtre et valdingue de bâbord à tribord dès qu'il essaie de se tenir debout.

— Cibole que j'ai hâte de débarquer! dit-il en se rassoyant.

Au beau milieu des flots agités, Théo ne voit ni la rive sud ni la rive nord.

— On doit être à mi-parcours, estime-t-il après avoir regardé sa montre.

— Saint cibole, que c'est long...

— Essaie de dormir, suggère Théo.

— Pas capable, grogne Honoré en plaquant sa main sur sa bouche, victime d'un nouveau haut-le-cœur.

Saturé des relents de vomissures, l'air devient irrespirable et rend nauséeux les passagers épargnés par le mal de mer. Théo consulte souvent sa montre.

En débarquant du bateau, l'air frais saisit les hommes. Théo relève le collet de sa canadienne.

— Vous allez aider au transbordement des bagages quand on aura sorti les chevaux, claironne le contremaître alors que chacun dépose son sac sur le quai.

Les charretiers tiennent leurs chevaux par la bride pour les faire sortir du navire. Les bêtes, rendues nerveuses par la traversée houleuse, piaffent et refusent d'avancer.

— Tout doux, dit l'un des charretiers en flattant les naseaux d'un puissant percheron à la robe noire.

Quand chevaux et chariots sont attelés sur le quai, les travailleurs forestiers déchargent l'équipement et les provisions pour le chantier, puis le groupe se met en route. Les hommes marchent derrière les chariots chargés. Parce que le mal de mer en a empêché plusieurs de manger et que la route est longue avant d'arriver au camp, on décide de faire une pause. Assis à même le sol, les hommes sortent leur gamelle et se régalent des bonnes victuailles apportées de la maison. Ils doivent se contenter d'eau fraîche, n'ayant pas le temps de faire un feu, car ils doivent se hâter afin d'arriver avant la noirceur.

Les longs milles de marche malmènent la cheville de Théo qui commence à traîner la patte.

— Embarque, lui intime le *foreman*, qui retient le cheval transportant l'un des chargements.

— Je peux marcher comme les autres, soutient Théo.

— Embarque, commande l'homme d'une voix autoritaire. On a encore ben des milles à marcher. J'ai pas envie de t'esquinter avant que l'ouvrage commence.

Théo apprécierait de se laisser trimballer si ce n'était qu'il redoute qu'on se moque de lui et qu'on le traite de boiteux ou d'éclopé. Les gars de chantier aiment se faire passer pour des durs. C'est à qui abattra le plus d'arbres, aiguisera le mieux sa scie, sera le plus fort au tir au poignet.

Quelques milles plus loin, Théo doit descendre et faire le reste du trajet à pied. Le sentier étroit grimpe dans la montagne et l'on doit finalement dételer les chevaux avant d'être rendus au camp. Les hommes devront se débarrasser de leur attirail et revenir faire le portage des fournitures. Les chariots seront camouflés à l'orée du bois et resserviront au printemps quand on fermera le chantier jusqu'à l'automne suivant.

Les camps en bois rond comptent des dortoirs, pouvant accommoder une trentaine de bûcherons chacun, et la « cookerie », où les travailleurs se regroupent autour de grandes tables à l'heure du déjeuner et du souper et où dort le cuisinier qui est le premier levé. D'autres camps sont réservés à l'usage du jobbeur, des mesureurs, du bureau et du magasin.

Les charretiers conduisent les chevaux à l'écurie et le *foreman* indique le dortoir réservé aux gaillards de la région de Cap-aux-Brumes. Il allume deux lanternes qui dispensent un éclairage médiocre et les accroche au mur. La baraque est froide et humide ; elle a conservé les odeurs des derniers occupants. L'un des gars allume la truie adossée au centre du mur du fond, devant la porte. Le petit poêle de fonte crépite et répand rapidement une chaleur bienfaisante. Au milieu de la pièce, un comptoir percé d'un grand évier de tôle sert à la toilette des bûcherons, un baril de bois rempli d'eau repose à côté. Les murs sont meublés de lits superposés faits de bois rond. Honoré et Théo se dirigent vers un lit à mi-distance entre la porte et le mur latéral.

— Je prends le *bed* du haut, déclare Honoré en balançant son baluchon sur la couchette.

En raison de sa cheville, Théo ne demande pas mieux que d'occuper celle du bas.

— Cibole! grince Honoré, ils nous ont donné des maudites paillasses.

— Qu'est-ce que tu veux, les sapins sont rares dans le coin d'après ce que j'ai entendu dire, commente Théo.

Les bûcherons d'expérience préfèrent les matelas faits de branches de sapin, car les paillasses sont réputées causer des maux de dos.

— Dépêchez-vous de rapporter le stock au camp si vous voulez pas souper trop tard, crie le *foreman* pour se faire entendre des hommes qui rouspètent toujours un peu le premier jour, fatigués à cause de l'éprouvant voyage.

Après avoir porté le contenu des chariots au camp, les hommes s'attablent à la cuisine où on leur sert de la soupe au chou, du pain doré et des galettes de sarrasin arrosées de mélasse.

— Cibole! c'est pas avec ça qu'on va abattre de la grosse ouvrage, rouspète encore Honoré en retournant à son dortoir. On a besoin de viande, nous autres. Tu parles d'un *cook*.

D'un caractère ombrageux, le grand Honoré bougonne devant toute situation nouvelle. Sec et nerveux, il peste comme d'autres chiquent, crachant son amertume à grands jets bruyants. Impressionnant les autres par ses coups de gueule, personne n'ose défier le parfait spécimen de l'irascibilité. Pourtant, Théo a vite appris que le fort en gueule jappe mais ne mord pas.

— On vient d'arriver, invoque-t-il. Il faut lui laisser le temps de dépaqueter son stock puis de s'organiser comme du monde. Si ça s'est pas amélioré dans une couple de jours, là on pourra se plaindre.

De retour au camp, les hommes déballent leur bagage. Théo range sur la tablette près de son lit trois paires de culottes, quatre chemises, six paires de bas, une combinaison de rechange. Il a aussi apporté une deuxième paire de bottes, un autre manteau, des mitaines, un casque à oreilles doublé de feutre et une paire de raquettes appelées pattes d'ours. Ces raquettes larges, au bout arrière écourté et arrondi, sont indiquées pour la marche en forêt. Il place sous sa couchette son sciotte, sa lime, sa hache et son crochet de fer.

Théo et son compagnon terminent leur rangement juste avant le couvre-feu. À neuf heures précises, le *foreman* éteint les fanaux. Affaiblis par la mer et exténués par la longue marche et le portage, les rudes gaillards s'endorment dès qu'ils ferment les yeux. Sous sa couverture de laine rugueuse, Théo se tourne et se retourne, essayant de trouver une position lui permettant de soulager sa cheville endolorie. Les vrombissements des ronfleurs et le pétillement des rondins d'épinette composent la mélodie accompagnant les insomnies qu'il devra endurer durant son séjour nordique. À la pensée d'être privé de courrier tout l'hiver, Théo soupire.

— La *run* va être longue si tu dors pas, marmonne son voisin du haut.

— Tu dors pas, toi non plus, chuchote Théo. Est-ce que c'est mon viraillage qui t'empêche de t'endormir ?

— Pantoute, répond Honoré. J'ai faim, cibole !

— Fouille dans ma gamelle, il me reste des beurrées de confitures.

Théo l'entend farfouiller dans le noir, puis suivent les claquements de mâchoires de son compagnon. En pensée, il rejoint Marie-Reine. «Ma femme a dû tresser ses longs cheveux avant d'aller au lit et elle doit être en train de faire ses prières du soir», songe-t-il, ému par la vision. Le nez enfoui dans le délicat mouchoir brodé de lilas qu'il a emporté avec lui et qui recèle la fragrance du savon de Marie-Reine, Théo bascule finalement dans le pays des rêves.

⸱⸱⸱

Réveillé à cinq heures, Théo, vêtu de son grand caleçon, se rince le visage à l'eau froide puis s'habille en vitesse pendant que la plupart des hommes s'en vont aux latrines.

Dans le réfectoire sont alignés sur les longues tables des plats de fèves au lard, gruau, cretons, porc froid, beurre, pain et théières fumantes. Sont disposés sur les tables les écuelles de fer-blanc et les ustensiles réservés à chacun. Les hommes, le travail et les conditions de vie sont si rudes qu'il n'y a rien de cassable dans les «cookeries» de chantier. Une boîte à lunch est déposée devant chaque couvert. Les gars la garniront selon leur goût et leur appétit. Elle contient des ustensiles et une gourde pour le thé.

— C'est mieux qu'hier soir, fait remarquer Théo.

— Ça regarde mieux pour le reste de la *run*, renchérit Honoré.

Loin de leur foyer, rares sont les hommes qui récitent le bénédicité. Le temps presse, certains devront marcher jusqu'à cinq milles pour se rendre dans le secteur d'abattage que leur assignera leur *foreman* tout à l'heure.

Équipés de leurs outils et de leur boîte à lunch, les hommes marchent à la suite du contremaître dans un chemin forestier. Le jour hésitant à se lever, le *foreman* s'est muni d'un fanal. Il le soulève de temps à autre pour regarder les marques sur les arbres et il bifurque vers un étroit sentier. Probablement soucieux de ménager la cheville de Théo, il lui accorde le premier secteur à bûcher.

— De cette marque que tu vois là à ta droite jusqu'à la prochaine, tu devras d'abord ouvrir un chemin de vingt-cinq pieds pour le charroyage, dit-il d'une voix forte, de manière à être entendu par tous les hommes. Quand vous aurez bûché cinquante pieds de chaque côté du chemin, on vous assignera un autre secteur. Vous ferez du bois coupé en quatre pieds et des cordes de quatre par huit tout le long de votre bout de chemin.

— C'est correct, répond Théo, conscient que les dernières consignes sont formulées à l'intention des novices.

— Je vais repasser dans le courant de la journée pour vérifier que tout est correct, puis on va se regrouper ici en fin d'après-midi pour retourner au camp, ajoute le contremaître avant de poursuivre son chemin.

Théo accote ses outils contre l'arbre portant la marque identifiant la première limite de son secteur. Il évalue avec ses pieds la distance approximative de vingt-cinq pieds pour la largeur du chemin de halage et fait une encoche sur l'une des épinettes. À l'aide de sa hache, il commence à essarter les fardoches et les empile de chaque côté du chemin à ouvrir. Suivront les plus petits conifères qu'il ébranchera et cordera avant de s'attaquer aux gros, qui ont besoin de plus d'espace pour tomber. C'est sa méthode à lui, d'autres préfèrent tout abattre au fur et à mesure qu'ils avancent.

Théo choisit de procéder de cette façon parce que cela permet à ses muscles de s'habituer au surcroît d'efforts que requiert le halage des gros billots et parce que le sentier étroit s'aère plus vite sur toute la longueur, facilitant les déplacements des autres bûcherons pour se rendre aux zones éloignées.

À l'heure du dîner, Théo allume un petit feu de branchages pour réchauffer son thé. Il a dégagé un espace suffisant afin de ne pas embraser la forêt qui l'entoure. Demain, il augmentera ses portions de nourriture : le travail au grand air lui a aiguisé l'appétit et il aurait pu facilement avaler le double de ce qu'il a apporté.

◆

Le froid devenant plus vif, les hommes doivent calfeutrer avec de la mousse les fissures entre les billots du camp. Puis la neige commence à tomber et les cordes à linge suspendues tout autour du camp sont remplies, chaque soir, des vêtements mouillés des bûcherons. Avant d'abattre un arbre, le travailleur forestier donne de grands coups du plat de la hache contre le tronc pour faire tomber la neige accumulée. S'il ne s'écarte pas assez vite, la neige s'infiltre dans son cou et trempe sa chemise et son caleçon. Quelques-uns portent une parka avec capuchon, mais Théo n'aime pas ce genre de vêtement parce qu'il gêne sa vue. Il préfère nouer un foulard de laine autour de son cou.

Tous les soirs après le souper, Théo lime son sciotte et affile sa hache. Réputé pour être un bon limeur, certains de ses compagnons de chambrée n'hésitent pas à s'offrir ses services contre une modeste rémunération. Des outils performants garantissent une meilleure paie au printemps et l'investissement en vaut la peine.

Au grand plaisir d'Honoré, le cuisinier leur concocte de bonnes tourtières et quantités de tartes.

— Sa soupe aux pois est dure à battre, proclame-t-il, la mine réjouie, un samedi soir, en limant sa scie.

— C'est parce que t'as pas goûté celle de ma femme, se vante Théo.

— T'auras qu'à m'inviter au printemps, plaisante Honoré. En attendant, achale-nous pas avec ça.

— Ouais, ajoute Nestor Léveillé d'un ton irrité. On s'ennuie assez de même sans faire exprès pour nous faire penser à nos créatures.

Pour une rare fois, Nestor se range du bord d'Honoré. Théo doit souvent s'interposer entre les deux hommes qui prennent un malin plaisir à se contredire.

— Correct, réplique Théo, bon enfant. Mettons que j'ai rien dit.

Chaque fois que l'humeur des hommes menace de s'assombrir, comme ce soir, le jeune Alfred sort son harmonica. Les airs entraînants s'enchaînent et les esseulés se calment.

— Envoye, mon Gérard, crie Honoré, fais-nous quelques steppettes.

Fatigué par sa journée, Gérard se lève quand même et effectue quelques pas de gigue au ralenti, puis retourne s'asseoir sur son lit.

— J'ai pas envie de danser, à soir, prétend-il.

Il n'y a pas de couvre-feu le samedi, mais les hommes, épuisés par les six rudes journées d'abattage, ne se couchent guère plus tard qu'à l'accoutumée.

La journée du dimanche à rien faire horripile Théo et Honoré. Après avoir fait leur lavage et mis à sécher leur linge sur la corde, ils décident d'aller marcher dehors. Ils n'ont pas envie de jouer aux cartes et encore moins aux dés où quelques-uns perdent une partie de leur paie.

La boisson est interdite dans tous les chantiers, mais les deux compagnons ne souffrent aucunement d'en être privés. Ils ne fument pas non plus et ils rapporteront à la maison une paie intacte, car ils ne traîneront pas en chemin au retour, contrairement à d'autres qui bambochent durant plusieurs jours dans les bars et les bordels et rentrent chez eux les poches vides.

Pour tromper leur ennui, les deux compères en profitent pour corder le bois qu'ils laissent sur place le samedi.

— Il faudrait pas qu'on se fasse pincer, s'inquiète Honoré.

— Bah, ils aiment mieux se reposer au chaud, l'assure Théo. Du moment qu'ils entendent pas de bruit de hache ou de sciotte, ils viendront pas vérifier ce qu'on fait.

— Si on en voit un venir, on fait semblant qu'on joue à un jeu d'adresse pour savoir qui de nous deux est le plus fort.

— Bonne idée, le félicite Théo, sinon on pourrait nous mettre à l'amende.

— Faudrait pas, déjà que la paie est pas grosse!

Après le souper, l'harmonica d'Alfred et les contes du contremaître égaient la soirée jusqu'à l'extinction des feux.

~⁓~

La veille de Noël, Marie-Reine s'éveille au moment où Théo s'attaque, une fois de plus, à la forêt nordique. Sa première pensée est pour lui et elle se demande comment il vit l'éloignement. Le petit bébé en formation remue en elle et Marie-Reine caresse son ventre à l'endroit où le fœtus s'étire.

Théo lui manque plus qu'elle ne saurait le dire, si elle décidait de s'en ouvrir. Selon son habitude, elle tait ses pensées intimes et présente un visage impassible à son entourage. Quand, par hasard, quelqu'un fait allusion à l'absence de Théo, elle affiche un sourire stoïque et affirme qu'elle n'est pas la seule à être séparée de son époux pendant de longs mois et qu'elle n'a pas le droit de se plaindre alors que son Théo vit dans un camp en bois rond, éloigné de tout. On pourrait croire qu'elle supporte bien leur séparation si on ne connaissait pas son amour profond pour son mari et si on n'observait pas la tristesse voiler l'azur de ses yeux.

Seule dans sa chambre, elle peut se laisser aller à son ennui, reconnaître la monotonie des nuits où elle est privée de sa tendresse, se désoler des heures ternes qui la démoralisent. Avant de sortir, Marie-Reine exhale sa mélancolie dans un long soupir et franchit le seuil de la porte, affublée du masque «sérénité-de-bon-aloi».

Elle gagnerait pourtant à partager ses émotions. En raison de sa discrétion, on croit qu'elle n'a besoin de rien, qu'elle est toujours heureuse, et on la délaisse. Marie-Reine ne se rend pas compte de ce qu'elle projette et, croyant n'être pas digne d'intérêt, elle s'enfonce davantage dans la conviction qu'elle ne doit pas ennuyer les autres avec ses états d'âme. Il n'y avait, autrefois, que son père qui la comprenait. Plus tard, elle a trouvé en Théo l'affection qui l'épanouit. Privé de lui, elle se languit et trouve refuge dans la prière. Personne ne se pose de question à la voir prier autant, on la croit pieuse à l'excès. Pourtant, si l'on savait...

— Cette année, on n'aura pas à faire maigre à Noël, dit-elle gaiement en arrivant à la cuisine où la famille est déjà rassemblée.

— Non, dit Lucette en riant, mais tu vas devoir attendre à minuit si tu veux manger de la viande. Aujourd'hui, c'est du poisson pour tout le monde.

— Yeurk! fait Jérôme.

La lumière du fanal du contremaître dessine des traînées jaune soleil sautillantes sur le chemin tout blanc où les pas des bûcherons crissent sur la neige durcie. Théo ne sent plus ses orteils. Il enfouit ses mains engourdies dans ses poches. Au lieu de se rendre à la «cookerie», les hommes, transis de part en part, se dirigent vers leur dortoir afin de troquer leurs vêtements humides contre les laines chaudes dormant sur leur tablette.

En franchissant la porte, une bouffée de chaleur bienfaisante met fin à la morsure cruelle du froid. En clopinant, Théo va s'asseoir sur son lit. Il ôte ses mitaines et, de ses doigts gourds, délace gauchement ses bottes. Quand il parvient à se défaire de ses doubles chaussons congelés, il a l'impression que ses pieds laiteux se sont transformés en blocs de glace. Ses mains rougies picotent, ranimées par la chaleur de la pièce. Il attrape une paire de bas de laine de rechange et s'en enveloppe les pieds, puis il enlève son manteau raidi par la froidure, son foulard, d'où pendent les glaçons formés par son haleine, et son casque, les laissant tomber par terre. Frigorifié, il renonce à se relever.

Il aimerait se glisser sous ses couvertures pour se réchauffer au plus vite afin de stopper le claquement de ses dents, mais ce geste pourrait lui attirer les railleries de ses compagnons de chambrée. Un homme, un vrai, ne montre pas ses faiblesses.

— Une petite ponce chaude, ça ferait pas de tort, articule péniblement Nestor Léveillé, les mâchoires engourdies.

Même si Théo n'est pas très porté sur la boisson, il est d'avis lui aussi qu'une once d'alcool leur ferait le plus grand bien. Il n'a encore trouvé rien de mieux pour combattre un frisson.

— On va remplacer ça par une bonne soupe chaude, dit le contremaître, émergeant soudain de sa léthargie.

Lentement, Théo sort la paire de bottes, les mitaines et le manteau de rechange restés toute la journée au chaud. Ses orteils se réveillent et fourmillent, ses mains brûlent comme si un feu ardent les cuisait.

Dans la grande salle à manger, on n'entend que le cliquetis des ustensiles. La soupe aux pois consistante réchauffe les estomacs et active la circulation sanguine des bûcherons grelottants. Autant Théo se morfondait à l'idée d'être inactif deux jours d'affilée en raison du samedi de Noël suivi du dimanche, autant ce soir il se réjouit de se soustraire au froid sibérien.

La porte de la *cookerie* s'ouvre sur un courant d'air glacial. Le jobbeur s'écarte pour laisser passer un grand et gros homme, dont la soutane dépasse le capot de chat.

— Je vous présente le père Paradis, clame-t-il en retirant son bonnet de fourrure. Il a accepté de célébrer la messe de minuit.

Le missionnaire se découvre et salue les hommes à la ronde d'un air bonhomme. Les bûcherons vont devoir se confesser afin de communier durant la messe. À part les jurons, et peut-être de mauvaises pensées, ils n'auront pas à s'accuser de gros péchés et le prêtre a l'air de celui qui en a vu d'autres.

— Bonsoir, mon père, répondent les hommes à l'unisson.

Depuis plus de deux mois, ces rudes travailleurs n'ont pas eu de messe le dimanche. La venue du pasteur leur rappelle que la naissance de Jésus est un événement capital. Le dénuement dans lequel est né le fils de Dieu continue, à travers les siècles, d'émouvoir les croyants. La naissance du Christ, venu sur terre pour nous racheter, invite les chrétiens au pardon et au partage. Les hommes de bonne volonté se rapprochent les uns des autres, dans un esprit de paix, et c'est pourquoi vivre cette fête sans les siens s'avère si pénible.

De retour au dortoir, les rudes gaillards font un brin de toilette avant d'aller laver leur âme au confessionnal. Claustrés dans la forêt boréale, les bûcherons s'endimanchent de dessous propres. Leurs beaux vêtements, élimés par les années de crise, sont restés sur la rive sud, et si ce n'était de la rudesse du climat qui les oblige à s'accoutrer comme des ours, la misère les condamnerait à se promener aussi dénudés que l'enfant de la crèche. La minceur de leur porte-monnaie a conduit ces hommes libres dans ce trou perdu où l'on n'envisagerait même pas d'envoyer des forçats.

✧

Le visage tourné vers l'horizon infini couvert de glaces où Théo se languit, Marie-Reine s'immobilise sur le parvis de l'église de Cap-aux-Brumes. Le vent glacé du nord rosit ses joues pâlottes.

— Entrons, lui dit sa mère, en exerçant une légère pression dans son dos.

Brusquement soustraite à la froidure, la douce chaleur du temple la suffoque. Elle dégrafe son manteau de fourrure et se sert de ses gants pour s'éventer le visage. Le mélange des parfums, dont se sont aspergés hommes et femmes, lui donne la nausée.

— Ça ne va pas? s'enquiert Marie.

La main plaquée sur la bouche, Marie-Reine plie des genoux et tombe à la renverse, les yeux grands ouverts.

En raison de l'espace étroit du banc d'église, elle choit lentement sur le siège. Georges la retient juste à temps pour empêcher sa tête de heurter le dossier de bois.

Marie lui tapote la joue. Quand Marie-Reine revient à elle, sa mère juge plus prudent de la ramener à la maison.

~⁓〜

Assis sur le bord de son lit, en pied de bas, Théo taillade un morceau de bois avec son canif. Sur la corde à linge pendent ses caleçons et tous les vêtements qu'il a lavés le matin même. Quelques joueurs de cartes sont rassemblés au centre de la pièce et Alfred, dans son coin, souffle tout son répertoire dans son harmonica. Le jeune homme semble jouer pour lui-même. « C'est probablement la première fois qu'il passe Noël loin de sa famille », se dit Théo quand il relève la tête et aperçoit le regard absent du musicien. Les notes nonchalantes s'enchaînent dans l'indifférence totale.

— Qu'est-ce que tu gosses là ? demande Honoré, penché au-dessus du lit.

— Ça se voit, non ? répond Théo, irrité.

Sa sociabilité proverbiale s'anémie dans la promiscuité du camp. Si Marie-Reine le voyait, elle ne reconnaîtrait plus son charmant Théo. Quand tous vos gestes sont surveillés, décortiqués et interprétés, l'homme le plus accommodant finit par se sentir traqué. Ce que les doigts malhabiles de Théo essaient de reproduire aujourd'hui, c'est le visage de sa femme et il n'a pas l'intention de le partager avec quiconque.

— Coudon, as-tu mangé du bœuf enragé ? grogne son compagnon.

Théo ne se donne pas la peine de répondre. Tant mieux si Honoré s'offusque, il pourra continuer de graver en paix.

Sur la pièce de bois se précise un profil féminin. La longue chevelure, à peine esquissée, ressemble à un voile virginal. Les traits délicats se précisent à coups de canif prudents.

Théo doit souvent fermer les yeux pour recréer en pensée le visage aimé. Les proportions sont équilibrées : le front large et dégagé, les sourcils finement arqués, de grands yeux rêveurs, un nez droit, des lèvres esquissant un léger sourire qui fait rebondir les pommettes délicates, le menton gracile. Le port de tête altier dénote le caractère sérieux de Marie-Reine. Et, pourtant, Théo vibre en ce moment au souvenir de la passion qui couve sous l'apparence majestueuse de sa femme. Être privé de ses baisers et de ses caresses est un véritable tourment quand il pense très fort à elle, comme en ce moment.

Comment pourra-t-il ciseler ce morceau de bois pour rendre le charme de sa déesse ? Il se désespère devant l'ampleur du défi. « Il faut être fou d'ennui pour tenter de reproduire une telle merveille », se dit-il en continuant de sculpter le bois. Il examine le résultat des dernières entailles du canif en approchant et en éloignant l'œuvre naissante, puis il la place bien à plat sur ses cuisses, ferme les yeux et promène lentement ses doigts sur le contour du visage gravé dans le bois. Les souvenirs ressurgissent et l'artisan sait comment raffiner son ébauche.

❧

« Si le temps des fêtes peut finir ! », se désespère Marie-Reine. Allongée dans son lit, elle n'a pas le goût de se joindre à la liesse générale de la maisonnée. De la cuisine lui parviennent les rires bruyants de Georges et Lucette. Les folles démonstrations de gaieté des siens l'agacent au point qu'elle craint parfois de s'emporter contre eux. Elle ressent un vif besoin de se recroqueviller dans sa mélancolie, s'y sentant plus près de Théo. Son malaise à l'église, la veille de Noël, lui sert de prétexte pour s'isoler quand sa tolérance la déserte. Marie-Reine se ferme comme une huître enrobant de nacre le grain de sable qui s'est inséré dans sa coquille.

Le bébé en gestation profite des longs séjours à l'horizontale de sa mère pour se démener comme un diablotin. «Ton papa te manque à toi aussi», lui chuchote-t-elle en caressant son bedon rond. Le petit être en formation est le seul à bénéficier d'une patience sans faille. Les maux de tête, aggravés par la grossesse, sont pardonnés au poupon parce qu'il respecte les silences auxquels aspire sa maman.

Marie-Reine supporte mal d'être bousculée, il lui faut du temps et du calme. Elle affronte les pires épreuves avec résignation, mais elle se détraque dès qu'on cherche à accélérer sa mécanique. Elle est semblable à la tortue de La Fontaine, qui se hâte avec lenteur et porte sur elle sa maison. *Rien ne sert de courir ; il faut partir à point*, nous apprend la fable. «Ah, si l'hiver peut finir !», soupire Marie-Reine. Il serait malséant de lui dire qu'à chaque jour suffit sa peine. Elle l'apprendra bien assez tôt.

⁂

Théo traîne, à l'aide de son crochet, les derniers tronçons de bois coupés dans le secteur qui lui a été attribué. Il les hisse sur la dernière corde de bois pendant que les deux mesureurs, que les gars appellent aussi «colleurs», estampillent les billots empilés de l'autre côté du chemin de halage.

Il prête attention aux chiffres que l'aide-mesureur crie au «colleur» qui vérifie et prend des notes à l'autre extrémité de la pile. Les bûcherons à forfait les appellent parfois les «voleurs» parce que certains ont une forte tendance à déclasser le bois scié à l'avantage du jobbeur qui les paie.

Quand leur travail est terminé, Théo charge sur la *sleigh* les billots à charroyer. Après les avoir chaînés, le charretier commande au cheval d'avancer. Sous le poids de la charge, le robuste percheron renâcle, tire à gauche, puis à droite, et finalement le chargement s'ébranle sous les efforts du cheval qui secoue la tête à chaque pas. Ses lourds sabots défoncent quelquefois la neige durcie du sentier et le charretier surveille attentivement la lente progression de l'animal. Le vaillant percheron lui est indispensable pour accomplir sa besogne et il doit éviter qu'il se blesse.

Le lendemain, Théo s'affaire à ouvrir une nouvelle portion de sentier dans la dense forêt. Il ne ressent presque plus de douleur à la cheville, trop heureux du nouveau secteur que le contremaître vient de lui attribuer. Les arbres sont plus gros, ce qui avantage le travailleur payé à la pièce, car les cordes de bois se multiplient plus vite, avec moins d'efforts.

— Merci bien, monsieur, a-t-il dit avant que le contremaître le quitte.

— Continue de même, mon homme, lui a répondu l'homme, l'air satisfait. T'es ben parti.

Quand, le surlendemain, Honoré vient le rejoindre avec son lunch, ils s'assoient sur quelques troncs empilés après avoir allumé un feu de branches pour réchauffer leur thé.

— Le *foreman* a l'air content de nous, se réjouit Honoré, après avoir englouti le contenu de sa boîte à lunch. As-tu vu c'te beau bois? On va avoir une belle paye au printemps.

—✦—

Tous les dimanches, après son lavage, Théo consacre le reste de la journée à son nouveau passe-temps. Ayant besoin de se concentrer sur son travail, il n'a plus conscience de l'éloignement. Il est si habité par la présence des visages qu'il reproduit sur ses pièces de bois qu'il ne connaît plus les heures moroses des premiers dimanches.

Assis à côté de lui, au pied du lit, Honoré achève une figurine d'angelot aux ailes sagement rabattues dans son dos. En face d'eux, Nestor sculpte ce qui ressemble à un chien miniature. Près de lui, Alfred sort son couteau de poche. Le jeune garçon, encore imberbe, vit son premier hiver dans un chantier et, pour mieux se faire accepter, il cherche à imiter ses compagnons. Théo l'observe du coin de l'œil quand il sort son canif. Il se souvient de sa première expérience dans un camp de bûcherons, après la mort de son père. Les railleries dont il était victime de la part de quelques fiers-à-bras le mortifiaient, même s'il était conscient que ces gros bras sans cervelle auraient davantage mérité la pitié.

Comme Théo l'appréhendait, le jeune homme s'entaille un doigt de la main gauche au premier coup de canif. Le sang gicle pendant qu'Alfred, trop hébété pour réagir, reste figé, la bouche ouverte.

Théo se lève prestement.

— As-tu un mouchoir propre? dit-il en s'agenouillant près du blessé.

Le couteau de poche et la pièce de bois maculés de rouge tombent par terre et Alfred, aussi blanc que la neige qui tombe à gros flocons, s'affale sur l'épaule de Théo. Avec l'aide de Nestor, il étend le blessé dans son lit et entortille le doigt ensanglanté dans le mouchoir que lui tend Honoré. Quelques hommes s'approchent, intrigués.

— C'est rien, leur dit Théo. Il s'est coupé le doigt avec son canif et la blessure n'est pas profonde.

Renseignés, les curieux retournent à leurs occupations.

— C'est pas fait forts, ces jeunes-là, ricane l'un d'eux.

— Ça, tu peux le dire, rétorque un petit homme au sourire méprisant. C'est pas comme nous autres.

Théo attend que les rudes travailleurs mettent fin à leurs moqueries avant de tapoter les joues d'Alfred. Quand il revient à lui, le jeune homme les regarde, ahuri.

— Tu t'es coupé le doigt, lui dit-il.

Alfred relève sa main éclopée et jette un coup d'œil au doigt pansé sommairement.

— T'es aussi ben de te limiter à ton ruine-babines, plaisante Honoré.

Le garçon tourne la tête vers lui, les coins de la bouche en éboulis, les yeux embués, prêt à chialer comme un bébé.

— Ouais, réplique Nestor en lui faisant une grimace comique, fais-nous de la musique puis je te ferai un beau petit chien qui mord pas.

Le garçon esquisse un sourire, se rassoit et ravale son désarroi en reniflant bruyamment.

— Tiens, je te donne cet ange-là si tu nous joues quelque chose d'entraînant, propose Honoré en lui tendant la première figurine qu'il a sculptée.

Alfred, qui a délaissé son harmonica depuis Noël, s'empare de l'angelot qu'il admire depuis le début.

— Merci ben, dit-il, serrant l'ange dans sa main valide.

Les secouristes retournent à leurs travaux de sculpture et le camp se remplit du son du bois grugé par les lames d'acier, dans un coin, et du bougonnement des joueurs de cartes, dans l'autre.

Alfred dépose délicatement son angelot de bois sur sa tablette et sort son harmonica. Il porte l'instrument de musique à sa bouche et les notes qui s'en échappent n'ont jamais été aussi gaies, aussi légères. Elles s'élèvent dans la douce chaleur du camp rustique, enjouées comme les cabrioles de lutins espiègles. Les bûcherons s'interrompent, enjôlés par l'allégresse de la mélodie.

⁓

Le soleil de mars désagrège les bancs de neige. Les corneilles s'invitent au bord des mares d'eau, picorant de leur bec charbonneux le gravillon de la rue qui se dénude. La nature s'éveille de sa longue hibernation. L'air, qui s'adoucit, exhale la promesse d'un printemps hâtif.

Marie-Reine camoufle sa grossesse sous son épais manteau de fourrure. Elle se promène sur le quai dégagé, même en hiver, grâce au vent du large impitoyable qui le balaie. Mais tout le long du littoral, l'amoncellement des glaces ne laisse aucunement présager un début de navigation précoce. Marie-Reine devra continuer de barrer d'un gros X les jours du calendrier. Déjà, plus de cinq mois ont ainsi été noircis. D'un jour à l'autre, l'échéance approche et son cœur bondit d'allégresse.

⁓

Depuis une semaine, Théo et Honoré se donnent rendez-vous tous les midis à la limite mitoyenne de leurs secteurs. D'une conversation à l'autre, ils en arrivent à se confier leurs préoccupations, la principale consistant à assurer le bien-être des leurs. L'incendie du moulin à scie prive plusieurs pères de famille d'un gagne-pain et la crise économique, qui perdure, ne laisse rien présager de bon pour l'avenir.

À deux, ils épluchent les minces possibilités d'emploi dans leur région. L'un et l'autre n'ont pas l'intention de s'expatrier à longueur d'année pour subvenir aux besoins de leur maisonnée. Théo finit par confier à Honoré la gêne qu'il ressent d'avoir à vivre sous le toit de sa belle-mère depuis qu'il a perdu son boulot.

— Je te comprends, reconnaît Honoré. Ça doit être mortifiant sans bon sens de vivre aux crochets d'une femme.

Ils inventorient et soupèsent les petites jobines qui rapportent peu.

— C'est pas avec ça qu'on peut garder sa maison, déplore Honoré, qui s'est fait saisir la sienne et doit, depuis, habiter chez ses beaux-parents.

— Je me demande si on devrait pas aller s'informer de l'aide que le gouvernement offre à ceux qui sont prêts à coloniser une terre, lance Théo.

— Es-tu sérieux ? s'étonne Honoré.

— Toi comme moi, on a été élevés sur une ferme.

— Ça rapporte pas ben gros.

— C'est sûr, mais on n'a pas gros de dépenses non plus. La terre fournit de quoi manger quand on a du cœur au ventre. Ma mère avait coutume de dire : « C'est pas l'argent qui rentre qui compte, c'est l'argent qui reste. »

Au loin, résonnent des coups de hache.

— Ouais, ça vaut la peine d'y penser, convient Honoré. En attendant, il est temps de retourner travailler.

Le mois d'avril s'écoule sous les ondées qui détrempent la terre. Les routes sont si boueuses que les roues des charrettes y creusent de profondes ornières. L'automobile du Dr Gaucher patine dans la vase qui s'avère aussi dangereuse et glissante qu'une couche de glace. La carrosserie noire du véhicule se couvre d'épaisses traînées fangeuses.

— Il conduit trop vite, commente Paul-Émile, en voyant la voiture faire un tête-à-queue devant la maison de sa belle-sœur.

— J'ai toujours dit qu'il finirait par tuer quelqu'un, ajoute Marie.

Sa prophétie date de plusieurs années sans que le médecin ait provoqué d'accident, mais elle la maintient avec assurance. «Les probabilités finiront peut-être par lui donner raison, songe Marie-Reine, amusée. Toute prédiction de malheur a de fortes chances de se concrétiser, tôt ou tard. N'importe quel cartomancien amateur le sait et il débite un tas de généralités de ce genre aux crédules qui le rétribuent grassement. Ce n'est pas moi qui perdrais mon temps et mon argent pour de pareilles sornettes.»

— Bonsoir, Marie-Reine, la salue gentiment son oncle. Avec toute cette pluie, les glaces ont fini par céder. Ton mari ne va pas tarder à revenir.

— Je l'espère d'un jour à l'autre, dit-elle en portant la main à son ventre qui se contracte.

— Venez tous manger, les invite Lucette. Le repas est servi.

Marie-Reine lui fait un signe discret de la main. Intriguée, Lucette laisse passer leur invité et sa belle-mère et rejoint Marie-Reine qui chuchote :

— Tu peux enlever mon couvert, le bébé s'en vient.

Une grimace confirme l'imminence de l'événement. Marie-Reine se rend à sa chambre, suivie de Lucette qui l'aide à se dévêtir et à mettre une chemise de nuit. Vivement, elle défait le lit et étend une alèse sur le matelas. Marie-Reine s'y allonge, se tenant le ventre à deux mains.

— Va vite chercher maman, dit-elle, haletante.

Avant que le dessert soit servi, un descendant mâle vient s'ajouter à la lignée des Dumont.

— Tu accouches comme une chatte, s'étonne une fois de plus Marie.

— Une chance que je n'ai pas une portée de chatons! plaisante la maman en contemplant l'unique poupon aux joues rebondies.

— Comment allez-vous l'appeler?

— Théo a suggéré Germain.

— Germain Dumont, ça sonne bien, approuve la grand-mère.

Elle reprend le bébé et le couche dans le grand berceau fabriqué par Guillaume à la fin de l'année 1899.

— Te rends-tu compte, ma fille, que ce berceau-là a le même âge que toi? C'est ton jumeau et toi qui l'avez étrenné.

— Il en a bercé, des bébés! commente Marie-Reine. Et pourtant, il est encore solide.

— Oui, ton père faisait de la belle ouvrage, comme disait maman Côté.

À l'évocation de leur voisine de L'Anse-aux-Brûlots, les deux femmes restent silencieuses un moment.

— J'aurais tant aimé la revoir, murmure Marie. À présent, ton père est auprès d'elle.

Marie-Reine conserve le souvenir de la longue jupe de maman Côté où elle aimait se blottir. Elle se rappelle aussi le contact des mains rudes et affectueuses qui lui caressaient la joue. Ne l'ayant plus revue après leur déménagement à Cap-aux-Brumes, elle a oublié les traits de celle que toute la famille chérissait.

— Nous la reverrons un jour, dit-elle à sa mère. Mais je souhaite que ce soit le plus tard possible.

~y⊃

Anne-Marie se pavane, coiffée du nouveau chapeau de paille blanc que lui a offert sa grand-mère. Même si elle a eu quinze ans en mars, âge limite qu'elle s'était fixé pour qu'on l'autorise à remonter ses cheveux, elle a eu tant de compliments pour la nouvelle coiffure que lui a faite sa mère à l'automne qu'elle rit aujourd'hui de sa tocade. Elle se demande même pourquoi elle aimait à ce point les chignons, qui lui paraissent maintenant vieillots et austères.

Sur le parvis de l'église, Bertrand Jolicœur, le beau brun aux yeux de velours dont elle s'est entichée toute jeune, grille une cigarette avant d'assister à la basse messe du dimanche.

— Salut, la petite, dit-il, l'œil égrillard, quand Anne-Marie s'apprête à monter les marches.

Durant l'hiver, Anne-Marie a grandi, sa taille s'est affinée et son buste s'est développé en dépit des bandes utilisées pour le compresser.

— C'est à moi que vous vous adressez ainsi ? dit-elle en se donnant des airs de princesse offusquée.

— C'est à vous, mademoiselle, corrige aussitôt l'effronté en lui ouvrant galamment la porte de l'église.

Le nez en l'air, Anne-Marie franchit le seuil et trébuche sur le rebord du tapis protégeant le plancher du grand portique. Elle est sauvée *in extremis* d'une chute humiliante par le galant qui l'empoigne solidement et en profite pour la maintenir contre lui, le temps qu'elle porte la main à son chapeau qui menace de tomber à son tour.

— Ma mère a failli se casser le cou à cause de ce maudit tapis, prétend-il quand il desserre son étreinte.

Ne sachant quelle conduite adopter, Anne-Marie se contente de le remercier du bout des lèvres et s'enfuit, les jambes molles, vers le banc familial. Le cœur en émoi, elle tremble de tous ses membres et se sent rouge de confusion. «Il doit penser que je suis sotte», se reproche-t-elle, excédée par le fâcheux incident qui l'a fait choir de son trône. Ève, chassée du paradis, ne devait pas se sentir plus déchue que la pauvre Anne-Marie en ce moment.

Le vicaire de la paroisse entre par la porte communiquant avec la sacristie, suivi d'un servant de messe vêtu, comme lui, d'un surplis blanc. Les fidèles se lèvent, imités avec un peu de retard par Anne-Marie, que sa distraction rend encore plus honteuse. «Fais une femme de toi», s'ordonne-t-elle.

La messe d'une durée d'une demi-heure lui paraît interminable. Elle n'aspire qu'à se cacher dans un coin sombre, loin des regards, et dormir jusqu'à l'oubli. Comment pourra-t-elle surmonter pareille humiliation? Elle ne parvient à retenir ses larmes qu'en s'efforçant d'afficher un dédain méprisant et hautain. «L'*Ite missa est*, enfin! songe-t-elle, à bout d'énergie. Je vais attendre qu'il s'en aille avant de sortir.»

Quand cessent les bruits de pas et les murmures des paroissiens, Anne-Marie sort de son banc et fait une lente génuflexion. Elle reprend confiance en ses moyens quand elle constate que l'église est déserte, de même que le parvis à l'extérieur.

— Vous permettez? dit Bertrand, qui s'était dissimulé au coin de l'église.

Craignant de dire des bêtises, Anne-Marie se tait. Interprétant ce silence comme un consentement, Bertrand l'accompagne.

— Votre père doit être à la veille de revenir.

Le vouvoiement la rassure et lui confère une certaine déférence. Même s'ils sont voisins depuis plusieurs années et qu'il est plus âgé qu'elle, elle entend maintenir ses distances et lui inculquer les bonnes manières. Elle ne peut supporter qu'il la siffle vulgairement, comme il l'a fait le printemps dernier, et encore moins qu'il l'appelle «la petite». Est-il un terme plus blessant pour une jeune fille qui se sent femme? Surtout quand c'est l'homme aimé qui l'emploie?

— Nous l'attendons d'un jour à l'autre, répond-elle.

— Vous allez encore à l'école?

«Mon Dieu, qu'il est maladroit!», se dit-elle, consternée.

— Je termine cette année.

— Ça se voit que vous êtes instruite, la complimente-t-il. Et bien élevée.

«Bon, il se rachète un peu», pense-t-elle. Comme ils approchent de la maison de Bertrand, elle ralentit le pas et s'arrête.

— Je crains d'avoir un caillou dans mon soulier, prétend-elle en se pliant de côté pour enlever sa chaussure.

Il lui tend la main afin qu'elle y prenne appui et la jeune fille apprécie le geste. Elle secoue le soulier près du trottoir de bois, de sorte qu'il ne voie pas que la chaussure ne contient aucun caillou.

— Merci, susurre-t-elle avec un sourire charmeur après avoir remis son soulier.

— De rien. Je vous souhaite un bon dimanche, mademoiselle Dumont, dit-il en soulevant son chapeau.

— À vous de même, répond Anne-Marie, qui doit se faire violence pour poursuivre son chemin sans se retourner.

Au cas où il la regarderait s'éloigner, la jeune fille balance légèrement les hanches. «Je dois faire attention, si maman me voit elle va me traiter de gourgandine.»

En fin d'après-midi, le lendemain, un navire s'apprête à accoster. Jérôme, envoyé aux nouvelles par sa mère, reconnaît son paternel.

— Papa ! ne peut-il s'empêcher de s'exclamer en agitant la main.

Sa mère a beau lui répéter qu'il ne faut pas crier, ni gesticuler comme un pantin, ni se donner en spectacle, ni plein d'autres interdits assommants, le garçon turbulent et espiègle arrive rarement à se contenir.

Depuis le départ de son père, il a poussé comme de la mauvaise herbe, prétend Marie-Reine, qui doit sans cesse défaire le bas de ses pantalons pour les rallonger. Toutes les calories qu'il absorbe servant à l'étirer, le garnement est aussi mince qu'un piquet de clôture. « Tu tiens de ton grand-père », le console sa grand-mère quand on se moque de sa maigreur. D'ailleurs, le blondinet aux yeux bleus ressemble de plus en plus à Guillaume, selon les commentaires de ceux qui l'ont connu dans sa jeunesse. Jérôme, qui n'a de souvenir de son grand-père que dans les derniers mois de sa vie, n'y voit pas de raison particulière de se réjouir. L'image qu'il conserve est celle d'un vieillard maladif passant son temps à tousser. Cependant, aux yeux du gamin fasciné par les récits de l'ancien capitaine, ses exploits de marin le parent d'une aura chevaleresque qui rachète sa décrépitude.

— Salut, mon grand, dit Théo en lui donnant un coup de poing amical sur l'épaule.

— Salut, p'pa, répond l'adolescent en lui rendant la bourrade.

Le père rit franchement.

— T'as vu mon gars ? dit-il fièrement en se tournant vers Honoré.

— Quel âge que t'as ? demande l'homme.

— Onze ans.

— Ouais, tu vas faire tout un homme, parti de même, commente le compagnon de son père.

Jérôme exulte, il se retrouve enfin en compagnie d'hommes. Privé de la présence paternelle, son foyer lui a semblé encombré de femmes. Son oncle Georges a eu peu de temps à lui consacrer, pris par les longues heures d'ouverture du magasin général du grand-oncle et par sa propre marmaille.

Pour se remonter, Jérôme s'est vite attribué le rôle du mâle fort sur qui l'on peut s'appuyer en l'absence du père, mais il n'y a eu que sa mère pour souligner de temps à autre ses efforts accrus. Sa grand-mère et sa tante ne manquaient jamais de le remercier, bien sûr, mais Jérôme espérait un peu plus de reconnaissance, il avait besoin de louanges. Il était rendu à un âge où il lui fallait échanger entre hommes, éprouver sa force. Le temps était venu de vivre ce passage initiatique auquel aspire tout adolescent : se mesurer aux hommes en vue de faire partie du clan.

— Comment va ta mère ? s'informe Théo.

— La cigogne nous a laissé un garçon, p'pa. Maman dit qu'elle va bien, mais elle passe son temps couchée depuis l'arrivée du bébé. Elle dit que c'est parce qu'elle doit le surveiller tout le temps.

Devant l'air sceptique de l'adolescent, les deux hommes échangent un coup d'œil et sourient.

— Viens nous aider à débarquer notre barda, l'invite Théo. J'ai hâte d'arriver à la maison.

Aussitôt le déchargement du bateau terminé, la charrette du beau-père d'Honoré s'arrête devant les bagages des deux hommes.

Derrière la porte close, Théo se penche et embrasse sa femme. L'odeur de la peau fraîche de Marie-Reine l'enivre. Il s'assoit sur le bord du lit, enfouissant son nez à la naissance des cheveux noués en une longue tresse sombre. Marie-Reine lui caresse la nuque et le dos, le presse contre elle pour lui signifier combien il lui a manqué.

Après l'avoir reniflée tout son soûl, Théo relève la tête pour mieux la regarder. « Elle est si belle, se dit-il, le cœur gonflé d'amour. Que dira-t-elle quand elle verra l'indigne portrait que j'ai tracé dans le bois ? » Les yeux de Marie-Reine, plongés dans les siens, communient avec son âme. Le bonheur de se retrouver les bouleverse l'un et l'autre et ils s'étreignent de nouveau, longuement. Après un doux baiser, ils se sourient, les yeux brillants.

— Notre bébé te ressemble, murmure Marie-Reine. Regarde-le.

Théo s'étire le cou et observe le berceau où dort sa réplique en miniature.

— Veux-tu le prendre ?

— Je ne veux pas le réveiller. Je le prendrai tout à l'heure, après que tu l'auras fait boire.

Il n'a qu'une envie, se repaître des yeux bleus de Marie-Reine, de son sourire heureux, la tenir contre son cœur et la respirer, encore et encore.

Marie sort sur la galerie sans son châle. La douceur du soleil de mai fait éclore les bourgeons et les feuilles naissantes, d'un beau vert tendre, répandent des effluves synonymes de résurrection. Depuis l'incendie du moulin, le parfum du bois fraîchement scié est remplacé par l'odeur plus forte du bois de pulpe qu'on charge à bord des navires.

Voyant les enfants revenir de l'école, Marie rentre à la maison. De la cuisine, lui parvient la voix de Lucette qui chantonne. Sa belle-fille, dotée d'une nature heureuse, chante souvent en travaillant. Marie entrouvre la porte de la chambre de Marie-Reine qui est en train d'allaiter le petit Germain.

— Théo t'a-t-il dit à quelle heure il reviendrait?

— Non, il m'a dit qu'il avait une commission à faire et qu'il partait avec Honoré. Il ne devrait pas tarder.

— Les enfants reviennent de l'école, on va les servir et on l'attendra pour dîner.

Quand les écoliers retournent en classe, Marie revient voir sa fille. Le bébé dort dans son berceau.

— Théo n'est pas revenu? s'inquiète Marie-Reine.

— Il a sans doute été retardé, répond sa mère. Viens manger, on va lui garder son assiette au chaud.

Depuis le retour de Théo, Marie-Reine attend avec impatience le moment où il lui sera permis de quitter le lit après ses relevailles. Sa mère abrège de quelques heures l'alitement forcé et ce n'est pas pour déplaire à la jeune femme qui a l'intention de se laver au savon parfumé. Désireuse de plaire à son homme, elle ne s'alarme pas de son retard, car elle espère avoir le temps de se faire belle avant son retour.

La peau fraîche, sa longue tresse enroulée sur la nuque, Marie-Reine se berce dans la cuisine. Elle a revêtu une robe neuve, de couleur lilas, qui rehausse son teint et donne de l'éclat à ses cheveux d'ébène. C'est sa mère qui a commandé la robe par catalogue et la lui a offerte à Pâques.

Marie et Lucette sont sorties avec les enfants. Marie-Reine se doute qu'elles souhaitaient lui laisser plus d'intimité. L'horloge vient de sonner deux coups quand elle entend des pas énergiques marteler la galerie. Elle se lève, le cœur battant, pour accueillir son époux.

— Je meurs de faim, clame-t-il en ouvrant la porte.

Apercevant sa femme parée comme un dimanche de juin, il s'arrête net. Marie-Reine se délecte de son Théo, qui la contemple, muet d'admiration. Heureuse, elle vient se blottir dans ses bras.

— Nous sommes seuls, murmure-t-elle.

— Comme tu sens bon, dit-il en la serrant contre lui.

⁂

Marie-Reine déguste son thé pendant que Théo engloutit le repas qu'elle lui a gardé au chaud. Elle éprouve un bonheur ineffable rien qu'à le regarder manger. Son homme est rayonnant et beau comme un lever de soleil. Sa seule présence transforme tout ce qui l'entoure. Après s'être tant languie de lui, Marie-Reine se réjouit de s'endormir tous les soirs dans ses bras, d'ouvrir les paupières sur son regard azuré et d'entamer la journée en savourant son baiser matinal.

— Tu ne me demandes pas où je suis allé ? dit-il, enjoué.

— J'imagine que tu vas me le dire, répond-elle, avec un sourire confiant. Tu as la mine satisfaite d'un chat qui vient de croquer une souris !

— C'est vrai que je suis heureux, reconnaît-il en riant.

Sur ce, il lui narre en détail le succès de ses démarches auprès de l'agent de colonisation. Théo s'échauffe en parlant de son projet tandis que le visage de Marie-Reine affiche un air de stupéfaction totale.

— Et tu sais pas quoi ? Honoré Soucy va être notre voisin !

Sidérée, Marie-Reine ouvre la bouche, incapable de proférer un son. Elle ressemble à une carpe hors de l'eau. Théo vient de la priver de son oxygène. L'idée de coloniser une terre est loin de l'emballer.

— On va retourner aux sources, poursuit-il sur sa lancée. On va avoir notre maison à nous, cultiver nos légumes...

Marie-Reine aurait envie de lui faire remarquer que les légumes qu'ils consomment proviennent de leur propre jardin et que retourner aux sources signifie pour elle qu'elle devra se priver d'eau courante, d'électricité, des magasins proches, quitter sa mère et cette belle résidence où elle bénéficie de tout le confort moderne.

— C'est sûr qu'au début, il faudra s'entasser dans un camp en bois rond pour quelque temps...

— Et les enfants, où iront-ils à l'école?

— Au début, c'est toi qui vas leur apprendre. T'es assez instruite pour ça.

« Si on était en juillet, songe-t-elle, je croirais qu'il a attrapé une insolation.» Puis elle l'observe avec plus d'attention. «Aurait-il mangé un coup de hache sur la tête durant l'hiver? Ou un arbre lui est tombé dessus et il a perdu le nord? Ça ne se peut pas», se dit-elle, désorientée, cherchant de quelle façon elle pourrait le faire revenir sur sa décision.

— Et comment s'appelle cet endroit de rêve?

— Val-des-Castors, répond-il, exalté. C'est un beau nom, hein?

«Je n'irai pas m'enterrer à Val-du-trou-perdu, ni à Saint-Glinglin! se révolte Marie-Reine. J'ai failli périr d'ennui au petit village de Belles-Terres. La colonie? Non, merci!»

— Jamais entendu parler, dit-elle, en s'efforçant de maîtriser son irritation. Où est-ce que c'est?

— À une quinzaine de milles d'ici, dans les terres. Le village est au bord de la rivière Mélodie, précise-t-il, radieux.

Comme si le fait d'aller s'enterrer le long de la même rivière pouvait lui faire sentir qu'elle va être en pays de connaissance! La tête de Marie-Reine bourdonne, envahie par une colonie d'abeilles furieuses.

— Tu me dis qu'on va coloniser une terre, j'imagine qu'on ne restera pas au village.

— Non, c'est sûr. Notre lot est situé dans le rang des Cailles. À trois milles du village.

— Ah, bon...

«Trois milles du village, rien que ça!», fulmine Marie-Reine.

— L'agent de colonisation m'a dit qu'il y a une belle source sur le lot qu'il m'alloue, et un ruisseau qui passe tout près avec de la truite en masse.

— Du bois en masse, aussi, j'imagine?

— Il y a bien du feuillu, qu'il m'a dit, et quelques beaux érables. On va pouvoir faire notre sirop.

Théo s'emballe et Marie-Reine trouve qu'il y a quelque chose qui cloche dans son histoire. Son mari n'a jamais manifesté le moindre intérêt pour le travail de ferme.

— Tu t'es déjà occupé d'une ferme? demande-t-elle à tout hasard, espérant qu'il va retomber les deux pieds sur terre.

— C'est sûr. Quand j'étais jeune, mon père avait une terre.

La porte d'entrée s'ouvre et Marie-Reine entend le rire de Lucette.

— On en reparlera, s'empresse-t-elle de dire à Théo.

Ce soir, dans l'intimité de leur chambre à coucher, Marie-Reine entend se faire câline et amener doucement Théo à renoncer à son projet de colonisation. Elle devra finasser et faire ressortir les désavantages et même le recul que ce déménagement constitue par rapport à leur situation actuelle. Elle a déjà dans l'idée d'utiliser sa fidèle ennemie, Mathilde, pour parvenir à ses fins.

— J'ai rencontré Honoré Soucy, dit Marie en arrivant à la cuisine.

« Seigneur Jésus, songe Marie-Reine, horrifiée. Si la nouvelle circule déjà, je suis perdue. Je ne pourrai pas le faire changer d'idée sans lui faire perdre la face. »

— Tu es bien pâlotte, lui dit sa mère.

Un ouragan vient de la terrasser et Marie-Reine prétexte un malaise pour s'enfuir dans sa chambre. Elle a désespérément besoin de calme pour réfléchir.

— Vous songez réellement à vous établir sur un lot de colonisation ? chuchote Marie quand ils se retrouvent seuls.

Le gendre n'a pas l'intention de se laisser dicter sa conduite par la belle-mère. Il la trouve bien gentille et lui est reconnaissant pour tout ce qu'elle a fait pour eux jusqu'à maintenant, mais là s'arrête le respect qu'il lui doit. Il ne la laissera pas intervenir dans ses affaires. D'une voix ferme et sans détourner le regard, il lui dit :

— J'ai à cœur de faire vivre ma famille décemment, madame Dumas, et je ne vois pas d'autre solution dans l'état actuel des choses.

Inutile de s'étendre sur la crise économique qui empire, ni de se plaindre que les temps sont durs, et encore moins d'entrouvrir la porte à la charité qu'elle pourrait leur offrir. Marie baisse les yeux et Théo la connaît suffisamment pour savoir qu'elle n'ira pas à l'encontre de ses volontés, malgré sa déception.

Cette décision, il ne l'a pas prise à la légère. Il a bien soupesé les pour et les contre et il est conscient que chaque raison justifiant leur départ amène sa version négative. Il sait que sa femme le suivra et le soutiendra, quoi qu'il lui en coûte. Marie-Reine cachera ses larmes et fera preuve de vaillance. Par contre, il prévoit que les réactions de leurs enfants pourront leur causer certains problèmes, mais l'atermoiement ne diminuera pas le choc et il n'entend pas laisser traîner les choses.

Il mise sur les capacités d'adaptation de chacun et sur l'affection qu'ils se portent mutuellement pour surmonter les difficultés. Il devra donner l'exemple en tout temps et soutenir le moral défaillant des femmes, car il est convaincu que ce sont elles qui auront le plus de mal à s'acclimater aux conditions précaires de leur établissement.

Son plan est déjà tout tracé. Prochaine étape: réconforter Marie-Reine, le pilier du foyer. Celle par qui tout est possible.

Avant que les enfants reviennent de l'école, il vient la rejoindre et la serre dans ses bras.

— Je t'aime et j'ai besoin de toi, lui chuchote-t-il au creux de l'oreille.

Marie-Reine sanglote contre son épaule. Il l'étreint plus fort et caresse son dos.

— Ensemble, on va réussir, ma femme.

⁂

Marie-Reine s'est fait apporter une débarbouillette d'eau froide afin de désenfler ses paupières rougies. Le petit Germain est resté tranquille tout l'après-midi. Après lui avoir donné la tétée, elle l'emmène à la cuisine pour que ses frères et sœurs puissent le bercer chacun leur tour. C'est de cette façon qu'elle procède après chaque naissance pour aider ses enfants à créer des liens entre eux. Ce soir, elle devance le cérémonial même si le bébé est encore un peu jeune, jugeant le moment propice afin d'atténuer le heurt de la nouvelle que Théo s'apprête à leur communiquer.

Anne-Marie commence à bercer son petit frère, lui caressant le menton. Quand son père leur fait part de leur déménagement, l'expression heureuse de son visage disparaît.

— Toi, Jérôme, tu t'en viens avec moi pour m'aider à déboiser et à construire un camp pour loger la famille en attendant qu'on bâtisse une maison. On part la semaine prochaine.

— Ça veut dire que j'arrête l'école?

— Oui, répond Théo.

— Youpi! s'écrie le garçon.

Marie-Reine, l'air triste, secoue la tête. Il n'y a que sa fille aînée qui aura terminé ses études. À quoi cela lui servira-t-il si elle doit épouser un fils de colon? Que vont devenir ses autres enfants? Quand pourront-ils fréquenter l'école? Les filles peuvent, à la rigueur, se passer d'instruction, du moment qu'elles savent tenir maison, on ne leur en demandera pas plus. Mais il en va tout autrement des garçons, condamnés à bûcher et trimer dur toute leur vie quand ils ont peu de scolarité.

« Et Théo qui repart déjà la semaine prochaine alors qu'il vient à peine d'arriver! Seigneur, s'il est vrai que vous dispensez vos grâces où vous envoyez vos épreuves, ne m'oubliez pas. » Les lèvres de Marie-Reine remuent des *Ave* à la chaîne.

~∽⌒

Levée tôt à cause du bébé qui réclamait le sein, Marie-Reine entend la porte se refermer. Elle recouche le nourrisson dans son berceau et se rend à la fenêtre du salon où la brise tiède soulève le rideau de dentelle. Coiffée de son chapeau de paille, Anne-Marie s'en va à l'église. Avant longtemps, se désole la mère, la pauvre enfant ne connaîtra plus ce bonheur d'assister à la messe tous les dimanches. Théo et Jérôme sont privés de l'office depuis trois semaines, isolés dans la nature sauvage.

Marie-Reine voit Bertrand sortir en courant de chez lui. Arrêtée sur le trottoir, Anne-Marie l'attend. Les sourires qu'ils échangent laissent supposer que leur rencontre n'a rien de fortuit. Marie-Reine recule de manière à ce qu'ils ne la voient pas, mais prête l'oreille à leur conversation.

— Comment ça va? demande Bertrand d'une voix enjôleuse.

— Mal, j'avais hâte de te revoir, répond Anne-Marie d'un ton chagrin. Papa a décidé de nous installer sur la colonie.

Marie-Reine n'entend pas le commentaire de Bertrand, mais elle le voit entourer la taille de sa fille. Qu'il se permette un geste aussi osé en pleine rue a de quoi horrifier n'importe quelle mère soucieuse de l'honneur de sa famille. Une jeune fille peut perdre sa réputation pour moins que ça. Bertrand doit être rendu à vingt-deux ans, évalue-t-elle. « Ma fille est trop jeune pour lui. Elle est même trop jeune pour fréquenter un garçon, quel que soit son âge! Ah, je vais leur dire deux mots quand ils vont revenir de l'église tout à l'heure », se promet-elle.

Trois quarts d'heure plus tard, de son poste d'observation, elle les voir venir, les yeux dans les yeux, marchant lentement. Elle les laisse approcher et sort à leur rencontre. Trop occupés d'eux-mêmes, ils l'aperçoivent à la dernière minute. La mine renfrognée, Marie-Reine saisit brusquement sa fille par le bras.

— File à la maison! lui ordonne-t-elle.

Anne-Marie se retourne et jette un coup d'œil effrayé en direction de Bertrand, mais ce dernier fixe son attention sur la mère. Un sourire charmeur découvre ses dents parfaitement alignées.

— Tu peux garder tes airs angéliques! Ça ne prend pas avec moi.

— Voyons, madame Dumont, dit-il, la voix mielleuse.

— Si je te revois avec ma fille, tu vas le regretter, je t'en passe un papier, le menace-t-elle. Tu devrais avoir honte, c'est encore une enfant!

— On ne fait rien de mal.

— Viens pas me rire dans la face, Bertrand Jolicœur! rétorque Marie-Reine. Je t'ai vu tout à l'heure. Ta conduite est scandaleuse et je ne te laisserai pas déshonorer ma fille.

— Je la trouve de mon goût.

— Trouve-toi une fille de ton âge, espèce d'insignifiant! l'invective Marie-Reine, hors d'elle-même.

Elle rentre chez elle en claquant la porte. Anne-Marie s'est transformée en courant d'air. «Elle s'est cachée dans sa chambre, mais elle ne perd rien pour attendre! Je profiterai de l'heure de la grand-messe pour mettre les choses au point avec elle. Grand Dieu, où a-t-elle la tête? On dirait que ma fille n'a pas plus de cervelle qu'un moineau!»

Marie-Reine prend conscience que sa fille aura plein d'occasions de voir ce grand fainéant, malgré ses interdictions, et qu'elle ne pourra pas la protéger continuellement contre elle-même. Une adolescente ne connaît rien des leurres de l'amour et elle se laisse facilement berner par le premier don Juan qui vient lui roucouler sa romance.

«Dans ma colère, je me suis affolée et j'ai oublié qu'ils pourront se voir en cachette, se reproche-t-elle. Il faut que je lui fasse comprendre qu'elle n'a aucun avenir avec ce bon à rien. Si j'avais su que ma fille s'enticherait d'une tête de linotte comme ce Bertrand, j'aurais pu la mettre en garde, maintenant le mal est fait. J'espère que Théo va bientôt venir nous chercher. Au moins, à Val-des-Castors, je n'aurai plus ce souci-là. »

7

Val-des-Castors, 1938

Le convoi des charrettes, chargées de mobilier et de caisses, longe la rivière Mélodie qu'on aperçoit entre les branches des arbres. Le gazouillis de l'onde sur le fond rocheux du cours d'eau presque à sec se mêle au grincement des roues sur la terre desséchée et craquelée par la canicule qui sévit depuis trois semaines.

Les familles Dumont et Soucy se dirigent vers leur nouvelle patrie. Marie-Reine et Théo ont dû laisser la plupart de leurs meubles à Cap-aux-Brumes. Ils emportent un poêle à bois, une table et quelques chaises, la huche à pain, quatre matelas et le berceau. Marie leur a fait cadeau de sa machine à coudre et Marie-Reine a versé quelques larmes en recevant ce présent aussi utile que signifiant, car elle sait le prix qu'y attachait sa mère qui l'avait reçu de sa propre mère en cadeau de mariage. Des caisses de bois contiennent vaisselle, ustensiles et chaudrons, literie et vêtements, conserves et provisions pour survivre quelques mois.

«Le camp mesure seize pieds sur seize, lui a dit Théo. N'emporte que le strict nécessaire, on reviendra chercher le reste quand on aura bâti notre maison.» Et Marie-Reine a exhalé un soupir de regret pour chacun des objets qu'elle devait laisser derrière elle en attendant le retour des jours meilleurs. Les lits et commodes, le rouet, les bibelots et cadres, les nappes et même l'album de photos sont jugés non essentiels ou trop encombrants. Malgré le nombre incalculable de soupirs, il a fallu refaire l'inventaire de ce qu'elle avait retenu afin d'enlever l'excédent. Et le chapelet des soupirs a repris et s'est égrené avec plus de conviction.

« Comment loger, nourrir et vêtir une famille de neuf personnes avec si peu ? », s'est par moments découragée Marie-Reine. Avec l'aide de sa mère, elle est parvenue à démêler l'utile de l'agréable, puis le nécessaire de l'utile, pour ne garder finalement que l'indispensable. « On est plus démunis que les Lacasse ! », s'est exclamé Marie-Reine à la fin. Sa mère l'a consolée en pleurant avec elle jusqu'à ce qu'elles aient honte de leur faiblesse et finissent pas en rire jusqu'aux larmes. Marie-Reine a alors compris que les rires et les larmes n'étaient pas toujours contraires et que les uns et les autres pouvaient découler des mêmes événements, des mêmes émotions.

Les sabots des chevaux, qui vont au pas, soulèvent la poussière de la route de terre déshydratée. Dans les branches des arbres, qui forment par endroits une voûte au-dessus de leur tête, les oiseaux jacassent.

— Regarde le petit suisse là-bas ! s'écrie Jérôme en pointant un tamia rayé qui traverse la route en courant.

Tous se retournent dans la direction indiquée. Vif et aérien, le petit écureuil escalade un peuplier blanc et sa longue queue disparaît dans le feuillage où il se cache. Marie-Reine voit ses enfants sourire pour la première fois depuis qu'ils ont quitté la maison. Leur large chapeau de paille ombrage leur joli minois. Elle a voulu les protéger de l'insolation et leur a fait revêtir une chemise claire à manches longues. « Comme ils sont beaux », se dit-elle en éprouvant tout à coup une grande bouffée de fierté. Marie-Reine adore les frimousses de ses rejetons, elle les trouve plus beaux que tous les autres enfants, mais elle garde ses réflexions pour elle seule, se disant que toutes les mères pensent probablement la même chose de leur marmaille.

Les bruissements de la rivière, conjugués au chant des oiseaux, au bruit des chariots et à la chape d'air chaud qui les enveloppe, calment peu à peu ses appréhensions. Leur lente progression cicatrise la blessure de la séparation. Marie-Reine se laisse ballotter et s'adapte petit à petit à ce nouveau décor. Se forçant à voir le beau côté des choses, elle s'émerveille des beautés de la création et remercie Dieu que tous les siens soient en bonne santé.

Après trois heures de route, le long convoi se range dans un pré minuscule, de l'autre côté de la rivière. Un sentier raboteux grimpe dans la montagne boisée.

— On est presque rendus, dit Théo. On va laisser les chevaux se reposer quelques minutes.

Il saute par terre et tend la main à Marie-Reine pour l'aider à descendre. Les hommes vont puiser de l'eau à la rivière pour abreuver les chevaux à qui l'on donne aussi un peu d'avoine. La femme d'Honoré et Marie-Reine sortent leur cruche d'eau pour désaltérer les gosiers asséchés par la poussière.

Le bébé s'éveille et s'égosille. Marie-Reine l'emporte et s'en va à l'écart, munie d'une petite couverture. L'heure de la tétée ne peut être reportée. Quand elle ramène le poupon au chariot, Théo lui apprend qu'ils vont devoir escalader la montagne jusqu'à leur lot.

— C'est le rang des Cailles ? s'étonne Marie-Reine.

— Oui, confirme Théo.

Marie-Reine est estomaquée. Son mari a omis de lui dire que leur lot est situé sur une montagne. Elle s'était imaginé une plaine boisée au sol fertile alors qu'il s'agit d'une forêt escarpée, laissant voir quelques crans rocheux.

— Est-ce que les chariots vont pouvoir se rendre jusque chez nous ? s'inquiète-t-elle.

— On va essayer, répond évasivement Théo.

Marie-Reine jette un coup d'œil à Adeline Soucy, qui semble aussi désemparée qu'elle, et elle décide de la rejoindre, portant le petit Germain dans ses bras. La petite femme rondelette s'essuie le visage et le cou à l'aide d'un mouchoir chiffonné qu'elle fait ensuite disparaître dans la poche de sa jupe.

— On ferait mieux de marcher derrière les charrettes, marmonne-t-elle. J'ai pas envie d'embarquer puis de verser sur le côté. Ça m'a l'air pas mal à pic.

— Partez devant ! crie Marie-Reine à Théo. Nous allons monter à pied. Venez par ici, les enfants.

Les hommes tiennent un conciliabule et décident de faire passer en premier les chariots les plus lourdement chargés et de guider les chevaux, à pied, en les tenant par la bride. Les femmes s'engagent à leur suite.

— Marchez à bonne distance ! leur crie Théo, le front soucieux.

— Laissons-les prendre un peu d'avance, dit Marie-Reine à ses enfants.

— Pourvu que le poêle à bois tienne le coup, s'inquiète Adeline.

— Il manquerait plus rien que ça ! échappe Marie-Reine, qui regrette aussitôt ses paroles décourageantes.

« Si la charge glisse des charrettes, ça pourrait tuer quelqu'un », songe-t-elle, en proie à l'angoisse. L'effort de la montée la fait transpirer, ses vêtements de coton lui collent à la peau. L'idée que le tissu détrempé la moule et l'expose aux regards des autres lui cause beaucoup d'embarras.

Les chevaux renâclent et les hommes leur crient des « Hue donc ! » impatients.

—Venez m'aider, torrieu! aboie l'un des charretiers qu'ils ont engagés pour les déménager.

—Mon poêle! s'écrie Adeline, qui a reconnu la voix rocailleuse de son charretier.

À bout de souffle, Marie-Reine s'arrête et propose de se reposer à l'ombre. Les deux femmes s'assoient sur un tas de billots cordés en bordure de l'étroit chemin. Le bébé sommeille dans les bras de sa mère.

—Regardez-le. Il dort sans se faire de tracas, celui-là.

—On devrait tous rester à cet âge-là, répond Adeline d'un ton dépité.

Pendant ce temps, les enfants commencent à s'égailler entre les arbres.

—Allez pas vous épivarder, vous autres! dispute Adeline. Il y a sûrement des bêtes sauvages à l'affût.

L'air craintif, les enfants reviennent docilement près des deux femmes. Ils restent silencieux et pivotent lentement sur eux-mêmes, balayant du regard les alentours.

—Papa disait, raconte Marie-Reine, qu'il fallait faire du bruit et chanter quand on se promène en forêt afin d'effrayer les ours.

D'une voix forte et fausse, Anne-Marie entonne aussitôt une chanson à répondre. Pendant que le groupe reprend la montée, tout son répertoire y passe : *À la claire fontaine, Alouette, Ah si mon moine voulait danser, Frère Jacques, Au clair de la lune, Fais dodo Cola mon petit frère, Perrine était servante chez monsieur le curé...* Mais ils ne voient toujours pas leur camp.

—J'ai soif, se plaint le petit Victor.

Le petit bout d'homme de deux ans tombe de fatigue. Ses pieds refusent de le porter.

—Prends-le, Anne-Marie. On va bientôt arriver, dit Marie-Reine pour encourager tout son monde.

Au sommet d'une butte, le chemin débouche enfin sur une étendue vallonnée. Dans l'espace déboisé, se dresse un camp de bois rond. À la porte sont garées les charrettes des Soucy.

— Votre poêle est intact, remarque Marie-Reine.

— Dieu soit loué! s'écrie Adeline. Le vôtre doit l'être aussi, madame Dumont. J'irai vous voir demain, mais si vous avez besoin de quelque chose, gênez-vous pas.

Marie-Reine remercie sa voisine et lui souhaite une bonne installation. Le petit Germain commence à lui peser et elle a hâte de pouvoir le coucher. Au bout d'environ trois cents pieds, ils franchissent un ponceau de bois et Marie-Reine se souvient que Théo lui a parlé d'une source claire qui s'écoule dans une gorge. Au fond de la crevasse, elle ne distingue qu'un mince filet d'eau. « La source est presque à sec », se dit-elle, déçue. Mais de l'autre côté du chemin, lui parvient le babillage lointain d'un ruisseau caché par une forêt dont l'orée est bordée de feuillus.

Puis, elle aperçoit leur humble demeure, en tous points semblable à celle des voisins. La vue de l'espace bûché autour du camp l'afflige. De hautes herbes entourent les souches qui sont restées sur place, raidies comme les témoins traumatisés d'un massacre. Marie-Reine se sent oppressée par la forêt qui les cerne. Mais sa fatigue est si grande qu'elle doit ménager le peu d'énergie qui lui reste pour leur aménagement au lieu de se laisser aller au découragement.

Par la porte ouverte du camp, elle aperçoit les charretiers en train de déposer le poêle à bois sur le mur du fond. Grimpé sur l'une des charrettes, Jérôme dénoue les câbles qui retiennent les meubles et les caisses de provisions.

— Tu vois, lui dit fièrement Théo en désignant le saccage de l'espace déboisé, on a semé à travers les souches et on va pouvoir bientôt faucher un peu de foin.

— Tu as travaillé fort, concède Marie-Reine.

Elle sourit pour cacher sa déprime et Théo s'enthousiasme et lui parle du noisetier et des beaux érables qu'il a découverts en arpentant leur terre. Le geste ample, il désigne les limites de leur lot et se félicite d'avoir choisi un lopin où coule une source.

— Il faudrait installer un matelas pour que je couche le petit, dit-elle d'un ton las quand son mari termine son laïus.

~ු

L'intérieur du camp est sombre. Quatre grands lits super-posés couvrent entièrement le mur nord. Le mur sud comporte des tablettes servant au rangement de tout leur attirail et un comptoir au-dessus duquel une minuscule fenêtre, à quatre carreaux vitrés, dispense un peu de lumière. À l'ouest, une autre fenêtre semblable permet de voir la route en direction des Soucy. Marie-Reine range sur cette portion de mur sa machine à coudre et sa huche, tout à côté de la porte aveugle faite de rondins fendus en deux. La porte s'ouvre sur l'intérieur et elle est munie d'une clenche de métal et d'un épar pour la fermer de l'intérieur. Sur le mur est, entre les lits et le poêle à bois, Théo a fixé des montants de bois *rough* pour entreposer du bois de chauffage sous quelques tablettes qui permettent de ranger des objets d'utilité courante.

Au centre de la pièce, s'entassent la table et les chaises. Il reste peu de place pour circuler et Marie-Reine laisse la porte ouverte pour permettre à l'air et à la lumière d'entrer. Dégoûtée, elle voit les mouches en profiter pour resquiller le gîte et le couvert. Elles bourdonnent à ses oreilles dès qu'elle s'immobilise.

— Ah, mes vlimeuses, vous ne perdez rien pour attendre, vous autres! les menace-t-elle en battant des mains pour les chasser.

Sans tue-mouches ni insecticides, Marie-Reine entame son long combat contre les moustiques de toutes sortes qui s'acharnent à contrarier son sens de l'ordre et de l'hygiène.

Depuis leur arrivée, Anne-Marie rouspète et sa mère préfère travailler seule plutôt que de l'entendre gémir. Elle l'a donc chargée de superviser les plus jeunes qui jouent dehors. Marie-Reine déballe et classe les articles de cuisine et la lingerie. Elle recouvre les matelas de draps et, faute d'espace, plie au pied de chacun des lits les couvertures de laine et les catalognes qui les préserveront du froid cet hiver. Les vêtements pour l'extérieur sont suspendus aux clous que Théo a enfoncés dans les murs de chaque côté de la porte. Les caisses de bois contenant les vêtements de rechange sont glissées sous les lits. Elle camoufle derrière le poêle la tinette qu'ils devront utiliser la nuit.

— J'ai envie… se plaint justement Clémence. Où sont les toilettes?

— On n'a pas de toilettes, répond Théo. Va faire tes besoins derrière un arbre.

— Seigneur! gémit Marie-Reine en repensant à la vieille chaise percée restée à Cap-aux-Brumes. Viens, Clémence, maman va t'aider.

«Juste le strict nécessaire», a dit Théo. «On voit bien qu'il n'est pas une femme», peste-t-elle. Théo a beau être le chef de famille, il doit comprendre qu'il a mal agi en les transplantant trop tôt dans un camp de fortune privé des commodités courantes. «Il y a toujours bien des limites, écume-t-elle, on ne vivra pas comme des Sauvages!»

— Il va falloir construire une bécosse, et ça presse! maugrée-t-elle.

Désireuse de dépoussiérer la table, Marie-Reine s'aperçoit qu'elle n'est pas au bout de ses peines et de ses revendications.

— Veux-tu bien me dire où on peut avoir de l'eau? demande-t-elle, à bout de patience, à Jérôme.

— Au ruisseau, répond-il. Je vais aller vous en chercher, maman. Viens avec moi, crie-t-il à son frère Étienne.

Il court à l'appentis rudimentaire bâti près du camp et en ressort avec des seaux. Les deux frères traversent le chemin et disparaissent dans la forêt.

— Il va falloir creuser un puits, lance-t-elle à Théo, campée sur le seuil de la porte, les deux poings sur les hanches.

— T'inquiète donc pas, on va finir par tout avoir ce qu'on a d'besoin, répond-il patiemment. Le sourcier va passer la semaine prochaine. Tu vas l'avoir, ton puits. Quand est-ce qu'on mange? Il est près de deux heures.

— Quand est-ce qu'on mange? marmonne tout bas Marie-Reine en rentrant dans le camp sans lui répondre.

Excédée et au bord du découragement, Marie-Reine se prend la tête à deux mains, victime d'une migraine fulgurante. Sa vision s'embrouille et des vers luisants se tortillent dans ses yeux. Une main sur la bouche, elle sort en courant du camp, prise de violentes nausées.

— Va t'allonger, lui recommande Théo en la voyant mal en point.

Humiliée et vaincue, la tête prise dans un étau de souffrance, Marie-Reine s'étend sur l'un des lits du bas.

— Anne-Marie, viens me donner un coup de main, ordonne Théo. Clémence, surveille les jeunes. Vous autres, leur crie-t-il, vous faites mieux d'écouter votre sœur et de pas vous éloigner.

Théo vérifie que le tuyau du poêle est bien en place et tourne la clef pour régler le tirant d'air. Il soulève un rond et dépose, sur un amas de bois sec et d'écorces, deux bûches d'épinette. Il ouvre le réchaud du poêle et trouve la boîte de métal qui contient les allumettes.

— Vide une chaudière d'eau dans le *boiler*, dit-il à Jérôme quand celui-ci revient. Toi, Étienne, à partir d'astheure, tu vas t'arranger pour que le *boiler* et la bouilloire soient toujours pleins.

Le bois d'épinette s'embrase et crépite. Théo met la bouilloire à chauffer pour le thé. Par la suite, Marie-Reine entrouvre un œil et le voit inspecter les pots de conserve.

— Vous pourriez manger des beurrées avec de la compote à la rhubarbe, dit-elle en se relevant.

— Reste couchée, lui dit Théo. On est capables de préparer ça tout seuls.

Anne-Marie tranche le pain pendant que Théo place les assiettes sur la table dépourvue de nappe. Puis il déniche une serviette de ratine, un morceau de savon et un petit bassin de granit qu'il remplit d'eau.

— Venez vous laver les mains, on va manger, crie-t-il du seuil de la porte.

Affamés, les enfants accourent et prennent place autour de la table après s'être savonné les mains. Leur mère se joint à eux, les traits tirés, le teint verdâtre. Avant d'ingérer leur frugal repas, Théo récite le bénédicité. Marie-Reine détache un coin de sa tartine et le grignote sans appétit. L'estomac à l'envers, elle repousse son assiette.

— Je prendrai plus tard une tasse de thé, dit-elle en retournant à son lit.

Le bruit de mastication des dîneurs lui parvient, amplifié, et l'éclairage mesquin du camp l'éblouit. Elle se tourne sur le ventre et enfouit sa tête sous l'oreiller, espérant atténuer le martèlement qui menace de faire éclater son crâne.

Marie-Reine s'éveille au son des pleurs du bébé. Elle se lève, la bouche sèche et pâteuse. Elle change la couche du poupon. Ne trouvant pas le seau qu'elle utilise pour rincer les couches souillées, elle verse un peu d'eau dans le pot de chambre et y laisse tomber le lange malodorant, puis se savonne les mains dans le bassin d'eau resté sur le comptoir. Ce camp sans confort la dégoûte, bien que la table ait été débarrassée et la vaisselle lavée. Le thé tiédit sur le rond arrière du poêle, elle s'en verse une tasse. La boisson chaude la désaltère et nettoie peu à peu son estomac barbouillé.

— J'arrive, mon tout petit, murmure-t-elle en prenant dans ses bras l'enfant qui continue de pleurnicher.

Faute de mieux, Marie-Reine s'assoit sur une chaise droite, au bout de la table, dissimulée derrière la porte entrouverte. La bouche affamée du bébé s'empare du tétin découvert. Elle attrape le drap de l'enfant et s'en recouvre au cas où quelqu'un viendrait. Lasse et le dos endolori par les longues heures en charrette, la maman se désole de l'absence de chaise berçante où elle pourrait appuyer ses bras.

Les rayons du soleil trébuchent sur le plancher de bois équarri à la hache. « Il faudra que je ramène un tapis quand j'irai voir maman, et la chaise percée, et des vieux journaux en guise de papier hygiénique, et des cahiers, et des crayons, et un tue-mouches. Seigneur, j'ai peur d'en oublier », gémit-elle. Alors, elle va chercher le calepin et le crayon qu'elle a mis dans son sac à main.

Tout en allaitant l'enfant, elle note les divers objets manquants : d'autres denrées alimentaires, le linge d'hiver… Théo entre sur la pointe des pieds et l'aperçoit.

— Oh, tu es levée, dit-il gaiement. Je venais voir comment ça allait.

Marie-Reine dépose son crayon.

— Ça va un peu mieux, dit-elle d'une voix éteinte. Je crois que je vais être capable de faire le souper.

— Veux-tu une tasse de thé? propose-t-il en voyant la tasse vide.

— Oui, j'en reprendrais volontiers. Pour souper, je vais faire une sauce aux palettes de fèves. Maman m'en a cassé un plein panier hier soir, mais je ne sais pas où il est passé.

— J'ai déballé la nourriture pendant que tu dormais. J'ai mis les aliments qu'on doit garder au frais dans des contenants que j'ai plongés dans l'eau du ruisseau. Le reste, je l'ai serré dans des coffres qui barrent, dans l'appentis.

— Pourquoi on ne les garde pas ici dedans? demande-t-elle, étonnée.

— Il faut jamais laisser de la nourriture traîner dans le camp. Ça attire les ours.

— Je vais faire attention, répond-elle, effrayée.

Marie-Reine, ayant vécu dans un village, ignorait ce danger, mais elle n'a pas besoin qu'on lui fasse un dessin. L'allusion lui semble suffisamment claire: ses marmots pourraient devenir des proies faciles pour les bêtes aux gueules avides. Elle avale une gorgée de thé chaud et ravale son épouvante. Pour une première journée dans le rang des Cailles, son estomac a déjà trop de déceptions à digérer.

— Je retourne à mon ouvrage, dit Théo. As-tu besoin d'Anne-Marie?

— Laisse-moi une demi-heure pour finir d'allaiter le petit. Après, tu l'enverras me chercher les fèves et les patates. Avertis les enfants de rester proches du camp.

Dès qu'elle peut recoucher le benjamin, Marie-Reine fouille et trouve l'objet auquel elle songe depuis l'avertissement de Théo. À l'aide d'une bûche, elle enfonce un clou au-dessus de la porte d'entrée du camp et accroche son crucifix auquel elle fixe un morceau de rameau bénit.

— Seigneur, protégez ce foyer et tous ceux qui l'habitent, demande-t-elle instamment, le regard implorant fixé sur le Jésus de la croix.

⁓

Anne-Marie dépose rudement le panier de fèves et le seau de patates sur le comptoir. Marie-Reine jette un coup d'œil à l'extérieur pour s'assurer que ses enfants respectent la consigne. Jérôme fend du bois de chauffage que le jeune Étienne corde au fur et à mesure.

— Étienne, il faudrait retourner puiser de l'eau au ruisseau pour le souper, crie-t-elle afin de couvrir le bruit de la hache.

Le garçon accourt, le sourire aux lèvres. La vie dans la nature semble lui plaire, car aucune corvée ne le rebute.

— Papa dit qu'on va placer un baril plein d'eau à côté de la porte aussitôt qu'on pourra en acheter un au village, lui annonce-t-il en reprenant les seaux vides.

— On va avoir un baril pour se laver aussi, j'espère, marmonne Anne-Marie, la mine boudeuse.

Depuis la scène avec Bertrand, la mère et la fille sont à cran. Marie-Reine n'est pas parvenue à se réconcilier avec sa fille malgré ses tentatives maladroites pour rétablir l'harmonie. Elle le regrette et comprend fort bien que sa grande fille soit aussi découragée qu'elle devant les conditions précaires auxquelles elles ont à faire face sans y avoir été préparées.

— Tu as une bonne idée, ma fille, on va demander à ton père d'acheter deux barils dès dimanche.

— Ça nous prendrait aussi un petit miroir, hasarde Anne-Marie.

Marie-Reine sourit et sort un miroir caché sous une pile de serviettes.

— Ton père a bien recommandé de n'apporter que le strict minimum, chuchote-t-elle. Il ne faudrait pas le dire.

Anne-Marie échange un sourire complice avec sa mère, qui replace l'objet clandestin dans sa cachette.

— Bouche cousue, promet-elle dans un éclat de rire.

Installée à la table de la cuisine, Marie-Reine lave le bébé affecté par la chaleur moite pendant qu'Anne-Marie et Clémence font la vaisselle au comptoir. Elle fait de son mieux pour cacher le sexe du garçon à ses filles. Comment arrivera-t-elle à préserver l'innocence de ses enfants avec cette unique pièce où ils devront vivre entassés les uns sur les autres ? Demain, elle compte installer un drap en guise de paravent entre la cuisine et les lits afin d'allaiter le bébé à l'abri des regards. Elle songe qu'il faudra en poser un autre à quelque distance du comptoir pour leurs ablutions, le soir, et l'utilisation de la tinette, la nuit et l'hiver.

« Pourquoi Théo n'a-t-il pas pensé à construire une rallonge vers l'arrière ? Ah, c'est vrai, il y a le poêle qui prend presque toute la place. Vers l'avant alors ? Au pied des lits, il y aurait de la place entre eux et la porte d'entrée pour y accéder. Une petite pièce de six pieds sur six, fermée par un bout de catalogne, pour loger les cuves à laver, le seau à couches, le baril pour le bain, le pot de chambre, avec quelques tablettes. Il va sans doute prétexter qu'il a trop à faire ; je n'aurai qu'à repousser l'échéance à l'automne après lui avoir démontré l'absolue nécessité de cet agrandissement. »

Théo l'a avertie qu'ils devraient attendre trois ou quatre ans avant de bâtir la maison. Il doit bûcher tout le bois nécessaire, l'équarrir ou le faire scier en planches, le laisser sécher. Sans compter que le plus urgent est de défricher la terre afin de la rendre productive et toucher les primes accordées aux colons par le gouvernement. La priorité suivante est l'agrandissement du poulailler pour loger temporairement le cheval et la vache. Puis, plus tard, la construction d'une étable assortie d'une grange. Rien qu'à penser à la kyrielle des corvées à faire avant l'hiver, Marie-Reine en a le tournis.

Elle couche le bébé dans le berceau et fait rentrer Victor pour le décrasser à son tour. Les draps sont propres et, en pensant à toute cette eau à transporter pour la lessive, elle n'a pas l'intention de les voir se salir dès le premier jour. Où étendra-t-elle quand le ciel déversera son trop-plein de nuages ? Elle devra dès demain s'occuper de poser une corde à linge dehors et des cordelettes au plafond, près du poêle, pour les urgences.

Une fois débarbouillé, Victor se couche dans l'un des lits du bas. Gisèle vient rejoindre son frère quelques minutes plus tard. « Seigneur, s'il faut attendre quatre ans avant d'emménager dans une maison, cette enfant aura huit ans, songe Marie-Reine. À cet âge-là, il serait indécent de la coucher dans le même lit qu'un garçon de six ans. »

Marie-Reine sort vider l'eau du bassin au bout du camp, côté chemin. « Personne ne va là », se dit-elle, soucieuse de laisser au sec les endroits passants afin de préserver des taches de boue son plancher de bois rugueux.

— Clémence et Anne-Marie, lavez-vous et mettez votre jaquette avant que je fasse rentrer vos frères et votre père. Vous coucherez dans le lit du haut, dit-elle en indiquant celui où se sont endormis Victor et Gisèle.

— On se couche à l'heure des poules, râle Anne-Marie.

— Il faudra que tu t'habitues, ma fille. À la campagne, il faut se lever avec le soleil si on veut abattre une bonne journée d'ouvrage.

Anne-Marie marmonne des paroles inintelligibles et sa mère préfère ignorer son accès de mauvaise humeur, espérant qu'elle finisse par s'acclimater à sa nouvelle vie. Après la toilette de ses filles, Marie-Reine se dévêt partiellement et se rafraîchit à son tour. Comme les fillettes, la mère se cache sous les couvertures pour troquer sa tenue de jour contre sa robe de nuit. Puis elle sort de nouveau vider l'eau du bassin et appelle ses fils.

À la lumière déclinante du jour, Marie-Reine natte ses cheveux, comme tous les soirs. Quand elle revient avec le bassin vide après la toilette de Théo, elle fait relever les enfants pour la récitation du chapelet en famille. Anne-Marie n'apprécie pas ce supplément de veillée et soupire en prenant des airs de martyre. Sa mère lui jette un regard noir et l'adolescente s'agenouille en silence.

⸺⁓꙰

D'un jour à l'autre, Marie-Reine apporte de légères améliorations à son aménagement et une nouvelle routine s'instaure. Le manque de ressources la contraint à trouver des solutions simples pour résoudre les divers problèmes. Survivre dans ces conditions exige du courage et de l'ingéniosité. Constamment sollicitée par l'urgence des multiples tâches d'un territoire à domestiquer, Marie-Reine va à l'essentiel. En plus des travaux domestiques, elle doit aider Théo et Jérôme à faire reculer la forêt, à débarrasser ce sol inculte de ses souches et de ses pierres, à choisir l'emplacement des latrines et du puits en fonction de celui de la future maison, à ériger les premiers bâtiments de la ferme.

Anne-Marie et Étienne apportent leur concours à cette ambitieuse entreprise. Chacun doit faire sa part et, pendant ce temps, Clémence doit veiller sur Gisèle et Victor. Entre les tétées, le petit Germain peut pleurer à s'époumoner, sa mère doit s'attaquer au sol aride et elle est à mille lieues de ses inconforts et de ses caprices.

Le soir, soûlés d'air et éreintés, ils ne récitent qu'une dizaine de chapelets avant de s'écrouler sur leur paillasse. Rompus aux durs travaux, Théo et Jérôme se lèvent à l'aube et vont nourrir le bétail. Après s'être fait houspiller par leur mère, Étienne et Anne-Marie s'étirent et grognent pour faire taire la plainte de leurs muscles endoloris.

⁓

Après avoir trimé aux champs, Anne-Marie s'estime heureuse de se charger à présent des travaux ménagers. Déterminée à ne jamais épouser un colon, elle omet de consulter le miroir caché sous la pile de serviettes. La seule fantaisie qu'elle se permet est de tresser ses cheveux en une longue natte qu'elle enroule et fixe sur le sommet de sa tête. La coiffure résiste toute la journée aux rudes besognes de la vie campagnarde.

Loin des regards de Bertrand, elle ne se soucie plus guère de son apparence, jusqu'au deuxième dimanche de leur arrivée à Val-des-Castors, où elle peut enfin se rendre au village. Sa mère a établi qu'elles iraient à l'église à tour de rôle : il faut que l'une d'elles reste au camp pour s'occuper des marmots trop jeunes auxquels on ne permet pas d'assister à l'office.

Chapeautée et gantée, Anne-Marie a beaucoup d'allure. Avec ses airs de grande dame, on lui donnerait facilement plus que ses quinze ans et demi. Arrivant au village, elle garde la tête droite, mais ses coups d'œil furtifs enregistrent les quelques maisonnettes de bardeaux chaulés, regroupées à gauche de la route longeant la rivière Mélodie. La prétentieuse débarque de sa pauvre charrette avec la morgue d'une vieille douairière descendant de son riche carrosse. Elle se rappelle à temps de l'incident du tapis qui l'a jetée dans les bras de Bertrand, et s'appuie gracieusement sur le bras secourable de Jérôme, promu au rang des hommes depuis qu'il a quitté l'école. Les muscles de ses bras saillent sous la manche de son veston qu'il doit porter déboutonné parce que son torse s'est développé au rythme des arbres abattus.

Anne-Marie ressent une deuxième déception en voyant le magasin général devant lequel ils attachent leur cheval. Le commerce s'avère bien modeste comparé à celui du grand-oncle Paul-Émile. Puis elle tourne la tête en direction de l'humble chapelle de bois, tout à côté. Ce modeste village lui paraît indigne d'elle. Le perron de l'église est étroit et il n'y a qu'une porte pour accéder au temple.

À l'intérieur, les hautes et étroites fenêtres, dépourvues de vitraux colorés, laissent passer les rayons du soleil. Cet éclairage direct fait ressortir la rusticité des bancs réservés aux fidèles. Les agenouilloirs en bois, non rembourrés, sont fixes.

Bien qu'endimanchés, les gens autour d'elle portent des vêtements fatigués. Le pantalon des hommes semble n'avoir jamais connu le pli pressé. « Des pantalons en tuyau de poêle, se moquerait sa grand-mère en ajoutant : Ce n'est pas parce qu'on est pauvre qu'il faut se négliger ! »

Le curé fait son entrée, accompagné d'un seul servant de messe. Leurs surplis sont impeccables, leurs chaussures propres, leurs cheveux disciplinés, contrairement au jeune homme de l'autre côté de l'allée qui a manifestement oublié qu'en ôtant sa casquette dans l'église les épis rebelles de ses cheveux en bataille lui enlèveraient tout son charme.

Du haut de la chaire, le curé parle d'un ton posé. Dans son église petit format, il n'a pas besoin de tonner comme celui de Cap-aux-Brumes pour se faire entendre. En outre, son homélie porte sur l'amour de Jésus et on ne saurait parler de ce doux sentiment en haussant le ton. Une aura de bonté se dégage de cet ecclésiastique. Habituée aux discours moralisateurs, Anne-Marie se surprend à l'écouter attentivement. Plus le sermon progresse et plus elle a l'impression qu'il lui est personnellement destiné. Le message d'amour de l'Évangile touche l'une de ses cordes sensibles et répand un baume sur les plaies de son cœur désenchanté. Si l'amour est aussi grand que le prétend le prédicateur, Bertrand l'attendra !

Anne-Marie ressort du temple réconciliée avec la vie, mais les quelques garçons qu'elle aperçoit au magasin général ont l'air tellement balourd qu'elle se fait un devoir de les ignorer. Ce n'est pas ici qu'elle trouvera un mari digne d'elle.

⁓ஜ

Dans l'après-midi, le fils aîné d'Honoré Soucy vient leur rendre visite. Assis sur la souche où Jérôme a l'habitude de fendre le bois de chauffage, le pantalon avachi, le col de chemise déboutonné, les manches roulées, Ovide se flatte d'avoir essouché leur premier champ. Jérôme ponctue chacune des prouesses de son voisin de « Wow ! » encenseurs, car l'essouchage est un travail difficile.

La superficie déboisée autour du camp, protégée du vent par la forêt environnante, rôtit sous les rayons du soleil de la fin d'août. Anne-Marie, exaspérée par le discours pompeux du fier-à-bras, chasse les mouches qui bourdonnent comme si elles essayaient d'enterrer le discours du bavard. Elle sourit en songeant que les moucherons ne sont pas de taille à couvrir les vantardises du pauvre Ovide, plutôt du genre taon à chevreuil qui part avec un morceau de chair chaque fois qu'il pique. Le jeune homme se méprend sur son sourire. Il arrête de parler et la dévisage.

— Viens-tu prendre une marche ? lui propose-t-il, l'air conquérant.

— Je ne suis pas en âge de fréquenter un garçon, répond-elle d'un ton sec.

Aussi orgueilleux et ombrageux que son père, Ovide serre les mâchoires et déguerpit chez lui ruminer son dépit. Jérôme surveille les enjambées accélérées de son voisin. Une fois qu'il est hors de portée de voix, il dit à sa sœur :

— Même si tu l'aimes pas, t'aurais pu le ménager un peu.

Au souvenir de l'humiliation que lui a fait subir sa mère quand elle l'a surprise à jaser avec Bertrand, Anne-Marie ne se soucie guère de la fierté contrariée d'Ovide. Elle n'a pas l'intention de revivre les mêmes reproches pour un gars qui n'est rien pour elle.

— Tu raconteras ça à maman, le met-elle au défi. Tu verras ce qu'elle va te répondre.

⌁

Le dîner terminé, Théo et Marie-Reine s'enferment dans la maison, condamnant leur progéniture à l'oisiveté dominicale sans autre consigne que celle de rester ensemble dehors et de les laisser se reposer.

— J'aurais bien envie d'aller pêcher au ruisseau, marmonne Jérôme.

Anne-Marie observe le camp endormi.

— Pourquoi pas ! dit-elle d'un ton résolu. Prépare deux attirails, je vais piocher des vers. Il est temps que nos frères et sœurs apprennent à pêcher.

Étienne emporte deux seaux vides. Rapporter de l'eau leur servira de prétexte si on leur fait des reproches. À la suite de Jérôme, ils s'enfoncent dans la forêt. Acclimatés à leur nouvel environnement, ils craignent davantage le réveil de leurs parents que les ours et ils cheminent en silence. Anne-Marie ferme la marche, tenant par la main le jeune Victor. Ils arrivent rapidement à la fosse où ses frères font régulièrement le plein d'eau.

Jérôme coupe deux branches filiformes à un arbre qu'il débarrasse de leurs feuilles, y noue une ficelle pourvue d'un plomb et d'un hameçon. Clémence lui donne la boîte de fer-blanc renfermant les appâts rampant sous une mince couche de terre. Le garçon pique la tête d'un ver sur la pointe acérée et le fait glisser le long de l'hameçon. Le vermisseau empalé se tortille.

— Je vais vérifier si ça mord, chuchote-t-il.

Avant de partir, il les a avertis de ne pas parler et de ne faire aucun bruit afin de ne pas effrayer les poissons. La ligne lestée s'enfonce dans la fosse. La limpidité de l'eau leur permet de suivre l'évolution de l'appât que Jérôme fait lentement bouger. Des formes mouvantes et mouchetées suivent le ver affriolant qui agite le bout de sa queue. Une truite gourmande ouvre la gueule et se ferre. Jérôme la sort prestement de l'eau et la saisit par les ouïes afin de la décrocher.

Il appâte ensuite les deux lignes de Gisèle et Victor afin de les initier. Pour éviter que les jeunes mains inexpérimentées laissent tomber leur attirail de pêche, Anne-Marie et Jérôme les aident à soutenir leur perche. Émerveillés, les bouts de chou guettent le fond du ruisseau. Un léger coup secoue la ligne du petit Victor qui ouvre la bouche de stupéfaction quand son grand frère relève la truite qui s'arc-boute, se tortille et lutte pour se déprendre. Au même moment, Gisèle capture son premier poisson tout frétillant qui vient frapper la joue de Clémence quand Anne-Marie le sort prestement de l'eau. La fillette grimace et s'essuie la joue.

— Ceux qui ne pêchent pas doivent s'éloigner, leur recommande Jérôme.

Quand vient leur tour, les prises de Clémence et d'Étienne s'ajoutent aux autres. Anne-Marie et Jérôme sont si heureux du bonheur qui éclaire les minois de leur fratrie qu'ils les laissent pêcher toutes les truites dont ils se régaleront au souper. Avant de repartir, Étienne remplit les deux seaux d'eau.

— Il ne faut jamais venir ici sans nous, les avertit Jérôme sur le chemin du retour. Ça pourrait être dangereux.

— Pourquoi ? demande Gisèle.

— Parce que les ours raffolent de la truite et qu'ils pourraient vous attaquer pour vous voler vos poissons, répond Jérôme.

— Et parce que si vous tombez à l'eau, vous risquez de vous noyer, ajoute Anne-Marie, la mine sévère.

Le souvenir de la quasi-noyade de son frère lui fait tout à coup regretter d'avoir donné le goût de la pêche aux plus jeunes et elle redoute la colère de sa mère quand elle apprendra leur expédition. Elle jette un regard oblique en direction de Jérôme et lit sur son visage la même appréhension.

Arrivés au camp, ils vident les truites en silence et les rincent dans l'eau claire prélevée au ruisseau. Soudain, la porte grince et s'ouvre sur leur père en bras de chemise.

— Votre mère dort encore, faites pas de bruit, les prévient-il en étouffant un long bâillement.

« Dieu soit loué », songe Anne-Marie.

— Eh, vous avez fait une belle pêche, dit Théo en contemplant les truites mouchetées. Ça va nous faire un bon souper.

⟿

Le cheval trotte allègrement. Livrée aux caprices du vent, son abondante crinière se soulève à chaque foulée. Les oreilles dressées, attentif aux bruits ambiants, l'étalon aux yeux vifs et saillants observe la route. D'un naturel doux, Goliath est robuste et vaillant ; c'est la bête idéale, autant pour les travaux de la ferme que pour les déplacements. Théo est fier de son cheval canadien dont la robe alezane luit au soleil.

— L'année prochaine, si tout va bien, on va s'acheter une calèche.

Marie-Reine sourit malgré le « si », pour ne pas décevoir son Théo qui travaille avec acharnement de l'aube au crépuscule. Il a construit un bâtiment pour loger une dizaine de poules Chantecler, réputées pour la ponte et la chair, et abriter la nuit quatre moutons qui broutent un petit pré qu'il a clôturé. Il défriche une nouvelle parcelle au bout de ce champ, de façon à surveiller durant le jour les renards et coyotes qui maraudent aux alentours en lorgnant les moutons appétissants. Dans un enclos attenant au bâtiment, deux porcs fouissent le sol avec leur groin à la recherche de vers et de racines.

Théo a acheté une vache de quatre ans, toute noire, qui devrait vêler au printemps. Au cours de l'hiver, il va bûcher le bois pour la construction d'une étable incluant une grange pour le foin et les instruments aratoires. La bécosse est située du côté est de la terre, à une bonne distance du camp. Le puits a été creusé à l'opposé, près de l'emplacement de la future maison. La rallonge du camp, qu'elle désirait tant, fait seulement quatre pieds sur six, mais elle est dotée de tablettes et Marie-Reine en est très satisfaite. Elle y a rangé leurs provisions de noisettes qu'ils ont ramassées en famille un dimanche après-midi. Ils en apportent une pleine poche à Marie. Les pelures vertes et piquantes, qui recouvraient l'écale des avelines, ont bruni et se sont adoucies.

— On est proche de Cap-aux-Brumes, dit Théo en pointant l'épinette bleue qu'il avait fait admirer à Marie-Reine lors de leur déménagement.

— J'ai hâte de voir maman et toute la famille.

— Tu t'es ennuyée, hein?

— J'ai été trop occupée pour m'ennuyer, répond-elle en riant.

Marie-Reine a travaillé aussi fort que son homme. Entre les tétées du bébé, elle a épierré les lopins en partie essouchés, transporté les lourds piquets de clôture, ameubli et engraissé le sol pour le jardin de l'été prochain, nourri les poules et les cochons.

∼✐

Arrivé à Cap-aux-Brumes, Théo immobilise la charrette dans la cour du magasin général de Paul-Émile et attache son cheval couvert d'écume qu'il recouvre d'une couverture. Puis il prend le bébé endormi des bras de Marie-Reine et l'aide à descendre.

— Je vais te rejoindre tout à l'heure, lui dit-il en lui rendant Germain. Je vais donner à boire et à manger à Goliath, et voir où je peux le loger durant la nuit.

— N'oublie pas les noisettes, lui recommande-t-elle.

Radieuse, Marie-Reine vole vers la maison de sa mère tant sa hâte est grande.

— Tiens, si c'est pas la fermière! l'intercepte Mathilde, surgissant du magasin au moment où Marie-Reine passe devant la porte.

Les cheveux emmêlés, la robe fripée, la souillon la dévisage d'un air méprisant.

— Tu sens la bouse de vache, dit-elle en grimaçant et en se bouchant le nez.

Consciente qu'elle ne sent peut-être pas la rose après leur longue course, Marie-Reine soupçonne cependant Mathilde de chercher à l'humilier et, piquée au vif, elle lui réplique d'un ton cinglant:

— Eh bien, ma chère Mathilde, ton nez te trompe dangereusement si tu ne sais pas faire la différence entre le parfum de Paris et le fumier.

Sa répartie a le mérite de la débarrasser immédiatement de son adversaire et Marie-Reine, qui essaie en tout temps de voir le bon côté des choses, songe que son isolement à la campagne a du bon puisqu'il la met à l'abri de la chipie.

Ayant aperçu sa mère par la fenêtre de la cuisine, elle se dirige vers la porte arrière. Le visage rayonnant, Marie ouvre grand ses bras pour accueillir sa fille aînée et son petit-fils.

— Tu m'as manqué, lui dit-elle en la serrant très fort.

Des larmes de joie coulent sur les joues des deux femmes qui s'étreignent.

— Vous m'avez manqué aussi, maman.

Marie desserre son étreinte et s'empare du petit Germain qui roupille.

— Comme il est beau! s'émeut-elle.

Avec le temps, Marie-Reine constate que son fils ressemble de plus en plus à son grand-père maternel. Marie bécote le poupon.

— Il ressemble à ton père, confirme-t-elle. Mais, dis-moi, où est ton mari?

— Chez l'oncle Paul-Émile. Il s'occupe du cheval.

— Je vais aller coucher ce beau garçon et on va profiter de l'absence de Lucette pour placoter en prenant une bonne tasse de thé, dit Marie, la mine réjouie. J'ai fait ce matin des beignes aux patates qui sont pas piqués des vers.

En attendant sa mère, Marie-Reine s'assoit dans la berçante. Les avant-bras appuyés sur les accoudoirs lisses du fauteuil, elle laisse aller sa tête contre le haut dossier et s'abandonne, paupières closes, à la joie de se bercer. Son étroit camp en bois rond l'oblige à se passer de cette berçante si agréable. Que de fois elle a rêvé de se balancer, bien adossée, pour reposer son corps courbatu quand elle devait allaiter Germain ou tricoter après une dure journée passée aux champs.

— Tu as maigri, lui dit sa mère en sortant de la chambre située près de la cuisine. Manges-tu à ta faim?

— Vous seriez découragée de voir tout ce que j'engouffre, répond-elle en riant.

— Alors tu travailles trop fort.

La conclusion tranchante de sa mère la laisse tout d'abord sans voix. Ne s'étant pas regardée dans le miroir clandestin depuis belle lurette, elle s'interroge sur sa mine. Pendant que sa mère verse l'eau bouillante dans la théière, elle finit par dire :

— Je travaille fort, mais je suis en santé.

Le silence de sa mère l'amène à douter de son apparence et la remarque de Mathilde revient l'importuner.

— Est-ce que je sens... la campagne?

Marie s'approche d'elle et la renifle.

— Non, l'assure-t-elle. Pourquoi me demandes-tu ça?

Marie-Reine reprend confiance et raconte à sa mère sa rencontre avec Mathilde.

— Elle est de plus en plus méchante, celle-là ! affirme Marie en levant les yeux au ciel. Même sa mère commence à être victime de sa malveillance. Pour que la pauvre madame Tremblay avoue qu'elle est découragée de sa fille, ça doit être rendu invivable.

— Je ne l'avais jamais vue aussi débraillée qu'aujourd'hui et, pourtant, on sait que Mathilde n'a jamais été un exemple de propreté depuis qu'elle est mariée.

— Elle doit être bien malheureuse. Son mari ne travaille pratiquement pas et il boit comme un trou.

— Où est-ce qu'il prend son argent pour boire ?

— Ne le répète à personne, mais madame Tremblay m'a confié qu'il battait ses enfants pour qu'ils lui donnent le peu qu'ils gagnent. Un soir de la semaine passée, il est rentré soûl et il a fait maison nette. Imagine-toi qu'ils ont dû s'enfuir nu-pieds et en vêtements de nuit !

— Seigneur ! Que ça doit être humiliant de se retrouver dans la rue en petite tenue !

— Ils sont vite allés se cacher chez madame Tremblay. Le lendemain, le plus vieux est allé chercher ses vêtements et il a sacré son camp.

— Je ne voudrais pas être à la place de Mathilde, dit Marie-Reine, elle est bien à plaindre avec un mari comme le sien.

Le malheur de Mathilde lui fait apprécier sa condition. Théo ne boit pas, il est bon et travaillant. Le mauvais sort s'est acharné sur lui avec l'incendie du moulin et la rareté des emplois due à la crise économique, mais il ne s'est pas avoué vaincu pour autant et il cherche par tous les moyens à s'en sortir. Marie-Reine se sent gonflée de fierté : ils sont pauvres, c'est vrai, mais ils gagnent leur vie honorablement. On aura beau les traiter de « colons » et chercher à les rabaisser, elle ne s'en offusquera plus. Marie-Reine repartira de Cap-aux-Brumes plus déterminée que jamais à épauler son homme et à devenir une fermière accomplie.

〜◦〜

Lourdement chargée, la charrette roule lentement. Derrière leur banc, en plus des provisions de bouche pour l'hiver, un grand tapis tressé repose sous la bâche. Il protégera le plancher rugueux du camp, difficile à nettoyer, et servira d'isolant contre le froid. Enveloppé dans sa couverture de laine, le petit Germain sommeille dans les bras de sa mère. À leurs pieds, un chat gris et une chatte blanche tachetée de gris sont couchés dans une boîte de carton percée de trous pour les laisser respirer. À tour de rôle, les chatons miaulent leur mécontentement d'être trimbalés vers une destination inconnue.

— Les enfants vont être contents d'avoir deux chats, dit Marie-Reine.

— Il est pas question de garder ces chats-là dans la maison. Ils sont là pour chasser la vermine.

— Ce serait bon d'en garder un en dedans, surtout la nuit, si on ne veut pas que les souris grignotent nos provisions.

— Peut-être, mais t'as besoin de pas les gâter.

Juste devant eux, un petit animal sauvage traverse le chemin en vitesse et Goliath renâcle, appuyé aussitôt par les aboiements du chien qui se dresse sur le banc, entre Marie-Reine et Théo.

— Ta gueule, Ti-Nours! ordonne Théo. C'est rien qu'un siffleux.

Le chien au long pelage bouclé se tait et se rassoit sagement, les oreilles aux aguets.

— Ça va nous faire un bon chien de garde, affirme Marie-Reine.

— Il va falloir l'habituer à écouter.

Depuis quelque temps Marie-Reine réalise qu'autant son époux est doux et patient avec les enfants, autant il se montre sévère avec les animaux. Ce n'est pas qu'il les maltraite, non, il les nourrit bien, mais il ne leur laisse jamais oublier qu'il est le maître. Son attitude la déconcerte parfois. Alors qu'elle est plus autoritaire avec sa progéniture, à qui elle doit enseigner les bonnes manières, elle se montre plus indulgente avec les bêtes qui ne sont pas dotées d'intelligence comme les humains et réagissent par instinct.

— Ce serait une bonne chose de les garder en dedans au début pour qu'ils s'habituent à nous. Sinon, on pourrait les perdre, tu crois pas?

— Pas plus que deux nuits, finit-il pas concéder après un long moment de silence.

— Tu as raison, je pense que deux nuits suffiront à leur faire comprendre où est leur territoire.

Marie-Reine se réjouit déjà du bonheur des enfants quand ils verront ce qu'ils rapportent. Elle a mis à profit les deux journées passées à Cap-aux-Brumes afin de se doter de tout le nécessaire pour subsister jusqu'au printemps. Avec l'aide de sa mère, elle a inventorié le grenier, y retrouvant avec délices ses premiers livres de classe. Marie a acheté des cahiers lignés, des gommes à effacer et des crayons pour que ses petits-enfants s'exercent à la maison jusqu'à ce que les colons du rang des Cailles soient en moyen de construire une école et d'embaucher une institutrice. Elles ont déniché des vêtements usagés que Marie-Reine pourra utiliser pour vêtir les enfants qui n'arrêtent pas de grandir. Elle rapporte aussi la chaise percée et un petit pot, une pile de vieux journaux, qui serviront à de multiples usages, et un précieux tue-mouches qu'elle rangera jusqu'à la belle saison. Elle n'aura pas trop des nombreuses tablettes de l'annexe pour tout caser, à commencer par les jarres de grès où elle conservera le beurre et le lard salé.

Goliath est en sueur après la longue chevauchée et l'ascension d'un mille dans la montagne du rang des Cailles.

— Un chien! s'écrie Jérôme accouru à leur rencontre.

— Wô! crie Théo au cheval qui arrête aussitôt.

Le chien, debout sur le banc, s'agite et frétille de la queue en réponse aux invites de Jérôme.

— Vas-y, Ti-Nours, dit enfin Théo.

Le chien se précipite dans les bras de Jérôme qui le dépose par terre et se met à courir en direction du camp. Il est vite rattrapé par le cabot dont les longues oreilles flottent au vent. Des cris de joie accueillent l'animal qui vient renifler chacun des enfants attroupés au pied des trois marches qui mènent au camp. De sa langue rose et douce, il lèche les doigts tendus vers lui pendant que les mains libres caressent sa toison moirée.

Arrivé près de l'attroupement, le cheval s'ébroue. Jérôme saisit la bride et le flatte au-dessus des naseaux, Goliath secoue la tête et hennit de contentement. Contrairement à son père, le jeune homme fait preuve de beaucoup de douceur avec les animaux, qui le lui rendent bien.

— Viens nous aider à décharger, l'enjoint Théo en recouvrant l'animal de sa couverture. Après tu iras le dételer et le nourrir.

Anne-Marie prend le bébé des bras de sa mère et rentre le coucher. Marie-Reine profite du fait que les enfants flattent le chien pour emporter à leur insu la boîte des chatons dans le camp. Elle pousse la boîte de carton perforée sous l'un des lits, laissant aux chats le temps de s'habituer à leur nouvel habitat pendant qu'on range le contenu de la charrette.

À plusieurs, on soulève la table et les chaises, et on déroule le grand tapis dans la pièce. Les exclamations joyeuses emplissent le camp rustique d'une musique qui le rend chaleureux. Une soupe aux pois mijote sur le poêle et l'odeur du pain fraîchement sorti du four embaume le pauvre baraquement. « Et tous ces petits riens contribuent à en faire un vrai foyer », songe la maman au comble du bonheur. Comme pour répondre à ses cogitations, Ti-Nours se couche entre le poêle et le lit, et exhale un long soupir de contentement auquel s'ajoute le miaulement des deux chatons.

Marie-Reine s'agenouille et tire doucement la boîte de sous le lit. Elle soulève le couvercle et deux têtes poilues exhibent leurs yeux curieux et leurs moustaches frémissantes. La surprise cloue le bec des bambins, ce qui permet aux chatons d'explorer leur nouveau logis en toute quiétude.

— Les chats sont indépendants, explique Marie-Reine. Si on veut qu'ils nous aiment, il faut attendre qu'ils viennent nous voir d'eux-mêmes. Si on les prend de force, ils peuvent nous griffer. Ensuite, ils iront se cacher et on ne pourra pas les apprivoiser. Il faut toujours être très doux avec les minous.

Clémence les observe, la bouche ouverte, les deux mains croisées sur la poitrine. Les chatons se faufilent sous le poêle. Aussi fureteurs que les minets, Gisèle et Victor, aux premières loges, se penchent pour ne pas les perdre de vue.

— Le chat gris est un mâle, dit Marie-Reine. Comment voulez-vous l'appeler ?

— Griffon, suggère Anne-Marie, aussitôt approuvée par les autres.

— Et la chatte blanche et grise ? questionne Marie-Reine.

— Blanche ? suggère Anne-Marie.

— C'est le nom d'une couleur, mais ça peut aussi être un nom de personne, objecte Marie-Reine. J'aimerais mieux un nom commun. Trouvons autre chose.

S'assoyant autour de la table, chacun jongle, le menton appuyé sur son poing. Quelques noms sont lancés, puis rejetés par une grimace désapprobatrice. Le petit Victor, qui n'a que deux ans et demi et parle à peine, est resté accroupi par terre à surveiller les chatons.

— Mimi, dit-il en tendant sa petite menotte vers la minette.

— Regardez ça, s'écrie Anne-Marie. Il l'a appelée Mimi et elle est venue le lécher.

— On va l'appeler Mimi, décide Théo qui n'a encore rien dit.

Marie-Reine se félicite de la présence de ces trois animaux. Pour convaincre Théo, elle a dû faire valoir l'utilité de chacun sur la ferme : le chien pour surveiller et ramener les moutons, les chats pour chasser la vermine des bâtiments. En ce qui la concerne, elle désire surtout que ses enfants aient des compagnons affectueux et qu'ils se sentent moins seuls durant leur réclusion hivernale.

Depuis qu'elle a constaté que sa famille restée à Cap-aux-Brumes se porte bien et qu'elle-même a tout ce qu'il faut pour affronter les rigueurs du climat, elle ne craint plus l'hiver dans la colonie. Les journées qui raccourcissent et le froid qui s'installe les habituent progressivement à vivre empilés les uns sur les autres. L'annexe leur fournit un minimum d'intimité et rend la promiscuité plus tolérable. À part le train-train quotidien, d'autres tâches urgentes les attendent et il reste à faire boucherie avant l'hiver.

Les arbres se dénudent et leurs feuilles mortes, charriées par le vent, tapissent les champs labourés. En se décomposant, leur humus nourrira la terre et le cycle de vie recommencera au printemps, après une mystérieuse gestation sous la neige. Marie-Reine revient du poulailler à pas mesurés, tenant d'une main les pans de son tablier renfermant trois œufs fragiles et, de l'autre, un seau rempli de lait. Elle se charge du train matinal pour permettre aux hommes de bûcher au maximum.

Des abords de la forêt, résonnent des coups de hache. Théo entaille un bouleau. Penchés au-dessus d'un arbre abattu, Jérôme et Étienne l'ébranchent et jettent dans le feu d'abattis les rameaux inutiles. La forêt recule au profit d'un champ où brouteront les moutons l'an prochain. Leurs déjections engraisseront le sol pauvre que Théo labourera à l'automne. Chaque arbre bûché accroît la quantité de planches destinée à la construction de la grange.

Marie-Reine comptabilise les infimes progrès quotidiens qui alimentent son rêve : avoir enfin une maison munie d'une pompe à eau et d'un évier, avec des chambres et de l'espace pour le rouet et le métier à tisser. Contrairement à sa fille aînée, qui lève le nez sur les odeurs de la ferme, elle accomplit dans la joie toute besogne qui lui permet d'avancer vers son but ultime : une ferme productive.

L'air sent la pluie, songe-t-elle en observant la masse compacte de nuages gris. Ti-Nours chemine à ses côtés. Parti de bon matin avec les hommes, le chien revient à la course dès qu'elle sort du poulailler. Chaque jour, comme un gardien fidèle, il ne manque jamais de la raccompagner. De la cheminée s'élève un long ruban de fumée qui s'étire vers la grisaille du ciel.

À la porte du camp, le chien s'assoit et attend que sa maîtresse l'invite à entrer.

— Bon chien, le félicite Marie-Reine.

Elle dépose son seau de lait et flatte le sommet du crâne frisé. Ti-Nours l'observe de ses yeux sombres et doux. Quelques poils blancs épars coiffent le sommet de son museau. Marie-Reine ouvre la porte sur un : « Allez, va » à l'intention du chien qui bondit à l'intérieur. Des cris joyeux saluent son arrivée et Ti-Nours, la queue battant la mesure, prodigue à chacun son affection débordante. Quand Marie-Reine juge que les effusions ont assez duré, elle n'a qu'à dire « Couché » pour que le chien s'aplatisse sur le tapis, le nez entre ses pattes allongées, parce que Ti-Nours connaît la différence entre « Assis » et « Couché ». Intelligent et obéissant, l'animal a vite conquis tout le monde. Théo n'a plus parlé de l'envoyer dormir sous les étoiles et Marie-Reine aimerait bien que sa progéniture adopte la conduite exemplaire du jeune chien.

Les deux chats ont élu domicile dans la portion du bâtiment de la ferme où est entassé le fourrage pour le cheval et la vache. Après la traite, on leur verse un bol de lait chaud et les chatons complètent ce frugal menu du produit de leur chasse. Mimi se laisse quelquefois flatter, mais Griffon se sauve des mains trop entreprenantes des enfants. Seule Anne-Marie réussit à approcher le matou.

« Les indépendants se reconnaissent », la taquine Théo, qui s'amuse de l'indifférence de sa fille devant les garçons des alentours, un peu trop empressés à lui faire la cour. Les jeunes gars en rut tournent vainement autour de la jolie blonde aux yeux bleus. Son indifférence, loin de décourager leurs ardeurs, pique l'orgueil de ces mâles conquérants qui s'affrontent et revendiquent le privilège de la fréquenter. Bien placé pour défendre le territoire convoité, Ovide Soucy leur barre la route. Pas un gars des environs n'arrive à se rendre jusqu'au donjon de la belle. Sur leur chemin se dressent les poings d'Ovide qui en a évincé quelques-uns depuis l'été. Le visage haineux, il les a prévenus que s'ils s'avisaient de parler à sa blonde, ils auraient affaire à lui. C'est du moins ce que confient à Jérôme les jeunes hommes détournés, le dimanche après la messe.

— Il est plus fou que je le pensais, ricane Anne-Marie à qui son frère rapporte les incidents.

Mais le comportement d'Ovide inquiète Marie-Reine. Elle aussi y voit un esprit dérangé, cependant elle essaie de faire taire son mauvais pressentiment, se disant qu'il finira par comprendre que sa fille ne l'aime pas.

❧

Une première neige, aussi fine que du sel, recouvre le sol gelé. Les pluies de l'automne ont creusé le chemin du rang de profondes ornières. La charrette bringuebale ses quatre occupants. Marie-Reine se retient au banc des deux mains pour ne pas être projetée dans les airs. Théo tient lâchement les cordeaux d'une main et agrippe le banc de l'autre. Goliath freine la descente à grand-peine, ses sabots glissant parfois sur un amas de feuilles mortes détrempées par la neige. À l'arrière, Jérôme et Étienne, assis à même le plancher, se cramponnent aux barres de retenue fixées sur les côtés du chariot.

—J'ai bien peur que ce soit la dernière fois qu'on va pouvoir aller à la messe cette année, déplore Théo une fois rendu sur le chemin plat qui mène au village.

Les maigres subventions accordées aux colons ne leur permettent pas de s'acheter un berlot. Il faudra attendre l'an prochain, si la vente du bois de chauffage au printemps rapporte suffisamment. Théo est en train de se fabriquer un gros traîneau pour charrier son bois. Le forgeron du village a façonné quatre longues lames qui serviront de patins pour faire glisser le rudimentaire moyen de transport.

Après des mois de durs labeurs, ils n'ont toujours que l'essentiel. Par chance, Marie leur a donné les raquettes de Guillaume et le toboggan qu'il avait fabriqué pour les enfants et qui n'a plus servi depuis la mésaventure de Jérôme. « Ma pauvre petite fille, a-t-elle dit à Marie-Reine, tu vas te retrouver bien isolée durant l'hiver. » Elle lui a raconté les tempêtes vécues à L'Anse-aux-Brûlots et lui a fortement recommandé de tendre un câble solide entre la maison et les bâtiments. « C'est ce qui a sauvé ton père, la veille de ta naissance », a-t-elle ajouté d'une voix émue.

Marie-Reine a le cœur gros en pensant à sa mère qu'elle ne reverra pas avant plusieurs mois. Elles devront espacer leur correspondance, car le bureau de poste est situé près de l'église. À moins que Théo ne franchisse en raquettes les trois milles qui les séparent du village, ils seront coupés de tout lien avec l'extérieur. En raison du comportement étrange d'Ovide, elle ne rend plus visite à sa voisine afin de maintenir une saine distance. L'exiguïté du camp n'encourage pas les rassemblements non plus.

La longue saison de froidure s'annonçant déprimante, durant la messe, Marie-Reine emplit sa mémoire du visage de tous ces gens qu'elle ne reverra qu'au printemps. Même si elle ne connaît la plupart que de vue, ils lui semblent déjà familiers. Quand on partage le même mauvais sort, des liens vous unissent mystérieusement les uns aux autres sans le secours d'une longue amitié.

En sortant sur le perron de l'église, les sourires et les conversations se multiplient et lui confirment que ses nouveaux compatriotes partagent son sentiment.

— Vous avez une belle grande fille, la complimente Adeline Soucy, tout sourire.

— Merci, madame Soucy. Mais vous savez, entre nous, je peux bien vous l'avouer, elle a un fichu caractère.

Elle s'est retenue juste à temps pour ne pas dire : «Je plains l'homme qui va la marier.» L'allusion aurait été trop révélatrice de ses intentions, car Marie-Reine espère faire comprendre à sa voisine que sa fille est trop jeune pour fréquenter un garçon. Elle souhaite également que son mauvais caractère décourage les ambitions d'Ovide quand sa mère ne manquera pas de lui répéter ses paroles.

— Quel âge a votre Anne-Marie ? s'enquiert Adeline.

— Quinze ans, répond-elle, l'air de s'excuser.

Pour une fois, Anne-Marie ne chicanerait pas sa mère. La demie, qu'elle ne manque habituellement pas de préciser, lui semblerait superflue dans les circonstances.

— Oh, je pensais qu'elle avait aux alentours de dix-huit ans, marmonne Adeline.

— Elle est si grande, c'est trompeur. Mais vous savez, ajoute-t-elle en se penchant à l'oreille de sa voisine, j'ai bien de la misère avec elle depuis qu'on est rendus ici. Elle passe son temps à se plaindre de l'odeur du fumier et rechigne à travailler dans les champs. Mademoiselle fait sa précieuse. Plutôt que de l'entendre gémir à longueur de journée, j'aime autant la laisser à la maison, mais c'est pas bien d'adon pour nous autres d'avoir une grande fille aussi peu vaillante.

Marie-Reine se convainc qu'elle brode si peu autour de la vérité qu'elle ne profère pas vraiment de mensonge. De plus, elle aura amplement le temps de s'en confesser avant de retourner communier. C'est le cœur d'une mère aux abois qui l'amène à amplifier les défauts de sa fille. Néanmoins, son tempérament épris de discrétion, pour ne pas le qualifier de cachottier, lui adresse tout de même quelques reproches.

— Ne le répétez à personne, ajoute-t-elle, contrite.

Sans s'en douter, Marie-Reine vient de prononcer la formule magique propre à stimuler la langue d'une mère soucieuse de ménager la fierté bafouée de son fils.

⌁

Cernés par la neige, les Dumont s'inventent un avenir fabuleux. Les longues noirceurs de l'hiver sont éclairées au pétrole de leur imagination qui leur fait entrevoir des lendemains prospères. Les pieds accotés sur la bavette du poêle afin de sécher ses bas détrempés et de réchauffer ses pieds ankylosés, Théo, en camisole de laine, a les pouces passés sous les bretelles de son pantalon.

— Quand on aura fini de déboiser, on verra des champs à perte de vue. Le foin poussera haut comme ça, fait-il en indiquant une hauteur prodigieuse.

Jérôme et Étienne opinent de la tête en silence, les jambes allongées près de celles de leur père. Le chien, couché par terre, rabat ses oreilles et proteste en geignant.

— Ti-Nours rêve, affirme Théo qui ne s'est pas aperçu que son chien avait les yeux grands ouverts.

— Quand on aura notre maison... commence Marie-Reine pour détourner l'attention de son époux.

Ti-Nours ferme les paupières au moment où Théo s'étire pour l'observer. Ce qui vaut mieux pour le chien qui est venu bien près de passer sa première nuit à la belle étoile.

— ... j'apporterai le rouet de maman et je filerai la laine de nos moutons. Je vous tricoterai des bas plus épais que ceux-là, ajoute-t-elle en indiquant les trois paires de chaussettes mouillées suspendues derrière le poêle.

Nourrie par son rêve, Marie-Reine grappille quelques miettes d'ambition et cultive son jardin d'espérance où germent des graines de vie à empoter à l'automne. Dans

284

l'un des sillons naissent des pousses de tendresse à croquer tout au long de l'année. Au fond de son potager se terrent des tubercules de baisers à savourer. Elle sème la foi en l'avenir dans le cœur en friche de ses exilés.

— Est-ce qu'on aura un bain? questionne Anne-Marie.

— On n'aura jamais d'aqueduc, répond Jérôme. Oublie ton bain, princesse.

— Arrête donc de la faire étriver, le gronde Marie-Reine.

Quand tout le monde se tait, on entend le vent gémir en se heurtant aux rondins aboutés à chaque coin du camp. Le nordet s'infiltre dans la cheminée et fait rugir le poêle. Marie-Reine se détourne et se signe en implorant le ciel de les protéger.

～ρ

Durant la tempête qui sévit pendant trois jours, Théo et Jérôme sortent faire le train en se retenant au câble pour se guider dans la tourmente. La vache gravide ne donne plus de lait et les poules, nerveuses, ne pondent presque plus, mais avec les deux cochons tués à l'automne et le chevreuil abattu par Théo, la famille ne manque pas de viande. Les poches de farine stockées dans l'annexe leur assurent le pain quotidien. Les provisions de pois, de fèves, de gruau, d'orge, de mottes de beurre salé dans les jarres de grès, avec les pots de confitures de petits fruits sauvages complètent leur menu. Les collets à lièvre, tendus dans la forêt, fournissent un supplément apprécié.

Chaque fois que Théo veut sortir, il se félicite d'avoir fait ouvrir la porte sur l'intérieur. Sinon, ils demeureraient prisonniers jusqu'à la fonte des neiges. À la fin de la tempête, Théo et ses fils dégagent la toiture recouverte de neige jusqu'au sommet de la cheminée.

— Heureusement que l'hiver achève, maugrée-t-il en enlevant ses vêtements blanchis par la gelée. On est quasiment enterrés.

Marie-Reine projette de changer légèrement l'emplacement de leur future maison et en fait part à Théo. En la bâtissant au bord de la butte qui surplombe la coulée, la galerie avant, face au nord, et son grand escalier leur garantiront une issue, quelle que soit la hauteur des bancs de neige qui pourraient s'accumuler. Les vents soufflant de l'ouest ou de l'est charrieront ailleurs les flocons encombrants. La porte sera doublée pour mieux les protéger du froid. À l'arrière, ils auront un grand tambour garni de tablettes, comme à Cap-aux-Brumes. Le toit sera haut et incliné pour ne pas avoir à le déneiger. Théo approuve chacune des suggestions, Marie-Reine ayant évité de critiquer ouvertement la mauvaise orientation du camp qu'il a érigé à la hâte.

— Tu vois, ma femme, ça a du bon d'être obligés d'attendre pour bâtir notre maison. Ça nous permet de changer nos plans avant qu'il soit trop tard.

— T'as donc le tour de m'encourager, lui répond-elle en riant.

— Tu vas avoir une maison à ton goût, Marie-Reine. Je t'en passe un papier, sinon je m'appelle pas Théo Dumont.

Anne-Marie, qui fêtera ses seize ans dans quelques jours, observe son père les yeux pétillants. Elle l'admire, l'idéalise. Son affection filiale lui fait occulter qu'il est pourtant l'un des «colons» qu'elle dédaigne comme mari. Elle ne voit que le courage de son papa et sa débrouillardise, sa bonne humeur et son enthousiasme. Il est son héros invincible et elle ambitionne de se dénicher un mari conforme à l'image paternelle.

S'il est un sujet sur lequel s'entendent parfaitement la mère et la fille, c'est Théo. Marie-Reine idolâtre son mari et elle l'a choisi précisément parce qu'il lui rappelait son père qu'elle adorait. C'est une chance incommensurable pour une fillette d'avoir pour paternel un homme bon et respectueux. Il est celui qui permet à sa fille d'apprécier sa féminité et d'accepter sa condition de femme en dépit des inégalités et des préjudices qui affligeront son existence. Mais il est aussi l'archétype auquel devra se mesurer tout prétendant.

⁓

Quand le soleil commence à dissoudre la neige qui les retient prisonniers, l'une des jeunes expatriés s'impatiente et vitupère contre l'hiver. Les promesses d'un futur meilleur n'arrivent plus à contenir son aversion pour la campagne. Tel un cheval rétif, Anne-Marie rue dans les brancards.

— Maudite colonie! glapit-elle.

— Je te défends de dire des gros mots, la gronde sévèrement sa mère.

Sous le toit des Dumont, les jurons sont proscrits, au même titre que les blasphèmes.

— Saudite colonie, d'abord, grogne Anne-Marie, excédée.

Le nez collé à la vitre sale de la minuscule fenêtre découvrant le chemin cabossé du rang, elle exhale un long soupir. La veille, Ovide a de nouveau essayé de la courtiser et elle l'a envoyé paître sans ménagement.

— Au lieu de chialer, rends-toi donc utile, la semonce Marie-Reine. Viens m'aider à finir de piquer cette courtepointe.

N'ayant pas le droit de répliquer à sa mère, la rebelle quitte son observatoire et tire rudement la chaise sur laquelle elle pose tout aussi rudement son postérieur. Avide d'évasion, Anne-Marie n'arrive plus à contenir sa révolte : « Si je peux atteindre ma majorité, je vais sacrer mon camp ! »

8

Val-des-Castors, 1939

Les jours s'allongent et les tas de bois s'empilent tout autour du camp. À l'aide de son crochet, Théo démêle les longs billots qu'il a sortis de la forêt : une pile de troncs à équarrir à la hache, pour les fondations de l'étable ; dans la charrette, les gros arbres à faire scier en planches au moulin du village, pour les murs et le toit. Théo fait culbuter en direction de ses fils les grosses branches, les troncs trop petits, tordus ou affectés par un défaut quelconque. Les garçons les scient et les fendent en vue d'en faire du bois de chauffage. Anne-Marie et Clémence cordent les bûches entre le camp et la remise.

La neige environnante disparaît sous l'amoncellement des résidus du bois déplacé ou scié. À la fin des travaux, le bran de scie et les déchets seront récupérés pour divers usages. Les corneilles graillent en survolant le chantier, puis se posent près du poulailler, picorant la terre à la recherche de nourriture.

À la cuisine, Marie-Reine sort les miches de pain du four, une soupe mijote sur le rond arrière du poêle. Ti-Nours paresse, étendu près du lit où Germain et Victor font la sieste. Sur le comptoir, trempent dans de l'eau vinaigrée trois lièvres que Marie-Reine découpera en morceaux pour en faire un civet, selon la recette de sa mère, avec des dés de lard maigre, de l'oignon, de la farine, du sel et du poivre.

Elle détrempera un peu de pâte qu'elle incorporera au bouillon du ragoût afin de remplacer les patates dont la provision tire à sa fin.

Tous les jours, Théo va vérifier l'état de la vache sur le point de vêler. Ce matin, en observant l'arrière-train de Noiraude, il a constaté que la base de la queue, à la pointe des fesses, a descendu. Il a fait remarquer à Marie-Reine et à Jérôme que les pis sont gonflés et qu'un peu de mucus s'écoule de la vulve.

— C'est signe qu'elle va vêler dans les prochains jours. À partir d'astheure, il faut la surveiller de près.

Le lendemain, de bon matin, il aperçoit la vache couchée dans son box. Le lent travail d'expulsion a commencé durant la nuit et la panse de Noiraude se comprime sous les contractions intenses poussant le veau vers la vie. La poche des eaux se rompt et Théo s'assoit dans la stalle, sur le petit banc servant à la traite, soucieux d'aider au besoin sa précieuse vache. Il se sent soulagé quand il voit enfin apparaître les pattes du veau, suivies de la tête. Il dégage les narines du nouveau-né des matières liquides qui les bouchent et s'assure qu'il respire, puis la mère commence à lécher son bébé tout englué.

Quand, plus tard, en voulant aider le veau noir et blanc à téter sa mère, il découvre que le nouveau-né est en fait une génisse, Théo caresse le museau de la vache.

— T'as bien fait ça, ma Noiraude.

Si un veau était né, il l'aurait engraissé pour l'abattre à l'automne, mais qu'importe à Théo qu'ils ne mangent pas de bœuf l'hiver prochain, ni même les deux suivants. Son troupeau vient de s'enrichir d'une deuxième vache qui leur garantira un approvisionnement de lait toute l'année quand elle aura atteint sa maturité sexuelle. Il fera saillir ses deux vaches de sorte que l'une mette bas en automne et l'autre au printemps. Il calcule déjà les avantages d'avoir deux veaux par année.

⁓ᴘ

La terre ayant absorbé l'eau de la fonte des neiges, Marie-Reine et Étienne entassent dans une brouette les pierres, qui remontent à la surface après le dégel, afin de ne pas endommager le soc de la charrue lors des labours. Un tas de pierres de diverses tailles, récoltées l'an passé, s'amoncelle déjà aux limites du champ.

Éreintée par l'effort, Marie-Reine se masse le bas du dos. Ses règles ont plus d'un mois de retard et elle calcule que le poupon devrait naître en janvier 1940. « Rien que vingt mois de différence entre Germain et le prochain bébé », se lamente-t-elle en secret. Elle se demande comment, en plein hiver, ils pourront éloigner les enfants. Aussi à l'étroit qu'eux, leurs voisins ne pourront pas les héberger et les chemins seront sans doute impraticables. Sa grand-mère avait beau répéter : « On verra une fois rendu à la rivière comment la traverser », elle doit trouver une solution avant le terme de sa grossesse.

Étienne dépose une pierre sur la pile comblant la solide brouette qu'il doit souvent aller décharger.

— Je me demande pourquoi ils ont appelé ça le rang des Cailles, on n'en voit jamais, rouspète-t-il. Moi, je l'aurais plutôt baptisé "rang des Cailloux".

— Fais pas ton drôle, répond sa mère, essoufflée. Va vider la brouette.

Un peu plus loin, Théo et Jérôme, à l'aide de chaînes, essaient d'enlever quelques souches qui déparent le sol. Marie-Reine voit Goliath, les sabots enfoncés dans la terre, contracter tous ses muscles pour tirer la souche qui résiste.

Le cheval s'acharne et le tronc bascule lentement, ses racines craquent en se rompant.

Étienne revient avec la brouette délestée. Marie-Reine enfonce sa pioche dans la terre et tente, sans succès, de soulever une pierre à demi enfouie.

— Ça m'a l'air d'en être toute une, celle-là, commente Étienne.

Marie-Reine pèse de tout son poids sur le manche, mais la masse rocheuse ne bouge pas d'un pouce.

— Forcez pas trop, m'man, on va demander à papa de l'enlever celle-là.

— J'essaye encore un coup, s'obstine-t-elle. Viens m'aider.

Secondée par Étienne, Marie-Reine bande tous ses muscles et pèse de nouveau sur le manche. Elle sent brusquement un liquide chaud couler le long de ses cuisses. Effarée, elle se penche et aperçoit la coulée sanguinolente qui marbre la salopette dont elle s'accoutre pour les lourds travaux.

— Qu'est-ce qui vous arrive, m'man ? s'inquiète Étienne.

— J'ai dû trop forcer, balbutie-t-elle. C'est pas bien grave, je vais aller m'allonger et ça va passer.

Voyant sa mère blêmir, il lui commande gentiment :

— Embarquez dans la brouette, m'man, je vais vous ramener au camp.

Secouée par le trajet cahoteux, Marie-Reine ressent de fortes crampes dans le bas du ventre. Arrivée au camp, elle commande à son fils de retourner épierrer le champ et elle se faufile furtivement dans l'annexe. Anne-Marie, occupée à peler des carottes, lève la tête et aperçoit les taches de boue maculant le tapis.

— Vous salissez le plancher avec vos bottes crottées, bougonne-t-elle.

— Apporte-moi des guenilles propres, commande sa mère d'une voix pressante.

La salopette baissée à hauteur des genoux, Marie-Reine essaie de contenir le flux sanguin à l'aide d'une page de journal froissée. À la vue du sang, Anne-Marie remet à sa mère un paquet de guenilles pour éponger ce qu'elle croit être ses menstruations.

— Va me chercher une petite culotte, chuchote la mère, et ma robe de chambre.

Le pas traînant, Anne-Marie s'exécute sans hâte. Le baromètre de son humeur affiche un haut degré de perturbation. Le soleil printanier et la douceur de la brise ne parviennent pas à attendrir son cœur endurci. La désolante solitude de l'hiver a congelé le fragile organe de la jeune fille qui ne s'épanche qu'auprès du farouche Griffon.

Marie-Reine revient à la cuisine et jette dans le poêle la feuille de papier journal souillée. Elle a caché sa salopette tachée dans le réduit en attendant le moment propice pour la laver discrètement. Elle aimerait s'isoler, verser quelques larmes, puis s'assoupir afin d'oublier les pensées inavouables qui lui ont fait déplorer un court moment la vie qui avait commencé à se développer en elle. Se sentant coupable de sa fausse couche, elle supplie Dieu de lui pardonner son égoïsme.

— J'ai trop forcé et je fais une hémorragie, dit-elle à sa fille pour justifier le fait qu'elle s'étende dans son lit alors qu'elle devrait travailler.

— Saudite colonie, marmonne Anne-Marie. C'est pas un travail de femme de ramasser des roches.

— Si on veut améliorer notre sort, ma fille, on n'a pas le choix.

Marie-Reine s'allonge et place ses deux mains sur son bas-ventre pour soulager les crampes qui la tenaillent. Le bas de son dos la fait horriblement souffrir.

— Il me semble qu'on aurait pu trouver autre chose qu'aller s'esquinter sur une terre de roche, râle Anne-Marie.

— Ton père a pensé que c'était la meilleure chose à faire, dit Marie-Reine d'un ton las.

— Vous auriez pu lui conseiller...

— Ton père est le maître de la maison! la coupe Marie-Reine. Ne l'oublie jamais!

Anne-Marie se tait, mais Marie-Reine se demande comment sa fille arrivera à être heureuse en mariage. Son mauvais caractère risque d'éloigner l'époux le plus affectueux et le mieux intentionné. Et aucune communauté religieuse ne voudra d'une telle postulante, en admettant qu'elle ait le désir d'entrer chez les sœurs, ce qui ne semble pas être le cas. L'idée d'avoir à vivre jusqu'à la fin de ses jours sous le même toit que sa fille grincheuse la désespère. S'étant toujours bien entendue avec sa mère, elle est déçue de ne pas avoir la même complicité avec Anne-Marie qui se montre de plus en plus hargneuse. «Mon Dieu, donnez-moi la force d'accepter votre volonté», prie-t-elle avant de sombrer dans le sommeil.

Marie-Reine s'éveille quand Théo et les garçons rentrent souper. La voyant encore couchée, son mari s'approche du lit, le front soucieux.

— T'es bien pâle. Ça va pas mieux?

— J'ai dormi et ça m'a fait du bien.

Marie-Reine sourit et Théo, rassuré, va suspendre son manteau au crochet près de la porte. Elle se lève et s'assoit à table, incapable de faire plus que ces quelques pas.

— Je veux plus que tu ramasses les roches, c'est trop forçant pour une femme. On est pas mal avancés et j'ai décidé d'attendre à l'année prochaine pour enlever les grosses souches qui restent. J'ai pas envie de faire crever Goliath. On va avoir le temps de s'occuper des roches et de clôturer les champs avant les labours.

Marie-Reine aimerait l'aider davantage, mais elle ne s'en sent plus la force. Ses reins la font pâtir et elle a l'impression que le tas de guenilles au fond de sa culotte est imbibé de part en part. «Après avoir mangé, ça ira mieux, se dit-elle. J'irai changer les guenilles et je dirai à Théo que j'ai mes règles. Ça expliquera le sang et tout le reste. Il a bien assez de soucis, il se ferait trop de reproches s'il savait que je fais une fausse couche.»

⁓❧

Le feu de la forge fait rougeoyer la pièce de métal que le forgeron tient entre ses grosses pinces. Jos Santerre pose le fer sur l'enclume et le frappe avec son marteau pour lui faire prendre la forme désirée. Des étincelles se détachent, frôlent le vieil artisan qui demeure impassible, et meurent avant de toucher le sol. La peau de son visage, burinée par le feu, ressemble à un champ labouré. Campé sur ses jambes, il a l'air d'un solide gaillard malgré sa chevelure couleur de lait.

En route vers le village, Goliath a perdu un fer et Théo profite de sa visite à la forge pour inspecter les roues de bois cerclées de métal de sa charrette et commander les pentures pour les portes de l'étable et de la grange qu'il commencera à construire dès que le moulin aura scié le premier voyage de billots qu'il vient d'y livrer. Dans l'intervalle, il équarrira les billes pour le plancher du bâtiment.

Guère jasant, le forgeron fixe en silence le fer au sabot de Goliath. Le calme et la force de l'homme agissent sur le cheval qui se laisse ferrer sans réagir malgré le bruit du clou qu'on enfonce au bout de sa patte repliée.

— T'as un cheval docile, apprécie Jos Santerre.

— J'ai pas à me plaindre. Combien je vous dois?

— Tu me paieras quand tu prendras livraison des pentures.

Théo reprend la route tout ragaillardi. Il a été bien accueilli partout où il est passé. Au magasin général, il a acheté une poche de sucre, de la cassonade, de la mélasse et une poche de farine, et le propriétaire, Elphège Vaillancourt, a consenti à lui ouvrir un compte. Il retourne chez lui en sifflotant : Marie-Reine lui a promis de lui faire des grands-pères dans le sirop s'il arrivait assez tôt. En plus des provisions, il rapporte à la maison les nouvelles dont ils ont été privés au cours des derniers mois.

— Wô ! crie-t-il à Goliath en arrivant au pied des marches du camp.

La porte s'ouvre sur une Marie-Reine enjouée, suivie d'une marmaille émoustillée s'offrant à décharger le chariot. Théo sourit, conscient que cet empressement inhabituel est dû au fait que sa famille est privée de sucre depuis trois semaines.

— Alors, quoi de neuf ? s'enquiert Marie-Reine.

— Laisse-moi dételer Goliath, dit-il, l'œil moqueur. Je te raconterai tout ça au dessert.

Marie-Reine répond à l'espièglerie de son époux par un sourire, mais ses yeux expriment un brin de contrariété, et Théo s'en amuse franchement. Depuis que sa femme a récupéré ses forces, il se fait un devoir de la taquiner régulièrement pour chasser les airs tristes et absents qu'elle affiche de temps en temps. C'est aussi pour la réconforter qu'il a acheté autant de provisions sucrées à crédit. Il se promet de bûcher davantage pour payer ces petites gâteries.

— On a du courrier, dit-il en lui tendant cinq enveloppes.

Marie-Reine s'en empare et rentre vivement au camp. Théo se dit que les nouvelles apprises au magasin général peuvent attendre : la mort de Pie XI, en février, et la nomination du nouveau pape, qui a pris le nom de Pie XII, pressent moins que les lettres de la famille.

***

Deux porcelets castrés et sevrés couinent dans leur enclos. Dans l'auge accessible par une ouverture de la clôture, Marie-Reine déverse un seau contenant l'eau de vaisselle du déjeuner additionnée d'un mélange de son, d'avoine et d'orge. Les porcelets se ruent sur la pâtée et grognent de satisfaction. Marie-Reine remplit leur abreuvoir d'eau fraîche et rentre au poulailler. Elle remplit la mangeoire des volailles et recueille les œufs, qui sont plus nombreux cet été parce que les poules d'un an pondent presque cinq fois plus.

Les moutons, le cheval, la vache et son veau sont au pacage. À neuf ans, Étienne est en âge de se charger de nettoyer le poulailler, la bergerie et les stalles. C'est maintenant lui qui trait la vache la plupart du temps. Contrairement à sa sœur aînée, le garçon aime la vie au grand air et il assume le surcroît de travail avec une grande fierté.

Depuis les semailles, Honoré Soucy et Théo, aidés de leurs fils, ont installé ensemble la clôture de perches délimitant leurs terres et ils s'entraident maintenant à monter les murs et le toit de leurs étables respectives. Se sont joints à eux ce matin Albert Dugas et Clovis Martel, deux grands gaillards de vingt ans dont les parents colonisent un lopin de terre plus bas dans le rang.

Assise à la table de la cuisine, Anne-Marie achève de tricoter l'un des bas pour le petit Germain qui se tient debout devant elle et observe le va-et-vient des aiguilles à tricoter. Le bambin a eu un an en avril et sa grande sœur ne doit pas relâcher la surveillance un seul instant. Le petit curieux attrape tout ce qui est à sa portée et met n'importe quoi dans sa bouche. Marie-Reine entre et dépose les œufs du jour sur le comptoir.

— En avez-vous assez pour qu'on fasse de la sauce aux œufs pour dîner? s'informe Anne-Marie.

— J'en ai rien que six et on a sept hommes qui sont de corvée aujourd'hui.

— On leur servira des toasts dorés et de la mélasse. Avec la soupe aux pois et le reste de bines d'hier, ça devrait leur remplir l'estomac.

— Je vais préparer des pets de sœur pour le dessert, dit Marie-Reine. Va donc leur porter une cruche d'eau fraîche.

À sept, la construction de la grange-étable progresse rapidement. Les jeunesses du rang clouent à grands coups de marteau la toiture en planches verticales à couvre-joint. Honoré et Jérôme hissent les planches, Théo les met en place, les ajuste et les maintient pendant le clouage.

L'arrivée d'Anne-Marie distrait les quatre célibataires et chacun y va de son commentaire en vue de se faire remarquer.

— Maman vous envoie de l'eau fraîche, dit haut et fort la blondinette afin de démontrer qu'elle est en mission commandée et ne cherche pas à leur plaire.

— On prend une pause, décrète Théo, inquiet du manque de prudence des jeunes ouvriers qui plastronnent du haut de leur perchoir.

Anne-Marie, aussi froide qu'une vieille rombière, donne la cruche d'eau et la tasse de métal à son père et retourne aussitôt au camp.

— Va-t'en pas tout de suite, dit Clovis Martel, tourné vers la jeune fille.

Le visage dur, Ovide lui tord méchamment le bras.

— Veux-tu ben me lâcher! proteste l'autre en le repoussant.

Honoré saisit son gars à bras le corps et le pousse juste au moment où celui-ci s'apprête à décocher un coup de poing sur le menton de Clovis.

— Calme-toi! tonne le père. On n'est pas ici pour se battre. On a un travail à finir.

Ovide serre les mâchoires. La rage déforme ses traits.

— C'est correct, lâchez-moi! bougonne-t-il.

Il se dirige vers l'échelle pour remonter sur le toit, mais en passant près de Clovis il marmonne à voix basse:

— Que je te vois pas revenir dans le coin, mon osti…

Le dimanche suivant, au sortir de l'église, les Dumont rencontrent les Martel et se mettent à jaser de la pluie et du beau temps. Clovis se tourne vers Anne-Marie et lui demande tout bas:

— C'est-y vrai que t'es la blonde à Ovide Soucy?

— Qui est-ce qui a bien pu te dire ça? Je suis la blonde à personne.

Se rapprochant d'Anne-Marie au point que leurs épaules se touchent, le jeune homme sourit et s'empresse de l'informer qu'Ovide s'en prend à tous ceux qui pourraient s'intéresser à elle, en n'omettant pas les menaces qu'il a proférées à son endroit quand il aidait à la construction de leur grange.

— Je ne veux rien savoir de lui, chuchote-t-elle. Je ne comprends pas ses agissements, je n'ai jamais fait quoi que ce soit qui pourrait lui faire penser que je pourrais m'intéresser à lui. Au contraire, je lui ai dit que j'étais trop jeune pour sortir avec un garçon, s'empresse-t-elle d'ajouter afin de ne pas donner d'espoir à Clovis.

À ce moment, son regard croise celui d'Ovide, qui se tient légèrement en retrait, à peu de distance de leur groupe. Anne-Marie ressent un profond malaise, car Ovide a le regard mauvais d'une bête épiant sa proie.

⁂

Penchée au-dessus du bassin servant à laver la vaisselle, Anne-Marie gratte rageusement, à l'aide d'un couteau, le chaudron de gruau qui a collé au fond.

— On pourrait pas mettre un peu de savon, pour une fois ? gémit-elle.

— Non, ça ne sert à rien de t'obstiner, réplique sa mère. Tu le sais qu'on ne peut pas mettre de savon parce qu'on donne l'eau de vaisselle aux cochons.

— C'est pas lavable.

La jeune fille malmène le chaudron et bougonne.

— Arrête de bardasser. T'auras qu'à mieux surveiller ton gruau à l'avenir.

Marie-Reine coiffe son chapeau de paille et s'en va désherber son jardin. À la naissance d'Anne-Marie, elle se voyait plus tard partager ses tâches avec sa fille, comme elle collaborait avec sa mère, mais aujourd'hui elle doit admettre qu'elles ne pourront jamais s'entendre, car le temps passe et Anne-Marie ne se fait pas à leur nouvelle vie. Au contraire, son caractère s'aigrit. Pour préserver un semblant de paix, Marie-Reine travaille de son côté et laisse sa fille s'occuper des tâches faciles dont elle veut bien se charger, sinon la guerre reprend de plus belle.

Théo a essayé de la forcer à seconder sa mère dans tous les travaux, mais Anne-Marie s'est arrangée pour tout rater, de sorte qu'il n'a plus rien osé lui confier.

— C'est une vraie tête de mule, a-t-il déclaré, un dimanche, en chemin pour l'église.

— Laissons-la faire, a soupiré Marie-Reine.

Derrière eux, Jérôme, qui n'a rien manqué de leur conversation, s'est permis d'ajouter :

— Il faut la comprendre, elle est malheureuse à la campagne.

Ayant en horreur la plupart des tâches ménagères, Anne-Marie adore par contre cueillir les fruits des champs et elle entraîne dans son sillage tous ses frères et sœurs, ce qui permet à Marie-Reine de jouir de rares moments de solitude heureuse. À leur retour, Anne-Marie nettoie minutieusement les petits fruits et confectionne de savoureuses confitures, à la condition que Marie-Reine la laisse agir à sa guise, et seule, car Anne-Marie préfère travailler en solitaire et cela vaut aussi pour ses sœurs.

Comme elle aime cuisiner, sa mère lui confie aussi les conserves de légumes et les marinades. Anne-Marie boulange un pain à la mie tendre et à la croûte croustillante, mais elle rouspète quand vient le temps de tourner la baratte à beurre et Étienne hérite invariablement de la corvée. C'est l'un des avantages d'avoir une famille nombreuse, les faiblesses des uns sont compensées par les forces des autres.

Depuis que les plants de pommes de terre ont poussé, les plus jeunes vont régulièrement ramasser les « bibittes à patates ». Les larves des doryphores ressemblent à des coccinelles et elles se tiennent sur le feuillage qu'elles dévorent voracement. Il suffit d'une pichenette pour les faire basculer dans un bocal. La corvée ressemble à un jeu et chacun s'efforce d'être celui qui en aura le plus ramassé.

Théo et Jérôme bûchent dès qu'ils ont du temps libre. Goliath transporte les billots près de la grange-étable où Jérôme commence à débiter le bois de chauffage. Quand Théo a un plein voyage de bois à scier, il l'apporte au moulin et il entrepose ensuite les planches dans une section libre de la grange en vue de la construction de la maison.

～ρ

À la fin de l'été, Marie-Reine est à même de constater les résultats de leur incessant labeur. La grange est remplie d'une belle provision de foin odorant. L'étable loge le cheval, la vache et la taure, et il reste trois stalles libres pour augmenter le troupeau de vaches laitières. Théo a utilisé l'espace qu'occupaient, dans le poulailler, le cheval et la vache, pour l'agrandir afin d'accueillir un coq et une douzaine de poules supplémentaires. Il a aménagé un pondoir, sombre et tranquille, pour permettre à huit poules de couver leurs œufs en vue d'ajouter des poulets afin de varier leur menu.

Ils ont tondu les moutons et les ont vendus comme animaux de boucherie. Théo n'aime pas la viande des ovins et il a décidé de convertir la surface qu'ils employaient pour loger une truie et un verrat le printemps prochain. L'élevage porcin est d'un excellent rapport. Les truies sont très prolifiques : pubères à cinq mois, il est coutumier qu'elles aient une douzaine de porcelets par portée, et une truie en bonne santé peut avoir deux portées par année. Les cochonnets profitent vite, coûtent peu à nourrir et leur viande trouve facilement preneur.

～ρ

La charrette transporte la laine des moutons que Marie-Reine apporte à sa mère qui a offert de la carder, puis de la filer au rouet. Connaissant son goût pour la perdrix, elle lui en a mis en conserve six pots et Théo lui a ramassé une pleine poche de noisettes. Cette année, ils n'ont pas besoin d'emmener le petit Germain et ils se sentent comme deux jeunes amoureux laissés sans chaperon. Tout le long du chemin peu fréquenté, ils s'abandonnent à leurs besoins d'intimité constamment refoulés.

Parfois, le dimanche après-midi, s'il fait beau, ils réussissent à profiter d'un peu de solitude en prétextant aller aux fraises, aux framboises ou aux noisettes, mais leurs brefs rapprochements sont inconfortables et Marie-Reine se plaint que les moustiques piquent les morceaux de chair qu'elle doit dénuder.

Malgré les cordeaux tenus lâchement par Théo, le cheval suit la route, alternant le petit trot et le pas, selon son gré.

— Ça fait du bien de se coller un peu, dit Théo, l'œil égrillard, en caressant sa femme de sa main libre.

L'air frisquet de la mi-septembre ralentit l'ardeur des moustiques devenus plus rares et le soleil éclatant incite Théo à se ranger dans une petite clairière qui borde la route. Il attache Goliath à un arbre et entraîne sa belle derrière un buisson. Les oiseaux s'unissent aux tendres roucoulements de Théo pour offrir à Marie-Reine une symphonie mémorable.

— C'est l'école buissonnière des grands, plaisante-t-elle, attisée par les caresses de son homme.

Leur halte amoureuse devant prendre fin, Théo enlève les brindilles qui se sont attachées à la chevelure de Marie-Reine. Elle rit aux éclats de leur audace et ils s'embrassent de nouveau avant de rembarquer dans leur rustique moyen de transport. L'amour transforme tous les sens de l'observateur et, cet après-midi, Marie-Reine n'échangerait pas sa pauvre charrette contre la plus belle calèche. Elle se sent de nouveau jeune et désirable. Le banc de bois rude lui semble aussi moelleux qu'un siège de velours rembourré.

━❧

Étienne et Clémence supervisent leurs jeunes frères et sœurs qui s'amusent près du campement dont la porte ouverte permet de jeter un coup d'œil au petit Germain qui somnole à l'intérieur. Anne-Marie leur a préparé du sucre à la crème dès que leurs parents se sont éloignés. À la demande de Jérôme, elle vient le rejoindre près de la grange-étable avec la boîte de poudre à cartouches de leur père qu'elle dissimule dans la grande poche de son tablier.

— On se fait voler notre bois de chauffage, lui révèle-t-il. J'ai besoin que tu m'aides pour attraper notre voleur.

— Comment veux-tu t'y prendre ? On n'est pas pour surveiller le bois vingt-quatre heures sur vingt-quatre.

— J'ai une meilleure idée, mais il faut que tu me jures de jamais en parler à personne. Je pourrais aller en prison si ça se savait.

Anne-Marie écarquille les yeux. Le joyeux et patient Jérôme l'étonne.

— Jure-le, insiste-t-il.

— Je le jure, fait-elle en se signant.

D'un geste, il l'invite à s'agenouiller par terre, à l'abri d'une pile de bois afin de ne pas être vus des Soucy. Il prélève un rondin qu'Anne-Marie tient fermement et le perce à l'aide d'un vilebrequin. Puis il verse un peu de poudre à fusil dans le trou et le remplit ensuite de sciure de bois qu'il tasse d'un pouce ferme afin de masquer la chirurgie pratiquée.

— Je sais pas si j'ai mis assez de poudre, chuchote-t-il. Remarque bien où je mets ce rondin et avertis-moi quand tu verras qu'il a disparu. Il faudrait que tu fasses le train à la place d'Étienne. Je l'emmènerais bûcher avec moi pour tromper notre voleur. Es-tu d'accord pour le faire ?

— Oui, répond-elle sans hésiter.

⁂

Marie-Reine est si heureuse de se retrouver dans une vaste demeure qu'elle n'arrête pas d'aller et venir. Pendant que Théo est allé voir sa mère, elle fait le tour du propriétaire avec un sans-gêne que Marie ne lui connaît pas.

— Qu'est-ce que t'as à tournicoter comme une poule pas de tête ? lui demande-t-elle quand elle l'attrape au moment où elle redescend l'escalier.

— J'ai besoin de m'épivarder, faut croire, répond-elle en riant aux éclats. Oh, maman, si vous saviez comme c'est bon d'avoir autant d'espace ! Je peux à peine me tourner de bord dans mon petit camp en bois rond.

Marie-Reine regrette d'avoir osé confesser que l'étroitesse du camp lui pèse.

— Théo pense qu'on pourra commencer la maison l'été prochain, ajoute-t-elle pour se reprendre.

— Tu vas l'apprécier davantage, ta maison, déclare Marie. On attache plus de prix à ce qu'on obtient après bien des efforts qu'à ce qu'on reçoit tout cuit dans le bec.

— Chère maman, vous savez toujours encourager le monde et c'est votre présence qui me manque le plus là-bas. Pour ce qui est du reste, je me rends compte qu'on peut vivre avec peu de choses du moment qu'on est en santé, qu'on a un toit sur la tête, de quoi manger et se vêtir.

— Et qu'on a un beau mari qui nous aime, n'est-ce pas ?

Aussitôt après avoir formulé sa question, le regard de Marie s'enfuit vers des contrées inatteignables.

— Papa vous manque encore?

— Il me manquera toujours, ma fille.

— Il n'y aurait pas, par hasard, un gentil veuf qui vous ferait la cour? la taquine Marie-Reine.

— Quand bien même il y en aurait tout un régiment, dit Marie en riant, personne ne remplacera ton père.

～♪～

La porte d'entrée s'ouvre sur Théo et Georges. Aux éclats de voix et de rire de son époux, Marie-Reine prend conscience qu'il s'est sûrement ennuyé lui aussi de la famille restée à Cap-aux-Brumes. Ils travaillent si fort d'un soleil à l'autre qu'ils n'ont plus l'occasion de s'amuser ou de simplement fréquenter quelqu'un.

Après le souper, l'oncle Paul-Émile vient faire son tour. Le marchand général, qui se tient informé grâce à la radio et aux journaux, leur apprend que le Canada a déclaré la guerre à l'Allemagne le 10 septembre, sept jours après l'Angleterre. Les nazis ont envahi la Pologne le 1ᵉʳ septembre, après avoir signé le 23 août un pacte de non-agression avec l'Union soviétique.

— Pas encore une guerre... soupire Marie-Reine au souvenir de ses cousins, Jean et Gabriel, qui en sont revenus traumatisés.

— Eh oui, c'est le début d'une autre guerre mondiale, je le crains, dit Paul-Émile, l'air sombre. De jeunes têtes brûlées commencent à s'enrôler comme volontaires, mais plusieurs se marient déjà de peur d'être appelés sous les drapeaux. Bertrand Jolicœur se marie justement samedi prochain avec une fille des Lacasse.

Le danger que représentait le Casanova étant maintenant écarté, Marie-Reine se promet d'autoriser sa fille à venir voir sa grand-mère dès que l'occasion se présentera.

~⌖~

Les yeux fixés sur la porte d'entrée, Ti-Nours gronde comme s'il y avait une présence indésirable près du camp. Anne-Marie éteint la lampe et jette un coup d'œil à la fenêtre. La nuit sans lune est opaque, elle n'aperçoit rien et le chien finit par se taire. Couchés dans leur lit, les autres dorment paisiblement et la jeune fille décide d'en faire autant. Demain matin, elle devra se lever très tôt pour préparer le déjeuner et le lunch de ses frères qui partiront bûcher, et elle devra ensuite faire le train, comme elle l'a promis à Jérôme. Allongée sous les chaudes couvertures, Anne-Marie fait sa prière du soir en recommandant son âme à Dieu et en priant son ange gardien de continuer à veiller sur elle. La dernière attisée du soir pétille dans le poêle à bois.

~⌖~

Couchés dans un vrai lit, dans une vraie chambre, Théo et Marie-Reine donnent libre cours à leur frénésie d'amour. Ils se susurrent des mots tendres sans plus se soucier de la guerre dans les vieux pays. Ils se sentent si insouciants que rien ne peut les atteindre. Comme Adam et Ève attirés par le fruit défendu, ils le savourent jusqu'au trognon.

Ils n'ont qu'une nuit pour s'aimer en toute impunité et ils ne vont pas s'en priver. Demain, après les commissions pour les provisions d'hiver, ils devront reprendre la route et le carcan d'une vie de privations.

Marie-Reine se dit que c'est le bon temps pour faire un autre enfant, si Dieu le veut. Le bébé naîtrait en juin, période de l'année où les enfants pourraient dormir dans le foin de la grange pendant que la maman accouche. Théo leur présenterait la chose comme une occasion exceptionnelle de vivre une aventure amusante.

⁂

À la barre du jour, en passant près du tas de bois, Jérôme et Anne-Marie constatent que la pile de bûches a baissé et que le rondin truqué a disparu.

— Ti-Nours grondait hier soir, mentionne Anne-Marie.

Jérôme lui adresse un clin d'œil. En présence d'Étienne, ils doivent se montrer discrets.

— Il devait y avoir une bête puante qui rôdait autour du camp, dit Jérôme. À ce soir.

— Soyez prudents, leur recommande-t-elle avant d'entrer dans l'étable.

Anne-Marie accroche le fanal allumé à la poutre placée au coin de la rangée de stalles et du passage conduisant à la grange. Elle porte la salopette de sa mère et, par manque de temps, elle a simplement noué ses longs cheveux, près de la nuque, avec un bout de guenille. Elle s'installe sur le petit banc réservé à la traite et nettoie les pis de Noiraude avec un chiffon propre qu'elle a apporté de la maison avec le seau vide. Bien qu'elle déteste ce travail, Anne-Marie n'a aucun mal à traire la vache et le lait extrait des trayons gicle sur les bords du récipient métallique.

À la fin de la traite, elle sent un léger courant d'air dans son dos. Brusquement, une poigne ferme la soulève par les cheveux. La vache énervée donne un coup de patte et renverse le seau de lait. Puis l'assaillant traîne Anne-Marie sans ménagement dans le passage. Une éclisse de bois se détache du plancher et s'enfonce dans l'une de ses fesses.

La douleur aiguë à la base de sa nuque lui donne l'impression que ses cheveux vont s'arracher et que son agresseur va la scalper. Cherchant à se dégager de cette poigne brutale, elle essaie de griffer la main qui la remorque jusqu'au fenil. Incapable de le faire lâcher prise, une peur panique s'empare d'elle, mais son tempérament combatif reprend vite le dessus et elle bande tous ses muscles en prévision de contre-attaquer son tortionnaire dès qu'il relâchera sa prise.

Quand l'individu la laisse tomber sur le foin et se jette sur elle en haletant, elle lui décoche un solide coup de genou entre les deux jambes. L'homme grogne comme une bête et se recroqueville sous le coup de la douleur. Anne-Marie en profite et se dégage prestement. Elle s'empare de la fourche qu'ils laissent sur le tas de foin et se rue sur son agresseur en le dardant férocement.

— Ayoye! Arrête, osti de folle! crie l'attaquant attaqué.

Aveuglée par la rage, Anne-Marie continue de le piquer en y mettant plus de vigueur. Les dents acérées de la fourche traversent les vêtements qui se couvrent de sang.

— Débarrasse, espèce d'écœurant! lui crie-t-elle. Si jamais je te revois ici, Ovide Soucy, je te crève les deux yeux. Si je dis ça à mon père, t'es pas mieux que mort.

Mortifié et mal en point, Ovide se relève de peine et de misère sous la menace de la fourche qu'Anne-Marie tient à la hauteur de son visage. Il clopine vers la sortie de l'étable, le dos éperonné par les coups de la furie.

Anne-Marie referme la porte de l'étable et s'y adosse. Elle tremble de tous ses membres. Au bout de quelques minutes, jugeant qu'Ovide a eu le temps de déguerpir, elle ressort en gardant la fourche à la main et court se réfugier au camp dont elle ferme la porte au moyen de l'épar. Dans la cabane réchauffée par l'attisée du matin, tout le monde dort encore.

Anne-Marie masse doucement sa nuque qui la fait horriblement souffrir et décide qu'on ne lui fera plus jamais subir un tel supplice. Elle se dirige vers la pile d'essuie-mains et en extirpe le miroir qu'elle appuie contre la masse de serviettes, à l'aide d'une tasse. Puis elle déniche la paire de ciseaux rangée dans le tiroir de la machine à coudre et commence à tailler la longue chevelure dont elle était si fière. À la fin de l'opération, ses mèches blondes sacrifiées alimentent le feu du poêle et sa haine pour Ovide Soucy.

En rangeant le miroir et les ciseaux, elle se souvient qu'elle a oublié le fanal allumé et qu'elle n'a donné ni à boire ni à manger aux animaux. Elle n'a pas non plus sorti le fumier de l'étable, ni rapporté le seau vidé de son lait pour le laver, mais elle ne se sent pas la force d'y retourner seule. Soudain, elle prend conscience que le fanal risque de mettre le feu au bâtiment s'il reste trop longtemps accroché à la poutre.

— Qu'est-ce que t'as fait à tes cheveux? demande Clémence d'une voix épouvantée en se frottant les yeux.

— Chut! répond Anne-Marie, soucieuse de ne pas réveiller les autres. J'étais tannée d'avoir les cheveux longs.

— Qu'est-ce que maman va dire quand elle va voir ça?

— Bof!

— Pourquoi t'a rapporté la fourche à foin et que t'as barré la porte?

Anne-Marie ne sait que répondre. La fillette de sept ans la dévisage d'un œil inquisiteur. Anne-Marie ne trouve rien de mieux que de dévoiler une partie de la vérité, car le regard de sa petite sœur est assez éloquent: elle doit avoir l'air d'une vraie folle.

— Imagine-toi qu'un rat a couru entre les pattes de Noiraude qui s'est mis à ruer et elle a renversé la chaudière de lait juste comme je finissais de la traire. J'ai eu tellement peur que j'ai paniqué et j'ai couru m'embarrer ici dedans, comme si j'avais eu le diable à mes trousses.

Anne-Marie rit pour montrer à sa sœur qu'elle est consciente de sa conduite insensée.

— D'ailleurs, il va falloir que j'y retourne pour finir la job et rapporter la chaudière vide. Mais je me sentirais plus en sécurité si tu venais avec moi. As-tu peur des rats ?

— Ben, non, voyons donc ! Les petites bibittes mangent pas les grosses, se moque Clémence. Mais qui va garder les jeunes ?

— Ils ont l'air de bien dormir, si tu m'aides, ça va aller vite et on va pouvoir revenir avant qu'ils se réveillent.

La fillette s'habille rapidement. Anne-Marie relève l'épar sans faire de bruit. En chemin vers l'étable, Clémence lui demande :

— Quand est-ce que t'as coupé tes cheveux ? Ils étaient longs hier soir.

— Euh… je les ai coupés avant de me coucher. Comment tu me trouves les cheveux courts ?

— Euh… fait à son tour Clémence. Je vais finir par m'habituer. T'as du sang, là, dit-elle en indiquant le postérieur de son aînée.

— C'est rien, dit Anne-Marie. En tombant du petit banc, une écharde du plancher m'a piquée.

꧁

Découvrant au réveil le joli décor qui l'entoure, Marie-Reine s'émerveille du confort dont elle jouit sans vergogne. Un jour, elle se promet que sa maison sera confortable et que les murs seront peints de tons clairs. Elle étouffe dans la cabane aux murs de bois sombres où aucune fenêtre n'a de moustiquaire pour laisser passer l'air. Les deux minuscules fenêtres n'apportent pas un éclairage suffisant et ses yeux se fatiguent à coudre et repriser dans la demi-pénombre perpétuelle.

— T'es réveillée? As-tu bien dormi?

Théo l'embrasse avant qu'elle ait eu le temps de répondre à ses questions.

— Pas trop fatigué après tes exploits d'hier? lui demande-t-elle, moqueuse.

En guise de réponse, Théo retrousse le vêtement de nuit de sa femme.

— J'ai bien envie de passer une autre nuit ici, dit Marie-Reine.

— Veux-tu ma mort? plaisante Théo.

Blottie entre ses bras, Marie-Reine sourit et lui caresse le poil de l'estomac.

— Pourquoi pas! concède-t-il. Penses-tu que ta mère va accepter de nous garder?

— Oh, tu es un amour. Tu sais bien que maman va nous garder tout le temps qu'on voudra.

⁘

Jérôme rapporte au camp le seau de lait à l'heure du souper. Comme ils en ont l'habitude, Étienne et lui ont nettoyé les bâtiments de la ferme à la fin de la journée. Anne-Marie a mis la table.

— Tiens, j'ai trouvé dix œufs, dit Étienne en déposant un panier d'osier sur le comptoir.

— Doux Jésus! s'écrie Anne-Marie, adoptant spontanément l'expression de sa grand-mère. J'ai oublié d'aller au poulailler!

Jérôme plisse des yeux en l'observant.

— Ça va ? demande-t-il, l'air inquiet.

— Pas si pire.

L'odeur de pain frais embaume l'air. Anne-Marie s'est défoulée sur la pâte à pain qu'elle a pétrie avec rage.

— J'ai faim, déclare Jérôme en s'assoyant à la table. Les parents ne sont pas revenus ?

— Non, répond-elle laconiquement.

— Ils ont dû être retardés, dit Étienne.

Anne-Marie sert la soupe au chou et la famille dévore en silence pendant qu'elle fait manger le petit dernier, assise sur une seule fesse, l'autre étant meurtrie par l'écharde qui s'y est enfoncée profondément.

— Ton pain est vraiment bon, la félicite Étienne après avoir avalé sa soupe.

— C'est vrai, approuve Jérôme. La mie est plus tendre que d'habitude.

— Faut croire que je l'ai pétri un peu plus.

Clémence enlève les plats vides et vient remplacer sa sœur aînée auprès de Germain. Anne-Marie distribue à chacun une généreuse portion de fèves au lard.

— Tu ne manges pas ? s'informe Jérôme.

— Tantôt, répond-elle.

En l'absence de sa mère, qui se charge habituellement de faire manger le bébé, Anne-Marie préfère attendre pour souper tranquillement. Elle a l'estomac encore tout retourné en raison de ce qui lui est arrivé ce matin et, pour une rare fois, elle prend son temps au lieu de courir comme une queue de veau, selon l'expression de son père. Elle s'est contentée d'une tasse de thé à l'heure du dîner.

Après avoir servi un pouding chômeur comme dessert, Anne-Marie avale des demi-portions de soupe et de ragoût.

— Tu ne prends pas de dessert ? s'étonne Jérôme.

— Je n'ai pas très faim.

Clémence empile les assiettes sales sur le comptoir et attend qu'Anne-Marie ait fini son thé pour dégarnir la table.

— Étienne, voudrais-tu aider Clémence pour la vaisselle ? demande Jérôme. J'aimerais prendre l'air avec Anne-Marie.

⁓

Marie a invité Paul-Émile et la famille de Rachel au complet à souper. Ayant réussi à faire parler Marie-Reine, elle a appris qu'ils n'ont pas mangé de bœuf depuis long-temps, et elle a acheté et fait cuire deux gros rôtis, tendres à souhait. Lucette a allongé la table et sorti la vaisselle et la coutellerie des grandes occasions.

Perpétuant les traditions d'hospitalité de son père, Georges sert des rasades de caribou aux hommes et de vin Saint-Georges aux femmes. Réchauffée par le vin auquel elle n'a pas touché depuis longtemps, Marie-Reine rit et plaisante comme les autres. On la traite en invitée d'honneur et elle n'a qu'à se faire servir, ce qui la change passablement de sa vie à Val-des-Castors où elle surchargée de travail.

— À la santé de Théo et Marie-Reine, clame Georges en portant un énième toast.

— Attention, tu t'en viens pas mal pompette, le taquine Lucette, dont la bonne humeur est proverbiale.

La marmaille court partout sans qu'aucun adulte ne les rappelle à l'ordre. Les longues années de crise, et maintenant la guerre, avec toutes leurs privations et leurs incertitudes, amènent les gens à festoyer jusqu'à l'euphorie quand ils en ont la chance. Le relâchement accompagne l'austérité, comme le positif et le négatif s'entremêlent.

⁓

Marchant entre le camp et le poulailler, Jérôme pose une main sur l'épaule de sa sœur.

— Dis-moi ce qui va pas.

Elle tressaille, mais garde le silence.

— Je sais pas ce qui s'est passé aujourd'hui, Anne-Marie, mais il s'est passé quelque chose de grave, j'en suis sûr.

— Qu'est-ce qui te fait dire ça ? demande-t-elle d'une toute petite voix.

— Ben, t'es pas comme d'habitude. Puis, tu t'es écharogné la tête.

— C'est si pire que ça ?

— Non, mais ça te ressemble pas. Tu as toujours été fière de ta belle crinière.

— Tu en parles comme si j'étais une jument, dit-elle, boudeuse.

— Ben non, prends pas le mors aux dents.

— Jérôme Dumont, change de vocabulaire, s'insurge-t-elle.

— Je m'excuse, je choisis mal mes mots. Qu'est-ce que tu veux, j'ai pas été à l'école aussi longtemps que toi, mais je veux pas te faire de peine. Je veux juste savoir qu'est-ce qu'il y a qui va pas.

Un rayon de lune éclaire le visage d'Anne-Marie baigné de larmes silencieuses et Jérôme enserre sa sœur tendrement. Secouée de sanglots, elle se laisse aller contre l'épaule musclée de son frérot, seul homme capable, à part son père, de faire fuir les terreurs de la sauvage agression qu'elle a subie ce matin.

— Il faut que tu me jures de ne pas le dire à personne, dit-elle.

— Je le jure.

— Dans l'étable, ce matin, Ovide Soucy m'a attrapée par la couette et il m'a traînée dans la grange. Il m'a tellement fait mal que c'est pour ça que j'ai coupé mes cheveux. J'ai pas envie de me faire martyriser une autre fois.

— Qu'est-ce qu'il a fait ensuite?

— Je lui ai donné un coup de genou dans les parties.

— Ayoye! gémit-il.

— Ça fait si mal que ça?

— Je comprends, tu pouvais pas viser mieux.

— Je le savais pas, mais il s'est lamenté en pas pour rire. J'ai profité qu'il était plié en deux pour le piquer avec la fourche.

Jérôme réagit comme tout homme protecteur devant l'outrage subi par sa sœur.

— Je vais aller lui casser la gueule!

— Non, ce sera pas nécessaire. Je lui ai dit que s'il revenait, je lui crèverais les deux yeux, et que si papa le savait, il le tuerait.

— T'as bien fait. Je vais l'avoir à l'œil. Demain matin, t'auras pas besoin de faire le train. Tu barreras la porte quand on partira, Étienne pis moi. Quand on reviendra te porter le lait et les œufs, on te criera que c'est nous autres. Autrement, ouvre à personne d'autre et garde les enfants en dedans, on sait jamais. On va te rentrer du bois de chauffage pour la journée.

*

Le cheval hennit et Anne-Marie se dépêche d'enlever l'épar qui barre la porte. Elle sent confusément qu'il vaut mieux que ses parents ne se doutent de rien. Et puis sa mère est déjà assez sévère sans que viennent s'ajouter des restrictions supplémentaires. Elle n'a pas envie qu'on l'enferme à double tour.

Anne-Marie ouvre la porte et aperçoit le visage rayonnant de sa mère qui se décompose soudain.

— Qu'est-ce que tu as fait à tes cheveux? se lamente-t-elle, en se prenant la tête à deux mains.

«On viendrait de lui apprendre que la fin du monde se produira dans cinq minutes qu'elle ne serait pas plus paniquée», se dit la jeune fille.

— Je les ai coupés, répond-elle posément.

Quand sa mère s'énerve, Anne-Marie se calme. Est-ce par esprit de contradiction ou simplement pour rétablir un juste équilibre? Bien malin qui pourrait le dire avec certitude.

— Quand ton père va voir ça...

Anne-Marie fait la sourde oreille, les menaces que brandit sa mère ne l'impressionnent guère. Son père déplorera le massacre de sa toison d'or, elle s'y attend, mais il n'en fera pas une indigestion.

— Tu ne pourras pas aller à la messe dimanche emmanchée de même.

La piété d'Anne-Marie ne souffrirait pas d'être privée de la messe dominicale mais, cette fois, c'est l'esprit de contradiction qui la fait réagir.

— Pourquoi? Il faut toujours porter un chapeau dans l'église, ça ne se verra pas.

Le petit Germain vient sauver la situation en tendant les bras à sa mère pour se faire prendre et Clémence s'informe de sa grand-mère. Les pensées de Marie-Reine détournées vers d'autres préoccupations, elle pense à annoncer à ses enfants que le Canada est en guerre depuis quelques jours et que Duplessis a annoncé des élections pour le 25 octobre.

La politique n'intéresse nullement Anne-Marie, mais la guerre lui fait réaliser que son cher Bertrand pourrait être obligé d'y participer.

— Quel âge il faut pour être soldat? demande-t-elle, mine de rien.

— Ça dépend, répond sa mère.

— Ça dépend de quoi?

— L'âge de la majorité est de vingt et un ans, mais quand il y a conscription, le gouvernement peut abaisser l'âge requis. Même qu'à l'heure actuelle, l'armée accepte peut-être déjà des volontaires plus jeunes. Je ne suis pas vraiment au courant de leurs règlements. Heureusement, Jérôme n'a que douze ans.

— Heureusement, reprend Anne-Marie. Pourtant, avec sa taille et sa carrure d'épaules, il a déjà l'air d'un homme.

— C'est vrai, il tient de ton père.

Marie-Reine soulève le couvercle du chaudron de soupe qui mijote sur le poêle.

— C'est de la soupe aux pois, précise Anne-Marie, qui n'aime pas qu'on vienne mettre le nez dans ses chaudrons.

— Ça sent bon! se réjouit Théo en entrant.

Les enfants entourent leur père et le jeune Victor lui montre l'écharde qu'il s'est plantée dans le doigt durant leur absence.

— Gros bobo, j'ai pas pleuré, dit-il fièrement.

— T'es un brave, le félicite son père en lui ébouriffant les cheveux.

Marie-Reine fixe Théo et, d'un signe de tête, attire son attention sur leur fille aînée.

— Ça te fait bien, ma grande, ta nouvelle coiffure.

— Merci, papa.

Marie-Reine affiche de nouveau son expression sceptique. Quoique très heureuse de la réaction de son père, Anne-Marie se demande si son frère ne lui a pas révélé le fâcheux incident, car personne jusqu'à présent n'a émis un avis positif sur sa nouvelle coupe de cheveux.

Les arbres colorés commencent à se dénuder pour accueillir l'hiver. Le vent détache les feuilles qui voltigent en tous sens. Le ciel gris laisse présager un déluge.

Anne-Marie a enfoui sous un grand béret de laine ses courtes mèches frisées et rien dans sa mise ne laisse deviner le changement intervenu.

Après la messe, il n'est question que de la guerre avec l'Allemagne. Chacun spécule sur les politiques du gouvernement fédéral concernant l'enrôlement des soldats canadiens. Les fils de cultivateurs sont exemptés, disent les uns. Le gouvernement a annulé cette exemption à la fin de la guerre de 1914-1918, objectent les autres. Honoré Soucy s'avance vers Théo, la mine basse.

— Ç'a pas l'air d'aller, dit Théo.

— Non, saint cibole. Parle-moi-z'en pas. Ovide nous a laissé une note comme quoi qu'il est parti s'engager comme volontaire.

— Ça parle au diable! répond Théo.

Anne-Marie et Jérôme se regardent d'un air soulagé.

— Pis, l'innocent, il est parti avec mon fusil. T'as-tu entendu dire qu'il fallait que les soldats fournissent leur arme?

— Jamais. L'armée leur en donne, il me semble.

Honoré Soucy se gratte la tête, l'air en peine.

— Si t'as besoin d'un fusil pour la chasse, je te prêterai le mien, offre Théo.

— J'te remercie ben gros. À la revoyure.

Rassuré et curieux de savoir si son stratagème pour attraper leur voleur de bois a réussi, Jérôme s'attarde dehors pendant que son père rentre au magasin général. Anne-Marie l'accompagne, comme ils en avaient décidé la veille, et tend l'oreille aux conversations des villageois. Quand tout le monde se disperse, elle fait signe à son frère qu'elle n'a entendu parler de rien. Jérôme lui souffle à l'oreille :

— J'ai pas dû mettre assez de poudre.

Anne-Marie et Marie-Reine sursautent. Un oiseau vient de se cogner à la vitre de la fenêtre.

— Va voir s'il est vivant, lui commande sa mère.

La jeune fille ouvre la porte et constate que le volatile gît par terre, inerte.

— Il est mort.

— Je n'aime donc pas ça, déplore Marie-Reine. On prétend que ça annonce toujours la mort de quelqu'un.

— Voyons, maman ! Monsieur le curé vous dirait que c'est des superstitions.

— Je sais bien, mais c'est plus fort que moi. Je ne peux pas m'empêcher de croire que c'est vrai, parce que c'est souvent arrivé que quelqu'un meure après qu'un oiseau se soit tué dans une vitre.

— Il y a toujours quelqu'un qui meurt, oiseau ou pas, réplique Anne-Marie.

Les pluies d'automne tombent dru une bonne partie de la semaine. Le rang des Cailles est détrempé, mais cela n'empêche pas Marie-Reine de s'embarquer pour assister à la messe. Anne-Marie se fait un plaisir de rester à la maison pour garder les plus jeunes. L'humidité et le froid lui font préférer la chaleur du poêle à bois.

De retour de l'église, sa mère tousse et frissonne. Anne-Marie lui sert une tasse de thé bien chaud.

— Je pense que j'ai pris un coup de froid.

— Je vais vous servir à dîner et vous irez vous coucher. Rien de mieux que le sommeil quand on se sent enrhumé.

— Je vais attendre ton père pour dîner.

Anne-Marie jette un coup d'œil à la fenêtre au-dessus du comptoir.

— On va pouvoir passer à table, il s'en vient avec Jérôme et Étienne.

Quand le père prend place à la table, Anne-Marie sert la soupe. Penché au-dessus de son bol fumant, les mains jointes, Théo récite le bénédicité.

— Tu le croiras jamais, Anne-Marie, commence Jérôme après la prière.

Intriguée, la jeune fille relève la tête. Il est peu fréquent que l'on jase à table.

— Y a un poêle qui a explosé dans le rang des Alouettes.

— Non ! Tu parles d'une affaire ! Avez-vous déjà entendu parler d'une chose semblable ? demande-t-elle à son père.

— Jamais, répond-il, l'air indifférent.

— Est-ce qu'il y a des blessés ? s'enquiert-elle.

— Pas à ce qu'on sait, répond Jérôme, les yeux rivés dans ceux de sa sœur.

— C'est arrivé à qui, au fait ?

— La famille Faucher, dit Théo.

— Vous les connaissez ?

— De vue seulement. Il paraît qu'ils sont négligents. Le monde du village pense que le père ou un des garçons a jeté dans le poêle une cartouche de fusil sans s'en apercevoir.

À l'insu des autres, Anne-Marie adresse un clin d'œil à Jérôme quand elle se lève pour desservir. « T'avais mis juste assez de poudre », semblent dire ses yeux rieurs.

Après le dîner, Marie-Reine se couche et claque des dents. Théo lui tâte les joues.

— Tu fais de la fièvre. Anne-Marie, apporte-moi la bouteille de sirop et une cuillère.

Marie-Reine avale le médicament et Théo étend sur elle une couverture additionnelle pour la réchauffer.

Dans la soirée, Étienne se plaint d'un mal de dent. Son père lui frotte la gencive avec du poivre, mais le pauvre garçon ne ressent aucun soulagement.

Le lendemain matin, il a la joue enflée et Marie-Reine fait toujours de la fièvre.

— Il va falloir que j'aille à Cap-aux-Brumes avec votre frère, annonce Théo. Je vais aller atteler Goliath. Habille-toi chaudement, Étienne.

— Je vais vous aider, dit Jérôme.

Dans le matin gris, la brume en vadrouille effiloche la cime des arbres. La fraîcheur humide engourdit la campagne. Théo relève frileusement le col de son manteau. Il n'aime pas l'entre-saison, où rien n'est franc : le soleil se voile, le temps devient nébuleux, la pluie et la neige se font concurrence. En entrant dans l'étable, il aperçoit Noiraude couchée sur le flanc. Il se précipite et examine la vache qui a commencé à gonfler.

— Elle est morte, gémit-il. Regarde, Jérôme, quelqu'un l'a tirée !

Jérôme s'approche et a un mouvement de recul en apercevant le trou béant bordé de sang séché entre les deux yeux de la vache.

— Si je prends l'écœurant qui a fait ça, il est pas mieux que mort ! rugit Théo, blanc de rage.

— Ça prend un méchant malade pour faire une chose pareille! marmonne Jérôme, le teint blême.

Les yeux exorbités, Théo se passe une main sur le visage.

— Il va falloir que tu l'enterres le plus vite possible, dit-il. On va mettre une chaîne autour d'elle et atteler Goliath pour la traîner dans le champ.

Le père et le fils, accablés, marchent à la suite du cheval. Arrivés à destination, ils enlèvent la chaîne entourant la carcasse.

— Il va falloir que tu creuses profond si on veut pas l'accrocher quand on va faire un gros labour. Je vais demander à Anne-Marie de faire le train à ta place. Je devrais être rentré avant la tombée de la nuit. En attendant, sois sur tes gardes et jette un coup d'œil aux bâtiments. On sait jamais: l'enfant de chienne qui a fait ça pourrait avoir le goût de recommencer. Pas un mot de ça à ta mère!

Jérôme approuve de la tête, la gorge nouée, incapable de prononcer une parole. Armé de sa pelle, il commence à creuser la fosse.

— J'en reviens pas, marmonne Théo en s'éloignant. Maudite engeance de bon à rien, si je te pogne...

Le reste se perd dans l'air frais matinal et Jérôme verse des larmes en pelletant la terre humide. Il s'était attaché à Noiraude comme à un être humain. La vache était calme et affectueuse. Elle aimait qu'il lui caresse les naseaux et elle lui poussait doucement la main s'il oubliait de la flatter quand il lui servait sa ration de foin.

De retour au camp, la mine triste, Théo annonce aux siens la mort de Noiraude, mais il omet de dire qu'on l'a abattue, afin de ne pas les inquiéter.

— Voudrais-tu aller faire le train à la place de ton frère, ma grande?

— Bien sûr, papa. Ne vous inquiétez de rien, on va s'occuper de tout.

— Et toi, ma Clémence, tu vas veiller sur ta maman et tes frères et sœurs pendant l'absence d'Anne-Marie ?

— Oui, oui, papa. Je suis une grande fille.

— Je sais, dit Théo, la gorge nouée. Vous êtes des bons enfants.

Puis il se penche au-dessus de sa femme et l'embrasse.

— Prends soin de toi. Je te défends de te lever tant que je serai pas revenu.

— Ne te tiens pas trop proche, tu vas attraper mes microbes, dit-elle avec un sourire rassurant.

Anne-Marie remet à son père un linge propre dans lequel elle a mis du porc froid entre des tranches de pain. Une débarbouillette d'eau froide sur la joue, Étienne grimpe dans le chariot.

Par la fenêtre, Anne-Marie voit la charrette s'éloigner. Elle revient au poêle et sert le gruau du déjeuner.

— Venez manger, les enfants. Voulez-vous un peu de gruau, maman ?

— Un petit bol, dit Marie-Reine, avant de se remettre à tousser. Délaye-le comme il faut avec beaucoup de lait et mets juste un peu de cassonade.

Anne-Marie sait qu'elle peut retarder la corvée, il n'y a plus de vache à traire. Goliath est parti et quelques minutes de plus ne devraient pas déranger la génisse née au printemps. Il reste presque toujours un peu de foin dans l'auge, au matin. Les poules peuvent patienter aussi pour la même raison.

Elle prend le temps d'aider sa mère à avaler le gruau délayé et lui verse un peu de thé pour faire passer le tout. Par la suite, elle s'en sert un grand bol et boit lentement sa tasse de thé.

Vêtue de la salopette de travail et chaussée de grosses bottes, elle entre dans l'étable et pompe de l'eau pour remplir l'abreuvoir. Puis elle se rend dans la tasserie prélever le foin du déjeuner de Daisy, la génisse.

Quand elle allonge le bras pour prendre la fourche, elle sent le bout d'un canon de fusil se ficher dans son dos.

— Tu t'attendais pas à me revoir, mon osti de salope !

Sur le moment, Anne-Marie se sent paralysée. Cette fois, elle perçoit la vengeance et la barbarie dans le ton de son agresseur. Mais la surprise d'être de nouveau confrontée à Ovide, qu'elle croyait parti à l'armée, fait vite place à la colère. S'il doit la tuer, elle préfère lui faire face et le regarder droit dans les yeux au moment où il appuiera sur la gâchette. Plus vive que l'éclair, elle pivote sur elle-même et le canon s'enfonce entre ses deux seins, s'appuyant sur son sternum, mais elle ne veut pas lui montrer qu'il lui fait mal. Son cœur cogne dans sa poitrine, le sang bat à ses tempes.

Elle lève la main pour saisir le bout du canon, mais il lui en assène un solide coup sur le poignet avant de s'éloigner de quelques pouces, en maintenant l'arme braquée sur elle.

— Déshabille-toi, ordonne-t-il.

Plaquant les bras de chaque côté de son corps, Anne-Marie ne fait pas un geste. Du regard, elle le défie.

— Osti de salope, je t'ai dit de te déshabiller ! rugit-il en fonçant sur elle, le fusil braqué sur son visage.

Anne-Marie recule en levant les bras pour se protéger et entraperçoit Jérôme, débouchant de l'étable, qui lève sa pelle et frappe l'assaillant de toutes ses forces. Ovide plie des genoux et tombe sur le côté.

Aussi surpris l'un que l'autre, le frère et la sœur examinent un moment le corps inerte, puis Anne-Marie se jette dans les bras de Jérôme qui l'étreint en silence.

— Tu m'as sauvé la vie, balbutie-t-elle, tremblant de tous ses membres.

Au bout d'un moment, Jérôme relâche sa sœur et se penche sur Ovide. Il cherche le pouls au poignet, puis au cou.

— Je pense qu'il est mort.

Ovide a les yeux ouverts, le regard fixe et sans vie.

— Qu'est-ce qu'on va faire ? bredouille-t-elle.

Jérôme passe une main nerveuse dans ses cheveux, les yeux rivés sur le cadavre.

— C'est un cas de légitime défense, raisonne-t-il.

Anne-Marie s'approche de son frère et pose sa main sur son épaule.

— Tu m'as sauvé la vie, répète-t-elle, la voix chevrotante.

— On va pas me pendre ? dit-il, se tournant vers elle, les yeux implorants.

— Je ne veux pas que tu ailles en prison, dit-elle, désespérée. Ni qu'on te fasse un procès à cause d'une vermine comme Ovide Soucy.

— Qu'est-ce qu'on peut faire d'abord ?

— On doit éviter de paniquer, dit-elle. Réfléchissons…

Toutefois, le ton nerveux de sa voix contredit l'assurance qu'elle s'efforce d'afficher. De sa stalle, Daisy pousse un meuglement empreint de mélancolie.

— C'est sûrement lui qui a tué Noiraude, réfléchit tout haut Jérôme.

— Il a tué Noiraude ? s'étonne Anne-Marie, les yeux écarquillés.

— D'un coup de fusil entre les deux yeux.

— L'écœurant !

— Tu peux le dire... J'étais en train de creuser une fosse pour enterrer Noiraude quand j'ai aperçu quelqu'un s'approcher de l'étable. Je me suis mis à courir comme un fou quand j'ai vu qu'il tenait un fusil.

Au mot « fusil », le regard d'Anne-Marie s'éclaire comme si elle était frappée par un éclair de génie.

— Il a écrit à ses parents qu'il partait s'enrôler. Donc, personne ne va s'inquiéter de son absence avant un bon bout de temps. On n'a qu'à l'enterrer avec Noiraude !

— Ouais... Je pense que t'as raison.

— On n'a pas une minute à perdre, dit-elle. Mets-le dans la brouette, je vais aller t'aider à l'enterrer.

— Prends l'autre pelle. Il va falloir creuser encore.

Jérôme place l'arme et la dépouille pliée en deux dans la brouette.

— On devrait le recouvrir de foin, suggère-t-elle.

— T'as ben raison, si les Soucy nous voient...

— On est trop loin. Avec le foin, ils ne verront rien.

Anne-Marie semble avoir retrouvé son aplomb. Elle marche à côté de la brouette de manière à masquer son contenu au regard des Soucy.

Quand elle aperçoit la blessure de Noiraude, elle est cependant prise de nausées. Courbée en deux, elle vomit son déjeuner et l'horreur du jour le plus sombre de sa jeune existence.

Puis, à deux, ils approfondissent et élargissent la fosse. Jérôme s'extrait du trou et aide sa sœur à remonter, puis il fait basculer le contenu de la brouette et jette quelques pelletées de terre pour masquer le corps désarticulé d'Ovide.

— Viens m'aider à culbuter Noiraude, dit-il à sa sœur qui s'était détournée.

Avec précaution, ils glissent leur pelle sous le corps gonflé de la vache, comptent jusqu'à trois et réussissent, au deuxième coup, à faire basculer la carcasse dans la tranchée. Trempés de sueur et haletants, ils s'arrêtent, le temps de reprendre haleine. Puis, après avoir comblé la fosse, Jérôme piétine la surface qui forme un léger tumulus.

— Ça va baisser durant l'hiver, affirme-t-il. Viens, on va aller faire le train, astheure.

Derrière la brouette vide, leur pelle sur l'épaule, le frère et la sœur marchent l'un près de l'autre, la tête basse, chacun perdu dans ses pensées. La grisaille s'accorde avec les sentiments confus qui les agitent.

⁂

Théo revient alors que Jérôme et Anne-Marie font ensemble le train à l'étable. Il les trouve étrangement silencieux, mais comme il est lui-même ébranlé par la maladie de sa femme, l'état incertain d'Étienne et la mort horrible de Noiraude, il n'a guère envie de jaser. Tout de même inquiet de ce qui a pu se passer en son absence, il demande d'un ton las:

— Vous avez pas eu d'autres problèmes dans la journée?

Penchée au-dessus de l'abreuvoir, Anne-Marie verse lentement l'eau pompée au puits de l'étable.

— Non, répond-elle sans lever la tête.

En silence, Jérôme répartit le foin dans l'auge en laissant un espace vide entre Goliath et Daisy.

— T'as réussi à enterrer Noiraude, Jérôme?

— Oui, Anne-Marie m'a aidé, répond-il d'un ton froid.

La réponse de son fils contribue à le renforcer dans l'idée que ses enfants sont tristes d'avoir dû accomplir sans son aide la pénible besogne.

Quand Théo rentre seul au camp, Marie-Reine s'inquiète de l'absence d'Étienne.

— Ta mère le garde pour le reste de la semaine, le docteur veut le revoir pour être sûr qu'il fera pas d'infection. Il m'a aussi donné un remède pour toi. Il paraît que c'est bon pour les bronches.

Théo s'assoit au bord du lit et tâte les joues de Marie-Reine. Il semble fourbu.

— T'as l'air de faire moins de fièvre.

— Je vais bientôt être sur pied.

Mais une quinte de toux suit la déclaration trop optimiste. Théo va chercher une cuillère et lui administre la potion médicamenteuse.

Le poêle répand une douce chaleur. Assis par terre au pied du lit, Germain passe sa petite menotte sur le poil frisé de Ti-Nours qui lui donne un coup de langue affectueux sur le menton. Les pieds pendant au bord de son lit, Victor flatte Mimi pelotonnée sur ses cuisses. Clémence finit de mettre la table, aidée de Gisèle. La petite fille, qui s'en va sur ses cinq ans, cherche à imiter ses grandes sœurs et elle s'applique à placer les ustensiles bien droits, de chaque côté de l'assiette, comme elle les voit faire tous les jours.

— Si le thé est prêt, dit Théo, j'en prendrais bien une tasse.

— Je vous en sers une tout de suite, répond fièrement Clémence.

La fillette de sept ans affiche aujourd'hui une mine réjouie. À l'heure du dîner, comme sa sœur aînée n'était pas revenue, Clémence a préparé un goûter en suivant les directives de sa mère, qui lui a aussi appris à infuser le thé. À son retour, Anne-Marie a fait seule le souper, mais elle a dû confier à sa sœurette le soin de surveiller la cuisson.

Épuisés, les Dumont se couchent aussitôt la vaisselle terminée. Le médicament rapporté par Théo semble efficace, Marie-Reine tousse moins et le sommeil la gagne rapidement. Des lits montent des respirations apaisées, le poêle répand une chaleur bienfaisante et un peu de vapeur s'échappe de la bouilloire placée en permanence sur le rond du fond, contribuant à maintenir un taux d'humidité confortable.

Ti-Nours dort sur le tapis, près de la porte d'entrée, et la douce Mimi s'est pelotonnée contre Victor. Dehors, une pluie d'automne forte et drue s'abat sur la cabane dont le toit a été goudronné et les murs soigneusement calfeutrés à la fin de l'été.

Au cours de la nuit, Jérôme se bat contre un ennemi imaginaire, ses bras bougent, ses pieds donnent des ruades. De son côté, Anne-Marie gémit. Soudain, elle pousse un long cri et réveille toute la maisonnée. Le combat de Jérôme prend fin brusquement. Affolé, le petit Germain pleurniche. Théo bondit du lit.

— C'est rien, mon bébé, fais dodo, le rassure son papa.

Anne-Marie continue de geindre et de se débattre.

— Tu fais un cauchemar, murmure Théo d'une voix apaisante, en lui caressant la joue.

Anne-Marie ouvre les yeux et s'agrippe d'une main nerveuse au bras de son père.

— C'était rien qu'un mauvais rêve, rendors-toi, dit-il.

Au cours des nuits suivantes, les cauchemars obsédants de Jérôme et d'Anne-Marie reviennent perturber la quiétude de la maisonnée. Chaque fois, le père doit réveiller l'un ou l'autre et l'apaiser tant bien que mal.

Théo croit que leurs mauvais rêves sont dus à la vision de Noiraude avec sa plaie béante et son gonflement et il n'a pas tout à fait tort, car l'image de la vache accompagne celle, bien pire, d'un fantôme malfaisant.

Tel un maléfice, une fois le danger réel écarté, la violence s'insinue sournoisement dans le subconscient de sa victime et la ronge avec la malignité d'un poison corrosif.

~♦~

Jérôme revient de l'étable et va se changer derrière le bout de catalogne suspendu à l'entrée du réduit. Il en ressort vêtu d'un vieux complet de son père, que sa mère a rajusté à sa taille. Le col empesé de sa chemise le fait grimacer, il retourne derrière la catalogne et le déboutonne discrètement en essayant de masquer son forfait à l'aide du nœud de sa cravate. Il ne sert à rien de s'exposer aux foudres de sa mère, très stricte quant à la mise vestimentaire des siens.

Marie-Reine porte sa robe du dimanche et se tient près du poêle en se frottant les bras et les épaules. L'air froid qui s'introduit dans la masure dès qu'on ouvre la porte la fait frissonner.

— Ça m'a l'air cru dehors, dit-elle. Je vais mettre ma veste de laine en dessous de mon manteau.

— T'es mieux de rester à la maison, déclare Théo. T'es pas encore guérie de ta grippe. J'ai pas envie que tu rechutes.

Marie-Reine affiche un air de désolation propre à témoigner du tourment que ressent toute bonne chrétienne privée de ses dévotions dominicales.

— Prépare-toi pour la messe, Anne-Marie, dit-elle.

Les traits de la jeune fille s'allongent, son teint pâlit et elle regarde son frère, quêtant son appui. La veille au soir, alors que le clair de lune était propice à la promenade, Anne-Marie et Jérôme ont marché longuement. Le frère et la sœur ont procédé à tour de rôle à un sévère examen de conscience au bout duquel ils ont conclu qu'ils n'avaient commis aucun péché puisqu'il s'agissait d'un cas de légitime défense. Ils pouvaient donc aller communier le dimanche sans passer par le confessionnal, avaient-ils décidé. Comme ils n'avaient pas besoin d'être absous, pourquoi se déchargeraient-ils d'une confidence si lourde de conséquences? Bien que protégés par le secret de la confession, ils n'auraient pu se soustraire par la suite aux regards du curé qui les aurait sûrement reconnus à travers la grille de l'isoloir. En gardant le silence, ils s'évitent bien des tracas et s'assurent de n'être jamais découverts, ni même soupçonnés. Ovide ne revenant pas, après la guerre, on croira qu'il est mort pour sa patrie. À la toute fin de leur entretien, Anne-Marie a cependant avoué qu'elle appréhende la rencontre avec la famille Soucy, car elle se sent incapable de les regarder, sachant qu'ils prient pour le retour d'Ovide.

— Anne-Marie ferait mieux de rester ici, pis de s'occuper des enfants et du dîner, intervient Jérôme. Vous devriez vous recoucher, maman. Vous êtes encore toute pâlotte.

— Jérôme a raison, tu devrais te recoucher, Marie-Reine, dit Théo. Prépare-toi, Clémence, tu vas prendre la place de ta mère. Grouille-toi, Étienne, j'ai pas envie d'arriver en retard.

~φ

Après la messe, les paroissiens se regroupent en clans entre le perron de leur modeste église et le magasin général de Vaillancourt pour discuter du résultat des élections provinciales du 25 octobre. Les libéraux ont repris le pouvoir. Avec un peu plus de la moitié des voix, ils ont fait élire 70 députés contre 15 pour l'Union nationale.

À Val-des-Castors comme à Cap-aux-Brumes, les adversaires politiques discutent fort, s'invectivent et en viennent parfois aux coups. Le spectacle des petits coqs du village, montés sur leurs ergots pour défendre leur candidat, ajoute un peu de sel à la fadeur des soupes d'automne qui se déversent sur la tête des pauvres habitants retournant au bercail, le soir, trempés et transis.

— Adélard Godbout vous a menti, rugit Dieudonné Boucher. Il vous a fait accroire qu'on n'aurait pas la conscription si on votait libéral des deux bords, mais je vous garantis qu'on va l'avoir pareil.

— T'as encore le nombril vert, tu connais pas grand-chose à la politique, rouspète Nicéphore Hardy.

Le cultivateur aux cheveux poivre et sel est renommé pour son allégeance au Parti libéral, au fédéral comme au provincial.

— Tu peux ben parler, le finfin, t'es rouge pis nono, réplique Dieudonné piqué au vif. T'as rien qu'à te rappeler que les gouvernements nous ont déjà chanté la même chanson : "Vous aurez pas la conscription", qu'ils nous pro-mettaient. On a vu ce que ç'a donné, tu peux pas dire le contraire.

Théo juge que l'homme dans la trentaine se montre irrespectueux et très agressif. Comme il redoute la bagarre, il entraîne à sa suite Jérôme et Étienne. À l'écart des deux antagonistes, ils peuvent jouir en toute sécurité de la joute oratoire orageuse.

— C'est toi le nono, crache Nicéphore, hors d'haleine. Borden était conservateur, pis c'est lui qui a voté la conscrip-tion. Mets ça dans ta pipe !

Humilié d'être mis en boîte à cause de son ignorance, Dieudonné fait demi-tour en sacrant comme un damné.

— Si c'est pas de valeur de sacrer de même juste après avoir été communier, déplore une vieille paroissienne.

— On dirait qu'il a le feu au cul, ricane Nicéphore, en se carrant les épaules.

— J'ai besoin de prendre l'air, dit Marie-Reine, après le souper.

— Ça va te faire du bien de sortir, l'encourage Théo. Habille-toi chaudement et mets tes bottes. Le temps est à la neige.

Après des jours de pluie continue où ils ont dû vivre dans la pénombre pour ménager le pétrole de la lampe, Marie-Reine a besoin de sortir de l'atmosphère étouffante du camp. Il était temps que le ciel se dégage, elle n'en peut plus. Quand les jours raccourcissent et que la noirceur l'oblige à allumer la lampe en fin d'après-midi, son moral en prend un coup. Surtout depuis qu'ils vivent dans ce petit camp sombre où elle a l'impression de tourner en rond, comme une toupie, à longueur de journée.

Maintenant qu'Étienne est revenu de Cap-aux-Brumes, complètement guéri, elle éprouve toutefois un tout petit regain d'énergie. Un regain bien mince, en vérité, car elle se sent encore faiblarde, mais elle espère que l'air frais et la marche l'aideront à reprendre des forces. À l'exemple du ciel qui s'est délesté de tout son chagrin automnal, Marie-Reine a besoin de se décharger de ses tracas.

Le sol a commencé à geler et elle s'étonne du bruit de ses pas sur la route de gravier éclairée par un quartier de lune. Le bras passé sous celui de Théo, elle avance sans se presser, humant l'air frais et goûtant la tranquillité de la campagne, appréciant surtout tout cet espace qui lui donne un sentiment de liberté grisant.

— Tu n'as pas froid? s'informe Théo.

Elle fait des signes de dénégation au visage empreint de tendresse tourné vers elle. La chaleur qui se dégage du bras de son homme se communique à tout son corps et Marie-Reine reprend courage. Depuis plusieurs jours, elle ressent un climat lourd, mystérieux, menaçant même. La maladie d'Étienne, la mort de Noiraude, les coups d'œil tourmentés échangés entre Jérôme et Anne-Marie, leurs cauchemars répétés et le regard parfois fuyant de Théo se conjuguent pour former une masse ténébreuse cernant la maisonnée.

— Jérôme et Anne-Marie nous cachent quelque chose, dit-elle en le fixant dans les yeux.

Théo détourne la tête et elle perçoit son malaise. Il lui cache quelque chose, lui aussi, elle en est certaine à présent.

— Qu'est-ce qui te fait dire ça ? dit-il.

« S'il est de mèche avec eux, il vaut mieux ne pas trop en dire », réfléchit-elle.

— Leur attitude, répond-elle, évasive.

— Qu'est-ce qu'elle a, leur attitude ?

La sienne le trahit de manière subtile : une hésitation dans la voix, une légère secousse du bras, une interrogation précautionneuse, presque méfiante.

— Euh… des petits riens que j'ai remarqués.

— Comme quoi ?

Dans sa voix perce à présent un soupçon de nervosité tout à fait inhabituel. Elle prend conscience que pousser plus loin son petit jeu nébuleux pour en apprendre davantage risquerait de provoquer la panique. Elle opte donc pour jouer franc jeu, espérant qu'il lui fera confiance et s'ouvrira spontanément.

— Les coups d'œil anxieux qu'ils échangent, les longues marches qu'ils font ensemble, leurs cauchemars…

— C'est facile à comprendre, finit-il par dire, un brin d'amertume dans la voix. Ils étaient attachés à Noiraude et ils ont dû l'enterrer. Elle avait commencé à gonfler, c'était pas beau à voir. Ça les a secoués. Ne cherche pas plus loin.

L'explication a du sens pour qui connaît Jérôme et son amour pour les animaux. Le gonflement de la vache a pu avoir un effet négatif sur Anne-Marie. Quant à Théo, la perte de sa vache l'a déçu, c'est certain. Pourtant, Marie-Reine persiste à penser qu'il ne lui dit pas toute la vérité et elle juge plus prudent de feindre de le croire.

— Tu as sûrement raison, comme toujours.

«J'arriverai bien à savoir ce qu'ils cachent», se promet-elle.

◆

Dans les jours suivants, Marie-Reine continue d'épier tout son monde. Théo joue de prudence, mais là encore, il se trahit par sa retenue inhabituelle, son air pensif. Un soir, après avoir passé la journée à bûcher avec son père, Jérôme invite Anne-Marie à faire un tour dehors, après le souper, alors qu'il ne demande d'habitude qu'à rester au chaud près du poêle. Marie-Reine devine qu'il doit transmettre à sa sœur les consignes de son père.

La mère fait semblant de travailler au comptoir afin de guetter par la fenêtre les deux silhouettes qui se détachent sous l'éclairage de la pleine lune. Ils s'éloignent rapidement, puis ralentissent le pas et s'arrêtent en se faisant face. Il n'y a plus de doute dans l'esprit de Marie-Reine. Elle-même étant portée à la discrétion jusqu'à la démesure, elle ne supporte pas que les siens lui dissimulent quoi que ce soit. «Ah, c'est comme ça, se dit-elle, plus déterminée que jamais. Je finirai bien par les découvrir, vos cachotteries!»

Inconscients d'être épiés à distance, Anne-Marie et Jérôme ont tout de même le réflexe de parler tout bas.

— Papa dit que maman soupçonne quelque chose. Elle a observé qu'on sort souvent ensemble, qu'on échange bien des regards, puis qu'on fait tous les deux des cauchemars.

— Est-ce que papa se doute de notre secret ? demande Anne-Marie au bord de la panique.

— Non, je crois pas. Il veut pas que maman apprenne que Noiraude a été tuée d'un coup de fusil. Il croit que nos cauchemars sont dus à ça et je l'ai pas détrompé. Lui-même est bien nerveux parce qu'il craint que celui qui a fait ça s'en prenne encore à nous autres, mais il veut pas que les autres s'inquiètent.

— Pauvre papa. Tu crois qu'on devrait lui dire ?

Jérôme se passe une main nerveuse dans les cheveux.

— Non, ce serait pour lui un secret trop lourd à porter. Il serait plus capable de regarder son ami Honoré. Non, il vaut mieux garder ça pour nous, Anne-Marie.

Tournée vers lui, elle est perdue dans ses pensées, soupesant le pour et le contre.

— Tu as raison, finit-elle par admettre avec un tremblement dans la voix.

Ils recommencent à marcher côte à côte, lentement, puis Anne-Marie s'arrête de nouveau.

— À partir de maintenant, Jérôme, on va devoir se montrer doublement prudents. Maman va nous scruter à la loupe, tu peux en être convaincu. Rien ne lui échappe.

— La première chose à faire est d'arrêter de se regarder et de sortir ensemble.

— Il me semble qu'on a bien le droit de se parler et de se regarder. Maman est tellement soupçonneuse... Ça m'écœure, se plaint-elle.

— Ça sert à rien de se lamenter, Anne-Marie. Elle est comme elle est, on peut pas la changer.

— J'ai assez hâte d'avoir vingt et un ans, je vais sacrer mon camp d'ici, tu peux en être sûr !

— Pleure pas, dit-il en lui passant un bras autour du cou.

À l'abri de la grange, Anne-Marie déverse sur l'épaule de Jérôme tout le fiel qui l'empoisonne depuis le funeste «enterrement de Noiraude», comme ils devront apprendre à qualifier ce jour maudit où leur innocence a basculé dans l'horreur.

Jérôme s'accroche à sa grande sœur qui tremble de tous ses membres et laisse, lui aussi, couler des larmes apaisantes.

9

Val-des-Castors, 1940

La neige vient blanchir le paysage, mais les semaines s'écoulent sans que Marie-Reine retrouve la forme. Après la grippe, ce sont les nausées matinales qui viennent à bout de sa faible résistance. Théo et Jérôme bûchent par tous les temps. Ils affrontent les froids mordants de janvier avec un zèle faisant frémir Marie-Reine qui, tous les matins, les met en garde contre les engelures.

Théo a l'intention de vendre suffisamment de bois de chauffage pour acheter au printemps une autre vache laitière, puisque Daisy est encore trop jeune pour être saillie. Dans l'intervalle, il troque avec son voisin un peu de lait contre des œufs. La vache d'Honoré produit plus que les besoins de la famille. Au lieu de se consacrer à l'élevage des volailles comme Théo, il a opté pour celui des moutons et les quelques poules qu'il possède pondent moins par gros froid.

Grâce à l'esprit de prévoyance de Marie-Reine, la famille bénéficie d'une bonne provision de beurre. Une autre bouche viendra s'ajouter en juin et c'est aussi ce qui motive Théo à travailler d'arrache-pied. Leur baraque est déjà remplie à pleine capacité et lui aussi commence à s'y sentir à l'étroit. Il doit sans faute commencer la construction de la maison au printemps, car les enfants grandissent et Marie-Reine se tracasse de plus en plus à propos de la promiscuité entre filles et garçons.

~✓๏

Théo sait très bien que bûcher comporte plus d'un danger. Un matin de novembre, au détour d'un sentier tracé dans la forêt, Jérôme et lui ont fait face à un ours menaçant. L'animal, dressé sur ses pattes arrière, grognait en exhibant des crocs impressionnants. Les deux hommes ont dû faire demi-tour, mais ils sont revenus plus tard avec leur fusil et Théo a réussi à abattre l'énorme plantigrade.

Craignant par la suite de faire d'autres mauvaises rencontres, le père et le fils apportaient avec eux leur arme à feu et leur couteau de chasse. Deux jours plus tard, un orignal imposant se baladait à l'orée de la forêt, au bout de la terre. Le vent leur étant favorable, la bête n'avait pas détecté l'odeur de leur présence et, comme les deux hommes avaient pris l'habitude de se déplacer sans faire de bruit, Jérôme a eu le temps d'épauler son fusil et de bien viser avant de faire feu. Le panache de la bête orne désormais le devant du camp.

Durant la semaine suivante, des pluies diluviennes charriées par un vent furieux ont forcé Théo à renoncer temporairement à bûcher. Pour se consoler de cette inactivité débilitante, il s'est mis à fabriquer un berlot. La voiture n'a pas les lignes cintrées des belles carrioles, mais elle lui permet de conduire les siens au village.

~✓๏

Les champs enneigés sont pailletés d'esquilles de soleil aveuglantes. Les grelots accrochés au licou de Goliath font la nique au froid. Un long filet de vapeur condensée s'échappe des naseaux du cheval. Protégés par la grande peau d'ours, Théo et Anne-Marie camouflent leur nez sensible sous un foulard de laine. À l'arrière, Étienne et Jérôme se partagent la peau d'orignal.

En raison de ses poumons fragiles, il est permis à Marie-Reine de renoncer provisoirement à la pratique religieuse dominicale, mais Anne-Marie ne peut plus se défiler. À l'image de Jérôme, elle doit surmonter son malaise devant les Soucy. Elle a prétexté le froid intense pour emprunter le bonnet de fourrure de sa mère dont les poils voilent ses yeux trop bavards.

« C'est la première fois qui coûte », lui a affirmé Jérôme pour l'amener à céder aux instances pressantes de leurs parents, et Anne-Marie, pour cacher son malaise, a fait semblant d'être heureuse de pouvoir assister à la messe.

Le Seigneur répand ses grâces là où il envoie ses épreuves, se plaît-on à répéter, et Anne-Marie se sent légère en sortant de l'église. C'est pourquoi elle n'hésite pas à entrer au magasin général à la suite de son père.

Honoré Soucy est déjà accoudé au comptoir et discute avec Elphège Vaillancourt. Le marchand général, renseigné par la radio, les journaux et les commérages du village, est au courant de presque tout ce qui se passe, ici comme ailleurs. Désireuse de connaître les dernières nouvelles, Anne-Marie s'avance vers le marchand qui annonce que le premier contingent des troupes canadiennes est arrivé en Écosse quelques jours avant Noël.

— C'est des volontaires célibataires, affirme-t-il.

— Mon Ovide doit être dans le lot, dit Honoré.

— Ben manque ! répond Elphège, le crayon derrière l'oreille.

Anne-Marie se détourne, relève son foulard sur son nez et retourne au berlot que Jérôme a avancé pour être prêt à partir quand son père ressortira du magasin avec le gallon de mélasse que Marie-Reine l'a persuadé d'acheter. Anne-

Marie soupçonne que, pour se sucrer le bec en toute impunité, sa mère prétexte que la mélasse contient du fer et, comme de raison, que le fer est bon pour sa santé. Anne-Marie a remarqué que sa mère avait des goûts bizarres depuis quelques semaines et qu'elle mangeait voracement. Son tour de taille s'épaissit à force de trop manger, croit-elle naïvement.

⤳

À la lumière de la lampe, Marie-Reine joue aux cartes avec Clémence et Gisèle pendant qu'Anne-Marie bardasse les chaudrons pour protester contre le fait d'être de service à la cuisine alors que sa mère se la coule douce.

Quand les cauchemars de la jeune fille ont pris fin, son caractère soupe au lait a refait surface graduellement. Si sa mère connaissait la vérité, elle se réjouirait sans doute de ce retour à la normale. Néanmoins, elle patiente en pensant que la vie sera plus facile pour tout le monde quand la famille habitera une maison spacieuse.

« Anne-Marie a de la misère à supporter l'hiver », lui a dit Théo, un jour que leur fille avait été particulièrement odieuse. Il a aussi confié à sa femme que les jeunesses du coin, las de ses rebuffades, ne prêtaient plus la moindre attention à leur fille. « Ça la démange peut-être un peu que plus un seul garçon s'intéresse à elle », a-t-il ajouté. Ce que le père ignore, c'est que la femme d'Honoré s'est permis de dénigrer celle qui fait soupirer trop de jeunes gens. Elle entend ainsi les tenir à l'écart jusqu'au retour de son cher Ovide, car les confidences de Marie-Reine ne l'ont pas ébranlée. Elle est persuadée que son garçon a suffisamment de poigne pour remettre sa femme à sa place si elle dépasse les bornes.

Le dimanche qui suit les élections fédérales du 26 mars 1940, Théo, qui ne s'est pas déplacé pour aller voter, apprend au magasin général que les libéraux de William Lyon Mackenzie King sont élus avec 51,5 % des voix, remportant 181 sièges à la Chambre des communes contre 40 pour les conservateurs de Robert Manion. King a promis de ne pas rendre la conscription obligatoire.

En sortant de l'église, Marie-Reine a entraîné ses enfants vers le berlot, voulant leur éviter d'assister aux scènes disgracieuses qui ont toujours lieu entre les belligérants des deux camps. Elle n'aime pas entendre parler de politique et a horreur des bagarres. Comme son père, elle croit que tous les politiciens se valent. «Ils promettent mer et monde, et oublient tout le lendemain des élections», a-t-elle coutume de dire. Le combat des suffragettes pour obtenir le droit de vote des femmes au provincial la laisse également de marbre.

Théo et elle ont mieux à faire à l'arrivée du printemps que de s'intéresser à la politique. Ils doivent nettoyer les bâtiments de ferme, curer les fossés, réparer les clôtures, et préparer les champs et le jardin pour les semailles. Marie-Reine doit faire le grand ménage, remiser le linge d'hiver dans les boules à mites, coudre le linge d'été pour les marmots qui poussent plus vite que la mauvaise herbe.

À partir du mois de mai, Anne-Marie et Clémence peuvent assister à la messe du dimanche en alternance. Marie-Reine, dont la grossesse devient trop évidente en dépit du corset, évoque divers prétextes pour justifier ses absences répétées.

En apprenant au magasin général que les femmes de la province de Québec ont obtenu le droit de vote à la fin d'avril, Anne-Marie pavoise. Ce qui renforce l'opinion des gens ayant été prévenus contre elle. Dans une bourgade aux mœurs traditionnelles, les idées professées par les suffragettes sont jugées sacrilèges et la réaction enthousiaste de la jeune fille jette un froid dans l'assemblée. Un vieil homme décharné se dégage du groupe d'habitants agglutinés près du crachoir et lui dit d'un ton sévère :

— Les femmes connaissent rien à la politique.

Anne-Marie ouvre la bouche pour lui répondre, mais son père la saisit par le coude.

— Vous avez ben raison. À la revoyure, dit-il aimablement, avant de quitter le magasin bondé.

— Qu'est-ce qui vous prend ? demande-t-elle, intriguée, avant d'arriver à la charrette où ses frères les attendent.

Son père, d'habitude souriant, a le visage fermé et sévère.

— J'ai pas envie qu'on se mette le monde à dos à cause de tes niaiseries.

Anne-Marie, qui a hérité de l'esprit réfractaire de ses grands-parents maternels, en a le souffle coupé. « Mon père pense comme ces habitants ! », se dit-elle, déconcertée. Non, sa place n'est décidément pas dans ce bled perdu aux habitants rétrogrades. Comme une mule têtue, Anne-Marie refuse le carcan qu'on entend lui faire porter. Dès qu'elle atteindra l'âge de la majorité, elle retournera à Cap-aux-Brumes, dût-elle se contenter d'un emploi de domestique.

～ゆ

S'étant consultés quant à la meilleure conduite à adopter devant les réactions tapageuses d'Anne-Marie, Théo et Marie-Reine décident de l'envoyer faire un petit séjour chez sa grand-mère, le temps de lui changer les idées et de la calmer.

— Tu t'arrangeras pour en toucher un mot à maman avant de partir. Elle va arriver à la raisonner, j'en suis certaine.

Théo profitera du voyage pour acheter une vache venant de sevrer son veau afin de remplacer sa Noiraude. «Qui sait si le cultivateur qui me l'a vendue n'en aurait pas une autre pareille?», se dit-il, plein d'espoir.

Le lendemain au souper, le père aborde le sujet sans laisser voir qu'il a tout prémédité. Anne-Marie succombe à son envie irrésistible de revoir Cap-aux-Brumes avant même que son père ait tenté quoi que ce soit.

— Amenez-moi avec vous! le supplie-t-elle.

Théo jongle un moment, puis regarde sa femme.

— Pourrais-tu te passer d'elle une couple de jours?

— Quand veux-tu partir? demande Marie-Reine hypocritement.

Il fait mine de réfléchir.

— On devrait finir de réparer les clôtures demain… Si le temps se maintient au beau, je pourrais partir après-demain ou vendredi. Je voudrais être revenu pour dimanche.

— Je vais y penser cette nuit et je te donnerai ma réponse demain, répond-elle.

Le caractère d'Anne-Marie s'adoucit le soir même, comme par miracle.

Comme ses parents n'abordent pas le sujet du voyage le lendemain, Anne-Marie exhale de longs soupirs en tortillant une mèche de ses cheveux. Plus tard dans la soirée, elle se met docilement à genoux pour réciter le chapelet d'une voix où perce la déception. Le ton est bas, ses répons sont décalés d'une seconde par rapport à ceux des autres. Juste avant de clore les prières du soir, Marie-Reine fait une dernière invocation imprévue :

— Bonne Sainte Vierge, veillez sur mon mari qui s'en va à Cap-aux-Brumes demain, et sur ma fille qui l'accompagnera. Au nom du Père, du Fils et du Saint-Esprit.

Marie-Reine se lève et deux bras affectueux entourent son cou. Anne-Marie pose sa tête sur l'épaule maternelle, trop émue pour prononcer les paroles de remerciement d'usage.

— Emporte-toi des vêtements de rechange, dit Marie-Reine. Si ta grand-mère consent à te garder, nous retournerons te chercher dans une couple de semaines.

※

Bras dessus bras dessous, Marie et sa petite-fille se promènent sur le quai. Quelques plaques de neige noircie cachent la grève par endroits. Les hautes marées du printemps ont rejeté sur la plage des morceaux de bois et divers détritus qui forment un monticule hétéroclite. Les jeunes garçons du village s'amusent à fouiller ces débris à la recherche d'un objet insolite, comme une bouteille lancée à la mer ou un bijou précieux tombé du pont d'un paquebot ou, mieux, un trésor surgi du fond des mers. À la fin de la journée, ils sauront que leur imagination est plus florissante que leurs berges, mais le rêve ne conduit-il pas quelquefois aux plus grandes réalisations ?

— Vous souvenez-vous, grand-maman, quand j'étais enfant ? Un jour, vous m'aviez dit que les perles provenaient des huîtres et, durant tout un après-midi, j'ai ouvert tous les coquillages qui jonchaient la plage.

Marie s'arrête et rit de bon cœur. Elle se souvient parfaitement de cet après-midi ensoleillé de l'été 1929. Guillaume et elle étaient revenus des États-Unis avec toutes leurs possessions, décidés à se réinstaller au Canada.

— Tu croyais que les vulgaires grains noirs des moules que tu avais ramassés valaient une fortune.

Anne-Marie revit ses espoirs déçus et sourit.

— Je me souviens aussi que vous m'aviez raconté les mésaventures de certains chercheurs d'or éblouis par la pyrite.

— L'or des fous !

Anne-Marie s'arrête, ferme les yeux et s'emplit les poumons d'air salin.

— Dans ce temps-là, je croyais que tout était possible, dit-elle, tout en se demandant où peut se cacher Bertrand Jolicœur.

En ce moment, Anne-Marie a l'air d'une jeune femme qui vient de perdre ses dernières illusions.

— Mais tout est possible quand on veut vraiment quelque chose, l'assure Marie. Il faut croire en ses rêves et tout mettre en œuvre pour les réaliser.

— La mer me manque, dit tristement sa petite-fille, qui exhale un long soupir.

Dans son court manteau de printemps, Marie frissonne. L'air frais du large, chargé d'humidité, s'infiltre jusqu'à ses vieux os.

— Eh bien, nous y reviendrons quand il fera plus chaud. J'ai les mains gelées. Allons prendre une bonne tasse de thé pour nous réchauffer.

⁂

Dans la soirée, pendant que Georges, Lucette, sa grand-mère et le grand-oncle Paul-Émile jouent aux cartes, Anne-Marie feuillette les journaux que Marie met de côté pour eux. Elle apprend ainsi que le gouvernement fédéral lance une campagne intitulée « Emprunt de la Victoire ». On peut se procurer les « bons de la victoire » dans les banques, bureaux de poste et même dans certains magasins. Elle trouve le qualificatif « victoire » assez présomptueux quand elle lit que les nazis ont envahi les Pays-Bas et la Belgique le 10 mai. *La Presse* du 15 mai titre «Les Allemands sur la ligne Maginot». «Pourvu que Bertrand ne soit pas obligé d'aller à la guerre», se dit-elle en frémissant.

Le dimanche, Anne-Marie s'examine longuement dans le miroir qui surmonte le bureau de la jolie chambre qu'on lui a octroyée. C'est celle où ses parents ont couché l'automne dernier. Des mèches bouclées s'échappent de son chapeau de paille et encadrent agréablement son visage. Elle pince ses joues et ses lèvres pour leur donner de la couleur. Elle s'efforce de paraître à son mieux dans l'espoir de rencontrer enfin son cher Bertrand.

Quel n'est pas l'étonnement heureux de la jeune fille quand elle aperçoit, en sortant pour se rendre à la grand-messe en compagnie de sa grand-mère, l'objet de ses désirs sur la galerie voisine. Mais l'horreur se peint aussitôt sur son visage. Une jeune femme sort de la maison des Jolicœur et s'agrippe au bras du beau brun.

— Qui est cette femme? chuchote-t-elle à l'oreille de sa grand-mère, en désignant de la tête le couple qui s'éloigne.

— C'est Agnès, la fille de Mathilde Lacasse.

Anne-Marie grimace au souvenir de la souillon qu'elle a toujours détestée.

— Qu'est ce qu'elle fait avec Bertrand Jolicœur?

— C'est sa femme, murmure Marie.

— Bertrand est marié? s'écrie Anne-Marie.

— Ne parle pas si fort, ils vont t'entendre.

Le couple marche devant eux, à faible distance. En voyant sa petite-fille blêmir, Marie ralentit le pas.

— Ça ne va pas?

— Ça va très bien, l'assure Anne-Marie, qui s'efforce de sourire. C'est juste que je suis renversée d'apprendre que Bertrand a épousé cette fille.

— Chaque guenillon trouve son torchon, dit perfidement Marie.

Hier encore, la remarque cinglante de sa grand-mère l'aurait froissée. « Il faut vraiment qu'il soit idiot pour avoir épousé une pareille sans-génie », se dit-elle pour se consoler.

— Depuis quand sont-ils mariés ?

— Depuis la fin de septembre l'année dernière. Comme bien d'autres poltrons, il a eu si peur d'aller à la guerre qu'il s'est empressé de marier la première venue.

Encore sous le choc, Anne-Marie redresse la tête. Il n'est pas question d'afficher sa déconvenue. Bertrand était le prince charmant qui devait la délivrer de la colonie et l'emporter sur un beau cheval blanc pour l'installer dans une jolie maison de Cap-aux-Brumes où ils auraient vécu heureux et auraient eu de nombreux enfants, comme dans les contes de fées. Mais la guerre a fait fuir les fées. Anne-Marie chasse une larme indiscrète, elle attendra la nuit pour pleurer sa désillusion.

⁂

Aux côtés de son père venu la chercher pour la ramener à la maison, Anne-Marie jacasse comme une pie bavarde. « Sa bonne humeur fait plaisir à voir », se dit Théo, qui commençait à s'ennuyer des éclats de sa grande fille. Le soir, quand il rentrait après une journée fatigante, tout était étrangement calme dans le camp qui paraissait subitement assez grand pour tout le monde.

— Clémence et Gisèle demandaient tous les jours : "Quand est-ce qu'Anne-Marie va revenir ?", dit-il, quand Anne-Marie arrête son pépiement.

— J'ai hâte de revoir tout le monde, dit-elle gaiement.

Théo n'en revient pas du changement qui s'est opéré chez sa fille durant son séjour à Cap-aux-Brumes. « Marie-

Reine avait raison, songe-t-il, sa mère a su comment s'y prendre pour lui faire entendre raison.» Il ne se réjouirait pas autant s'il savait que la bonne humeur d'Anne-Marie cache une amère déception.

— On a des nouveaux voisins, dit-il.

Anne-Marie esquisse un large sourire.

— Monsieur Soucy a vendu?

— Non, il est toujours là. Les nouveaux voisins défrichent les terres du côté est.

Anne-Marie regarde son père d'un air étonné.

— À Cap-aux-Brumes, on dit que la guerre a mis fin à la crise économique. Je me demande ce qui peut encore attirer le monde à s'en venir sur la colonie.

— La guerre, justement, ma fille. Ludger Fontaine, notre plus proche voisin, a deux garçons : un de quinze ans et un autre de treize, comme Jérôme. Si la guerre dure aussi longtemps que la dernière, nos gars ont des chances d'être exemptés d'aller se battre. L'armée a besoin des cultivateurs pour nourrir ses soldats. Pour les deux autres nouveaux qui s'installent plus loin, je connais pas leur situation.

— Grand-maman dit que, sur une terre, on ne manque jamais de nourriture, contrairement aux gens de la ville. Elle dit aussi que plusieurs hommes étaient tellement mal pris durant la crise qu'ils s'engageaient à la campagne pour leur nourriture.

— Un bout de temps, il en arrivait tous les jours. Rappelle-toi de Nico. Quand ta grand-mère l'a trouvé sur la galerie, il était bien proche de mourir.

— Je me demande bien où il est rendu aujourd'hui.

— On n'a plus jamais entendu parler de lui.

Les rayonnements du soleil s'insinuant à travers les branches accentuent le lustre du feuillage tout neuf. Les oiseaux planent à la recherche de brindilles pour consolider leur nid ou picorent la terre. Dépouillée de sa blancheur virginale, la nature a revêtu son manteau couleur d'espoir. L'air exalte un arôme d'une douceur enivrante.

Goliath trotte et sa longue crinière blonde sautille à chaque foulée. Théo est heureux, les champs sont ensemencés. Il a mélangé un peu de cendre à la terre du jardin pour éviter que les vers ne mangent les radis qu'ils sèmeront après la première lune de juin, une fois tout danger de gel écarté. Une deuxième Noiraude, identique à l'autre, occupe la stalle de la première et assure l'approvisionnement en lait. Demain, 1er juin, le bétail sera mis au pacage.

La grossesse de Marie-Reine tire à sa fin et Théo a commencé les fondations de leur maison. Avec ses deux fils, ils ont creusé un carré de vingt-six pieds sur vingt-quatre. Puis ils ont fait le coffrage pour y couler le solage de pierres noyées dans du mortier. Ils profitent de la clarté des jours qui allongent pour avancer les travaux avant les foins.

Le 10 juin 1940, alors que Mussolini déclare la guerre aux Alliés, Marie-Reine et sa progéniture observent les hommes travailler à la charpente de la maison.

Elle ressent subitement une crampe et se précipite au camp. Elle referme vivement la porte, mais le bébé glisse entre ses jambes avant qu'elle n'ait le temps d'atteindre son lit. Elle se penche et attrape le poupon gisant par terre. Le tapis et sa petite culotte ont heureusement amorti le choc : le nouveau-né respire normalement.

Marie-Reine se dépêche de couper le cordon et de laver et langer la petite, puis elle la couche dans son berceau en poussant un soupir de soulagement.

« C'est bien vrai que j'accouche comme une chatte, se dit-elle en pensant à sa mère. Comme une chatte, ou comme une Indienne », songe-t-elle en repensant aux histoires que lui racontait sa grand-mère maternelle à propos des femmes autochtones sur le point d'accoucher qui s'arrêtent dans un sentier, s'écrasent en petit bonhomme pour expulser le bébé, le nettoient et le mettent dans un sac sur leur dos, puis continuent leur route le plus naturellement du monde. On lui dirait qu'elle a du sang indien qu'elle n'en serait nullement surprise. « Peut-être une ancêtre lointaine m'a-t-elle transmis cette facilité à accoucher ? », se questionne Marie-Reine. À force d'entendre sa grand-mère Lemieux lui parler des coutumes et des croyances micmaques, Marie-Reine avait demandé à sa mère si l'aïeule en était une. Marie lui avait alors dit que ses parents avaient habité près d'une réserve et que sa mère jouait avec les petites Indiennes, c'est pourquoi elle était si bien renseignée sur les Micmacs.

Après l'expulsion du placenta, Marie-Reine nettoie les dégâts et se change. Elle se sent plus en forme que durant sa grossesse et, comme personne n'est là pour la forcer à garder le lit, elle ouvre la porte afin d'aérer le camp. La petite Gisèle surgit peu de temps après, suivie de Clémence. En apercevant le poupon, les fillettes soumettent leur mère à un interrogatoire serré :

— Un bébé ? s'exclame Gisèle, les yeux agrandis par la surprise.

— D'où il vient ? demande Clémence en fronçant les sourcils.

— Chut ! La cigogne est venue le livrer, explique calmement la mère.

— La cigogne ? Qu'est-ce que c'est ? chuchote Gisèle.

— C'est un gros oiseau qui tient dans son bec un lange contenant un petit bébé.

— Où est-ce qu'elle est ? On l'a pas vue, réplique Clémence, l'air sceptique.

— La cigogne est repartie tout de suite, ment la mère avec aplomb.

— C'est un bébé fille ou garçon ? s'informe Gisèle, qui observe d'un air perplexe le visage rouge et plissé du poupon.

— C'est une fille. Retournez dehors, il ne faut pas la réveiller.

L'après-midi même, Théo présente sa benjamine sur les fonts baptismaux. Anne-Marie et Jérôme sont les marraine et parrain de la petite Marguerite.

⁓

Revenant de la messe, deux semaines plus tard, Théo apprend à Marie-Reine que les Allemands ont franchi la ligne Maginot, que tous croyaient invincible, et que la France a demandé l'armistice. La défaite de la mère patrie bouleverse les Canadiens français.

Une autre nouvelle sème l'émoi au sein de la petite population de Val-des-Castors : le premier ministre fédéral a annoncé que les Canadiens seront mobilisés pour défendre le pays. Il affirme que la conscription ne vaut que pour la défense du sol canadien et de ses eaux territoriales, et que le service outre-mer demeure volontaire.

— Je te dis que ça discutait ferme après la messe.

Marie-Reine fait son signe de croix. La guerre, qui lui semblait si lointaine, se rapproche de manière alarmante.

— Te fais pas de souci, dit Théo. Avant que les Allemands arrivent à Val-des-Castors, il va en couler de l'eau en dessous des ponts.

— À la condition qu'ils trouvent le village, ironise Anne-Marie.

En juillet, par un dimanche chaud et collant, le marchand général plastronne :

— Nos prisons renferment des prisonniers allemands astheure.

— Oh ! dit la veuve Allaire, les yeux exorbités. J'espère qu'ils sont bien gardés.

— Énervez-vous pas pour ça, madame Allaire, dit Elphège Vaillancourt, il paraît que les camps de prisonniers sont ben loin de la civilisation.

— J'espère que les Allemands vont faire connaissance avec nos maringouins, nos mouches noires et nos frappe-à-bord, rigole Ludger Fontaine, le nouveau voisin de Théo.

Sa remarque fait rire l'assistance, le nouveau paroissien a le cou et le tour du cuir chevelu couverts de piqûres de moustiques purulentes. Derrière son comptoir, le marchand général affiche l'air supérieur de celui qui en sait plus que les autres.

— Le gouvernement fédéral parle d'enregistrer tous les hommes et les femmes de seize à soixante ans, annonce-t-il, à la consternation générale.

Les paroissiens partagent leurs appréhensions et y vont de commentaires acerbes. Le mot « conscription » circule parmi l'assemblée. Un jeune m'as-tu-vu objecte que les soldats sont bien payés : 1,30 dollar par jour logé-nourri-habillé-soigné.

— C'est pas encore payé assez cher pour que j'aille me faire tuer, rétorque l'un des jeunes gens présents.

— J'ai même entendu dire qu'un officier reçoit 150 dollars par mois, poursuit l'autre. Le meilleur homme du moulin est payé 75 dollars. Si c'était pas que le père chez nous a besoin de moi, je me porterais volontaire tout de suite. J'haïrais pas ça voir les vieux pays.

— C'est facile pour toi de dire ça astheure, j'aimerais ben voir quelle chanson tu vas chanter le jour où tu seras obligé d'y aller, réplique l'anticonscriptionniste.

Au mois d'août, les villageois apprennent que le maire de Montréal, Camillien Houde, a été arrêté parce qu'il s'opposait ouvertement à l'enregistrement national et invitait la population à suivre son exemple en refusant de s'inscrire.

Pour sa part, le curé de la paroisse est fier d'annoncer au prône que les enfants du rang des Cailles pourront enfin aller à l'école. Le camp en bois rond du marguillier Lavertu, situé au pied du rang, servira temporairement d'école. Dans sa nouvelle maison, madame Lavertu tiendra un bureau de poste. Les habitants du rang n'auront plus à se rendre au village pour poster leurs lettres ou recevoir leur courrier.

— Tu vois, ma femme, dit Théo en revenant à la maison, les choses s'améliorent. Et c'est pas fini.

--~❧--

Le recensement a lieu les 19, 20 et 21 août « afin de placer chacun et chacune à son poste là où ils seront les plus utiles au pays », selon le gouvernement. Tous les citoyens doivent posséder leur carte d'enregistrement.

Le service obligatoire pour la défense du pays s'applique aux célibataires mâles de dix-neuf à quarante-cinq ans et aux hommes mariés après le 15 juillet 1940.

Le 30 août, on annonce la création d'un commandement provincial des forces mobiles du comité de protection civile de la province de Québec. Le comité a pour but d'apporter de l'aide en cas d'incendies allumés par suite d'actes de sabotage ou de raids aériens. Marie-Reine s'effraie inutilement de la nouvelle, car la petite paroisse perdue le long des berges de la rivière Mélodie n'entend plus parler du comité de protection civile.

⸙

Le premier jour d'école, Étienne et Clémence quittent le camp munis d'un crayon et d'un cahier ligné. Anne-Marie leur a préparé un casse-croûte pour le dîner. Quand Marie-Reine a offert à Jérôme de retourner aux études, il a déclaré :

— J'ai mieux à faire que d'aller user mon fond de culottes sur un banc d'école.

Et parce que Théo n'arriverait pas à tout faire seul et qu'elle se languit d'habiter une vraie maison, Marie-Reine n'a pas insisté. Elle n'en peut plus de vivre coincée dans un espace sombre et restreint, et elle a décidé que ce premier jour d'école marquerait l'installation dans la maison, même si elle est loin d'être terminée. C'est la surprise qu'elle réserve aux écoliers quand ils reviendront en fin d'après-midi.

Théo et Jérôme, aidés de Ludger Fontaine et de ses deux fils, déménagent le poêle à bois et en raccordent le tuyau à la cheminée. Le plancher n'est pas fini, mais Théo a aménagé sous le poêle un dallage de briques ignifuges comme celles de la cheminée.

Hier, il a installé la pompe à eau à côté de l'évier et il a expliqué à tous qu'il fallait toujours garder un broc d'eau en réserve afin de recharger la pompe chaque fois qu'on veut s'en servir. « Si on oublie, la pompe se décharge complètement et on sera privé d'eau », les a-t-il prévenus. Ce n'est pas l'eau courante, comme à Cap-aux-Brumes, mais, après avoir connu pire, Marie-Reine se sent comblée.

Les murs intérieurs, en planches planées, seront peints quand ils auront les moyens d'acheter de la peinture. Les fenêtres, dont le châssis double sera remplacé par une moustiquaire l'été, permettront à la maîtresse de maison de bénéficier de périodes de trêve dans sa guerre aux mouches. La maison, une fois cloisonnée, comptera deux chambres au rez-de-chaussée et quatre autres, mansardées, à l'étage. Sous l'escalier à angle tournant, entre la porte d'entrée d'en arrière et le comptoir de cuisine, une trappe donne accès à la cave de terre, sombre et fraîche. Marie-Reine descend la courte échelle pour y ranger les pots de confitures et les jarres de grès contenant le lard salé et le beurre. Être contrainte de marcher dans la cave le dos courbé ne l'ennuie nullement.

Les cloisons non fermées n'assurent pas d'intimité, les armoires et penderies sont inexistantes, le tambour arrière reste à bâtir avant l'hiver, la construction de la galerie d'en avant est reportée à l'an prochain, on devra coucher sur les paillasses posées sur le plancher, mais tous ces petits inconvénients n'affectent aucunement le bonheur de Marie-Reine. Elle court d'un étage à l'autre, émoustillée par tout cet espace à habiter, et Théo, qui ne l'a jamais vue dans un tel état de fébrilité, se réjouit du bonheur de sa femme. Il oublie la fatigue, le manque de sommeil et la douleur qui tenaille encore sa cheville blessée. Depuis plus de deux ans, il trime plus fort qu'un forçat parce qu'il entend prouver à tous qu'en dépit du malheur, il est capable de faire vivre sa famille.

Avant la fin du mois, ils iront présenter Marguerite à sa grand-mère et ils rapporteront les lits, commodes et matelas restés chez Marie, sans oublier deux chaises berçantes et un grand banc de bois pour la salle que Marie-Reine entend utiliser souvent, c'est pourquoi elle hésite à la qualifier de salon.

Le dernier dimanche de septembre, après la messe, Théo ramène ses grands enfants à la maison. Après le dîner, avec Marie-Reine et le bébé, il se met en route pour Cap-aux-Brumes. La veille, sa femme a pressé son pantalon d'habit et, quand les enfants sont montés se coucher, ils ont pris un bain dans le baril où Marie-Reine recueille l'eau de pluie qui laisse, selon ses dires, ses cheveux plus soyeux.

Cette année, Théo ne peut s'empêcher de comparer sa situation à celle de sa belle-famille. Il réalise davantage l'écart qui s'est creusé entre eux quand Marie leur fait cadeau de son métier à tisser et de son rouet. La réaction joyeuse de Marie-Reine devant cette générosité lui fait mal, car ce serait à lui, son mari, de lui procurer ces instruments. Mais c'est lorsque sa belle-mère lui remet la pile de vieux journaux, «pour allumer le poêle», qu'il éprouve le plus de gêne. Elle a eu la délicatesse de ne pas évoquer l'autre usage du papier journal. Après plus de deux ans à se priver de tout, le papier hygiénique est un luxe à proscrire pour bien des années encore. Jamais, non plus, il ne pourra offrir un renard argenté à sa femme comme celui que porte autour du cou sa belle-sœur Lucette, à la fine pointe de la dernière mode. Le temps où il pouvait payer un manteau de fourrure à Marie-Reine est révolu.

Théo éprouve des regrets. S'il avait su que la crise économique tirait à sa fin et qu'une compagnie forestière importante s'installerait à Cap-aux-Brumes et y bâtirait un gros moulin à bois, jamais il ne serait allé s'expatrier pour tirer le diable par la queue. Aujourd'hui, après s'être tant investi sur sa terre, il ne peut plus faire marche arrière.

— Avec la guerre, dit-il, sentant le besoin de justifier sa décision, on est mieux de rester à Val-des-Castors.

— C'est vrai, l'approuve Marie. Si cette guerre s'éternise comme l'autre, ça pourrait éviter la conscription à Jérôme.

La répartie de sa belle-mère répand un peu de baume sur ses blessures d'amour-propre. Quoique, pour être tout à fait honnête, Théo doit reconnaître que chacun s'est montré reconnaissant pour les diverses denrées qu'ils ont apportées, comme chaque automne, afin de les remercier de leur générosité à leur égard. On les a aussi complimentés pour le bébé et leur bonne mine. La famille de sa femme l'aime sincèrement et il se sent un peu idiot, car jamais ils ne l'ont traité en inférieur.

— Ne partez pas si tôt, insiste Marie, le lendemain après le dîner.

— On aimerait bien rester plus longtemps, maman, mais on veut arriver avant la brunante, s'excuse Marie-Reine.

L'oncle Paul-Émile et Georges sortent du magasin général pour les saluer une dernière fois. Marie et Lucette les embrassent avec effusion et les yeux de Théo sont aussi embués que ceux de Marie-Reine au moment de monter dans leur charrette lourdement chargée.

En feuilletant les vieux journaux, le soir même, Marie-Reine apprend que le premier ministre de la province a fait voter plusieurs lois, dont une taxe de 2 % sur les ventes au détail. Duplessis se moque des libéraux en disant qu'ils taxent la taxe. La Loi du salaire minimum est entrée en vigueur le 18 septembre. Elle s'applique à tous les salariés du Québec et l'employeur a l'obligation de verser le salaire dans une enveloppe de paie.

Quelques jours plus tard, l'épouse de Ludger Fontaine aménage avec le reste de la famille dans le camp en bois rond qu'ont bâti son mari et ses deux grands fils. Marie-Reine, qui se souvient du sentiment d'isolement de son premier hiver, va porter un pain à sa nouvelle voisine le lendemain de leur arrivée.

La petite brunette doit lever la tête pour la regarder, elle fait à peine cinq pieds, mais ses yeux pétillants et sa vivacité conquièrent immédiatement Marie-Reine, qui n'a jamais ressenti d'affinités avec Adeline Soucy et a préféré rester sagement chez elle. Avec Alma, elle sait déjà qu'elles seront amies.

— Venez veiller demain soir, si le cœur vous en dit. Et amenez les enfants, j'ai une grande fille de l'âge de la vôtre.

— Comptez sur nous, répond Alma.

— Dans ce cas, je me sauve. On jasera demain.

Le lendemain soir, comme convenu, Ludger, Alma, Estelle, Gérard et Albert arrivent chez les Dumont.

— Vous n'avez pas amené les plus jeunes ? s'étonne Marie-Reine.

— Non, ils s'endormaient trop et je les ai couchés, dit Alma. Zoé les garde.

— La prochaine fois, insiste Marie-Reine, amenez tout le monde. On couchera les jeunes en travers de mon lit.

Gérard, Albert et Jérôme décident de rester dehors. Comme ils s'entraident depuis quelques semaines, ils ont eu le temps de forger des liens d'amitié. Théo et Ludger vont se bercer dans le salon. Estelle, qui vient juste d'arriver dans le rang, sourit timidement à Anne-Marie.

— Je vais vous montrer la maison, propose Marie-Reine. Portez pas d'attention, elle est pas encore finie.

En vérité, sa maison en chantier ne lui cause aucune gêne, car elle a deux ans d'avance sur sa nouvelle voisine, mais elle a pris l'habitude de s'excuser pour tout ce qui cloche depuis sa tendre jeunesse.

— Il n'y a pas grand-chose à voir, chuchote Anne-Marie à Estelle, quand Alma et Marie-Reine montent l'escalier conduisant à l'étage. Viens, on va aller prendre l'air.

La lune éclaire un ciel sans nuage. Autour de l'astre de nuit, le ciel est d'un bleu profond qui s'assombrit graduellement jusqu'à la cime des arbres. Les deux jeunes filles font quelques pas et lèvent la tête en direction de la voûte étoilée. La lune n'est pas aussi joufflue que durant son plein, mais elle n'en a que plus de mystère.

— On dirait que la lune a des yeux et une bouche comme nous, dit Estelle.

Anne-Marie s'arrête pour mieux observer la face lumineuse. La fraîcheur de l'automne qui s'installe embrume le souffle chaud de leur bavardage.

— C'est vrai ce que tu dis là. On dirait presque une personne.

— Tu la vois comme un ange qui nous éclaire ?

— Non, elle me fait plutôt l'effet d'une dame seule et triste, dit Anne-Marie.

Au loin, le hululement d'une chouette semble approuver sa remarque.

— Maman dit que nous prêtons à la lune notre propre état d'âme. Te sens-tu souvent triste ? demande d'une voix douce, presque timide, la jeune voisine.

— Oui... depuis qu'on est déménagés ici, confesse Anne-Marie.

— Moi aussi, j'ai beaucoup pleuré quand j'ai su qu'on s'en venait sur la colonie, avoue à son tour Estelle.

— Quand je serai majeure, je retournerai à Cap-aux-Brumes, affirme Anne-Marie. Et toi, d'où viens-tu ?

— De Saint-Fabien.

Devant la maison des Dumont, la montée en terre graveleuse crisse sous les pas traînants des deux jeunes filles en peine.

— Le moulin où mon père travaillait a passé au feu, laisse tomber Anne-Marie pour expliquer le mauvais sort qui les a conduits à cette déchéance.

— Nous, on restait sur la terre de grand-papa Fontaine.

— Tes parents et lui se sont chicanés? risque Anne-Marie.

— J'en sais rien, soupire Estelle. Un bon matin, papa a annoncé à grand-papa qu'on s'en allait. C'est comme ça que je l'ai appris. J'ai pas besoin de te dire que ça m'a fait tout un choc d'entendre ça.

Anne-Marie s'arrête brusquement.

— Ton père ne vous avait rien dit avant?

— Non. Pas à moi, en tout cas. Je sais pas pour maman, je lui ai pas demandé.

— Et tu n'as aucune idée pourquoi il a pris cette décision?

Anne-Marie est stupéfaite. Pourtant, quand elle y pense, l'annonce de son père lui a paru tout aussi brutale. Il ne les avait pas consultés et n'avait jamais effleuré le sujet.

— De toute manière, ça changerait quoi si je le savais? répond sagement Estelle.

— Tu as bien raison. Maman dirait: "Ce qui est fait est fait, ça ne sert à rien de se lamenter sur son sort! On n'a qu'à se retrousser les manches à présent!"

La mimique d'Anne-Marie, imitant le regard furibond de sa mère, fait pouffer de rire Estelle. Son rire en cascade déclenche celui d'Anne-Marie et signe le début d'une belle connivence.

— Je sens que je vais moins m'ennuyer à partir de maintenant, dit Anne-Marie.

Un long hurlement en provenance de la forêt rompt l'harmonie du soir et les deux jeunes filles décident de réintégrer la sécurité de la maison.

Privé d'école depuis deux ans et habitué au grand air, Étienne a mis quelque temps à s'adapter à sa nouvelle vie entre quatre murs. Obligée d'aider son mari, Marie-Reine a dû négliger l'instruction de sa progéniture. Mais, comme elle s'y remettait assidûment au cours de la morte-saison, ses enfants ne sont pas aussi en retard en écriture et en calcul que leurs camarades. Toutefois, c'est la géographie qui a conquis Étienne. En repoussant les limites étroites de la petite école de rang, la nouvelle matière lui a donné le goût du savoir. Depuis lors, la maîtresse d'école est auréolée d'un prestige à faire pâlir d'envie toutes les jeunes filles du canton. À la maison, le soir, les écoliers ne jurent que par elle.

— Mademoiselle Santerre dit que la géographie ouvre l'esprit sur le monde, pontifie Étienne.

— Tu m'en diras tant! se moque Jérôme.

Dès la première année, Jérôme a détesté l'école. De toute évidence, la sévérité excessive de l'enseignant a eu un effet repoussoir dont le garçonnet n'a pu se défaire par la suite malgré les encouragements de sa mère.

— Attends de la connaître, réplique son jeune frère. Tu vas voir qu'elle parle bien et qu'elle est instruite, elle.

— Je suis pas intéressé à connaître mademoiselle Pète-sec.

— Surveille ton langage, lui rappelle sa mère.

— Mademoiselle Santerre est tellement fine, tu devrais pas dire des choses méchantes, objecte d'une voix douce la petite Gisèle.

— Tu *ne* devrais pas dire, la reprend aussitôt Clémence.

Gisèle soupire et, dans le dos de sa mère, Jérôme grimace en levant le petit doigt en l'air pour ridiculiser le bon parler de Clémence.

Le dimanche suivant, après la messe, Jérôme observe la jolie jeune fille qu'il aperçoit à l'église depuis quelque temps. Le nez mutin, le sourire engageant, les yeux rieurs, la taille fine : tout concourt à lui faire penser que l'adolescente est probablement la fille de l'un de leurs nouveaux voisins.

— Papa, avez-vous fait la connaissance des voisins des Fontaine ?

— J'ai rencontré les deux chefs de famille en allant à la malle, répond Théo. Pourquoi ?

— Croyez-vous que la jeune fille, là-bas, fait partie des nouvelles familles du rang ? chuchote-t-il à l'oreille de son père.

— Ben, non ! C'est la maîtresse d'école !

— Elle paraît ben trop jeune pour ça ! s'écrie Jérôme.

— L'âge d'une femme, c'est ben trompeur, mon gars. Celle-là vient d'avoir dix-sept ans, mais on lui en donnerait quinze, au plus.

Jérôme branle la tête comme s'il ne pouvait admettre que ce petit bout de femme soit la maîtresse d'école adulée par son frère et ses sœurs. La jeune personne aux cheveux châtain-roux a les traits délicats d'une poupée, elle est menue et il calcule qu'elle lui arrive à la hauteur de la poitrine. Elle n'a rien de la mademoiselle Pète-sec qu'il imaginait.

꙳

Durant les pluies torrentielles de novembre, Théo et Jérôme érigent les cloisons de la chambre à coucher des maîtres et celles de l'autre chambre du rez-de-chaussée où couche maintenant la petite Marguerite. Ils posent des tablettes sur le mur réservé à la penderie et fixent une tringle de bois pour les cintres. Les portes et la finition devront attendre, mais Marie-Reine se réjouit de pouvoir déballer et ranger leurs vêtements. Finalement, elle suspend une catalogne à l'entrée des deux chambres.

La première neige commence à tomber alors que Théo finit de poser le mastic autour de la vitre de la porte du tambour arrière. Marie-Reine y a déjà étendu un épais tapis tressé afin que chacun s'essuie les pieds avant d'entrer dans sa cuisine.

— Venez manger, papa, dit Anne-Marie.

Théo accote la porte contre le mur du tambour. Il lui reste à visser les charnières et à fixer la clenche. Parti donner un coup de main aux Fontaine, Jérôme l'aidera à la poser au retour et Marie-Reine sera enfin protégée des courants d'air froid qui la font frissonner depuis leur déménagement au rang des Cailles.

— Demain, on va pouvoir faire boucherie, dit-il en s'assoyant devant son bol de soupe fumant.

— Alma va venir et on va faire notre boudin ensemble, annonce Marie-Reine. Je trouve donc ça plaisant de travailler avec elle, on s'entend tellement bien.

Faisant dos à la table, en train de remplir un bol de soupe, Anne-Marie esquisse un sourire à la suite de la pique déguisée de sa mère. Pour une fois, elle cède volontiers sa place aux fourneaux. Le sang à brasser lui soulève le cœur et, chaque automne, sa mère doit se débrouiller seule pour faire son boudin. Pour faire taire sa mauvaise conscience, Anne-Marie se dit qu'il est normal que les Fontaine viennent aider puisqu'ils ont acheté le deuxième porc qu'ils vont abattre demain.

～≫

Décembre s'amène bien vite et Anne-Marie tolère encore une fois le partage de la cuisine pour la préparation de la boustifaille des fêtes. Cette année, sa mère et elle goûtent enfin au plaisir d'entasser tartes, pâtés à la viande et beignes dans le vaste garde-manger du tambour arrière. Les Dumont ne seront plus seuls pour célébrer Noël et le jour de l'An puisqu'ils ont invité les Fontaine.

— C'est donc plaisant d'avoir une maison, dit Alma, le soir du réveillon.

Le linge à vaisselle dans les mains, elle exécute un pas de valse et les deux mères de famille s'esclaffent comme deux gamines, heureuses d'être ensemble et de se mouvoir sur une grande superficie. «Moins on possède et plus on l'apprécie», songe Marie-Reine.

— Ton mari et tes grands garçons sont tellement travaillants, tu vas l'avoir, ta maison, toi aussi.

Le voisin et ses fils sont manifestement flattés par le compliment de Marie-Reine. Un éclair de fierté passe dans leurs yeux et Ludger, ne voulant pas être en reste, déclare:

— J'ai tellement mangé que j'ai peur d'éclater.

— Je vais refaire du thé, alors.

Dehors, la neige rafale et l'on ne voit que les tourbillons de flocons blancs. Marie-Reine n'a pas encore posé de rideaux aux fenêtres. Les voisins des deux côtés sont loin et les bêtes sauvages ont beau les observer à loisir...

Dans le tambour arrière, attendent les raquettes des Fontaine et le toboggan qui a servi à transporter les plus jeunes. Pour remplacer la messe de minuit à laquelle les colons du rang des Cailles n'ont pu assister, les deux familles ont récité un chapelet à genoux et entonné ensuite un *Minuit, chrétiens!* éraillé de fausses notes.

Dans un coin de la salle, Théo a installé sur une petite table un jeu de «pichenottes» auquel se livrent les garçons. D'une chiquenaude, les anneaux de bois des adversaires s'empochent plus ou moins vite, selon l'adresse des joueurs des deux équipes.

— Approchez, dit Marie-Reine après avoir ébouillanté les feuilles de thé, on va jouer aux cartes.

＊

Tous les matins, Théo et Jérôme font leur tournée des collets. En plus des lièvres, ils attrapent de temps en temps un renard ou un chat sauvage que les Fontaine leur ont appris à trapper. Puis ils réinstallent leurs pièges et s'en vont bûcher. Quand le mercure descend sous les moins trente degrés, le père et le fils en profitent pour ériger les cloisons des chambres à l'étage et finir les armoires de la cuisine. Marie-Reine en arrive à bénir chaque journée de mauvais temps.

Les bancs de neige s'accumulent sans qu'elle s'en préoccupe. Les fenêtres avant de la maison sont dégagées et les champs s'étendent encore grâce à l'inlassable travail des bûcherons. «Quelle différence avec le premier hiver!», se dit-elle. En songeant à tout ce qu'ils ont accompli, elle est plus confiante de parvenir à ses fins. L'amitié de sa nouvelle voisine n'est pas étrangère non plus à ce sentiment de plénitude. Les Fontaine exercent une influence heureuse sur tous les membres de la famille. Théo et Ludger s'entraident, les garçons s'amusent à des jeux d'adresse, les fillettes papotent sur le chemin de l'école et Anne-Marie s'adoucit depuis qu'elle fréquente Estelle.

La petite Marguerite est un bébé placide. Elle supporte sa couche mouillée et ne montre jamais aucun signe d'impatience. Contrairement à Victor qui n'arrêtait pas de chigner, elle pleure rarement. À huit mois, la benjamine n'est pas aussi exubérante que l'étaient ses frères et sœurs.

En fait, elle est si calme que Marie-Reine commence à se questionner.

Au chaud sous les couvertures, elle n'arrive pas à trouver le sommeil.

— À quoi tu penses? demande Théo.

— Tu ne dors pas? chuchote-t-elle, étonnée.

— Non, t'arrêtes pas de virailler. Qu'est-ce qui te chicote?

— Je me demande... Marguerite...

Elle hésite à confier ses doutes, les exprimer à haute voix risquerait de leur donner une réalité qu'elle n'est pas prête à affronter.

— Qu'est-ce qu'elle a Marguerite?

— Je ne sais pas trop...

Le silence s'installe entre eux, aussi profond que la nuit sans lune. L'obscurité qui les entoure la protège des regards inquisiteurs de Théo et elle s'avise que Marguerite n'a rien, que c'est son imagination qui lui joue des tours.

— Ben quoi? chuchote Théo, las d'attendre la suite.

— Elle est si tranquille...

— Ben, moi, je m'en plaindrais pas à ta place. T'as pas eu assez d'un braillard comme Victor, tu voudrais en avoir un autre? dit-il d'un ton badin.

— Tu as bien raison. On dirait que je ne sais pas ce que je veux, hein? dit-elle en riant à son tour.

— Dormons, demain il faut se lever de bonne heure.

Obéissante, Marie-Reine lui tourne le dos et Théo se couche en cuillère, contre son dos, et lui passe un bras autour de la taille. Sa présence, chaude et rassurante, apaise ses craintes et elle s'endort.

Au village, après la messe du dimanche, les discussions vont bon train au magasin général. D'une part, le premier ministre du Canada a annoncé l'établissement d'une période d'entraînement obligatoire de quatre mois en remplacement de celle de trente jours. Le nouveau programme entre en vigueur le 15 mars 1941 et 6 000 hommes sont appelés aux camps d'entraînement. Bien que la mesure ne concerne que les jeunes de vingt et un ans, aucune exemption n'est accordée.

D'autre part, les villageois sont en deuil : Ti-Paul, le marchand de chevaux, a sombré dans les eaux glaciales de la rivière. Contre l'avis général, il s'est entêté à traverser sur le pont de glace, qui a cédé. Les habitants des deux rives parlent de la nécessité de construire un pont couvert. Pendant l'été, au moyen d'un câble fixé solidement sur les deux rives, un système de poulies permet à un bac de glisser de l'autre côté, mais en raison de l'augmentation de la population, il s'avère essentiel d'assurer les traversées en toute saison.

❧

Au rang des Cailles, loin des préoccupations de la guerre, Théo et Jérôme entaillent leurs érables. Ils ont monté à la hâte un abri ouvert aux quatre vents afin de protéger, suspendue au-dessus d'un âtre de fortune, la cuve dans laquelle ils feront bouillir patiemment l'eau d'érable. Depuis leur arrivée à Val-des-Castors, et ils espèrent ce moment, ils ne vont pas s'en priver, d'autant plus que les variations de température leur sont favorables.

Marie-Reine a objecté qu'ils retardaient la corvée d'ouvrir le chemin du rang et qu'ils seraient encore privés d'aller à la messe, mais leurs voisins ont décrété que, cette année, la priorité allait aux sucres et qu'il n'était pas permis de bouder la manne que le bon Dieu leur envoyait après tant de sacrifices. Ce dernier argument a mis fin à ses scrupules.

Anne-Marie et Estelle se promènent d'un chaudron à l'autre, curieuses de parfaire leurs connaissances culinaires en matière de sirop et de tire d'érable. Pour plaire à leur mari, à la dent sucrée, Marie-Reine et Alma expérimentent de leur côté la fabrication du sucre d'érable. Le temps de cuisson requis met à rude épreuve la patience des unes et des autres. Quant aux autres membres de la famille, sans hésitation, ils se portent tous volontaires comme dégustateurs : bon sang ne saurait mentir! Cependant, en raison du carême, les petits becs sucrés devront patienter jusqu'à Pâques, foi de Marie-Reine!

Le dimanche de Pâques, à la barre du jour, Théo fait provision d'eau de Pâques à la source ruisselant dans le creux de la gorge située entre la maison et le champ jouxtant la terre des Soucy. On dit de l'eau puisée à une source vive au lever du soleil, le matin de Pâques, qu'elle est miraculeuse. Mais comme on ne veut pas invoquer en vain le nom de Dieu, on s'en sert surtout pour soigner les petits bobos en tous genres. Marie-Reine laisse le contenant près de la statuette de la Vierge et en asperge les vitres dès que l'orage gronde. Ce qui fait dire à Théo qu'il s'agit d'eau-paratonnerre. « Tu peux bien te moquer », réplique-t-elle mi-figue, mi-raisin.

⁘

En juin, alors que Marie-Reine livre sa guerre aux mouches, l'Allemagne attaque l'URSS et, quelques jours plus tard, le gouvernement canadien annonce son intention de créer le service féminin de l'armée.

— On aura tout vu ! s'écrie le vieil homme décharné qui s'en était pris à Anne-Marie à propos du vote des femmes. Y vont mêler les femmes à la guerre, astheure ! C'est une affaire d'homme, les créatures ont pas d'affaire là-dedans !

Cette fois, Anne-Marie partage son point de vue. En dépit des petites guerres que son tempérament batailleur lui fait livrer à tout propos, elle n'a aucune envie de se mêler à celle du pays. Depuis qu'elle a senti le canon d'un fusil dans son dos, toute violence la fait frémir.

Comme il fallait s'y attendre, le gouvernement lance un nouvel « emprunt de la Victoire ». La Loi de l'assurance-chômage entre en vigueur le 1er juillet, alors que le taux de chômage est au plus bas, et on impose plusieurs taxes pour la défense nationale.

Peu concernés par ces nouvelles, Théo et Jérôme fauchent les champs. Après avoir laissé sécher le foin pendant quelques jours, ils le mettent en gerbes. Plus tard, toute la famille prête son concours pour le rentrer avant la pluie : les hommes chargent les vailloches dans la charrette où Marie-Reine et les enfants les foulent en sautillant. Le foin pique les peaux sensibles mais, même pour Victor qui n'a que cinq ans, le travail a l'air d'un jeu. Comme d'habitude, Anne-Marie s'est réservé la tâche la moins fatigante : elle conduit le cheval. On a confié à Gisèle la garde de Germain et Marguerite.

Après les foins, Théo construit la galerie avant et Marie-Reine s'y berce ensuite tous les soirs de beau temps, en compagnie de son amie Alma.

Le premier dimanche du mois d'août, Elphège Vaillancourt exhibe *La Presse* du 30 juillet à la face de ses clients rassemblés devant son comptoir. Prenant l'air grave d'un prédicateur, il les informe :

— L'Office du bacon recommande au peuple canadien de restreindre sa consommation de porc pour que nous puissions être en mesure de répondre à la demande du ministère anglais des vivres, qui désire recevoir une plus grande quantité de notre bacon.

Il dépose le journal sur son comptoir et dit en guise de conclusion :

— Donc, mes chers amis, il faut plus me demander de bacon. J'en ai pas, ils ont tout envoyé aux Anglais.

⸺❧

Petit à petit, on amène les gens à restreindre leur consommation. C'est ainsi que Godbout essaie de convaincre la population de manger du cheval, mais sans grand succès, les cultivateurs aimant trop leurs chevaux qui leur sont indispensables. On conseille de faire maigre plus d'une fois par semaine et de manger davantage de poisson. Les Canadiens doivent aussi diminuer leur consommation d'alcool, car le blé est en grande partie exporté en Russie, en Inde, en Angleterre et en Grèce. La Commission des liqueurs délivre un permis individuel aux personnes âgées de vingt ans et plus, sur présentation d'un certificat d'inscription nationale. La quantité d'alcool et de « fort » autorisée est d'un litre par semaine par individu ; l'achat de la bière et du vin ne nécessite pas de permis, mais les quantités en sont restreintes.

Les épiciers doivent cacher leurs provisions pour ne pas se les faire voler et Théo se félicite d'être sur une terre où la nourriture est à portée de main et ne dépend pas du bon vouloir du gouvernement.

À la fin de l'été, ils récoltent les patates et le reste des légumes du jardin. Comme les étés passés, Anne-Marie a cueilli fraises et framboises avec ses frères et sœurs en congé d'école. La réserve de pots de confitures est encore plus importante cette année parce que les cueilleurs ont vieilli et pris de l'expérience. Cependant, leur appétit augmente dans la même proportion.

À l'automne, Théo plante des pommiers et épand du fumier dans les champs labourés. Anne-Marie se plaint de la puanteur alors que Marie-Reine affirme que l'air de la montagne fait du bien à ses poumons.

Avant l'hiver, Théo et Marie-Reine effectuent leur voyage annuel à Cap-aux-Brumes. Comme leur truie a été prolifique, ils emportent quelques cochons bien gras et les surplus de leurs récoltes afin d'en faire profiter la famille et vendre le reste. Théo économise en vue d'acheter une calèche.

Les parents peuvent laisser à la maison la petite Marguerite qui est sevrée. La bambine ne marche pas encore, mais elle grandit normalement. Elle a percé ses dents sans trop de douleur, son caractère reste égal.

∽℘

Au retour de Théo et Marie-Reine, Anne-Marie leur apprend qu'un cultivateur d'un autre rang la réclame pour aider sa femme durant un mois et qu'elle a assuré de s'y rendre le lendemain. L'homme ne roule pas sur l'or et il lui a promis des gages de 10 dollars par mois seulement, mais la jeune fille de dix-huit ans ressent un besoin effréné de changement et elle désire gagner un peu d'argent.

Après être allé conduire sa fille le lendemain matin, Théo reçoit la visite de Ludger.

— Je viens t'inviter à la chasse à l'orignal.

— Quand est-ce que tu veux y aller ?

— De bonne heure demain matin. Je me suis fait une cache dans un arbre, on va le "câler" puis attendre qu'il vienne.

— Compte pas sur moi pour câler l'orignal, répond Théo en riant.

Les rares fois où il a abattu du gros gibier, c'est parce qu'il s'adonnait à en rencontrer. Théo préfère tendre des collets.

— Pas de problème, j'ai pas besoin de toi pour ça. Mais on est mieux d'être deux pour chasser ces grosses bibittes-là. Si ça t'intéresse, viens me rejoindre demain matin, à cinq heures.

Quoique bien charpenté lui-même, Théo se dit qu'avec sa carrure, Ludger serait sans doute capable de se débrouiller tout seul, un coup mal pris. Il se gratte la tête pour se donner le temps de réfléchir : Jérôme pourrait commencer à réparer les instruments et la charrette qu'ils ont mis à l'abri dans une portion de la grange réservée à cet usage.

— Cinq heures demain, c'est ben correct.

— À demain, répond Ludger.

En arrivant chez son voisin le lendemain, Théo aperçoit Ludger en train de frotter son manteau avec des branches d'épinette.

— Faut changer l'odeur pour pas qu'ils se rendent compte de notre présence, dit-il pendant que Théo l'observe, l'air intrigué.

— Va falloir que je frotte le mien.

— Laisse-moi faire, je vas t'arranger ça.

Ayant fini de transformer Théo en épinette, Ludger passe la bandoulière de son fusil autour de son épaule et s'empare d'un cornet géant en écorce de bouleau. Les deux hommes s'enfoncent dans la forêt toute proche. Ludger marche à pas de Micmac, observant le sol et désignant silencieusement des traces révélatrices.

Arrivé au pied de la cache, Ludger pousse dans son cornet un appel sauvage : mélange de hurlement et de bêlement qui se termine par une suite de grognements bizarres. Quand Théo entend ces sons étranges, supposés simuler le beuglement amoureux de la femelle en rut, il se sent incapable de s'entraîner à les reproduire. Il a trop le fou rire pour y arriver, mais il n'ose le dire : la chasse est une activité sérieuse où l'homme doit faire preuve de ruse et d'habileté. Si son père avait eu le temps de l'initier avant de mourir, peut-être verrait-il les choses autrement.

Ludger prête l'oreille en faisant signe à Théo de grimper à la cache sans faire de bruit. Après avoir tendu l'oreille encore une fois, Ludger vient rejoindre Théo. Il scrute les alentours avec la concentration d'un aigle. À le voir, Théo se dit que son voisin serait sans doute capable de déceler la présence d'un mulot caché sous un tas de feuilles mortes.

Habitué à bouger, l'immobilité et l'humidité de l'automne engourdissent les membres de Théo. Tout à coup, Ludger se penche vers l'avant, aux aguets. Un bruit confus parvient aux oreilles de Théo et les sons se précisent rapidement sans qu'il puisse les identifier. Soudain, surgissant à travers les arbres qu'il cornaille, un original écumant fonce dans leur direction. Les petits arbres qui lui barrent le passage se brisent comme des fétus de paille.

La rage de la bête est affolante et l'instinct de survie de Théo lui fait épauler son fusil. Il se sent en danger, perché dans les airs, à la merci de la puissance de ce panache imposant. Il frémit à l'idée que la charge aveugle de l'original ébranle l'arbre où ils sont cachés. L'œil rivé à la mire de son arme à feu, Théo pointe le bout du canon sur la cible à abattre. Deux décharges partent presque en même temps. Incrédule, Théo voit, comme dans un film au ralenti, l'animal s'écrouler en poussant un râle farouche.

— Hourra ! crie Ludger en brandissant son fusil en l'air. On l'a eu ! Regarde-moi c'te belle bête. T'as vu ses bois ?

Théo a la sagesse de ne pas répondre. Ce sont précisément ces bois terrifiants qui approchaient à une vitesse fulgurante qui lui ont fait mouiller son pantalon au moment même où il appuyait sur la détente de son fusil.

Ludger descend de la cache avec l'agilité d'un singe. Après s'être assuré que l'orignal ne bouge plus, Théo le rejoint. Ludger lui fait l'accolade en criant de joie. Il le félicite à tour de bras. Mort de peur, Théo est encore sous le choc. Son pantalon mouillé le gêne, mais son voisin ne semble pas s'en apercevoir et Théo reçoit ses congratulations avec la modestie qui s'impose quand on ne les mérite pas. Quand Ludger se calme enfin, il soulève le lourd panache et tourne l'animal de manière à pouvoir l'éventrer à l'aide de son couteau de chasse.

— Va chercher Goliath, dit-il en commençant à éviscérer la bête. On va le palanter dans ta grange le temps de laisser faisander la viande à l'abri des charognards.

Couvert d'écume après avoir charrié le lourd orignal, le pauvre Goliath attaque la généreuse ration d'avoine que lui sert Jérôme.

Pendu par les pattes, l'orignal envahit l'espace réservé à la future calèche. Vu de si près, son large panache semble encore plus imposant que dans la forêt. Malgré l'enthousiasme de Ludger quant à ses qualités de chasseur, Théo est loin d'avoir le goût de répéter l'expérience.

— Avec chacun une moitié, on va avoir de la viande pour un bon bout de temps, évalue Ludger.

— J'aurai assez d'un quartier, dit Théo. C'est toi qui as fait presque tout le travail.

Quand Anne-Marie revient à la maison, son père et leur voisin ont eu le temps de débiter l'orignal. Le panache, trop gros pour le camp des Fontaine, menace de faire s'écrouler le mur où il est suspendu.

— Mais papa est prêt à tout rebâtir, s'il le faut, afin d'exposer son trophée bien en vue, rigole Estelle, venue saluer son amie.

— Et qu'en dit ta mère ? s'informe Anne-Marie.

— Elle menace papa de se servir de son panache comme patère, quand on aura notre maison.

Estelle rit et examine Anne-Marie.

— Tourne-toi, ordonne-t-elle.

Anne-Marie sourit et pivote sur elle-même.

— On dirait que t'as maigri. Est-ce qu'ils te donnaient à manger, coudon ?

— Pas beaucoup, ce bonhomme-là est un vrai grippe-sou. Sa femme et ses enfants sont maigres comme des clous. On avait le droit de manger un peu de pain et une soupe claire dans laquelle je pouvais mettre rien qu'un petit morceau de lard salé et un peu de pois ou de chou. L'estomac me gargouillait tout le temps. J'avais assez hâte de revenir, tu peux pas t'imaginer !

— Sacrifice ! C'est quasiment pas croyable qu'il y ait du monde de même. Même les quêteux qu'on garde à manger sont mieux nourris. En tout cas, je vais m'arranger pour marier un gars généreux comme mon père.

— Moi aussi, mais je pense pas que je vais marier un gars de par ici, dit Anne-Marie.

— Où tu veux en dénicher un ?

— Rien ne presse, on verra.

— Maman, trouvez-vous ça normal que Marguerite ne marche pas encore ?

Revenue de chez son employeur pingre, Anne-Marie recommence à utiliser les « ne pas » grâce à la vigilance de Clémence qui la reprend dès qu'elle s'oublie. Comme la jeune fille n'a pas abandonné ses idées de grandeur, elle revient sans peine au langage que lui ont enseigné les religieuses et pour lequel elle a obtenu plusieurs images saintes durant ses études. Le fait de rencontrer occasionnellement mademoiselle Santerre, après la messe du dimanche, incite également Anne-Marie à soigner son langage. Ayant étudié jusqu'à la neuvième année, elle se croit du même niveau que l'institutrice.

— Les enfants ne se développement pas tous au même rythme, répond Marie-Reine, occupée à coudre.

— Allez, grosse paresseuse, dit Anne-Marie en sortant la petite de son lit. Je vais t'apprendre, moi.

Anne-Marie s'y prend de bien des manières pour essayer de faire marcher Marguerite, mais la petite se laisse aller dès que sa grande sœur ne la tient plus. Le tapis tressé qui recouvre le plancher non fini n'aide pas l'enfant à se traîner, croit la jeune fille, et elle recommence patiemment à soutenir la fillette de seize mois. La bambine n'a même pas le réflexe d'avancer un pied devant l'autre et Anne-Marie, de guerre lasse, finit par la remettre dans son lit.

Le lendemain, elle tente de l'amener à se tenir sur le bord de sa couchette, sans plus de succès que la veille. Marguerite ne manifeste aucune aptitude pour s'alimenter non plus. On doit la faire manger à la petite cuillère sans qu'elle essaie de s'emparer de l'ustensile. Elle boit encore au biberon et si on ne le tient pas pour elle, elle n'a pas le réflexe de le faire et le biberon tombe sur le côté sans qu'elle réagisse.

Chaque jour, Anne-Marie s'acharne à stimuler sa «grosse poupoune», comme elle appelle affectueusement la benjamine. Les résultats sont minces pour tant d'efforts, mais l'aînée applaudit chacun des progrès accomplis. Toutes ces victoires conquises de haute lutte n'en ont que plus de prix à ses yeux et elle s'attache davantage à cette enfant qui n'est que tendresse.

10

Val-des-Castors, 1941

La neige saupoudre les champs d'une mince couche et les lièvres troquent leur livrée d'été contre leur tenue d'hiver. Leur pelage se décolore afin de mieux les camoufler. Si le subterfuge réussit à tromper quelques prédateurs, il ne peut cependant protéger les petites bêtes contre les premiers collets tendus. Mère Nature les a bien nourris durant l'été et les lièvres sont plus charnus et ne goûtent pas le sapin comme à la fin de l'hiver. Ce soir, le premier civet de la saison sera un véritable régal.

Anne-Marie roule la pâte à tarte sur la nappe cirée protégeant la table pendant que Marguerite fait sa sieste de l'après-midi. Assise dans sa chaise berçante, Marie-Reine profite de l'absence de Théo et Jérôme, partis bûcher, et des enfants, à l'école, pour feuilleter le catalogue Eaton qu'elle a sorti de sa cachette. Il serait impensable que les pages des dessous féminins soient exposées à leur regard. Quand la mère de famille aura commandé les articles nécessaires, ces pages scandaleuses seront brûlées. Les mères catholiques ne ménagent rien pour protéger la vertu des âmes qui leur ont été confiées.

Et voilà que le gouvernement vient leur compliquer la tâche en incitant les femmes à travailler aux usines de guerre. On manque cruellement de main-d'œuvre pour fabriquer les munitions, les uniformes militaires et les avions. La nouvelle se répand rapidement, grâce en partie au clergé qui dénonce les occasions de péché auxquelles s'exposent les travailleuses en usine. Les salaires, variant entre 25 et 40 dollars par semaine, attirent en ville plusieurs filles de la campagne.

Appuyées par le curé de la paroisse et leur mari, Alma et Marie-Reine chapitrent Estelle et Anne-Marie dès qu'elles abordent le sujet : « Tu es mineure, il n'est pas question que tu quittes la maison. Point à la ligne ! », se font-elles répondre.

Par la suite, les deux espiègles rigolent en se racontant la réaction de leur mère respective. Elles n'ont nullement l'intention d'aller travailler en ville, mais les distractions à la campagne étant rares, et sûres de la réponse qui leur serait faite, elles ont ourdi ce plan pour tromper leur ennui et prendre une douce revanche sur tous les interdits dont on leur rebat les oreilles. Elles auraient été bien en peine si on avait acquiescé à leur demande, car Anne-Marie se souvient trop bien de sa mauvaise expérience chez le cultivateur avare pour avoir le goût de quitter son foyer.

⸎

Le fidèle gardien de Victor s'ébroue en jouant avec son jeune maître et les deux s'amusent, insensibles au froid. Quand ils rentrent chargés de neige, Marie-Reine se prend la tête à deux mains et Anne-Marie crie au cabot un « Couché ! » si indigné que le chien s'aplatit en émettant un léger geignement.

Quant à l'autre étourdi, on le débarrasse sans ménagement de ses vêtements mouillés en le tançant vertement : « As-tu envie d'attraper ton coup de mort ? », s'écrient les deux gardiennes de sa santé. Du coup, Victor régresse de plusieurs années et se remet à sangloter de manière éprouvante. On le frictionne avec du Painkiller, sorte de remède miracle contre les refroidissements, crampes, foulures, engelures, égratignures et maints autres petits maux. On l'emmaillote dans une couverture de laine et on le met à couver près du fourneau sans que les soins attentionnés de ses infirmières n'arrivent à le consoler. Victor pleure avec l'énergie d'un joueur de cornemuse !

Marie-Reine fait signe au reste de la maisonnée d'ignorer les pleurs énervants du braillard. Gisèle et le petit Germain grimacent et se bouchent les oreilles. Anne-Marie chante, espérant amener son frérot à changer de rengaine. Contrairement à l'effet recherché, ses fausses notes augmentent le chagrin du bambin et épuisent la patience de l'auditoire malmené.

— Vos gueules ! crie Étienne.

Anne-Marie se tait aussitôt, mais le regard furieux de sa mère pousse Étienne à se retirer prudemment à l'étage où il est bientôt suivi par Clémence. Terrorisé, le petit Germain verse des larmes silencieuses en maintenant ses menottes sur ses oreilles.

Les minutes se consument lentement, le poêle à bois crépite et les poils frisés de Ti-Nours achèvent de sécher sur le tapis tressé de l'entrée… et Victor, entouré de visages excédés, pleure encore. Compatissant, le chien maintient ses pattes croisées sur son museau.

La petite Marguerite se réveille et Anne-Marie la dépose sur le tapis de la cuisine en l'incitant une fois de plus à marcher. La bambine tombe après un seul pas maladroit. À quatre pattes, elle se dirige vers le poêle. Arrivée près de Victor, elle s'agrippe au bord de la chaise et réussit à se lever. Elle couche alors sa petite tête sur la cuisse de son frère. Touché par ce geste de tendresse, Victor passe sa main dans la chevelure bouclée de Marguerite et un silence bienfaisant se fait dans la maisonnée.

Pendant que Victor hoquette, chacun pousse un soupir de soulagement et s'émerveille du comportement de la bambine au développement si lent, qui n'a pas eu besoin de raisonnements savants pour consoler son frère.

— Petite boule d'amour, dit Anne-Marie en caressant sa grosse poupoune.

~⊃

En décembre, Anne-Marie déclare que le monde aurait besoin de plein de «petites boules d'amour» alors que la guerre s'étend à d'autres nations. Les Japonais attaquent la flotte américaine à Pearl Harbor et les États-Unis entrent officiellement en guerre. Quelques jours plus tard, l'Allemagne et l'Italie déclarent la guerre aux États-Unis.

Au Canada, l'indice du coût de la vie augmente sans cesse depuis le début du conflit. Le gouvernement fédéral prend des mesures énergiques pour remédier à la situation, il plafonne les prix de presque toutes les marchandises, gèle les salaires et taxe lourdement certains produits.

En vue de soutenir l'effort de guerre, la population est invitée à récupérer ses déchets domestiques: papier, tissu, caoutchouc, graisse, os, métal et verre. La crise économique ayant déjà habitué les gens à ménager, les citadines acceptent de bon gré de trier les matériaux pour la collecte des déchets. Quant aux femmes du rang des Cailles, elles pourraient en remontrer à plusieurs en matière de récupération et leur vie quotidienne se poursuit au même rythme qu'avant.

À Noël, invitée une fois de plus chez Marie-Reine, Alma apporte une tourtière confectionnée à la manière du Lac-Saint-Jean. Le plat est une variante du cipaille gaspésien et, comme il contient moins de pâte, Marie-Reine demande à son amie de lui donner sa recette afin de plaire à Théo, peu friand de la pâte humide et gonflée de la version gaspésienne. Pourtant, aucun de nos soldats au front ne ferait la fine bouche devant ce plat consistant.

Quelques heures plus tôt, l'île de Hong Kong, défendue par les Britanniques auxquels s'était joint un contingent canadien, a capitulé. Plusieurs de nos soldats sont faits prisonniers par les Japonais.

Depuis le début de l'hiver, Marie-Reine et Anne-Marie tissent des catalognes, cousent et tricotent dès qu'elles ont un moment libre. Théo et Jérôme bûchent la plupart du temps et finissent l'intérieur de la maison quand le froid intense les oblige à rester au chaud. Le poulailler fournit plus d'œufs que la famille n'en consomme et Théo troque le surplus contre les marchandises qu'il doit acheter au magasin général.

Leur menu est quelquefois agrémenté d'un poulet dodu, qui représente le summum de la gastronomie aux yeux de Marie-Reine. Il va de soi qu'elle réserve le poulet pour les occasions spéciales, de même que ses fameuses « patates en riz ». C'est ce menu de choix qu'elle réserve aux Fontaine pour le souper du jour de l'An. Dans les camps de prisonniers des Japonais, nos Canadiens ne reçoivent qu'un bol de riz par jour.

L'armée recrute des infirmières, comme lors de la guerre de 1914-1918. Alors que dans un hôpital, elles gagnent 45 dollars par mois, leur solde est de 150 dollars, mais les jeunes femmes craignent d'aller servir outre-mer. Les Canadiens français s'opposent à ce que leurs filles s'enrôlent. Selon eux, les « CWAC », comme ils disent avec mépris, sont considérées comme des femmes légères, de vulgaires « filles à soldats ». Plusieurs jeunes filles passent outre aux interdits de leurs parents et participent aux soirées organisées dans les camps militaires, où l'on danse le jitterbug sur l'air de *In the Mood*. Le mal est à nos portes, clament les curés de la région du haut de la chaire, car l'aéroport de Mont-Joli sert de base aux aviateurs de l'Air Force. L'aviation attire beaucoup de Canadiens français qui doivent cependant connaître l'anglais avant de suivre leur formation au Royal Military College, à Kingston, en Ontario.

L'année 1942 commence à peine que l'on invite les Canadiens à réduire leur consommation de sucre, thé, café et beurre. Ces restrictions affectent peu les colons du rang des Cailles qui peuvent compter sur leurs érables et leurs vaches. Par ailleurs, la vente de beurre va les aider à augmenter leurs maigres revenus. Marie-Reine peut renoncer facilement au café, mais elle est prête à toutes les bassesses pour continuer de boire son thé trois fois par jour.

Tout l'hiver, les colons s'arrangent pour entretenir le chemin du rang afin d'écouler leurs surplus au fur et à mesure et de se tenir au courant des nouvelles. L'armée a besoin de fournitures diverses et les produits de leur fermette trouvent vite preneurs. Elphège Vaillancourt, qui y trouve son intérêt, prête son concours aux trocs de toutes sortes.

Marie-Reine et Alma se réjouissent de pouvoir assister à la messe et elles joignent leurs prières à celles des mères des soldats qui combattent en terre étrangère. Elles s'attristent depuis que l'une des veuves du village a reçu une lettre officielle l'informant que son fils unique avait été fait prisonnier par les Japonais, de même que pour Adeline Soucy qui se désespère de n'avoir reçu aucune lettre d'Ovide.

— Il sait pas beaucoup écrire, dit Adeline, lorsqu'on lui demande des nouvelles.

Théo se souvient pourtant qu'Honoré lui avait dit que son fils leur avait écrit une note pour les informer qu'il partait s'enrôler, mais il se tait pour ne pas causer plus de chagrin à sa voisine. Cependant, cela vient réveiller le doute qui l'a fait jongler un bout de temps, car Honoré avait aussi mentionné qu'Ovide était parti avec son fusil, ce que Théo avait trouvé bizarre sur le coup.

Durant sa longue recherche pour découvrir qui avait pu tuer sa Noiraude, il a soupçonné Ovide, à cause du fusil, sans comprendre cependant ce qui aurait pu le faire agir de la sorte. Honoré et lui se sont toujours entraidés et il ne voit vraiment rien qui puisse expliquer ce geste barbare. Ils n'ont jamais eu de brouille et Théo ne connaît personne qui lui en veuille.

Il arrive souvent, à la campagne, que les voisins se jouent des tours pendables. Il se souvient que lui-même, à l'âge de quinze ans, avait peint en vert le cheval d'un voisin dont le juron était «joual vert». D'autres jeunesses écervelées, qui veillaient un mort, avaient assis le cadavre dans son cercueil pendant que la veuve dormait. Le lendemain matin, la pauvre femme avait perdu connaissance en apercevant son mari.

Tuer un animal de ferme ne peut toutefois pas être considéré comme une simple blague de mauvais goût et la mort de Noiraude demeure un mystère inexplicable que Théo aimerait bien élucider, car depuis ce temps, il s'inquiète pour sa famille. «C'est sûrement l'œuvre d'un détraqué», se dit-il. Mais tant qu'il n'aura pas découvert ce fou furieux, il ne connaîtra pas la paix de l'esprit.

~ɔ

Le 27 avril, le gouvernement fédéral convoque les Canadiens à un plébiscite. «Consentez-vous à libérer le gouvernement de toute obligation résultant d'engagements antérieurs restreignant les méthodes de recrutement pour le service militaire?», telle est la question à laquelle la population de la province de Québec répond «non» à 72 % tandis que les autres provinces votent «oui» à 80 %. Le 11 mai, le premier ministre présente à la Chambre des communes le projet de loi 80 abrogeant l'article 3 de la Loi de mobilisation des ressources nationales pour permettre la conscription si nécessaire.

Après la messe, on discute ferme au magasin général. Le grand fendant, qui plastronnait qu'il irait se battre si son père n'avait pas tant besoin de lui, se tient coi quand il apprend que l'enregistrement obligatoire a aboli les exemptions du passé.

Le même mois, pour contrer la rareté du verre, le gouvernement impose une consigne de 5 cents pour la bouteille de lait et de 2 cents pour celle de la boisson gazeuse.

— Encore une dépense qu'on n'a pas à faire, fait valoir Théo à sa femme.

∿

À la fin mai, Théo a vendu suffisamment de bois de chauffage pour compléter la somme requise pour ses divers achats. Et il peut enfin réaliser le rêve qu'il caresse depuis longtemps: acheter une jolie calèche pour conduire sa femme à l'église, le dimanche. La veille du départ, Marie-Reine et lui se lavent à la débarbouillette, à l'évier de la cuisine, comme ils le font habituellement le samedi soir, une fois que les enfants sont montés se coucher. Une fois par semaine, tous passent à la savonnette, Marie-Reine y voit. Mais les parties impures du corps sont rarement lavées. Comment faire autrement quand il faut faire sa toilette les uns derrière les autres, pratiquement à la vue de tous ? Sans compter que le simple fait de toucher certaines parties du corps est péché. Les sœurs enseignantes avertissent leurs élèves : « Les doigts ne doivent pas dépasser la débarbouillette ».

— On va avoir la peau usée, se plaint Théo, forcé de se laver deux fois dans la même semaine.

— C'est une occasion spéciale, plaide Marie-Reine.

Théo a toujours l'habitude de se laver avant d'endosser son complet, mais il ne peut s'empêcher de taquiner sa femme.

— Ce serait pas plutôt parce que tu veux pas avoir à frotter mon collet de chemise encrassé ?

— Quand il faut ménager, c'est mieux de s'user la peau du cou que d'user son collet de chemise, plaisante-t-elle.

— Viens pas te plaindre plus tard si j'ai le cou tout plissé, répond-il d'un ton badin.

Le matin du départ, Théo revêt son complet et Marie-Reine sa plus belle robe. En route pour Cap-aux-Brumes, les amoureux en goguette commencent à se faire des agaceries dès qu'un détour les dissimule à la civilisation. Marie-Reine se laisse aller avec un sans-gêne et une ardeur qui en étonneraient plus d'un. Heureusement, les moineaux ne sont pas portés à cancaner et la verdure toute neuve étouffe l'écho des propos lubriques qu'elle tient à son homme. Au même endroit que deux ans plus tôt, trop émoustillés pour attendre, les époux vont s'aimer derrière les buissons.

— C'est la dernière fois que tu te promènes en charrette, dit Théo, l'œil égrillard, quand il aide Marie-Reine à reprendre place.

— La balade que tu m'offres aujourd'hui n'est pas dépourvue de charme, réplique-t-elle, le sourire aux lèvres.

Anne-Marie et Estelle se bercent sur la galerie et profitent de leur liberté pour discuter du sujet préféré des filles de leur âge : les garçons ! Le concert des grillons accompagne les propos narquois qu'elles échangent en passant en revue les célibataires du canton.

— Arthur est assez beau garçon, commente Estelle.

— C'est vrai, mais il louche, objecte Anne-Marie.

— C'est pas un bien gros défaut, il est sérieux et travaillant.

— Je te l'accorde, mais comme je ne sais jamais s'il me regarde ou non, ça me met mal à l'aise. Pas toi ?

— Ben, je le trouve mieux qu'Adéodat. Il me tape tellement sur les nerfs celui-là !

— Je comprends ! Il a toujours la broue dans le toupet, et puis il sent la transpiration à cent milles à la ronde, fait Anne-Marie en grimaçant et en se plissant le nez.

— Le pire, c'est Zéphirin ! Il prend une brosse tous les samedis et il a encore les yeux dans la graisse de bine le dimanche matin, à l'église. Je voudrais pas marier un ivrogne pour rien au monde.

Une mouche bourdonne aux oreilles d'Anne-Marie. Elle arrête de se bercer et se donne soudain une grande tape dans le cou.

— Je l'ai manquée, dit-elle. Mais, pour en revenir à nos moutons, un qui fait dur, c'est Jacques. Il est laid comme les sept péchés capitaux !

— Ça l'empêche pas de faire son frais chié, chuchote Estelle en pouffant de rire.

— Il faudrait pas que maman t'entende ! rigole Anne-Marie.

Si sa fille tenait des propos aussi vulgaires, Marie-Reine la punirait sévèrement. Quant à Estelle, elle serait bannie – pour le moins!

— Maman me passerait la langue au savon, s'esclaffe l'impudente.

— Surveillons notre langage, se moque Anne-Marie, en imitant la mine compassée des religieuses.

Les deux jeunes filles gloussent comme des poules de la basse-cour, ou «comme des poules de bas étage», ricane-raient leurs souffre-douleur.

— Qu'est-ce que tu penses de Ti-Guy? demande Estelle, quand elle arrive à surmonter son fou rire.

— Ti-Guy! Un péteux de broue! C'est rien qu'une poule mouillée.

— Oh, mademoiselle Dumont! Que dites-vous là? se moque à son tour Estelle.

— Vous avez oublié Alonzo, ma chère.

— Celui qui a une vieille picouille et une waguine qui tombe en ruine?

Elles recommencent à rigoler et leur hilarité réveille Clémence, qui veut savoir ce qu'il y a de si drôle. En robe de nuit, la fillette se promène pieds nus.

— Rien, répond Anne-Marie. Retourne te coucher, tu vas attraper froid.

Clémence se frotte les yeux et proteste:

— Si vous voulez pas le dire, vous avez rien qu'à parler tout bas, d'abord!

— Excuse-nous, ma chouette, dit Estelle. On va faire attention.

Clémence hésite un moment, puis voyant que la rigolade a pris fin, elle retourne se coucher.

— Un qui te ferait un bon mari, murmure Estelle, c'est Gérard.

— Veux-tu m'insulter? Il n'y a pas de danger que je marie un boiteux!

— Fais attention à ce que tu dis, Anne-Marie. Maman m'a mise en garde un jour que je me moquais de Zéphirin, qui sentait la robine. Elle prétend que souvent on marie ceux de qui on se moque.

— T'en fais pas pour moi, Estelle, il n'y a aucun danger que j'épouse un infirme.

— Tu devrais pas dire ça. La valeur d'un homme se mesure pas à son physique.

— Oh, arrête de me sermonner! De toute manière, je ne changerai pas d'idée.

S'il était là, Théo serait le premier offensé et rabaisserait vite le caquet de sa fille. Il lui rappellerait qu'il a claudiqué longtemps après l'incendie du moulin et qu'il boitille encore quand sa cheville recommence à le faire souffrir.

~P

À Cap-aux-Brumes, Théo va saluer Georges et l'oncle Paul-Émile pendant que Marie-Reine papote avec sa mère et Lucette. En faisant sa visite de courtoisie, Théo fait toujours coup double: le magasin général est mieux pourvu que celui de Val-des-Castors et l'oncle lui consent de meilleurs prix.

— Je suis venu m'acheter une calèche, dit-il fièrement en réglant le montant de ses achats.

— Tu tombes mal, dit Georges, l'entrepôt de monsieur Pelletier a passé au feu la semaine passée. Toutes ses calèches sont parties en fumée.

— Tu me dis pas! Tu parles d'une *bad luck*, j'étais venu ici pour ça. Marie-Reine va être déçue.

— Je pourrais te passer la mienne, propose l'oncle. Je ne m'en sers plus depuis longtemps et elle n'a presque pas servi.

— Je dirais pas non, si vous êtes prêt à me la vendre. Autrement, je me sentirais pas à l'aise, j'aurais trop peur de vous l'abîmer.

— Commence par voir si elle fait ton affaire, répond en riant Paul-Émile.

Théo suit jusqu'au hangar l'oncle impeccablement vêtu, comme toujours. Théo reste saisi d'étonnement quand Paul-Émile soulève la bâche qui protège la calèche : elle est plus luxueuse que ce qu'il peut se payer.

— C'est toute une voiture !

— J'aime les belles choses et j'en ai pris grand soin.

— Je vois ben ça, on dirait qu'elle est neuve ! Mais c'est ben trop beau pour nous autres ! Vous me voyez arriver au rang des Cailles avec ça ? Mes voisins en feraient toute une maladie.

Paul-Émile rit franchement. Théo n'ose lui avouer qu'il n'a pas les moyens de se l'offrir, de peur que l'oncle de sa femme se sente obligé de lui céder à vil prix.

— Je peux te fournir une bouteille d'huile de ricin pour soigner tes voisins envieux.

La boutade fait rigoler Théo, car l'huile de ricin est un purgatif qui sert de panacée. On l'utilise pour la fièvre, le rhume, les inflammations... et pour les enfants qui ne veulent pas aller à l'école.

Prétendant qu'il a besoin d'espace dans son hangar, Paul-Émile demande un prix plus que raisonnable.

— À ce prix-là, c'est une aubaine !

— J'aime autant que ce soit quelqu'un de la famille qui en profite.

— Je vous demanderais juste de pas le dire à soir, je veux faire une surprise à Marie-Reine. Je vais lui dire que son beau rêve tombe à l'eau à cause du feu ! Avant de partir demain, j'approcherais ma charrette de votre hangar pour charger du stock, puis c'est là qu'elle se rendrait compte…

— Bonne idée, approuve Paul-Émile. J'ai hâte de voir sa réaction.

Le lendemain matin, Théo attelle Goliath et Marie-Reine vient le rejoindre près du hangar de son oncle. Théo charge les articles achetés la veille et la jeune femme grimpe à bord après avoir embrassé toute la famille réunie pour assister à leur départ.

— Pars pas tout de suite, Théo, il te manque quelque chose, dit Paul-Émile.

— C'est pourtant vrai ! Où est-ce que j'ai l'esprit ?

— Détache ton cheval, il va tirer le reste de ton stock, c'est trop lourd pour que je l'apporte jusqu'à ta charrette.

Ne se doutant de rien, Marie-Reine patiente en profitant du délai pour jaser avec sa mère et Lucette. Quand le cheval sort du hangar, attelé à une belle calèche, les trois femmes se retournent sans comprendre.

— Eh, Marie-Reine, qu'est-ce que tu attends pour embarquer dans ta calèche ? lui crie l'oncle Paul-Émile.

Sa nièce hésite, puis, comprenant le tour qu'on vient de lui jouer, elle secoue la tête en tous sens en souriant. Paul-Émile vient l'aider à mettre pied à terre.

— Mes deux ratoureux, vous autres ! dit-elle aux deux hommes.

Fiers de leur coup, les deux farceurs rient aux éclats.

— Tu l'aimes ? demande Théo, quand Marie-Reine prend place à ses côtés.

Sachant que c'est pour elle qu'il a fait cette dépense, elle le regarde avec adoration.

— Tu m'as bien eue, mon beau drôle! Merci, Théo. Cette calèche est si belle qu'elle dépasse toutes mes espérances.

— Dommage! fait-il en prenant en air de dépit.

— Quel tour me réserves-tu encore?

— Il va falloir que tu rembarques dans la charrette pour rentrer à la maison. On a rien qu'un cheval et il va falloir attacher la calèche à la charrette pour ramener les deux.

— Ce sera pour la prochaine fois, répond-elle d'un ton résigné.

~⌒~

«Comme la vie est étrange, songe Marie-Reine. Maintenant qu'on n'a plus à tirer le diable par la queue, le rationnement du sucre devient obligatoire. Ce ne sera pas facile de faire nos confitures.» La quantité allouée est d'une demi-livre par personne par semaine. Sont aussi rationnés le lait, le beurre, la viande, l'essence, les pneus, etc. Chaque citoyen possède son propre carnet de coupons de rationnement et les ménagères sont obligées d'apporter à l'épicerie les carnets de tous les membres de leur famille pour obtenir la part de chacun, car les timbres ou coupons doivent être détachés en présence du marchand.

Au grand dam de Marie-Reine et d'Alma, qui veillent scrupuleusement à la vertu de leurs filles, la longueur réglementaire des robes raccourcit: elles ne doivent pas excéder 42 pouces de la nuque au bord fini. «Une chance que nos filles ne sont pas très grandes, se disent-elles pour se consoler, sinon elles auraient la jupe aux fesses.» Revers, poches, collets et volants sont proscrits. Sont également interdits: culottes bouffantes, vestes à revers croisés, gilets de veston, robes de plus de neuf boutons, vêtements avec plis, revers de pantalons, rembourrage des épaules; 37 couleurs de fils sont permises contre 100 auparavant. Grâce à sa mère, Marie-Reine est encore bien pourvue en fil et en tissus.

Les fermières du rang des Cailles ne sont pas affectées quand elles apprennent qu'on diminue la proportion de soie dans la confection des bas de soie pour les femmes et qu'on la remplace par des substituts comme la rayonne, le coton et le nylon. À la campagne, les occasions de porter des bas de soie sont si rares qu'une paire dure longtemps.

Il devient également illégal de détruire tout article de caoutchouc : pneus, jouets, bonnets de bain... Elles ne s'en soucient guère, car elles n'en ont pas. Les fabriques de savon manquent de graisse, qui sert aussi à nettoyer la machinerie, à fabriquer des médicaments et des explosifs. On utilise le métal récupéré pour faire des chars d'assaut, des canons, des obus et des avions.

Les campagnards se fichent également que le gouvernement modifie la loi de l'impôt sur le revenu. L'époux d'une femme salariée bénéficiera de l'exemption entière à laquelle lui donne droit le statut d'homme marié quel que soit le revenu annuel de son épouse – avant, il ne pouvait réclamer l'exemption totale si son épouse gagnait plus de 750 dollars par année. Le travail des femmes s'avérant indispensable, à Montréal on crée des garderies pour les enfants de deux à six ans. « On aura tout vu ! », s'écrient les habitants de Val-des-Castors, dépassés par de tels chamboulements.

À la fin de juillet, la conscription est adoptée à la majorité. Le projet de loi inclut tout célibataire de vingt à quarante ans, ainsi que les veufs sans enfant. Quand la nouvelle parvient au village, les conscrits plient bagage. Quelques-uns, que l'on croit partis à l'armée, se cachent dans les bois et deviennent une charge pour leur famille qui doit les alimenter. Ti-Guy, le vantard, se tire accidentellement dans le pied en nettoyant son arme à feu. En apprenant la nouvelle, Anne-Marie et Estelle échangent des sourires entendus.

— C'est donc de valeur pour vous autres, les petites filles, se désole Alma. Tous les gars s'en vont à la guerre.

— On n'est pas pressées de se marier, répond Anne-Marie. On est encore trop jeunes, Estelle et moi.

— Peut-être bien, rétorque Alma. Mais quand vous serez prêtes à le faire, il ne restera plus beaucoup de garçons. La guerre va en faucher des milliers !

Venant confirmer les sombres prédictions d'Alma, se répand bientôt la nouvelle de la tentative ratée du débarquement des Alliés à Dieppe, en France, le 19 août. Les troupes composées de 5 000 Canadiens, 1 100 Anglais et quelques Américains et Français, sont décimées. On dénombre environ 3 000 tués, blessés ou faits prisonniers.

Les valeurs morales des Canadiens français sont confrontées à leur esprit patriotique quand, devant la pénurie de main-d'œuvre, le Service sélectif publie à la fin d'août une ordonnance obligeant les femmes de vingt à vingt-quatre ans, même mariées, à s'inscrire entre le 14 et le 19 septembre. Marie-Reine se console de leur isolement, car la mesure a peu d'impact sur le petit village éloigné de la production industrielle, mais elle suscite ailleurs nombre de réactions.

En raison de sous-marins allemands aperçus dans le Saint-Laurent, une ordonnance émise le 24 septembre par le ministère de la Défense nationale prescrit à la population comprise entre l'Isle-Verte et Douglastown de masquer toutes les fenêtres depuis le coucher du soleil jusqu'au matin, de même que d'éteindre les phares d'auto. Si le décret n'affecte pas les habitants du rang des Cailles, il en va autrement de ceux de Cap-aux-Brumes qui doivent acheter des toiles, vertes ou noires. Les Gaspésiens vivent dans la peur de voir débarquer des Allemands.

Pour économiser l'électricité dont ont grand besoin les usines de guerre, on adopte l'heure d'été à l'année.

~p

«La dernière année s'est écoulée à la vitesse de l'éclair», songe Marie-Reine. Tout l'été, elle a couru de la maison au jardin, des champs à la grange, de la baratte à beurre à la réserve de pommes de terre. Ce matin, elle émerge de ce tourbillon, tout étourdie de constater que le temps est venu d'enlever les moustiquaires, de poser les châssis doubles pour l'hiver et de rentrer le bois de chauffage. Bientôt, la belle calèche sera reléguée au fond de la grange au profit de la carriole bancale que Théo rafistole en attendant d'avoir les moyens d'en acheter une fabriquée par un artisan d'expérience.

Les feuilles fanées se parent des belles couleurs de l'automne et Ludger câle son orignal en compagnie de ses fils, car Théo a trop de travail pour l'accompagner. C'est ce qu'il prétend chaque automne quand son voisin l'invite à la chasse. Rien qu'à penser à l'animal en rut qui fonce et abat les arbres plus vite que ne le ferait une équipe de bûcherons, Théo se sent l'estomac noué.

La moustache de Jérôme est à présent bien fournie et ses hormones lui jouent des tours : il tache son caleçon, la nuit, quand il rêve à mademoiselle Santerre et à ses lèvres aussi appétissantes que des cerises juteuses. Au réveil, il se fait l'impression d'être un grand nigaud que Cupidon a frappé d'une flèche qui ne lui était pas destinée. Trop vieux pour retourner à l'école et pas assez pour séduire la jolie maîtresse, trop jeune pour fréquenter une fille, mais doté d'un cœur qui bat la chamade parce qu'il ignore tous les «trop» et les «pas assez» que lui souffle la raison.

Loin de Cap-aux-Brumes, Anne-Marie pense encore à Bertrand. « Il ne me mérite pas », conclut-elle avec un petit pincement au cœur. Elle s'admire dans le miroir que sa mère a fixé au mur, près de l'évier. « Je suis bien mieux que sa… » Elle n'a pas envie d'utiliser le mot « femme » en pensant à l'ordure qui lui a volé son prince charmant. « Un jour, il va me le payer ! », se promet-elle. Bertrand lui avait promis de l'attendre quand elle a dû partir pour la colonie et elle se sent incapable de lui pardonner l'offense. En attendant, elle peaufine son plan de vengeance.

Les seuls qui, en tout temps, trouvent grâce à ses yeux sont le matou Griffon, toujours aussi sauvage avec les autres, et la jeune Marguerite, affectueuse comme un chaton sans malice. Entre les deux, le contraste est pourtant frappant. Le matou est agile et cruel pour la vermine, la petite fille se colle à qui veut la prendre et elle donne de gros becs baveux sans crainte d'être repoussée. Sa « petite boule d'amour » la sauve de la rage qui, autrement, la consumerait tout entière.

Marguerite est aussi confiante que Ti-Nours, le grand ami de Victor. Le chien sèche à grands coups de langue la peine que le garçonnet a reçue en héritage et qui sourd chaque fois qu'une déception vient crever le conduit de ses larmes. Il n'est pas rare de l'entendre gémir, l'été, assis sur une souche, ou de le surprendre, l'hiver, la tête enfouie dans un oreiller détrempé. Mais Victor est un puits de chagrin que l'école est en train de tarir. Depuis qu'il a commencé à remplir son esprit de lettres et de chiffres, on dirait que le jeune élève baigne dans une mer de sérénité. Cette année, la complainte des pluies d'automne s'exécute en solo, Victor déborde de joie.

Si ce n'était de la collante Marguerite, le petit Germain se sentirait bien seul depuis que Victor quitte la maison tous les matins de la semaine. Les pourquoi incessants de ses quatre ans ne préoccupent guère sa mère qui se démène du matin au soir pour vêtir ses enfants grandissant à vue d'œil. Le pédalier de la machine à coudre se balance sous la pression des pieds qui s'accordent aux mains habiles de la couturière. Quand Germain fait sa sieste, c'est la navette du métier à tisser qui suit le rythme des aller et retour du fil augmentant les rangs de la catalogne. Ce soir, le cliquetis des aiguilles à tricoter prend la relève jusqu'à ce que Germain s'endorme en rêvant de l'école.

À la table de la cuisine, trois plumes grattent le papier : Étienne, Clémence et Gisèle copient au propre la rédaction qu'ils doivent remettre demain matin.

L'extinction de la lampe, généralement précédée par les bâillements étouffés de leurs parents, semble imminente.

— Achevez-vous ? s'impatiente Théo.

— J'achève, répond Étienne.

Clémence et Gisèle s'appliquent à tracer les derniers mots de leur devoir. Théo enfourne les bûches qui garderont la maison au chaud durant les prochaines heures. Marie-Reine range son tricot. Anne-Marie délaisse sa broderie et rajoute de l'eau dans la bouilloire qui traîne en permanence sur le poêle. Jérôme remonte la pendule.

La *Revue Notre-Dame-du-Cap* traîne sur le coin de la table. Quand tous l'ont lue, on la passe aux Fontaine. Depuis la guérison de Marie-Reine, Théo paie l'abonnement à la revue du sanctuaire dédié à la mère de Jésus et rédigée par les pères oblats de Marie Immaculée. La dévotion à la Vierge se perpétue dans la famille.

— En allant voir Estelle, je vais laisser la revue à madame Fontaine, annonce Anne-Marie en mettant son manteau.

— Demande donc à Alma de m'écrire le patron du chandail qu'elle a tricoté, dit sa mère. Attends, je vais te donner une feuille de papier.

— Dépêchez-vous, s'impatiente la jeune fille. Je commence à avoir chaud.

— Seigneur! soupire la mère en levant les yeux au ciel. Arrête de m'énerver, je ne trouve plus rien.

— Vous avez mis votre papier à lettres dans le premier tiroir de votre bureau.

— C'est du papier ligné que je cherche.

Anne-Marie soupire à son tour et ouvre le tiroir au bout du comptoir, sort le cahier et en arrache une page sous le regard médusé de sa mère.

— C'est bête, je ne me rappelais pas l'avoir mis là.

Anne-Marie replie la feuille en silence. Depuis qu'ils habitent la nouvelle maison, le cahier ligné a toujours été dans ce tiroir. «À croire qu'elle le fait exprès», pense-t-elle, excédée.

— Ne reviens pas trop tard, recommande Marie-Reine, la mine contrariée.

⟶◆⟵

— Où est ta mère? s'informe Anne-Marie en entrant chez les Fontaine.

— Au poulailler, répond Estelle.

— Maman veut avoir son patron de chandail.

Elle sort de sa poche la feuille de papier ligné et la dépose sur la table avec la revue.

— Maman ne devrait pas tarder.

— Je ne suis pas pressée de retourner à la maison, se plaint Anne-Marie. Dès que je parle de sortir ou de faire

401

quelque chose qui me tente, maman essaie de me mettre des bâtons dans les roues. Je suis assez tannée… c'est plate d'avoir juste la *Revue Notre-Dame-du-Cap* à lire.

— Attends, j'ai quelque chose à te montrer, dit son amie avec un air de conspiratrice qui intrigue Anne-Marie.

Estelle fouille sous son matelas et en sort une page de journal soigneusement repliée qu'elle présente à son amie.

— Regarde les petites annonces, il y a des gars et des filles qui se cherchent des correspondants. Ça pourrait être amusant, non?

Anne-Marie épluche les textes et note quelques adresses sur la feuille lignée qu'elle déchire ensuite. Elle met dans sa poche le précieux bout de papier.

— Est-ce que tu corresponds avec quelqu'un? pense-t-elle ensuite à s'informer.

— J'ai écrit à trois garçons, avoue Estelle en rougissant.

Anne-Marie ressort son bout de papier.

— Est-ce que c'est les mêmes que toi que j'ai choisis?

Estelle sort une autre feuille de sous sa paillasse et compare les adresses.

— Une seule.

— Laquelle?

Elle pointe l'adresse et Anne-Marie relit l'annonce: «Jeune homme de vingt et un ans, cheveux châtains, yeux noisette, recherche jeune fille pour correspondance amicale.»

— Celui-là, on pourrait le partager, propose Anne-Marie. Il ne marque pas: "dans un but sérieux". Qu'est-ce que tu en dis?

— Ça ne me dérange pas… Ça pourrait même être amusant de comparer ses lettres.

— Je me demande s'il sera intéressé à correspondre avec deux filles du rang des Cailles.

— On verra. Le pire qui peut arriver, c'est qu'il ne réponde pas à l'une de nous deux, mais ce ne serait pas bien grave.

～ゆ

Anne-Marie écrit ses lettres en cachette quand sa mère fait la sieste après le dîner. Grâce à l'argent que lui a envoyé sa grand-mère à sa fête, elle peut payer ses timbres sans avoir à quémander. Son orgueil la pousse à faire ses démarches en cachette, elle ne veut pas être exposée aux questions ou commentaires embarrassants si on ne lui répond pas. Et puis, avoir à demander la permission la rebute. À dix-neuf ans, elle s'affirme avec aplomb et préfère placer sa mère devant le fait accompli.

C'est Étienne qui passe au bureau de poste après l'école et en rapporte le courrier, mais elle s'esquive en douce pour expédier elle-même ses précieuses missives.

Les feuilles tombées forment un tapis coloré s'enfonçant dans la boue de la route détrempée. Un voilier d'outardes émigre vers le sud en cacardant. Anne-Marie relève la tête en direction de la formation en V. On prétend que les outardes s'accouplent pour la vie et la jeune fille souhaite dénicher un beau jeune homme qui lui sera fidèle, contrairement à son Jolicœur de malheur qui l'a reniée aux premiers jours de la guerre.

Une fois les lettres expédiées, il ne lui reste qu'à attendre, le cœur battant. Entre-temps, elle devra s'arranger avec son frangin pour qu'il lui remette discrètement son courrier, sans passer par sa mère. Connaissant la franchise de son frère, elle se demande comment arriver à le convaincre.

～ゆ

— As-tu envie que je me fasse étriper ? répond Étienne, paniqué par la demande de sa sœur aînée.

— Fais ça pour moi, le supplie-t-elle.

— Tu pourras pas cacher ça éternellement. Quand maman va s'apercevoir que tu reçois des lettres en cachette, ça va être bien pire, je t'en passe un papier. Je voudrais pas être à ta place.

— Ouais…

Être rabrouée par un écolier de sept ans plus jeune la fait tiquer, mais elle reconnaît qu'il a raison. Son désir d'émancipation lui fait perdre tout discernement. Elle ressemble à un bélier qui s'acharne à toquer une porte de grange sans réussir à l'enfoncer.

— Tu as raison, frérot, dit-elle pour l'apaiser. Est-ce que tu consentirais à me remettre directement mon courrier en disant simplement : "Tiens, y a une lettre pour toi" ? Comme ça, maman ne pourrait pas te faire de reproches.

— C'est correct, ça je peux le faire sans problème. Mais je t'avertis, si maman se fâche, compte plus sur moi.

— T'es un amour, susurre-t-elle.

Anne-Marie se promet que si sa mère fait de l'obstruction, elle passera au bureau de poste avant son frère pour ne ramasser que son courrier à elle. Autant les siestes de sa mère pouvaient l'horripiler autrefois, autant elle les apprécie aujourd'hui.

La première neige de la saison arrive et Anne-Marie attend fébrilement une réponse de ses correspondants. Une seule suffirait à redonner un peu d'espoir à l'esseulée qui dédaigne pourtant tous les jeunes hommes des environs. « L'herbe est toujours plus verte ailleurs », dit-on.

L'inconnu l'attire et l'effraie tout à la fois. Le paradoxe d'Anne-Marie découle de son désir de s'échapper de ce bled perdu. Quand elle était confiante d'épouser Bertrand, elle crânait : « Dans le pire des cas, je n'aurai qu'à dénicher un emploi de bonne. » Échaudée dès son premier emploi, l'option n'a plus rien d'emballant. Aujourd'hui, le mariage lui apparaît encore comme la meilleure solution, mais elle est bien trop fière pour le laisser paraître.

Le rouleau à pâte va et vient dans tous les sens. Les mains enduites de farine, Anne-Marie dépose les abaisses dans les douze assiettes à tarte alignées sur la table et le comptoir.

— Il va falloir aller se confesser si on veut aller communier à Noël, lui rappelle sa mère.

La jeune fille cherche en vain un péché véniel à avouer au confesseur, pour lui faire plaisir et, surtout, pour ne pas se faire traiter d'orgueilleuse, comme la dernière fois. Le curé, si doux dans ses sermons, se montre intraitable au confessionnal. « Bah ! Si je ne trouve pas, je dirai que j'ai péché par orgueil. » Libérée de ce souci, elle termine ses pâtés à la viande en chantonnant.

∼⌒

Marie-Reine s'agenouille dans le confessionnal plongé dans l'obscurité. Plus humble que sa fille, elle a quand même du mal à se trouver des péchés. Quand on travaille seize heures par jour, six jours par semaine, et presque autant le dimanche puisqu'une mère de famille échappe au précepte religieux du repos dominical, le temps manque pour faire des péchés. À part son impatience, dont elle s'accuse chaque fois, elle pourrait dévoiler qu'elle ressent un plaisir si grand à accomplir son devoir conjugal qu'il doit y avoir là matière à pécher.

Le carreau glisse et, à travers un faible rai de lumière, Marie-Reine aperçoit la tête du prêtre penchée vers l'avant, dans une attitude de recueillement, les deux mains jointes au-dessus de la bouche et du nez, l'oreille tendue vers la grille qui les sépare. Elle commence à réciter la formule rituelle :

— Bénissez-moi, mon père, parce que j'ai péché. Mon père, je m'accuse de…

Suivent les questions habituelles : « Combien de fois ? seule ou avec d'autres ? Avez-vous le ferme propos de ne plus recommencer ? » Quand le bon curé se rend compte qu'il s'agit d'une femme mariée, ses questions se font plus pointues : « Combien d'enfants avez-vous ? Quel âge a le dernier ? Empêchez-vous la famille ? Vous en êtes sûre ? C'est un péché mortel d'empêcher la famille ! Vous le savez ? »

L'humble paroissienne a beau fournir les bonnes réponses, elle obtient une pénitence réservée aux grandes pécheresses :

— Un rosaire ! Dites votre acte de contrition !

Le guichet claque, fermé par une main expéditive. Piteuse, Marie-Reine sort de la boîte à punition, aussi blanche que doit être son âme purifiée. Elle s'agenouille afin de s'acquitter, comme tous les autres, de la pénitence reçue, mais elle ne récite qu'une dizaine de chapelets, comme les autres. Que penserait le village si on la voyait égrener tout un rosaire ? Même son époux se poserait des questions ! Il y aurait de quoi s'imaginer que sa femme a commis l'impardonnable péché d'adultère.

Depuis qu'elle a l'âge de recevoir ce sacrement, Marie-Reine observe en douce ses concitoyens. Au cours de cette longue étude des mœurs, elle n'a vu qu'une fois un fidèle s'attarder à prier. La conscience élastique, elle se signe et s'assoit, attendant les autres membres de sa famille, tout en comptant sur ses doigts les *Ave* occultés.

Marie-Reine s'insurge. Est-ce sa faute si son corps refuse de retenir plus d'un mois l'ovule fécondé? Depuis la naissance éclair de Marguerite, les fausses couches se répètent, mais sa pudibonderie l'empêche de s'en ouvrir au curé. Si elle doit écoper d'une pénitence disproportionnée à chacune de ses confessions, elle se promet qu'elle n'imposera le sacrement du pardon aux siens que deux fois par année: Noël et Pâques. Le reste du temps, elle omettra religieusement d'en faire mention.

~~⌇∽~~

La veille de Noël, Radio Vatican diffuse le message de Pie XII qui évoque «les centaines de milliers de personnes qui, sans aucune faute de leur part, et parfois pour le seul fait de leur nationalité ou de leur race, ont été vouées à la mort ou à une extermination progressive».

Du haut de la chaire, lors de la messe de minuit, le curé de Val-des-Castors rappelle aux fidèles de la paroisse que Jésus est né pour sauver les hommes et il invite ses ouailles à prier pour la victoire des Alliés afin que le carnage prenne fin. «Pour que règne la paix dans le monde, dit-il, chacun doit pardonner les offenses, faire d'abord la paix chez lui et avec son voisin, et partager ce qu'il a avec les plus démunis.» Au sortir de l'église, de doux flocons de neige viennent compléter le décor de la fête.

Après avoir donné un peu plus que d'habitude à la quête et serré des mains, Théo revient chez lui en se sentant plus léger. La nuit de Noël lui paraît magique. La lune brille, les grelots de Goliath tintent allègrement et la carriole glisse aisément sur la couche de neige aplanie par le vent, qui a fini par se calmer à l'heure du souper.

Le traîneau des Fontaine suit leur carriole et le rire d'Estelle couvre le crissement des patins des deux voitures. Un bel inconnu l'accompagne.

Il neige aussi sur Cap-aux-Brumes et le trottoir de bois est devenu glissant. En raison des embruns du fleuve charriés par le vent des derniers jours, une couche de glace raboteuse fait valser les promeneurs. En route vers la maison, après la messe de minuit, Marie patine avec aussi peu d'assurance qu'une débutante chaussant ses patins pour la première fois. Elle pratique bien involontairement le sport réservé aux contrées nordiques : le ski-bottines ! Pour les personnes d'un certain âge, le divertissement n'a rien de délassant et il faut compter davantage sur la chance que sur l'adresse pour en réchapper.

« Oups ! », échappe-t-elle à tout moment quand elle dérape. Elle avance à petits pas, avec la grâce d'un canard pataud. Cheminant à ses côtés, Paul-Émile l'attrape et la soutient juste au moment où ses deux pieds dérapent. Comme ses deux jambes s'écartaient en sens contraire, il est permis d'imaginer la gêne causée si son galant beau-frère n'était venu à son secours. Rien n'aurait pu faire choir davantage sa dignité.

— Doux Jésus ! s'écrie-t-elle en s'agrippant des deux mains à Paul-Émile. On va finir par se casser la margoulette !

Le sauveur, fier de son exploit, avance à pas prudents. Il ne manquerait plus qu'il chute en entraînant avec lui sa compagne d'infortune ! C'est pourquoi il pousse un énorme soupir de soulagement en arrivant à bon port sain et sauf.

Georges et Lucette, plus jeunes et encore téméraires en dépit de leur statut de parents, s'amusent à skier en s'aidant des deux bras pour maintenir leur équilibre, comme des funambules avançant sur un fil de fer.

— Ah! les jeunes, dit Marie en les observant.

Derrière eux, leurs enfants les imitent avec plus ou moins de bonheur. Aussi aventureux que leurs aînés mais moins habiles, ils tombent en tous sens, sans se préoccuper de la circulation, et Georges remorque Lorraine juste avant qu'une automobile zigzagante ne lui passe sur la jambe. Après un moment de stupeur où tous retiennent leur souffle, la gaieté tapageuse de la famille reprend une fois le danger écarté.

Les lumières s'allument dans le grand salon de Marie et les passants peuvent admirer le sapin de Noël décoré de boucles rouges, comme au temps de Guillaume.

⁓ᴘ

La «salle» de Marie-Reine s'est enrichie de deux nouvelles chaises berçantes et d'une causeuse de bois. Recevoir les Fontaine leur a donné le goût d'y séjourner et, le dimanche après-midi, Théo et Marie-Reine s'y bercent en observant la route d'où pourraient surgir des visiteurs. Par la fenêtre de la cuisine, la maîtresse de maison peut également les voir venir et elle s'empresse d'enlever son tablier, même quand c'est un colporteur ou un quêteux qui se pointe.

Marie-Reine a cousu des rideaux de dentelle et toutes les fenêtres de la maison sont maintenant munies d'une toile qu'on descend pudiquement la nuit venue. Le voile dentelé assure une certaine intimité le jour, car le rang s'est enrichi de quelques nouveaux colons et Anne-Marie n'arrêtait pas de traiter de «senteux» tout individu ayant le malheur de jeter un coup d'œil à leur demeure.

Les yeux rivés sur le cavalier d'Estelle, Anne-Marie ressemble à une belette curieuse et sa mère use de toutes sortes de prétextes pour la faire bouger de son poste d'observation.

— Qu'est-ce que tu as à le regarder sans arrêt ? chuchote-t-elle dans la cuisine.

— Un chien regarde bien un évêque, se défend l'interpelée.

À l'exemple de son oncle, Georges a acheté un gramophone qu'il a installé dans un coin du salon. Tous deux amateurs de musique, Lucette et lui ont déjà une belle collection de disques : Frank Sinatra, Glenn Miller et Bing Crosby y figurent en bonne place, grâce aux sœurs de Georges vivant aux États-Unis qui se font un plaisir de leur envoyer les derniers succès.

Lucette garde précieusement les 78 tours de La Bolduc, morte l'an dernier. Ils ont aussi quelques-unes des chansons françaises à la mode et les vieux airs prisés par l'ancienne génération. Une fois les enfants couchés, Georges sort un disque de sa pochette, le dépose sur le tourne-disque et invite sa femme à danser. Quand Lucienne Boyer commence à chanter *Parlez-moi d'amour*, Paul-Émile entraîne Marie sur la piste de danse improvisée et fredonne à son oreille :

Parlez-moi d'amour
Redites-moi des choses tendres
Votre beau discours
Mon cœur n'est pas las de l'entendre
Pourvu que toujours
Vous répétiez ces mots suprêmes
Je vous aime

Estelle ignore les gestes d'Anne-Marie l'invitant à la rejoindre à la cuisine. Elle papote et rit depuis son arrivée, sans offrir une seule fois son aide pour servir et dégarnir la table. Au moment de la vaisselle, elle rejoint bien vite son cavalier au salon, au grand dam de son amie qui découvre avec amertume que la fidélité n'existe pas plus en amitié qu'en amour.

Les rires d'Estelle, qui l'ont égayée ces derniers mois, lui tapent à présent sur les nerfs. «J'espère que je n'aurai pas l'air aussi excité qu'elle quand j'aurai un prétendant!»

Le jeune homme châtain aux yeux noisette regarde Estelle d'un air énamouré et Anne-Marie trouve qu'il a l'air d'un petit toutou tout bête. «Pouah!», se dit-elle, dégoûtée, mais surtout inquiète qu'il s'agisse du correspondant qu'elles sont censées partager. Qu'Estelle s'amourache d'un des deux autres l'indiffère, mais celui-là, elle y tient. Est-ce par esprit de compétition? Elle ne le sait pas et n'a pas envie d'analyser ses sentiments, car Estelle est là, à rire comme une écervelée, alors qu'elle n'a pas songé à l'informer qu'elle recevait un correspondant à Noël. Quelle cachottière! Et le jeune homme s'appelle Julien, comme celui de son annonce.

Anne-Marie se désespère: des Julien, il n'y en a pas à la tonne. Son Julien lui a écrit qu'il avait ressenti quelque chose de spécial en lisant sa lettre… et il serait à présent avec Estelle… «Oh! C'est plus que je n'en puis supporter!», pense-t-elle, grandiloquente, en se prenant pour l'héroïne d'une tragédie ancienne. Comme elle mouillera son mouchoir, cette nuit, quand toute la maison sera endormie. «Pourquoi Estelle ne leur a pas présenté le jeune homme en déclinant son nom au complet, aussi? se morfond-elle. Que diable! J'ai trouvé la solution.»

Déterminée, elle s'empare du plat de sucre à la crème et commence à faire la tournée, un sourire courageux aux lèvres en dépit de son espoir en charpie. Arrivée près des amoureux, elle s'enhardit:

— J'ai mal compris votre nom de famille. Est-ce que c'est Gagné ou Gagnon?

— Non, c'est Lepage, répond le jeune homme souriant.

— Et d'où venez-vous?

— De Cap-Chat.

— Comme c'est un joli nom, je ne suis jamais allée à Cap-Chat, mais j'aimerais bien.

— Peut-être qu'un jour, Estelle et moi vous inviterons, dit-il en se tournant vers Estelle, le regard plein d'amour.

«Ouf!», songe-t-elle en bifurquant vers les autres invités. Son Julien porte un autre nom et il habite une autre ville.

∼♱

Le soulagement d'Anne-Marie est de courte durée quand elle songe que son amie aurait dû l'informer d'une chose aussi importante que la visite d'un soupirant. Selon son échelle des valeurs, une amie, une vraie, doit être d'une franchise totale. Pourtant, sa morale est plus libérale en ce qui concerne les secrets qu'elle-même garde profondément enfouis: elle n'a rien confié à Estelle concernant Bertrand et, pour rien au monde, elle ne divulguerait ce qui se cache sous le deuxième tas de pierres que Jérôme a érigé au printemps 1940.

Outrée, Anne-Marie reste chez elle, ruminant son dépit et l'alimentant de tous les blâmes qu'elle aurait envie d'adresser à Estelle si ce n'était l'orgueil qui l'en empêche. «Je ne ferai pas les premiers pas, c'est certain!», se répète-t-elle tous les soirs avant de s'endormir. « J'ai failli défaillir, j'aurais pu mourir ! », se dit-elle encore pour s'encourager à persévérer quand l'ennui ou la curiosité prennent le dessus.

Dès que Julien Lepage de Cap-Chat retourne chez lui, Estelle accourt chez les Dumont sans se douter de l'état d'esprit de son amie, mais elle est si heureuse qu'elle ne s'offusque pas de la fraîcheur de l'accueil d'Anne-Marie.

— Pourquoi tu ne m'as pas dit qu'un de tes correspondants venait te voir aux fêtes ?

— Parce qu'il est arrivé en même temps que sa lettre, répond Estelle, les yeux brillants. Avec le vent froid qu'il faisait avant Noël, personne n'est allé à la malle.

— C'est bien vrai, reconnaît Anne-Marie. Nous autres non plus, on n'est pas sortis.

« Encore une fois, je me suis emportée trop vite, se reproche-t-elle. J'aurais pourtant dû y penser ! » Chaque fois que sa mère la met en garde contre son impulsivité, Anne-Marie fait des efforts louables un certain temps, mais sa nature finit par reprendre le dessus et vient annihiler la maîtrise fragile des émotions qui bouillonnent sur le feu vif couvant en elle en permanence. Anne-Marie est semblable à un volcan qui crachote régulièrement, mais cause moins de dégâts que celui s'éveillant après une longue dormance. Elle est vraiment la digne descendante de Marie et de Marie-Reine. Quoique ses ascendantes expriment différemment leurs émotions, elles ont toutes deux un tempérament passionné, mais Anne-Marie l'ignore. Elle croit sa mère dépourvue de vivacité et son aïeule aussi sage qu'un vieux mage.

Estelle, aussi excitée qu'une puce devant le poil angora d'un chat dodu, déballe pêle-mêle l'histoire de son amour tout neuf.

— Imagine-toi que je l'avais vu en rêve avant qu'il arrive chez nous !

Devant les sourcils froncés d'Anne-Marie, elle s'explique :

— Maman m'avait dit qu'en faisant une neuvaine à la Sainte Vierge, je rêverais à celui que j'épouserais.

— Explique-moi ça, dit Anne-Marie, que la curiosité entraîne au pardon instantané.

— Il faut réciter un chapelet chaque soir avant de s'endormir. Le neuvième soir, on met son chapelet sous son oreiller avec une image de la Sainte Vierge et, durant la nuit, celui qu'on va marier nous apparaît en rêve.

— Et tu as rêvé à... ton Julien ? dit-elle, abasourdie.

Estelle hoche rapidement la tête à plusieurs reprises, le sourire fendu sur toute la largeur de son petit visage rayonnant. Anne-Marie ressent une forte poussée de ferveur religieuse et il lui tarde d'entreprendre sa neuvaine de chapelets.

— Est-ce qu'il t'a demandée en mariage ? chuchote-t-elle.

— Pas encore, il faut prendre le temps de se connaître, objecte Estelle en adoptant une mine sérieuse, qui contraste avec le pétillant de ses yeux.

— Toi, tu me caches quelque chose. Allez, dis-moi tout, l'implore Anne-Marie.

— Bien... il m'a fait une déclaration d'amour...

— Pis ? murmure Anne-Marie, qui a peur que sa mère les entende de sa chambre à coucher.

— Pis il a dit qu'il voulait continuer de correspondre avec moi...

— Pis ?

— Que ce serait dans un but sérieux.

— T'as une idée quand vous allez vous marier ?

Le rire clair d'Estelle fuse et exprime autant d'amusement que de confiance.

— Non… mais…

Estelle la regarde d'un air implorant et Anne-Marie, convaincue maintenant que son amie lui a livré toute la vérité et rien que la vérité, se pâme :

— Oh! que c'est excitant! Raconte-moi tout depuis le début.

Seules à la cuisine, alors que Marie-Reine, Marguerite et Germain font leur somme, les deux jeunes filles se confient tous les détails qui commencent à pimenter leur vie. Quand Estelle l'informe qu'elle n'a pas reçu de réponse de leur correspondant commun, Anne-Marie se déchausse et monte en pied de bas chercher la lettre de son Julien qu'elle a cachée soigneusement afin de la soustraire à l'examen de sa mère. Elle redescend en prenant soin de mettre le bout du pied sur le bord extérieur de la quatrième marche qui geint et trahit le passage de celui ou celle qui la foule.

— Il a une belle écriture, s'attendrit-elle en montrant la missive à Estelle.

⁓

Anne-Marie s'affaire à ranger la cuisine sans faire de bruit. Marie-Reine est allée s'allonger, victime encore une fois d'une migraine carabinée. Le petit Germain se berce en regardant les pages restantes du catalogue Eaton et Marguerite, assise sur le tapis près du comptoir de la cuisine, se concentre sur l'examen de ses doigts. La fillette s'amuse seule, sans jouet. L'observation du petit univers qui l'entoure semble la satisfaire pleinement. Anne-Marie la contourne pour aller mettre à sécher le linge à vaisselle, puis elle verse dans un seau l'eau de vaisselle graisseuse qui sera servie aux cochons. La truie nourrit sa nouvelle portée de douze porcelets et Théo calcule déjà les profits de leur vente.

Dehors, le ciel est d'un bleu pur, sans nuages, la neige immaculée étincelle. Ti-Nours, couché sur le tapis, observe les allées et venues d'Anne-Marie qui remplit le réservoir d'eau du poêle, puis la bouilloire. Le soleil se distille à travers les rideaux de dentelle et ses rayons miroitent dans l'air et sur le linoléum ciré. Marguerite étire sa menotte pour les attraper et, comme ses petits doigts sont vides, elle recommence à tendre la main vers les faisceaux lumineux où gambadent des particules de poussière.

— On va aller faire un beau dodo, ma poupoune d'amour, dit la grande sœur en soulevant la fillette, qui pose sa tête sur l'épaule de celle qui prend soin d'elle comme une seconde maman.

Anne-Marie lui bécote les cheveux et va la porter dans la chambre qui donne sur la cuisine. Quand elle revient, elle entend un coup discret frappé à la porte et aperçoit son amie Estelle.

— Enlève ton manteau, chuchote-t-elle. Je vais aller coucher Germain.

Sans dire un mot, le garçonnet dépose le catalogue sur le coin de la table et monte à l'étage.

— J'en reviens pas comme t'as pas de misère à les coucher, murmure Estelle.

Anne-Marie s'installe au bout de la table, près de la chaise berçante où s'est assise Estelle.

— Pendant qu'ils vont dormir, on ira poster ma lettre.

— Ta neuvaine finissait pas hier soir ?

— Oui, répond-elle laconiquement pour faire languir son amie.

Les yeux d'Estelle brillent d'un intérêt très vif.

— Pis ?

— Je n'ai pas vu son visage, répond Anne-Marie en faisant la moue.

— As-tu bien récité ton chapelet tous les soirs ?

— Ben, oui ! Je suis un peu déçue.

— Comme ça, t'as pas rêvé... C'est plate en titi, se désole Estelle.

— J'ai pas dit que j'avais pas rêvé, par exemple, ajoute Anne-Marie en omettant les « ne pas » pour lesquels Clémence lui fait des reproches après chacune des visites d'Estelle, parce que sa sœur aînée se laisse aller à chacune de ces occasions.

Son amie, tout sourire, arrête net de se bercer et s'avance sur le bord de sa chaise.

— Arrête de me faire languir et raconte-moi vite ton rêve.

— En fait, commence Anne-Marie, ça n'a pas été un rêve bien long... J'ai juste vu un homme avec une cravate rouge.

11

Le soleil s'est couché sur Cap-aux-Brumes. La Grande Ourse scintille dans un ciel sans nuage. La lune éclaire le village qui s'assoupit dans la chaleur des poêles à bois. Leur fumée se découpe dans l'air cristallin sans crainte d'être brimée par le vent parti souffler ailleurs sa fraîcheur boréale.

Paul-Émile et Marie se promènent lentement, s'arrêtant pour admirer les étoiles. Depuis Noël, le beau-frère s'invite tous les soirs après le souper, affirmant avoir du mal à supporter sa solitude.

— Viens prendre l'air, Marie, insiste-t-il chaque fois que le temps se montre clément. Ce n'est pas bon pour toi de rester enfermée.

Depuis la mort de Guillaume, Marie se sent cafardeuse durant le mois qui précède et celui qui suit Noël et le jour de l'An. C'est la période de l'année où son homme lui manque le plus cruellement. Quand sa moustache venait chatouiller ses joues, taquiner sa bouche, durant ces jours si courts où le froid intense les amenait à se coucher tôt et à se pelotonner l'un contre l'autre. C'était le temps des rapprochements brûlants, la saison de l'amour, le temps où l'on n'a plus conscience des heures qui passent.

Ce soir, dans ce décor propice à l'amour, elle éprouve un sentiment de vide affolant et son esprit s'enfuit dans les profondeurs insondables de la galaxie. Paul-Émile essaie de la détourner de l'isolement dans lequel elle s'est laissé engloutir.

— Marie, murmure-t-il.

Il se rapproche, passe son bras sous le sien. Marie émerge lentement de sa triste rêverie et se surprend de le sentir si près.

— Je t'aime, chuchote-t-il.

Sa voix n'est qu'un murmure et elle croit avoir mal entendu.

— On devrait retourner à la maison, il commence à faire froid, dit-elle.

Marie se dit qu'elle a sûrement mal entendu. Sa soif de tendresse lui joue des tours, voilà tout. Elle tente de faire demi-tour, mais Paul-Émile la retient.

— Je t'aime, susurre-t-il.

Ses yeux plongent dans les siens, fouillant son âme. Marie reste interdite, mais ne peut se soustraire au regard ardent de Paul-Émile, ni à son visage qui se penche, ni aux lèvres qui se posent sur les siennes.

⁓ᴏ

Sous l'éclairage de la lune, Anne-Marie relit la dernière lettre de Julien Briand et son cœur palpite. Il a une façon simple de s'exprimer où perce un peu de retenue et beaucoup de délicatesse, et ses missives la remuent. Elle ferme les yeux, essayant d'imaginer un être de chair et de sang correspondant à la photo qu'il lui a envoyée : un visage légèrement allongé sans être étroit ; des yeux caressants pétillent d'intelligence ; des lèvres sensuelles esquissent un sourire doux, un peu timide ; des plis soulignent de légères pommettes et accentuent la bonté et la franchise qui se dégagent du portrait.

Elle presse la photo sur son cœur, rêvant du jour où elle le rencontrera enfin, confiante que sa voix sera aussi plaisante que sa physionomie.

✦

Si Marie avait fermé les yeux quand il s'est penché sur elle, s'il avait eu une moustache, s'il ne l'avait pas serrée si fort dans ses bras, peut-être se serait-elle abandonnée à la douceur de ses lèvres.

Encore que ce baiser la laisse pantoise. Aussi inattendu qu'affolant, il vient réveiller les braises qui couvaient sous la cendre. Ce besoin qu'elle a d'avoir deux bras affectueux qui l'enveloppent pourrait la pousser à tous les excès, et ce constat l'effraie. Après tant d'années de solitude, le contact de Paul-Émile la bouleverse. Jamais elle n'aurait cru que son beau-frère pouvait se montrer aussi passionné, et encore moins qu'il pouvait l'aimer.

— Je... bafouille-t-elle en se dégageant de son étreinte. Tu...

— Je t'aime, Marie, redit-il d'une voix caressante.

— Ce n'est pas possible, Paul-Émile.

✦

Ses deux autres correspondants lui ont écrit, mais l'un faisait trop de fautes de français à son goût et l'autre lui donnait l'impression de n'être qu'un vantard. Anne-Marie les a donc éconduits poliment, ne voulant pas gaspiller de timbres pour une correspondance aussi ennuyeuse.

En cela elle ressemble à Marie-Reine. Bien qu'elle préfère croire qu'elle tient de son père, la jeune fille a hérité de sa mère les traits de caractère qu'elle exècre le plus.

Malheureusement, les legs de ce genre ne peuvent être refusés et il faut composer avec ce que l'hérédité nous a donné. Impossible de se dissocier de soi, dès la naissance, on est condamnés à se supporter jusqu'à la mort, sans grand espoir de changement, malgré nos plus fermes résolutions.

—⦿—

— Impossible, dis-tu. Pourquoi? Nous sommes libres tous les deux.

Le cœur de Marie bat à tout rompre.

— Tu es mon beau-frère!

Comme objection, elle aurait pu trouver mieux, ou pire, elle ne sait plus. Paul-Émile fait peine à voir avec sa mine chiffonnée. Il a l'air d'un petit garçon qui vient de se faire chiper tous ses bonbons et Marie voudrait le consoler, sans lui donner de faux espoirs. Ce qui lui arrive lui paraît si invraisemblable qu'elle se demande si elle n'est tout simplement pas en train de rêver.

— Je ne sais quoi te répondre, hasarde-t-elle. C'est si… imprévu… Je… Je…

Ébranlée, elle n'arrive pas à trouver les mots qu'il faut pour expliquer ce qu'elle ressent. Comment lui dire qu'elle l'aime infiniment et qu'elle tient beaucoup à lui? Elle l'a toujours aimé comme un frère et elle ne peut penser à se jeter dans ses bras sans se sentir incestueuse.

— Tu ne m'aimes pas? Pas même un tout petit peu?

Paul-Émile a l'air d'un chien battu et affamé, prêt à se contenter des miettes qu'elle voudra bien lui donner. Son beau-frère mérite mieux qu'un amour platonique dispensé avec parcimonie. «Oh, que la vie est compliquée!», se dit Marie en éclatant en sanglots.

Anne-Marie entend babiller Marguerite et elle se dépêche de camoufler la dernière lettre de Julien derrière le miroir de son bureau avant de descendre à la cuisine.

Au grand désespoir de sa mère, Marguerite n'est pas propre. Marie-Reine a beau asseoir la gamine sur sa chaise percée durant de longues périodes, l'enfant ne se laisse aller qu'une fois langée.

— Elle n'est pas prête, laissons-la faire, plaide Anne-Marie qui se porte volontaire pour laver les couches souillées.

Bien que la jeune fille manque de patience en général, elle laisse tout passer à sa petite sœur.

— Tu la gâtes trop, lui reproche sa mère.

— Mais non. Cette enfant-là ne se plaint jamais, on ne l'entend pas. C'est un ange.

Et l'ange profite de toutes les largesses que sa sœur aînée lui prodigue avec beaucoup d'affection. «Anne-Marie va te changer… Anne-Marie va te faire manger… Anne-Marie va te laver…», entend la petite à longueur de journée.

— Amahi, balbutie Marguerite en lui tendant les bras.

— Elle vient de dire son premier mot! s'extasie Marie-Reine.

Ces derniers temps, Georges a l'impression que son oncle a pris un coup de vieux. Il se retranche souvent dans un silence jongleur. Il sentirait sa mort venir que Georges n'en serait nullement surpris.

— Il est temps de faire nos papiers, déclare l'oncle après avoir fermé à clef la porte du magasin.

Paul-Émile se ratatine. Son cou est tout plissé et des bajoues commencent à se former de chaque côté du visage ridé. « C'est étrange, se dit Georges, je n'avais pas remarqué auparavant qu'il avait vieilli à ce point. Peut-être est-ce parce qu'il ne sourit plus ? Son regard est terne, dépourvu de vie, comme si sa lampe intérieure s'était éteinte. »

— J'ai déjà fait ajouter une clause à mon testament pour que le magasin te revienne à ma mort, moyennant un prix abordable, mais j'aimerais mieux régler cette affaire de mon vivant. Je pourrais partir l'esprit plus tranquille.

— J'espère que vous n'avez pas l'intention de vous laisser aller, proteste Georges.

Cette question de vente le met mal à l'aise, il a l'impression de spolier ses cousins en acquérant le magasin général à un prix inférieur à sa valeur réelle. D'un autre côté, il ne peut refuser l'offre de son oncle sans lui causer du chagrin. Paul-Émile s'est tellement investi dans son commerce qu'il ne peut le céder à n'importe qui. En prenant sa relève, Georges lui permet de continuer à servir ses clients, dans la mesure de ses capacités déclinantes, tout en le déchargeant des obligations qui incombent à un propriétaire.

— J'aimerais occuper mon logement tant que j'aurai la santé. De toute manière, tu n'es pas pour laisser ta mère seule dans sa grande maison.

— Quand vous n'aurez plus la santé, je prendrai soin de vous, mon oncle. Je vous l'ai déjà dit. De ce côté-là, je ne veux pas que vous vous fassiez du souci.

— Je sais, mais c'est parfois difficile de prendre soin d'un vieil impotent. Je ne voudrais pas causer de trouble à personne.

— On n'a pas de contrôle sur ce qui peut arriver. Arrêtez de vous en faire avec ça, mon oncle.

La tempête fait rage et la bourrasque malmène tout téméraire qui ose l'affronter. Dans l'étable, à part le vent qui fait gémir les murs de grosses planches, tout est calme. Théo se réjouit de voir le veau en train de téter sa mère. Daisy a vêlé pour la première fois la veille. Il trait Noiraude, qui devrait mettre bas à la fin de l'été. Quand son lait commencera à tarir, il sera temps de sevrer le petit de Daisy et les enfants ne seront pas privés de leur boisson préférée. Jérôme nettoie les stalles, puis distribue le fourrage et l'eau aux animaux.

Avant de sortir de l'étable, les deux hommes remontent leur foulard pour se protéger le nez afin d'éviter que le vent les suffoque. La lampe-tempête se balance en tous sens et Jérôme doit veiller à la tenir éloignée de son corps. Dans la tourmente, tout disparaît, il ne reste que la neige qui pince le visage, bouche les yeux et tournoie comme un manège en folie. Le père et le fils avancent péniblement, courbés en deux.

Marie avance à tâtons, les deux bras tendus devant elle. Contrairement à ses habitudes, Georges tarde à rentrer et sa mère préfère braver la tempête plutôt que de rester au chaud à se faire du mauvais sang.

Depuis la semaine dernière, Paul-Émile se terre chez lui et Marie s'en inquiète. Après ses aveux, il ne s'est plus montré et cela lui cause beaucoup de chagrin.

Pendant une seconde, le rideau blanc s'amincit juste ce qu'il faut pour lui permettre d'entrevoir la lumière du magasin. Marie s'y dirige résolument et se heurte à la porte fermée à clef. Elle colle son nez à la vitre en protégeant ses yeux des rafales neigeuses et aperçoit son fils et son beau-frère en discussion près du comptoir. Elle cogne frénétiquement jusqu'à ce qu'on vienne lui ouvrir.

— Marie! s'exclame Paul-Émile.

Comme si la tempête l'avait suffoqué en ouvrant la porte, il ne peut rien ajouter, mais à sa mine réjouie, Marie sait qu'elle a bien fait de venir le sortir de sa tanière.

— Tu t'en viens à la maison, dit-elle d'un ton autoritaire. Apporte ce qu'il te faut, tu ne vas pas rester tout seul ici pendant une pareille tempête.

Paul-Émile sourit béatement, restant planté devant elle sans faire un geste. Elle jette un coup d'œil à son fils, raide comme un piquet. Elle a presque envie de rire à les voir figés comme deux gamins pris en faute.

— Grouillez-vous, le repas refroidit!

⁓꙳

L'hiver 1943 alterne les journées lumineuses et neigeuses. Parfois, le froid vif mord les joues et le nez des bûcherons, leur gèle doigts et orteils effrontément. Les jours où le temps est mal luné, les tempêtes s'abattent avec un acharnement si violent qu'elles donnent envie de rester tapi sous les couvertures jusqu'au printemps.

Les lettres de Julien viennent briser la monotonie des jours gris et Anne-Marie les attend avec une impatience accrue. Se berçant tranquillement vis-à-vis de la fenêtre de la salle, elle achève de tricoter une veste blanche pour Marguerite. Aujourd'hui, le soleil aveuglant l'oblige à plisser les yeux pour observer la route. Revenant du bureau de poste, Estelle tourne dans la montée. Anne-Marie bondit de sa chaise et son amie brandit une enveloppe dès qu'elle l'aperçoit. Elle range son tricot et court à la porte arrière. La mine radieuse, Estelle secoue ses pieds dans le tambour.

— J'ai une lettre et tu en as une aussi, chuchote-t-elle.

Elle remet l'enveloppe destinée à Anne-Marie et enlève ses bottes.

— Où est la tienne ?

Estelle sourit et fouille dans la poche de son manteau, puis en sort une enveloppe qu'elle a ouverte avec son doigt. Les bords déchirés démontrent clairement la hâte fougueuse de la jeune amoureuse.

— Il veut qu'on se fiance à sa prochaine visite, s'empresse-t-elle d'annoncer. Lis vite la tienne.

Anne-Marie n'a pas envie d'avoir le menton d'Estelle accoté sur son épaule pour lire en même temps qu'elle la lettre de son Julien. Elle sort un couteau du tiroir pour ouvrir proprement la sienne.

— Berce-toi donc, dit-elle avant de sortir les précieux feuillets.

Estelle s'assoit précautionneusement en passant une main sous sa jupe écourtée. Le contact froid avec les objets est l'un des aspects ennuyeux du rationnement du tissu. La nouvelle mode expose aussi leurs jambes aux regards lubriques, aux intempéries, aux moustiques voraces et aux railleries si elles souffrent de quelque défaut.

Anne-Marie parcourt rapidement le texte. Ses yeux vont de gauche à droite pendant que ses lèvres remuent, formant les mots tracés par son correspondant.

— Il dit qu'il va venir au printemps, s'émeut-elle en repliant les pages.

— Si l'hiver peut finir, soupire Estelle.

Marie-Reine sort de sa chambre peu après le départ d'Estelle. Son air courroucé n'annonce rien de bon et Anne-Marie se doute que sa mère a tout entendu de leur conversation.

— Ça vient de qui la lettre que tu as reçue tantôt ? attaque-t-elle aussitôt.

— D'un correspondant, répond laconiquement Anne-Marie.

— Comment ça se fait que tu nous as pas demandé la permission ? lui reproche sa mère.

— Je suis assez vieille pour décider de ce que je fais avec mon argent. Je vous ai pas demandé une cenne !

— C'est pas d'argent que je te parle ! Montre-moi cette lettre-là !

Anne-Marie hésite. L'idée que quelqu'un lise sa correspondance lui répugne, mais elle sait qu'étant mineure, ses parents peuvent s'opposer à tous ses projets. Elle sort de la poche de son tablier la lettre de Julien et la tend à sa mère, la mine boudeuse.

L'air sévère, Marie-Reine s'empare de l'enveloppe, puis lit et relit lentement la missive.

— Tu t'apprêtais à recevoir un étranger sans même nous en parler ? T'as du front, ma fille ! Attends que ton père l'apprenne ! À part ça, c'est qui, ce gars-là ?

À contrecœur, Anne-Marie doit tout révéler à sa mère qui la menace de lire le reste de sa correspondance.

— J'ai jeté les autres lettres que j'ai reçues, ment-elle avec aplomb.

— Je te défends de répondre à ce gars-là tant que ton père n'aura pas dit ce qu'il en pense. Il me semble qu'il y a assez de jeunesses par ici sans que tu sois obligée d'en choisir un qu'on connaît même pas.

— Y a du bon monde partout, réplique Anne-Marie.

— Rappelle-toi du dicton, ma fille : "A beau mentir qui vient de loin."

Voyant sa mère mettre la lettre de Julien dans la poche de son tablier, Anne-Marie s'insurge.

— Donnez-moi ma lettre !

— Je la garde pour la montrer à ton père ! répond sa mère d'un ton sec.

***

Chaussés de raquettes, Théo et Jérôme affrontent un blizzard d'enfer en sortant de la forêt. Le vent furieux charrie des trombes de neige. Théo ne voit que le brouillard laiteux opaque qui cingle son visage. Il attrape le bras de Jérôme et le tire vers l'arrière. À l'abri des arbres, la tourmente s'apaise.

— Pas question de rentrer à la maison, dit-il en s'essuyant le visage à l'aide de sa mitaine enneigée. C'est trop dangereux de se perdre.

— C'est le cas de dire qu'on n'est pas sortis du bois, plaisante Jérôme.

Leur besace est vide, il ne leur reste plus une miette de nourriture, ni une seule goutte d'eau. Comme son fils, c'est la première fois que Théo est confronté à une telle situation. Il panique un moment, puis lui reviennent en mémoire les récits des vieux bûcherons qui faisaient causette le dimanche en lavant leur linge. Il se souvient qu'ils se relançaient hardiment et il en riait, dans le temps : c'est à qui avait vécu la pire détresse. Sans l'avoir prémédité, les anciens lui transmettaient leur savoir et Théo les entend de nouveau débiter les trucs qui leur avaient sauvé la vie.

— On va se faire un abri avec des branches de sapin, dit-il.

À l'aide de sa pelle, il dégage les branches basses à couper. Celles qui sont les plus longues et les plus fournies.

— Secoue-les jusqu'à ce qu'il reste plus un brin de neige.

Jérôme empile les branches pour former un épais matelas qui les isolera du froid. Les plus longues ramures sont plantées à la verticale autour de la base de manière à former un abri en forme d'igloo.

— Ton souper, dit Théo en tendant à Jérôme, avec un sourire moqueur, un morceau de gomme de sapin. On va s'allumer un petit feu pour faire fondre de la neige.

⟶ᴘ

Marie-Reine va d'une fenêtre à l'autre, le front soucieux. Le vent hurle sa fureur et s'acharne sur la maison qui craque de partout. Théo et Jérôme devraient déjà être revenus. Mademoiselle Santerre a renvoyé les enfants chez eux dès que la tempête s'est levée.

— Veux-tu aller faire le train, mon homme? dit-elle à Étienne. J'ai bien peur que ton père et ton frère...

Elle secoue tristement la tête et allume le lampion qu'elle garde au pied de la statuette de la Vierge, sur une tablette fixée au mur, juste au-dessus de la machine à coudre. Sans grand enthousiasme, Étienne chausse ses bottes et endosse son manteau.

— Habille-toi chaudement, mon homme.

Toute la maisonnée est silencieuse, plongée dans l'expectative et la crainte. Marie-Reine noue un long foulard autour du cou d'Étienne.

— Sois prudent, lui recommande-t-elle en lui remettant la lampe-tempête allumée.

⟶ᴘ

Après leur très frugal repas composé de gomme de sapin et d'une tasse d'eau chaude, le père et le fils se glissent dans leur abri de fortune. Dans la noirceur totale, allongés l'un contre l'autre pour se tenir au chaud, ils s'endorment en pensant à la maisonnée.

❧

Marie-Reine ne peut avaler qu'un peu de soupe quand Étienne revient des bâtiments. Elle couche ensuite les plus jeunes et invite les autres à prier avec elle, sous le lampion dont la flamme sautille et dessine des ombres mouvantes.

Puis, l'un après l'autre, les enfants montent se coucher et Marie-Reine continue de veiller, seule, en se berçant, le chapelet entre les mains.

Au matin, elle s'éveille après avoir somnolé, la tête appuyée contre le haut dossier de la chaise berçante. Le lampion a fondu, le poêle s'est éteint. Elle a oublié de l'alimenter durant sa longue veille soucieuse.

Les muscles endoloris, Marie-Reine s'extirpe de la chaise berçante. Elle tisonne les braises mourantes, ajoute un peu de bois sec, puis deux bûches entrecroisées l'une sur l'autre. Les pétillements coutumiers recommencent à concurrencer le vent mugissant.

Dehors, les mêmes tourbillons que la veille s'entremêlent hargneusement, ne laissant présager aucune embellie. Marie-Reine allume un nouveau lampion et prie: «Bonne Sainte Vierge, vous qui êtes toute-puissante, protégez-les et ramenez-les sains et saufs.» Son inquiétude l'amène à reproduire les gestes dont elle a été témoin autrefois, quand sa mère se tracassait pour son époux parti en mer.

❧

Théo se réveille et sort précautionneusement de son abri précaire. Il remet ses raquettes et chemine à grandes enjambées jusqu'à l'orée de la forêt. Hélas ! la neige continue de tomber dru. Il retourne vers l'abri, ramasse quelques bouts de branche et allume un feu sous sa gamelle remplie de neige. Son estomac gargouille, mais il devra se contenter du même menu que la veille. Dès que la neige se dissout dans sa gamelle, il en rajoute. Il faut souvent refaire le plein pour obtenir une tasse de liquide et cela réussit à l'occuper suffisamment pour tromper son ennui.

— Salut, p'pa, claironne Jérôme, à quatre pattes dans l'ouverture de l'abri.

— T'as bien dormi ?

— Comme une bûche. Et vous ?

— Pareil, marmonne Théo en massant son estomac insomniaque.

— La tempête ?

— Pareille à hier.

Jérôme se glisse à plat ventre hors de l'abri trop petit pour lui permettre d'en sortir dignement.

— Je vais faire la tournée des collets à lièvre. On sait jamais.

Affamé, Théo salive par anticipation et remet de la neige dans la gamelle. L'eau commence à bouillir quand Jérôme revient, tenant un lièvre raidi par le froid. Théo l'entaille et lui enlève son manteau de fourrure, il le vide de ses entrailles et le découpe. Ses mains tremblent tant il a faim et il se retient de dévorer la viande crue. Il plonge dans le liquide bouillant les morceaux de la carcasse, puis surveille attentivement la cuisson. Le fumet de la viande bouillie lui titille les narines et les papilles gustatives.

Pour la deuxième journée d'affilée, Étienne se guide à l'aide du câble reliant la maison aux bâtiments. L'accumulation de neige est telle qu'il doit se déplacer en raquettes, cerné par un blizzard suffoquant. Tout est uniformément blanc et si opaque qu'il ne saurait dire si c'est le matin ou le soir.

Beau temps, mauvais temps, il doit traire la vache, nourrir le bétail, sortir le fumier, ramasser les œufs. Même si Étienne aime ce travail, il sait qu'il ne veut pas être fermier. Mademoiselle Santerre lui a ouvert d'autres horizons. Ce sont les avions qui l'attirent, mais il n'en parle à personne. Ses camarades se moqueraient de lui : « Tu veux voler ? Tu te prends pour un oiseau ? », lui diraient ces fils de cultivateurs attachés à la terre.

Ce soir, il est doublement chagrin à l'idée que son père et son frère pourraient ne pas revenir. En plus du deuil à faire, il devrait prendre la relève pour faire vivre la famille, et renoncer à l'école et à son rêve de devenir aviateur. Noiraude salue son entrée dans l'étable par un long meuglement, aussitôt imitée par Daisy. Goliath hennit bizarrement. Habitués à la présence de Théo et Jérôme, les animaux manifestent leur nervosité.

Après le train, les poches bourrées d'œufs frais, Étienne avance lentement afin de ne pas transformer le contenu de ses goussets en omelette. Arrivé au bout de sa course, il pousse un soupir de soulagement. Vivement la sécurité et la chaleur de la cuisine.

~ↁ

Jérôme lève la tête et, dans la trouée des feuillus dénudés qui s'élancent vers le firmament, il décèle une toute petite étoile.

— P'pa, j'ai l'impression qu'on va pouvoir coucher à la maison.

Théo regarde dans la direction indiquée et sourit. Comme il arrive fréquemment en début de soirée, le vent est tombé. La neige a cessé.

—◦◦—

L'arrivée bruyante des deux revenants, qui se secouent les pieds dans le tambour, met fin aux prières de la famille agenouillée au pied de la statuette de la Vierge. Marie-Reine rit et pleure en même temps, pendue au cou de son homme. Anne-Marie serre Jérôme à l'étouffer. La maison reprend vie dans une cacophonie étourdissante.

Puis Marie-Reine et ses filles courent en tous sens pour faire chauffer un repas consistant, mettre la table et faire le thé pendant que Théo raconte aux femmes, en les enjolivant, ces jours et ces nuits de froidure et de faim.

—◦◦—

Dans le salon de Marie, Paul-Émile se laisse aisément convaincre de renoncer à passer la nuit dans une maison qui n'a pas été beaucoup chauffée depuis deux jours. Le court trajet entre les deux résidences voisines s'est avéré éprouvant, et même périlleux en raison de la vélocité du vent, et Georges n'est retourné alimenter la fournaise à bois que le matin et le soir afin de maintenir un degré de chaleur minimum pour empêcher les tuyaux de geler.

Bizarrement, le mauvais temps a eu pour effet de redonner le sourire à Paul-Émile, qui semble, ce soir, avoir rajeuni de dix ans. Georges n'arrive pas à s'expliquer le comportement timide et heureux de son oncle et, s'il n'en tient qu'à Marie, il n'est pas près d'être éclairé sur ce point.

Après cette violente colère, mère Nature essaie de se faire pardonner en se parant de soleil, se parfumant à l'air doux et tiède du printemps, festoyant en compagnie des corneilles avec qui elle se réconcilie. À l'image des ménagères, elle entreprend son grand ménage en commençant par laver tout ce qui s'est sali au cours de l'hiver. Avec le vent, le soleil et la bruine, elle pourchasse et débusque les derniers bancs de neige terrés au fond des bois et les anéantit sans remords.

Fatigués et un peu plus usés, les vêtements d'hiver retournent aux boules à mites. Celles qui les rangent se sentent légères, l'air printanier les fait chanter et Anne-Marie pousse quelques fausses notes que les oiseaux s'efforcent d'enterrer sous un concert nourri de pépiements joyeux.

C'est la période des amours et des soupirants impatients. Le rang des Cailles s'apprête à héberger les Julien d'Estelle et d'Anne-Marie. Et, comble de bonheur, ils doivent arriver le même jour. Les deux jeunes filles nettoient leur foyer, de la cave au grenier, avec tant d'empressement que leurs jolies mains en rougissent.

Pour s'aider à patienter, Anne-Marie et Estelle se retrouvent tous les soirs après la vaisselle. Roses de tous les émois qui les font palpiter, elles inventorient leurs préparatifs en vue du grand jour. Tous les jours, monsieur et madame rouge-gorge planent au-dessus de leurs têtes à la recherche d'une plume échappée d'un oreiller fortement éventé, d'un brin de laine gisant sous la corde à linge, d'une mousse de chandail emportée par le vent. Comme les deux amies, les deux rouges-gorges attendent de la grande visite et lui préparent un nid douillet.

De la fenêtre, Anne-Marie aperçoit une traînée de poussière soulevée par une automobile. Est-ce son Julien qui arrive, ou celui d'Estelle ? Le cœur battant, elle se recule pour ne pas être vue quand la voiture prend la montée.

— Ils sont trois, chuchote Marie-Reine.

Le chauffeur descend en même temps que le passager assis à l'arrière et Anne-Marie s'étire le cou pour essayer de le voir, mais le coffre s'ouvre et le cache à sa vue. Assis à l'avant, elle reconnaît le Julien de son amie qui concentre toute son attention sur la maison voisine.

Le coffre de l'auto claque et laisse apparaître un jeune homme élégant, vêtu d'un pardessus et coiffé d'un chapeau qu'il soulève légèrement afin de saluer son compagnon de voyage.

— Il est poli, commente sa mère. Vite, viens-t'en dans la cuisine.

— Calmez-vous, maman, s'énerve Anne-Marie. C'est mon cavalier, pas le vôtre.

Devant elle, sa mère s'empresse d'ouvrir la porte et lui bouche la vue.

— Bonjour, entrez, monsieur.

— Bonjour. Madame Dumont, je présume ?

Sur un signe de tête affirmatif de sa mère, Anne-Marie entend le visiteur se nommer. À son grand déplaisir, sa mère reste devant l'homme en l'invitant à enlever son manteau qu'elle tient sur son bras, puis son chapeau qu'elle prend dans l'autre main, bloquant toujours la vue d'Anne-Marie.

— Venez vous asseoir, dit Marie-Reine en indiquant la chaise berçante près de la fenêtre de la cuisine.

Anne-Marie rage, sa mère ne pense pas à les présenter l'un à l'autre.

— Est-ce que votre fille, Anne-Marie, est ici ? s'enquiert poliment le jeune homme, toujours dissimulé derrière la maîtresse de maison.

«Poli, mais pas fou», se réjouit Anne-Marie, qui l'aperçoit enfin! Il est pareil à la photo et il lui sourit. Non, il est mieux que sur le cliché, beaucoup mieux. Ses yeux sont plus vifs, son sourire plus engageant, son visage dégage une impression de douceur et de timidité qui le rend très attirant. Et il porte une cravate rouge. Le cœur d'Anne-Marie bondit dans sa poitrine et elle reste immobile : c'est la cravate qu'elle a vue dans son rêve! Si les lettres de Julien l'ont charmée, aujourd'hui sa présence l'ensorcelle. Le jeune homme exerce sur elle une force d'attraction comme elle n'en a jamais ressentie auparavant.

— Assoyez-vous, répète Marie-Reine.

Envoûté, le visiteur ignore l'invite et s'avance vers la jolie blondinette aux yeux bleus qui lui sourit.

— Anne-Marie ? murmure Julien.

Comme dans un rêve, Anne-Marie lui tend la main. Le contact est électrique et elle se sent parcourue d'étranges fourmillements. Julien conserve sa main dans la sienne et plus rien d'autre n'existe.

— Assoyez-vous, insiste Marie-Reine.

~◁▷

Marie-Reine désapprouve la correspondance de sa fille avec des étrangers. Pourquoi un jeune homme, bien de sa personne, irait-il chercher au loin ce qu'il pourrait aisément trouver dans son patelin ? Et comme elle se méfie des engouements de sa fille pour les beaux parleurs, elle est fermement résolue à connaître le pedigree de celui-ci.

— Vous prendrez bien une tasse de thé ? dit-elle.

Le regard franc du jeune homme et son sourire avenant ne présentent pas de garantie suffisante à ses yeux, et elle le soumet à un interrogatoire en règle. Tout y passe : nom du père, de la mère et des aïeux des deux côtés. Comment savoir s'il s'agit de quelqu'un de recommandable quand on ne connaît pas la famille ? Manque de chance, même en remontant jusqu'à la quatrième génération, il n'y a pas moyen de trouver un lien quelconque avec une personne de sa connaissance. Et pour ajouter au chapitre de la suspicion, les parents de Julien sont morts et il n'a ni frère ni sœur, donc personne pour témoigner de sa bonne conduite. « Il faudra que je demande à monsieur le curé de se renseigner sur lui », se promet-elle.

En attendant la réponse du curé de Drummondville, où habite le jeune homme, elle poursuit son investigation avec le sourire d'une personne se prêtant à une aimable conversation de salon.

— Où travaillez-vous ?

— À la bijouterie de mon oncle. Il m'a appris son métier.

Marie-Reine se réjouit : il a un bon métier. Mais elle ignore Anne-Marie, qui la fusille du regard, et continue de mitrailler le jeune homme de questions.

— Allez-vous bientôt partir pour la guerre ?

— Non, l'armée m'a refusé.

— Pour quelle raison ? s'enquiert-elle, la voix mielleuse.

Julien semble mal à l'aise et se tortille sur sa chaise. « Je savais qu'il y avait quelque chose de louche », se convainc Marie-Reine.

— J'ai une jambe plus courte que l'autre, avoue-t-il, l'air triste.

— Ça ne paraît pas du tout, s'exclame Anne-Marie, les yeux agrandis de surprise.

Julien lui adresse un sourire reconnaissant.

— C'est parce que j'ai une semelle compensée.

Marie-Reine observe les bottines du visiteur et se rend compte que la semelle du pied gauche a un quart de pouce de plus que l'autre. De son point de vue, le léger handicap de Julien le réhabilite complètement et elle s'en veut de s'être montrée si peu charitable envers le pauvre garçon. Orphelin et infirme : deux particularités propres à faire fondre le cœur de toute future belle-mère et Marie-Reine s'empresse de sortir sa réserve de sucre à la crème pour se faire pardonner.

꙳

La brise printanière caresse Marie et les bourgeons frais éclos fleurent le renouveau. La rivière roucoule, gorgée par la fonte des neiges des hautes terres et la crue des ruisseaux qui l'alimentent. Sur son passage, les oiseaux pépient leur joie d'être de retour au pays de leurs amours. Revenant du bureau de poste, elle se dirige d'un pas alerte vers le magasin général.

Paul-Émile relève la tête quand elle franchit le seuil et son visage se transfigure. Georges examine son oncle d'un œil critique, le sourcil froncé. « Doux Jésus ! pense-t-elle devant la réaction des deux hommes, il va falloir que je prenne une décision. »

— Tu as reçu une lettre, dit-elle en tendant la dépêche à son fils.

Georges regarde l'adresse de l'expéditeur, puis relève la tête, l'air ahuri.

— Ouvre-la, le presse-t-elle.

Georges déchire l'enveloppe et en extrait deux pages. La stupéfaction se peint sur son visage au fur et à mesure qu'il avance dans sa lecture. Puis il relève la tête et tend les feuillets à sa mère en disant d'une voix chevrotante :

— Je ne m'attendais plus à ça.

Marie examine le message écrit d'une main tremblante.

Monsieur Dumas,

Avant de me rappeler à Lui, Dieu a permis que je sois éclairée quant à l'injustice dont vous avez été victime alors que j'étais supérieure à l'hôpital de Cap-aux-Brumes et je viens bien humblement vous demander pardon.

Il m'est impossible de réparer les torts que vous avez subis et croyez bien que je le déplore sincèrement. Je n'ai appris que tout dernièrement que je vous avais accusé à tort d'une faute qui ne vous incombait aucunement. Vous comprendriez que je n'avais pas le choix d'agir de la sorte si je pouvais vous révéler le terrible secret qui me lie.

Quand vous recevrez cette lettre, je ne serai sans doute plus sur la terre. Si vous daignez m'accorder votre pardon, je pourrai goûter aux délices éternelles. Je prie Dieu de déverser sur vous toutes ses bontés afin de vous dédommager pour tout le mal qui vous a été fait.

Que Dieu vous bénisse,

Sœur Saint-Calixte

— Mieux vaut tard que jamais, soupire-t-elle. Je me demande quel peut bien être ce terrible secret. Tu permets que ton oncle la lise ?

Georges opine de la tête et Marie remet le pli à Paul-Émile dont les yeux ont pris la forme de points d'interrogation.

— On ne le saura jamais, conclut-il quand il termine la lecture du billet. Mais c'est mieux que rien. Tu ne méritais pas de te faire congédier et je suis heureux qu'elle ait ressenti le besoin de soulager sa conscience avant de mourir.

Théo se berce dans la cuisine pendant que sa femme et sa fille préparent le souper et dressent la table. Julien lui a emprunté ses habits de travail et il est parti faire le train avec Jérôme et Étienne.

— Ça m'a l'air d'un garçon travaillant, ce Julien Briand, dit-il.

— Oui et il a un bon métier, ajoute Marie-Reine.

Anne-Marie s'affaire au poêle en silence.

— T'aurais dû me le dire que ton correspondant était infirme, lui reproche Marie-Reine.

Pour toute réponse, Anne-Marie peste contre le poêle à bois qui tire mal. Elle tasse la marmite de soupe et soulève le rond avant d'un geste impatient. Théo fait signe à sa femme de se taire.

— Ça m'a l'air d'être un vrai bon garçon, insiste-t-il.

Anne-Marie fulmine : « Julien Briand aurait pu m'informer qu'il avait une jambe plus courte que l'autre ! J'ai l'air d'une belle dinde devant mes parents : mon correspondant est un infirme ! » Elle en pleurerait tant elle se sent mortifiée, mais elle doit cependant reconnaître que Julien ne manque pas de charme et que son infirmité n'est pas visible. « Que Dieu bénisse les cordonniers ! D'un autre côté, si je me marie avec lui, il devra à un moment donné les enlever, ses bottines ! Oh, que je suis malheureuse ! Le bonheur n'est pas pour moi », se lamente-t-elle en son for intérieur. Elle se sent déchirée par cet amour naissant qui menace déjà de sombrer dans la déconfiture.

« Je réfléchirai à tout ça quand il sera parti », décide-t-elle en se promettant de sourire bravement dans l'intervalle afin de ne pas laisser voir sa déception.

~✍

Les beaux jours ne ramènent pas que les oiseaux. Parmi ces moineaux d'un autre genre qui parcourent les villages éloignés et les rangs de la campagne, les colporteurs de toutes sortes viennent offrir leur camelote aux habitantes du rang des Cailles. Ces visites s'avèrent parfois du plus grand intérêt si le «pedleur» arrive au moment opportun. Les plus expérimentés ne passent pas le lundi, jour de lessive, ni tôt le matin alors que la fermière a trop à faire. Auquel cas, il se fait rembarrer sans ménagement.

Anne-Marie se plaît à examiner les fournitures du vendeur et à marchander âprement le prix des babioles qu'elle veut acquérir. Marie-Reine lui confie donc les négociations quand elle-même décide d'acheter un article. Elles ont développé un code personnel. Quand Marie-Reine déniche quelque chose à son goût, elle commence par s'informer du prix, puis déclare en soupirant que c'est trop cher pour ses moyens et sa fille sait alors qu'elle doit sortir l'artillerie lourde. Mais auparavant, elles s'amusent toutes deux à laisser mariner le pauvre homme en s'extasiant sur la beauté d'un tissu, la délicatesse d'un bout de dentelle, la forme intéressante d'un bouton.

Aujourd'hui, aucune poussière ne signale la venue du quêteux qui marche le dos courbé par les ans. L'homme qu'on surnomme «le petit Jésus» a les cheveux blancs comme du lait et un regard d'un bleu si pur qu'on croirait qu'il appartient à un ange. Personne du rang des Cailles ne sait pourquoi on l'appelle ainsi, peut-être est-ce à cause de l'aura de bonté qui se dégage de sa personne.

Il connaît tout le monde et, comme il bénéficie d'une mémoire prodigieuse, il est capable de transmettre les nouvelles de toute la parenté de ses hôtes éparpillée aux quatre coins de la province. C'est le meilleur chroniqueur ambulant jamais rencontré et, lors de son passage annuel, il informe Marie-Reine de la maladie de l'un ou du mariage de l'autre, de la mort d'un grand-oncle de Théo ou de l'accident d'un de ses anciens camarades de travail.

Il emprunte la montée conduisant chez les Dumont, et Anne-Marie sort sur la galerie d'en avant pour l'inviter à entrer par la porte principale, honneur réservé à la grande visite. La jeune fille éprouve un attachement particulier pour le vieil homme.

— Vous tombez bien, lui dit-elle, j'ai fait de la soupe aux pois comme vous l'aimez.

— Si tu veux m'en donner un bol, ce sera pas de refus, ma fille, répond l'homme au regard bienveillant.

«Le petit Jésus» est le seul quêteux à se présenter chez Marie-Reine à l'heure du souper parce qu'il sait que les Dumont lui offriront le repas et le gîte pour la nuit. Marie-Reine reçoit très poliment les autres, mais évoque divers prétextes pour ne pas les garder à coucher dans la maison. Elle leur propose plutôt de passer la nuit dans la grange s'ils n'ont nulle part où aller. «Ils sont pleins de poux et je n'ai pas envie qu'ils infestent toute la maison», dit-elle ensuite aux siens pour se justifier.

— Venez vous asseoir à la table, je vais vous en servir un bol tout de suite.

— Je peux attendre le souper, soutient le quêteux avec un bon sourire en s'essuyant le front. Mais je prendrais volontiers un verre d'eau fraîche, si ça te dérange pas trop.

— Prenez la chaise berçante, je vous sers ça tout de suite.

— Ta mère est pas là?

— Maman est chez la voisine.

— Et la petite Marguerite, je la vois pas, comment elle va?

— Maman l'a amenée avec elle pour la dégourdir un peu, répond-elle en lui servant son verre d'eau. Elle est un peu paresseuse, ma poupoune d'amour.

L'homme, assoiffé, vide son verre d'un trait et Anne-Marie refait le plein et vient s'asseoir près de lui.

— T'es-tu fait un cavalier depuis l'année passée? demande-t-il, l'air taquin.

— J'ai un correspondant. Il reste à Drummondville.

— Ah, ben, je passe par là, aussi. Peut-être ben que je le connais. Comment il s'appelle?

— Julien Briand.

— Le neveu du bijoutier?

— Oui, vous les connaissez?

— Certain, c'est du ben bon monde à part ça. Ça va te faire un bon mari, ma fille.

— On ne parle pas encore de mariage, déclare-t-elle en riant. On s'est rencontrés pour la première fois la semaine passée.

— Mon petit doigt me dit que ça va venir.

<p>

Les rumeurs de sous-marins allemands torpillant des cargos dans le golfe du Saint-Laurent se répandent de plus en plus au sein de la population côtière. Certains vont jusqu'à prétendre que des Allemands auraient débarqué à Métis Beach et se seraient joints aux invités d'une noce. Ainsi naissent quelquefois les légendes et il est difficile de croire tout ce qui se dit en temps de guerre, comme on ne peut jamais être sûrs que les gouvernements eux-mêmes divulguent les faits réels. Comment faire la part entre la vérité et les mensonges de la propagande? Entre le réel et l'imaginaire engendré par la peur?

De partout, cependant, des Gaspésiens disent avoir été témoins de torpillages. Ils ont entendu les explosions et vu des cargos couler au large de Cap-Chat ou en face du phare de Métis. Tout le long du littoral, les gens inquiets scrutent l'horizon.

À partir du 27 mai, les Canadiens n'ont plus droit qu'à un kilo de viande par semaine, os compris. Pour s'en procurer davantage, il faut compter sur le marché noir et les filous en profitent pour exploiter les affamés de façon éhontée.

Malgré que Benjamin, son gendre, tienne une épicerie-boucherie, Marie ne peut obtenir de supplément de viande.

— Ce n'est pas facile de se contenter de si peu, se plaint-elle à Paul-Émile. J'aimerais aller voir Théo et Marie-Reine, dimanche après-midi. Peut-être qu'on pourrait rapporter un cochon ou des chapons.

— C'est une bonne idée. Je vais m'arranger pour avoir de l'essence.

Paul-Émile ferait l'impossible pour elle, et Marie craint parfois d'aller trop loin. Depuis sa déclaration d'amour, elle réussit à maintenir leur relation dans les limites d'une amitié amoureuse, mais elle voit bien qu'il aspire à la conquérir et il fait preuve d'une patience et d'une tendresse propres à la faire craquer.

Elle a pris soin de lui expliquer qu'elle avait beaucoup d'affection pour lui, qu'elle souhaitait conserver son amitié et ne voulait à aucun prix lui faire de la peine, mais qu'elle ne se sentait pas prête à entamer une relation amoureuse parce qu'elle avait du mal à s'imaginer dans d'autres bras que ceux de Guillaume.

Et Paul-Émile a consenti à tout, se déclarant heureux du peu qu'elle voulait bien lui accorder. Mais Marie a peur de le faire souffrir parce que le temps passe sans que ses sentiments évoluent. Elle se sent toujours incapable de dépasser certaines limites.

～ゆ

Sa petite-fille Anne-Marie est, elle aussi, aux prises avec un gros dilemme. Quand elle regarde la photo de Julien, elle a envie de se blottir dans ses bras jusqu'à la fin de ses jours, mais quand elle pense à la semelle compensée, elle a peur de sa réaction quand il se promènera pieds nus et qu'elle le verra boiter. La première lettre qu'il lui envoie depuis sa visite arrive alors qu'elle oscille encore entre les deux extrêmes.

Chère Anne-Marie,

Le voyage de retour s'est bien déroulé, mais à bord du train, la police militaire m'a une fois de plus arrêté et j'ai dû leur montrer mes papiers d'exemption. Je crois que c'est devenu leur passe-temps préféré d'embêter les voyageurs, comme si les déserteurs étaient assez bêtes pour s'exhiber au vu et au su de tous.

Avec le nombre croissant de mariages, mon oncle et moi ne manquons pas de travail à la bijouterie et je ne sais pas quand je pourrai prendre congé de nouveau.

À défaut d'avoir une photo de toi, je dois te recréer en pensée. Comme il serait doux d'avoir ton beau visage sur papier et de pouvoir le regarder quand je m'ennuie de toi, car je pense de plus en plus à toi.

Dès que mes yeux se sont posés sur toi, j'ai su que je t'aimais. Si de ton côté tu ne désires pas poursuivre notre correspondance, je comprendrai, mais j'ai besoin de connaître tes intentions. Si tu n'as aucun sentiment pour moi,

446

je préfère le savoir avant de trop m'attacher à toi. Y a-t-il un mince espoir? J'attends ta lettre avec impatience.

Je te prie de transmettre mes salutations à tes parents, qui m'ont si bien accueilli, et à tes frères et sœurs que j'ai trouvés charmants.

Tendrement,

Julien

Anne-Marie replie la lettre et la range dans la poche de sa veste en versant une larme. Pressentant les aveux de Julien, elle a attendu d'être seule pour la lire. Pour la première fois de sa vie, elle est confrontée à un choix d'importance. Anne-Marie a l'impression d'être en équilibre précaire sur une clôture sans savoir de quel côté pencher et son indécision la rend malade. «J'en parlerai à Estelle quand je m'en sentirai la force», décide-t-elle pour mettre fin à son malaise. Pourtant, son amie est si excitée par son prochain mariage qu'Anne-Marie doute qu'elle lui soit d'un grand secours. Estelle doit convoler en justes noces avec son Julien au début du mois de juillet et elle flotte sur un nuage de félicité.

～✍～

Quand les combats se déroulent à des milliers de kilomètres de chez soi, le mot «guerre» prend d'autres significations. Dans *La Presse* du 29 juin, on peut lire: «La guerre ne prend pas de vacances. Et la guerre contre l'inflation se poursuivra à condition que l'immense armée de femmes enrôlées dans cette lutte ne déposent pas les armes.» Le gouvernement incite les femmes à dénoncer les abus des commerçants qui haussent les prix sans vergogne.

N'ayant pas à vivre sous la menace des bombardements, la population de la province conserve son sens de l'humour devant les restrictions, comme on peut s'en rendre compte dans l'édition du 7 juillet : « Un mauvais plaisant disait l'autre jour que la prochaine ordonnance du président de la Commission des prix supprimerait les points sur les i, ce qui économiserait 250 gallons d'encre par mois. »

De son côté, Marie-Reine poursuit sa guéguerre contre les moustiques et Anne-Marie livre un combat interne qui n'a rien à voir avec le conflit mondial.

En digne descendante de Marie, Anne-Marie opte pour l'indécision. Elle répond à Julien qu'elle le trouve très sympathique, mais qu'elle doit prendre le temps de réfléchir avant de s'engager pour le reste de ses jours, et le pauvre garçon se nourrit d'espoir et s'accroche, comme Paul-Émile.

Anne-Marie continue de tergiverser malgré les pressions d'Estelle qui n'arrête pas de lui seriner qu'elle serait vraiment folle de refuser un si beau parti.

— Il est beau comme un cœur et il est bijoutier ! s'exclame-t-elle encore ce soir. Toutes les filles à marier t'envieraient. Qu'est-ce que tu attends ? Il va pas rester libre bien longtemps. Les femmes doivent lui courir après comme c'est pas possible. Toi qui as toujours voulu partir d'ici, c'est l'occasion rêvée.

Les étoiles scintillent dans le ciel, comme des diamants précieux, et les grillons s'excitent et stridulent à l'excès, comme pour appuyer les dires d'Estelle.

— Oui, mais…

— Y a pas de oui, mais. La chance passe rien qu'une fois, si tu la rates, tant pis pour toi. T'auras que toi à blâmer, mais je sais que tu t'en mordras les doigts toute ta vie.

— Que tu es belle! s'exclame Anne-Marie en voyant Estelle dans sa robe de mariée, courte et sans fioriture, selon les restrictions imposées par la guerre.

Estelle sourit et pivote sur elle-même pour se laisser admirer. Sous son voile de dentelle, ses yeux bruns lancent des éclairs de joie et Anne-Marie lui envie ce bonheur qui jaillit d'elle comme une source vive. «Pourquoi est-ce que ma vie est si compliquée, bon sang?» Et l'image d'un visage adorable se juxtapose à celle d'une jambe à laquelle il manque un malheureux quart de pouce.

Dans l'église de Val-des-Castors, Anne-Marie observe à la dérobée tous les jeunes gens présents. Comme toujours, elle découvre chez chacun un défaut physique si flagrant qu'il sert immédiatement de repoussoir. Même le marié, qu'elle n'aurait pas dédaigné aux fêtes, lui apparaît bien terne aujourd'hui. Julien Briand redevient «son Julien». Il n'y a plus que ses yeux caressants et son sourire charmeur qui lui viennent à l'esprit, ainsi que le rêve de l'homme à la cravate rouge.

Mais sa quiétude est de courte durée. À la fin de la journée, Anne-Marie est triste, elle perd sa seule amie. Demain, la jeune mariée quittera ses parents pour aller vivre à Cap-Chat, chez ses beaux-parents. Qui sait quand elles se reverront?

Depuis son arrivée au rang des Cailles, le but ultime d'Anne-Marie est de décamper à la première occasion. Par un drôle de retournement, elle prend soudain conscience qu'elle ne pourrait supporter d'être coupée des siens comme le sera Estelle. Cap-aux-Brumes est le seul endroit où elle désire vivre. S'expatrier au loin lui paraît monstrueux. La liberté tant désirée lui fait peur à présent. Comme les oisillons qui ont vécu dans l'entière dépendance de leurs parents, la tourterelle a peur de quitter son nid et d'affronter les aléas de la vie. Cette découverte la déconcerte et elle n'a plus envie de crâner.

Cher Julien,

Hier, Estelle a épousé son Julien et je suis heureuse pour elle, bien sûr, mais je me sens triste aussi, car je perds la seule amie que j'avais.

Ce mariage m'a fait prendre conscience qu'il arrive un âge où l'on doit quitter sa famille et faire sa propre vie. C'est une décision importante et il faut s'assurer de faire le bon choix, n'est-ce pas ? Rien qu'à y penser, j'en éprouve le vertige et il m'apparaît insupportable d'aller vivre loin des miens. En conséquence, je crois qu'il vaut mieux que nous cessions de nous écrire.

Cela me peine infiniment, crois-moi. Je te retourne ta photo et te souhaite de rencontrer bientôt celle qui saura te rendre heureux, tu le mérites.

Amicalement,

Anne-Marie

Anne-Marie essuie les larmes qui ont trempé le papier à lettre. Elle s'afflige d'avoir à faire souffrir Julien et se traite de poltronne. Mais elle n'y peut rien, ce qu'elle ressent au plus profond d'elle-même est plus fort que le sourire empreint de tendresse de Julien. Elle se questionne et se torture, se demandant si ce qui lui arrive n'est pas un juste châtiment pour la mort d'Ovide.

Gisèle revient du bureau de poste tout excitée, tenant dans ses mains deux enveloppes. La fillette dépose le courrier sur le comptoir de la cuisine.

— Maman, vous avez une lettre de grand-maman! crie-t-elle avant de ressortir à toute vitesse.

— J'arrive, répond Marie-Reine.

Occupée à écumer la confiture de framboises qui menace de déborder du chaudron, Anne-Marie affiche un air morose. Depuis deux semaines, elle semble déconnectée de la réalité, elle ne s'intéresse plus à rien et accomplit ses tâches de façon machinale. Elle regrette amèrement d'avoir mis fin à sa correspondance avec Julien. Son attirance pour le beau jeune homme est plus forte qu'elle l'avait cru et, après l'envoi de sa dernière lettre, elle a vite ressenti un vide immense se transformant graduellement en un gouffre béant et ramenant les vieux cauchemars de l'automne 1939, avec un fantôme de plus: celui de Julien. Chaque nuit, le sourire aimé disparaît pour laisser place à une expression d'une souffrance tragique. Anne-Marie émerge de ces mauvais rêves toute pantelante, mais le réveil n'apporte aucun apaisement et elle continue de patauger dans la grisaille.

L'escalier craque quand Marie-Reine revient de l'étage où elle faisait du rangement dans la pièce logeant le métier à tisser et les provisions.

— Tu as une lettre de Julien, dit-elle.

Anne-Marie sort immédiatement de sa torpeur. Elle s'empare de l'enveloppe et l'enfouit dans la poche de son tablier, puis retourne à ses confitures. La cuisine embaume de l'odeur appétissante des framboises qui mijotent. Marguerite babille en tournant les pages du catalogue. La fillette marmonne de longs discours inaudibles. Une mouche bourdonne autour de sa tête et l'enfant la chasse de la main, mais le moustique s'entête et Marguerite bat frénétique-ment l'air des deux mains en criant. Marie-Reine sort son tue-mouches et, d'un mouvement rapide, elle met fin au harcèlement de l'insecte.

Anne-Marie empote ses confitures en chantonnant, puis commence à peler les légumes du souper.

— Tu ne lis pas ta lettre ? s'étonne sa mère.

— Je la lirai quand j'aurai fini mon ouvrage.

Quand elle commence à peler les pommes de terre, sa mère lui donne congé.

— T'en as assez fait, je vais m'en occuper. Va lire ta lettre dehors, il fait si beau.

Anne-Marie lui adresse un sourire de reconnaissance. Elle sort en coup de vent et va se cacher derrière la grange pour déchirer l'enveloppe. D'une main tremblotante, elle déplie l'unique page de la missive. Son cœur bat à tout rompre.

Chère Anne-Marie,

Quand j'ai ouvert ta lettre et que j'ai aperçu ma photo, j'ai tout de suite compris que tu mettais fin à notre relation.

Je connais ton affection pour ta petite sœur Marguerite et je comprends que tu ne supportes pas l'idée de t'éloigner de ta famille. Ils sont tous si attachants.

Pour ma part, comme je n'ai pas d'autre famille que mon oncle, je pourrais aller m'établir ailleurs. Je te demande donc de reconsidérer la situation, si c'est la seule raison qui motive ta décision.

J'attends et j'espère, car tu es celle que j'aime et que j'aimerai toute ma vie.

Julien

Cher Julien,

Je ne savais pas que tu tenais à moi au point de venir t'établir dans ma région. C'est avec joie que je reprends la plume pour t'informer qu'il s'agit bien de la seule raison qui m'a fait renoncer à notre relation.

La prochaine fois que tu viendras, j'aimerais te présenter à ma grand-mère, qui habite à Cap-aux-Brumes. Elle est adorable, tu verras. Cela te permettra de connaître d'autres membres de ma famille et de voir s'il y a des possibilités pour toi d'y ouvrir une bijouterie.

Je suis certaine que l'endroit te plaira, le village est en bordure de mer et le moulin de l'endroit fournit du travail à beaucoup de monde. Il y a un hôpital et plusieurs commerces.

Si tu choisis d'y demeurer, cela nous permettrait de nous voir plus souvent et de mieux nous connaître.

Au plaisir de te relire,

Anne-Marie

Après toutes ses volte-face aussi rapides que déroutantes, Anne-Marie a décidé de se montrer plus prudente. Elle relit sa lettre et la juge suffisamment encourageante pour Julien, tout en maintenant une réserve de bon aloi au cas où elle devrait changer d'idée encore une fois. Elle se sent si fébrile qu'elle ne se fait plus confiance. Après s'être follement entichée de Bertrand et avoir nourri de vaines espérances, la déception a été si grande qu'elle l'a marquée profondément. «J'ai l'air d'une vraie girouette!», se reproche-t-elle.

Bien chère Anne-Marie,

Ta lettre m'a redonné l'espoir et j'ai retrouvé le goût à la vie. Tu me manques plus que je ne pourrais le dire, mais le travail me retient ici pour le moment.

Il me serait possible de te rendre visite lors de la fin de semaine de la fête du Travail, au début de septembre, si cela te convient et que tes parents consentent à me recevoir encore une fois. Sinon, tu pourrais m'indiquer un autre endroit où je pourrais loger étant donné qu'il n'y a pas d'hôtel proche de chez toi.

Tu ne peux pas savoir comme j'ai hâte de te revoir, chère Anne-Marie, et de connaître ta grand-mère. J'ai rencontré autrefois une dame de Cap-aux-Brumes dont je me souviens avec bonheur, car elle avait été si bonne pour moi. Je suis heureux d'apprendre que ta grand-maman habite ce village. La dame que j'avais rencontrée me l'avait décrit de façon si charmante que je m'étais promis d'y aller quand je serais grand. Et voilà que tu me proposes de m'y établir, c'est tout bonnement incroyable et je ne doute pas que l'endroit me plaise.

J'aurais le goût de t'écrire de longues lettres en y mettant tout ce que mon cœur voudrait te confier, mais ce ne serait pas très raisonnable et j'aurais bien peur que mon oncle me chicane, car je devrais y passer la nuit.

Chaque soir, je vais marcher sous les étoiles avant d'aller me coucher. Je regarde la lune et lui parle de toi. Je lui dis : « Va dire bonsoir à ma belle. Dis-lui aussi que je pense à elle, très fort, et que je l'aime. » Si tu me réponds que tu en fais autant, nous essaierons de la regarder à la même heure afin que nous soyons réunis par la pensée.

Je t'aime, ma très chère Anne-Marie,

Julien

Anne-Marie s'empresse de répondre à Julien que ses parents seront heureux de l'accueillir et qu'il a fait la conquête de sa mère qui n'arrête pas de le louanger. Elle le prévient cependant que ses deux frérots vont sûrement les taquiner et qu'ils ont déjà commencé à s'amuser à ses dépens. D'ailleurs, elle ne prend aucun risque et va poster elle-même sa lettre.

— Maman, j'ai oublié de vous dire que Julien projette de s'établir à Cap-aux-Brumes ou dans la région, dit-elle au retour du bureau de poste.

— À la bonne heure! Ton père s'en faisait bien gros à l'idée que tu pourrais t'en aller rester à Drummondville. C'est tellement loin, on ne te verrait plus et on ne connaîtrait pas nos petits-enfants.

— On ne parle même pas encore de se marier! s'écrie Anne-Marie. Ne mettez pas la charrue avant les bœufs.

— Tut, tut, tut, fait Marie-Reine. Un gars qui est prêt à déménager pour se rapprocher de sa blonde, c'est un gars qui va la demander en mariage dans pas longtemps, tu sauras me le dire.

— Vous croyez?

— Non seulement je le crois, mais je serais prête à gager que ça va se faire à sa prochaine visite.

Anne-Marie sourit et regarde l'horloge.

— Le pain doit être cuit, dit-elle.

Elle ouvre la porte du four et l'odeur du pain frais se répand dans toute la maison. Les miches sont dorées à point. À l'aide de son tablier, Anne-Marie sort les casseroles et les met à refroidir sur le comptoir.

— Pour en revenir à Cap-aux-Brumes, pensez-vous que papa accepterait de nous y amener Julien et moi? J'aimerais lui présenter grand-maman et ça permettrait à Julien de visiter la place et de voir si ça peut lui convenir pour ouvrir sa bijouterie. Il me semble que ça vous ferait du bien, à vous aussi, d'aller y faire une petite saucette.

Marie-Reine sourit. L'idée de sa fille lui plaît manifestement.

— Je vais lui en parler ce soir et on écrira à maman ensuite.

⟡

Théo rentre, fourbu et sale, des bâtiments. Les traits tirés, le front soucieux, il commence à se laver à l'évier, à l'eau froide.

— Attends, dit Marie-Reine, je vais t'apporter un bassin d'eau chaude.

Théo se savonne méticuleusement de la tête à la ceinture.

— Ah, ça fait du bien, dit-il en se séchant avec la serviette que sa femme lui a apportée en même temps que l'eau chaude.

— J'ai une nouvelle qui va aussi te faire du bien. Viens te bercer.

Marie-Reine s'assoit au bout de la table, près de son mari qui attend patiemment qu'elle veuille bien lui communiquer cette nouvelle qui semble lui faire tant plaisir.

— Anne-Marie vient de m'annoncer que Julien veut s'en venir rester à Cap-aux-Brumes.

Toute trace de fatigue s'efface du visage de Théo dont les yeux se mettent à briller.

— C'est-y vrai, ti-fille ?

— C'est aussi vrai que je suis là, s'amuse la « ti-fille », surprise par la réaction de son père.

— Ah, ben, ça c'est une bonne nouvelle !

～ゃ

Au magasin général, après la messe du dimanche, on discute d'une autre nouvelle qui est loin de plaire à tout le monde.

— Ils viennent nous chercher nos plus vieux pour les envoyer à la guerre ou dans les usines de la ville, pis là, ils sont en train de nous enlever les plus jeunes itou, peste Honoré Soucy. Tu parles d'une gang de sans-génie.

L'instruction est maintenant obligatoire pour les enfants de six à quatorze ans et le fermier se voit contraint de retourner deux de ses gars à l'école en septembre.

— De nos jours, l'instruction est essentielle, plaide mademoiselle Santerre. Vos enfants auront de meilleures conditions de vie s'ils sont instruits.

— Pour cultiver une terre, ça prend rien que des bras pis du cœur, objecte Honoré en colère, l'index brandi sous le nez de l'institutrice. C'est pas en usant nos fonds de culotte sur un banc d'école qu'on se nourrit, nous autres. Nos enfants sortent de votre école la cervelle pleine de mots savants, mais ça les aide pas une miette pour tirer une vache pis faire les foins.

La jeune institutrice fixe de ses beaux yeux verts le fermier colérique.

— Je sais que vous travaillez fort, monsieur Soucy, dit-elle d'une voix douce. Et je vous admire, mais vos enfants ne vivront pas sur votre terre toute leur vie. Un jour, ils vont se marier et ils seront obligés d'aller s'établir ailleurs. C'est pour ça qu'il faut les faire instruire.

Comme chaque fois qu'Honoré est à court d'arguments, il soulève les épaules et s'éloigne en marmonnant.

— Vous avez bien raison, mademoiselle Santerre, dit Jérôme.

Anne-Marie le regarde, étonnée. Son frère a toujours détesté l'école et il ne demande pas mieux que de travailler sur la terre avec son père.

— C'est pas tout le monde qui peut s'occuper d'une terre, dit le marchand général. Moi, j'aurais pas la capacité. Ça prend tout mon petit change pour m'occuper de mon magasin. L'instruction, c'est une bien bonne chose, c'est vrai, mais Honoré a raison de dire que le gouvernement oublie que nos fermiers ont besoin de main-d'œuvre. Il me semble qu'ils auraient pu attendre la fin de la guerre pour voter une loi de même.

— On a beau dire ce qu'on veut, on réglera pas le problème aujourd'hui, conclut en riant Ludger Fontaine. Donne-moi donc une poche de farine, Elphège.

La jeune institutrice se tient légèrement en retrait et Jérôme la dévore des yeux. Anne-Marie lui flanque un coup de coude dans les côtes.

— Qu'est-ce qui te prend? bougonne-t-il.

— Tout le monde te regarde, chuchote-t-elle.

⚬

Cher Julien,

Comme je te l'écrivais dans ma dernière lettre, mes parents seraient heureux de t'accueillir, mais nous avons reçu une lettre de ma grand-mère qui suggère que nous allions tous rester chez elle durant ton séjour.

Je pense que c'est la meilleure solution parce que cela te permettrait de te consacrer à tes démarches. Pour t'éviter un déplacement inutile à Val-des-Castors, je t'attendrai chez grand-maman. Papa et maman viendront nous rejoindre samedi.

J'inclus son adresse et son numéro de téléphone. Tu trouveras facilement sa maison, elle est juste à côté du magasin général. Je m'excuse de t'informer du changement au programme à la dernière minute et j'espère que tu comprendras que je fais pour le mieux.

Je ne peux pas t'écrire plus longuement, car je dois me dépêcher d'aller poster cette lettre afin qu'elle arrive à temps. J'ai hâte de te revoir.

Bon voyage et à bientôt,

Anne-Marie

Anne-Marie se promène sur la grève et respire à fond l'air marin qui se marie à l'odeur du bois empilé tout le long du quai, dans l'attente des navires. Le sable de la plage envahit ses chaussures et elle décide de les enlever et de marcher pieds nus, comme autrefois. Sentir le contact des grains de sable qui s'infiltrent entre ses orteils fait surgir les souvenirs des belles journées ensoleillées de son enfance.

Anne-Marie ressent intensément que ses racines sont à Cap-aux-Brumes et qu'elle ne pourra jamais vivre ailleurs. Son village exerce une force d'attraction à laquelle elle ne peut résister. «Mon Dieu, faites que Julien vienne vivre ici.»

Elle lève la tête vers le ciel où des goélands planent à la recherche de nourriture. Parce qu'elle aimerait leur donner à manger, mais qu'elle n'a rien à leur offrir, elle lance un caillou en l'air. Trois d'entre eux foncent sur le bout de galet qui retombe en émettant un bruit sec. Les oiseaux tournoient au-dessus de sa tête et protestent à grands cris.

— T'as encore embelli, la petite, piaille un grand oiseau dépourvu d'ailes.

Anne-Marie toise le nouvel arrivant qui se tient les bras ballants, affichant un sourire qui l'aurait charmée autrefois, mais qu'elle trouve à présent fort niais. L'homme porte un pantalon froissé et crasseux. Sa chemise élimée, au col entrouvert, laisse voir un cerne dégoûtant. Et l'air fendant du nigaud l'écœure plus que tout le reste.

— On ne peut pas en dire autant à ton sujet, riposte-t-elle.

Anne-Marie se tourne vers l'horizon afin de signifier au promeneur qu'elle n'a pas le goût de s'entretenir avec lui. Se faire appeler « la petite » l'offusque autant qu'avant, sinon plus.

— T'es revenue pour tout de bon ?

Elle ignore la question et s'éloigne en direction opposée.

— Hey, la fraîche ! Tu pourrais répondre quand on te parle.

Anne-Marie, insultée, se retourne vivement vers l'importun qui la talonne. Surpris, il recule légèrement.

— Quand on est marié, on n'est pas supposé chanter la pomme aux autres femmes. Fiche-moi la paix, Bertrand Jolicœur !

« Va retrouver ta souillon », aurait-elle le goût d'ajouter, mais elle se retient. Elle ne va pas lui montrer qu'il l'a blessée en se mariant avec une autre, ce serait lui faire trop d'honneur. Bertrand la regarde d'un œil concupiscent, s'attardant à sa poitrine généreuse et à sa taille fine.

— Garde tes compliments pour ta femme, ajoute-t-elle en le détaillant des pieds à la tête d'un air méprisant.

L'arrivée de deux jeunes garçons se pourchassant en riant met fin à l'échange acidulé. Bertrand tourne les talons et repart en direction du village. À la lumière crue du désamour, Anne-Marie le jauge : déguenillé et marchant le dos voûté, il a l'air d'un vagabond et elle se demande ce qui a pu tant l'attirer chez ce grand benêt.

Le cœur d'Anne-Marie est à présent libre. Sur la grève où est né son fol amour, une grande vague a surgi et l'a effacé aussi totalement que les empreintes de pas sur le sable disparaissent à la première marée haute.

12

Une brise fraîche fait onduler le fleuve et le soleil l'irise de milliers d'éclats scintillants. Dans sa veste de fin lainage, Anne-Marie arpente la galerie de la grande maison de sa grand-mère et elle se délecte de cet horizon à perte de vue qui lui donne un sentiment de liberté totale et la fait vibrer de tout son être. Dans l'attente de son amoureux, Anne-Marie se sent aussi légère que les petits nuages cotonneux qui égaient le ciel d'un bleu intense.

Sur la berge qui l'a vue grandir, la jeune fille comprend mieux l'impression d'enfermement qu'elle ressent au rang des Cailles. Dès son arrivée là-bas, cernée par la sombre forêt qui fait barrage au vent, elle s'est sentie prisonnière. Privée de la mer et de l'air salin du large, Anne-Marie se dessèche dans la montagne boisée, peuplée d'animaux sauvages. Elle est fille de l'onde et non de l'ombre. Tout en elle aspire à l'infinitude du golfe et du ciel. Même défrichée, la terre du rang des Cailles reste limitée de tous côtés par les bois.

Aujourd'hui, Anne-Marie réalise que, pour son père, la montagne est riante de verdure et qu'il s'y sent à son aise. C'est un fils de la terre, un amant de la forêt. Cependant, elle s'interroge sur les sentiments véritables de sa mère, élevée comme elle sur la côte baignée par les vagues bleues. Comment pourrait-elle savoir que Marie-Reine s'ennuie à la campagne? Sa mère ne parle que du devoir à accomplir en vue des récompenses célestes. L'homme de la maison est le maître vénéré, ce qui horripile Anne-Marie dont le caractère bouillant s'accommode mal d'une soumission absolue.

— À quoi penses-tu, ma chérie? s'enquiert Marie.

Enveloppée dans son châle de laine, la grand-maman entoure la taille de sa petite-fille. Anne-Marie sourit et l'enserre à son tour. Le lien mystérieux qui les unit depuis toujours les fait se rapprocher instinctivement, comme deux chatons se réfugient dans la chaleur de l'autre.

— Je vous aime beaucoup, grand-maman, et mon plus cher désir est de revenir ici pour toujours. Si Julien veut m'épouser, il devra s'installer dans la région. Je ne pourrais pas vivre ailleurs, je le sens.

Le pépiement d'un moineau perché sur un fil électrique accompagne le rire joyeux de Marie. L'oiseau solitaire est bien vite rejoint par un groupe de congénères enjoués.

— Plus tu grandis et plus tu me ressembles, constate Marie. J'ai l'impression que j'ai pris racine ici, comme un arbre. Je n'ai jamais rien ressenti de tel nulle part ailleurs et c'est étrange parce que je suis née dans un autre village.

— Moi je suis née à Belles-Terres, mais c'est ici que j'ai grandi.

Le bruissement des feuilles caressées par la brise se marie aux chants joyeux de la rivière Mélodie courant à son rendez-vous amoureux avec les eaux du Saint-Laurent.

⁓

En fin d'après-midi, Anne-Marie ouvre la porte à Julien qui tient une valise à la main. Il affiche ce sourire dont elle s'est entichée au premier coup d'œil. «Comme il a l'air franc et doux, et comme il est beau ! » Anne-Marie ne peut s'empêcher de comparer le jeune homme bien mis à Bertrand Jolicœur et il est le premier homme à ressortir gagnant de cette épreuve. Julien est vêtu d'un pantalon gris au pli impeccable et d'une chemise d'un blanc immaculé. Il porte une cravate dont les motifs dans les tons de bleu s'harmonisent à son veston marine.

— Tu as fait bon voyage ? demande-t-elle gaiement.

— Excellent.

Son regard doux et caressant n'a rien d'indisposant comme celui de Bertrand. Anne-Marie éprouve une curieuse sensation de bien-être, mêlée de nervosité. Elle se sent en confiance, comme si elle l'avait toujours connu, tout en restant consciente que ce beau jeune homme est un étranger.

— Tu peux laisser ta valise au pied de l'escalier, je vais d'abord te présenter ma grand-mère et ma tante.

En bon horloger qu'il est, Julien remarque le tic tac régulier de l'horloge grand-père et y jette un rapide coup d'œil avant de suivre Anne-Marie à la cuisine. Les parquets de bois reluisent de propreté, la cuisine est gorgée de soleil et exhale l'odeur exquise d'une pâtisserie qu'il n'arrive pas à identifier. Vivant seul avec son oncle, leur logis sans femme ne dégage que très rarement des effluves aussi appétissants.

— Grand-maman, je vous présente Julien.

La femme qui s'avance pour lui tendre la main a les cheveux poivre et sel. Son sourire engageant a le don de le mettre tout de suite à l'aise.

— J'avais hâte de vous connaître, jeune homme.

Le ton et l'expression lui rappellent un vague souvenir.

— Je suis heureux de vous rencontrer, répond-il, les yeux plongés au fond des prunelles sombres où danse un éclair espiègle.

La poignée de main de Marie est enveloppante et chaude et Julien s'en détache à regret.

— Et voici ma tante Lucette.

Julien s'était attendu à une personne plus âgée, alors que la brunette sémillante qu'on lui présente semble avoir seulement quelques années de plus que sa nièce.

— Bienvenue chez nous, Julien. Vous prendrez bien une bonne tasse de thé pour vous remettre du voyage ?

— Volontiers, répond-il.

Privé des attentions d'une mère depuis plusieurs années, Julien se retrouve entouré de trois femmes qui ne pensent qu'à lui être agréables. On lui dirait qu'il est au paradis, il n'en douterait pas tant le contraste est grand avec sa vie de tous les jours. Les beignes servis avec le thé sont délectables. Anne-Marie est encore plus belle que dans son souvenir. Il en est si épris qu'il serait prêt à tous les renoncements.

— D'où venez-vous, Julien ? s'enquiert Marie.

— Je suis de Drummondville.

— Comme c'est intéressant.

La conversation ainsi lancée, Julien répond de bonne grâce aux questions sur sa famille que son hôtesse formule avec beaucoup de tact. Comme les parents de sa correspondante, la grand-maman s'intéresse à sa généalogie. Ne pouvant se flatter d'une ascendance nombreuse et flatteuse, Julien craint que son statut d'orphelin ne le desserve. Les gens ont beau s'apitoyer sur le triste sort du *Canadien errant* de la chanson bien connue, le pedigree d'un prétendant est scruté à la loupe.

— Ma petite-fille me dit que vous êtes horloger-bijoutier et que vous pensez ouvrir une bijouterie dans la région.

— Oui, j'aimerais bien m'établir ici. Mais en venant de la gare, j'ai vu qu'il y a déjà un bijoutier. Je ne pense pas que Cap-aux-Brumes puisse en faire vivre deux. Il va falloir que je regarde ailleurs.

— Oh, vous savez, monsieur Lapierre n'est plus très jeune et sa santé n'est plus très bonne, reprend Marie. Il tremble tellement que je n'ose pas lui demander de réparer ma montre.

— Je n'ai pas les outils et les pièces qu'il faut avec moi, mais je pourrais la réparer chez moi et vous la retourner par la poste.

— C'est gentil à vous, Julien. Pendant que ma bru et Anne-Marie vont préparer le souper, vous allez venir avec moi, je vais vous présenter monsieur Lapierre. Vous pourrez tâter le terrain. On ne sait jamais, ça pourrait le décider de prendre sa retraite si un acheteur sérieux se présente.

　　　　　　　　　　　＊

Anne-Marie court régulièrement à la fenêtre du salon. Sa grand-mère et Julien sont partis depuis deux heures. Une fois l'heure du souper passée, les villageois ressortent faire leurs emplettes du vendredi soir.

— Voulez-vous bien me dire ce qu'ils font tout ce temps-là ? s'impatiente-t-elle à voix haute en revenant à la cuisine.

Les enfants ont mangé et Lucette est allée porter le souper à Georges et Paul-Émile, retenus au magasin jusqu'à dix heures du soir. La porte avant s'ouvre sur sa tante qui revient délestée de son plateau, que Georges rapportera en fin de soirée.

— J'ai faim, se lamente Anne-Marie. S'ils ne sont pas revenus dans un quart d'heure, je mange sans les attendre.

— Moi aussi. On n'aura qu'à leur garder leur souper au chaud, déclare Lucette.

Rien ne vient perturber l'humeur joyeuse de sa tante et Anne-Marie réalise qu'elle se complique la vie bien inutilement en se fâchant pour si peu. Julien et sa grand-mère ne leur tiendront pas rigueur de ne pas les avoir attendus.

— Entre-temps, dit Lucette, je vais te montrer le patron de la robe que je suis en train de me coudre pour les fêtes.

Comme elles s'apprêtent à se servir après avoir parlé chiffon, Marie et Julien entrent en bavardant comme deux vieilles connaissances.

— Imaginez-vous, s'exclame Marie en arrivant à la cuisine, que Julien et moi, on s'est déjà rencontrés!

— Venez nous raconter ça pendant que je vous sers à souper, dit gaiement Lucette.

Le regard étonné d'Anne-Marie se promène de sa grand-mère à Julien, tous deux rayonnants, aussi excités que des gamins qui viendraient de découvrir un trésor fabuleux. Elle n'a pas eu le temps d'avoir un seul moment d'intimité avec son prétendant que sa grand-mère se l'est accaparé et elle est vivement déçue. Sa mère a agi de la même façon quand il est venu la voir, la première fois.

— En 1929, précise Marie, à bout de souffle. Assois-toi, mon beau Julien.

Anne-Marie fronce les sourcils, consternée par la familiarité de sa grand-mère à l'endroit de son amoureux. « Veux-tu bien me dire ce qu'il leur prend? Il n'a qu'à paraître et elles sont toutes folles de lui. Je suis bien heureuse qu'il leur plaise, mais pas à ce point-là. Une chance qu'elles sont vieilles, mais quand même, elles exagèrent! »

Julien prend place à table, à côté d'elle, et lui touche discrètement le coude en lui souriant. Il a l'air si heureux de la retrouver qu'elle se sent fondre et oublie son dépit.

— J'ai connu ta grand-mère en 1929. Il n'y avait plus de place dans le train et elle m'a permis de m'asseoir près d'elle. Entre Montréal et Drummondville, nous avons parlé sans arrêt.

Il se tourne vers Marie avec un regard chargé de tendresse.

— J'étais très malheureux ce jour-là parce qu'un garçon s'était moqué de moi à la gare, poursuit-il d'un air tristounet.

Puis il replonge les yeux dans ceux de sa bien-aimée et reprend :

— Mais ta grand-mère a été vraiment gentille avec moi et j'ai repris confiance. Elle m'a donné un journal. Je me sentais important d'avoir un journal rien qu'à moi et de le montrer à mon père qui savait à peine lire.

Marie l'écoute narrer leur rencontre, les yeux humides, le sourire ému.

— Ta grand-mère m'a parlé de son village avec tant de fierté que je m'étais promis de le visiter quand je serais grand. Je voulais voir le phare et la mer immense, la brume et les écueils du littoral, la plage des pirates avec le vieux fumoir.

— Oh, ça, dit Marie en riant, tu ne pourras pas le voir, mon cher Julien. J'avais inventé cette histoire parce que tu semblais fasciné par les pirates. J'espère que tu vas me le pardonner.

— Je ne peux pas vous en vouloir, chère madame Dumas, c'était une histoire tellement captivante. Je me suis imaginé pendant des mois, pour ne pas dire des années, que je découvrirais un trésor secret. Qui sait si le fait de rêver aux pierres précieuses ne m'a pas conduit à mon métier actuel, et à votre petite-fille que j'aime plus que tout.

Julien prend la main d'Anne-Marie et lui dit :

— Je sais maintenant que c'est le destin qui m'a conduit jusqu'à toi.

— Profitez donc du beau temps pour aller vous promener sur le quai, recommande Marie aux amoureux. Par la même occasion, Anne-Marie, tu pourrais montrer le phare à Julien.

— Maman n'aimerait pas savoir que je me promène avec un garçon sans chaperon, fait observer Anne-Marie, étonnée.

— On n'aura qu'à ne pas en parler, dit Marie en lui adressant un clin d'œil complice. Je vous fais confiance, mes enfants.

Anne-Marie embrasse sa grand-mère sur la joue en lui murmurant un vibrant « merci ».

— Habillez-vous chaudement, les prévient Lucette. Le soir, c'est plus frais au bord du fleuve.

Julien monte chercher son coupe-vent resté dans sa valise, à l'étage. Durant son séjour, Anne-Marie couche au rez-de-chaussée avec sa grand-mère, qui a repris la chambre qu'occupaient Marie-Reine et Théo avant leur déménagement à Val-des-Castors. Julien redescend promptement, sans faire de bruit, avec la souplesse d'un daim.

Heureux de l'escapade inespérée, les deux amoureux referment doucement la porte derrière eux. Le firmament est constellé et nul vent ne vient troubler la sérénité du soir. Le trottoir de bois résonne au rythme de leurs pas accordés qui les conduisent au quai. Devant la mer, Julien prend la main d'Anne-Marie et la porte à ses lèvres.

— Je t'aime, Anne-Marie.

— Je t'aime aussi, murmure-t-elle.

Tout en lui tenant la main, il s'agenouille devant elle.

— Veux-tu m'épouser ?

« Comme il est romantique », se dit-elle, heureuse qu'il ait attendu ce moment et cet endroit pour faire la grande demande. La lune éclaire la voûte du ciel et argente les flots, les vaguelettes viennent lécher le sable de la grève avec leur clapotis régulier et apaisant. Dans ce décor grandiose, Anne-Marie se sent promise à un avenir radieux.

— Oui, répond-elle dans un souffle.

Les lèvres de Julien se posent sur les siennes et de doux frissons la parcourent de la tête aux pieds. Son pouls s'accélère quand la langue de son amoureux entrouvre ses lèvres qui s'offrent au baiser si troublant. Emportée par l'ivresse de ses sens, Anne-Marie s'abandonne jusqu'à ce que le clair de lune vienne lui rappeler qu'elle s'expose aux cancans. Elle se sépare de Julien à regret et ils reviennent à la maison, main dans la main.

— Je parlerai à ton père demain. Si tu es d'accord, nous nous fiancerons le plus tôt possible.

— D'accord, répond-elle.

Anne-Marie se réjouit de la limpidité de leur amour. Avec Julien, tout est simple. Ils se comprennent d'un regard.

— Nous pourrions nous marier l'été prochain. Qu'est-ce que tu en penses?

— Ce serait parfait, ça me donne le temps de préparer mon trousseau et, toi, de t'installer. Mais j'y pense, tu ne m'as pas dit ce qui a résulté de ta visite chez monsieur Lapierre. Vous en avez mis, du temps…

— Je ne pouvais pas débarquer chez lui et lui demander de but en blanc s'il était prêt à me céder son commerce. Je l'ai approché doucement et je me suis aperçu qu'il n'était pas prêt à prendre sa retraite malgré ses problèmes de santé, alors nous avons placoté de choses et d'autres. Pour finir, je lui ai proposé de nous associer et il m'a promis d'y réfléchir. Je lui ai laissé mon adresse. Il a besoin de temps pour se faire à l'idée, je crois.

Anne-Marie est déçue du peu de résultat obtenu après une si longue discussion et, surtout, elle s'inquiète de leur avenir. Où vont-ils s'échouer tous les deux ? Leur amour est simple, mais le lieu de leur résidence incertain. Anne-Marie se demande pourquoi il y a toujours quelque chose qui ne tourne pas rond dans sa vie.

— Qu'est-ce que tu vas faire s'il refuse ?

— Je vais regarder dans d'autres villages des alentours. Mais je t'avoue que je préférerais Cap-aux-Brumes, je suis déjà envoûté par le paysage.

⁓ᴩ

Théo tient lâchement les cordeaux de Goliath qui galope avec entrain sur la route longeant la rivière Mélodie. Entre les arbres, l'onde réverbère les lueurs aveuglantes du soleil. Assise à l'autre bout du siège, à côté de sa mère, Anne-Marie contemple sa main gauche et la remue doucement. Le diamant qui couronne sa bague de fiançailles étincelle et lui rappelle les yeux pétillants de Julien.

Son fiancé a repris le train la veille et, comme sa famille assistait à leurs adieux, il ne lui a donné qu'un chaste baiser sur la joue. Anne-Marie ressent encore les picotements déclenchés par les lèvres douces de son promis et elle vogue sur un océan d'euphorie, hypnotisée par les reflets de la pierre précieuse.

Il s'écoulera plusieurs mois avant de le revoir, car la période d'avant les fêtes est fort occupée pour un bijoutier. Julien a aussi mentionné qu'il doit économiser en prévision de l'aménagement de son commerce et de leur logis, mais Anne-Marie sait que son fiancé n'est pas radin. Prévenant et délicat, il a compris que ses futurs beaux-parents ne roulent pas sur l'or et il lui a remis un montant suffisant pour payer sa toilette de mariée et acheter les articles de son trousseau.

Anne-Marie se remémore le geste généreux avec attendrissement, au coin de ses yeux perlent deux larmes de bonheur. Qu'un homme accepte d'avance de la prendre en charge avec tant de gentillesse a de quoi l'impressionner. Elle y voit une preuve d'amour irréfutable. Ayant connu la crise économique, l'argent la sécurise et lui assure une certaine indépendance.

Le diamant de sa bague de fiançailles incarne la promesse d'une vie meilleure que celle de sa mère, qui ne porte qu'un simple jonc en guise d'alliance. Anne-Marie vole sur un petit nuage nimbé de rose, bien loin des préoccupations terrestres. À ces hauteurs, elle est persuadée que rien ne peut l'atteindre. Croyant avoir mérité ce bonheur en raison de l'ennui mortel du rang des Cailles, elle goûte déjà à la félicité escomptée.

Chacun des voyageurs assis dans l'ancien boghey de l'oncle Paul-Émile se réjouit de son sort. Délivrée du souci de caser son aînée à l'humeur capricieuse, Marie-Reine songe à l'amélioration de leurs conditions de vie depuis leur arrivée dans la colonie. Cet hiver, ils auront une belle carriole aux courbes gracieuses, montée sur d'élégants patins. Au printemps, ils pourront enfin peindre l'intérieur de leur maison, ce qui facilitera le lavage des murs au moment du grand ménage. Après son mariage, Marie-Reine sera privée des services de son aînée, mais elle se console en pensant que sa fille aura un bon mari et qu'elle-même pourra reprendre le contrôle entier de sa maisonnée. Clémence et Gisèle seront heureuses de l'aider après l'école.

Théo se félicite qu'Anne-Marie ait déniché un bon parti. Julien lui inspire confiance. Avec un bon métier comme le sien, il saura faire vivre sa fille sur un grand train. C'est ce que se figurent les ouvriers à salaire, convaincus que le dollar dans la poche d'un bourgeois vaut plus que celui qu'ils ont dans la leur. Ne soupçonnant pas leurs soucis pour financer leur inventaire, parer les vols et collecter les comptes en souffrance, ils s'imaginent volontiers que les commerçants sont prospères et pleinement satisfaits. L'oncle Paul-Émile n'est-il pas l'image même de la réussite et de la vie facile, avec son complet impeccable et son automobile ?

~*~

Bien que vieillissant, le toujours très élégant Paul-Émile entraîne Marie dans une promenade romantique au bord de la mer. Il mise sur la magie de l'heure exquise du coucher de soleil qui embrase le fleuve avant de se faufiler sous la ligne d'horizon en teintant le ciel de coloris magnifiques et changeants. Envoûtée par la beauté du spectacle, Marie s'assoit sur un large rocher en bordure du quai. Appuyé contre son bras, Paul-Émile se laisse imprégner par sa chaleur.

— Tu n'as pas froid ? dit-il en remontant son châle de laine qui a glissé.

Attentive à la valse des coloris qui embrasent le ciel, Marie murmure un vague merci et s'enroule machinalement dans sa longue écharpe. Paul-Émile observe ses yeux dans lesquels les tons mouvants du firmament se reflètent. Son plus cher désir est d'admirer jusqu'à la fin de ses jours les beautés du monde à travers le prisme des prunelles de Marie. Il y a si longtemps qu'il l'aime, depuis cette veille de Noël où il a été frappé en plein cœur par sa ressemblance avec sa défunte épouse. Parce que Marie lui était interdite, il n'en ressentait que plus de désir et, aussi, plus de souffrance.

La fragilité du bonheur, Paul-Émile la connaît bien. Il a même l'impression, ce soir, qu'il n'a connu que des joies éphémères. D'abord avec Reine, dont il était éperdument amoureux. Après son décès, il a dû se contenter des rares minutes d'amitié partagées avec Marie, qui le comblaient sur le moment pour le laisser ensuite complètement désemparé. Puis il y a eu la jolie Léonie à qui Guillaume et Marie s'ingéniaient à l'apparier. Il avait fait semblant de ne rien voir de leur manège, mais il avait profondément souffert de leur complicité. Après avoir tout bien considéré, il s'était résigné à l'épouser et la tendre Léonie l'avait consolé, sans pour autant le libérer de son attirance pour Marie. Bourrelé de remords d'en aimer une autre, il avait tout tenté pour rendre sa seconde épouse heureuse et il espérait y être arrivé.

Sensible à l'harmonie du moment, il n'ose rompre le silence que même les goélands respectent, posés sagement sur les eaux tranquilles du fleuve. Les chaudes couleurs du soleil couchant égaient le ciel qui s'apprête à revêtir sa tenue de soirée. Paul-Émile attend cet instant en frémissant. Sa détermination flanche dès que le doute l'effleure. S'il fallait que Marie le rejette, il en mourrait.

— Il faut rentrer, dit-elle d'un ton déçu quand le ciel s'obscurcit.

— Attendons d'être seuls, j'ai à te parler, murmure-t-il.

Elle lève des yeux interrogateurs sur lui et Paul-Émile bénit la noirceur qui les dissimule peu à peu aux regards des gêneurs qui s'attardent sur le quai.

Très chère Anne-Marie,

Ces quelques jours en ta compagnie ont passé à la vitesse de l'éclair et je me suis senti bien seul en prenant place dans le train. Tout au long du voyage de retour à Drummondville, chaque mille qui m'éloignait de toi m'était un supplice.

Les mois qui nous séparent me paraîtront interminables même si je m'emploie à bien utiliser ce temps en vue de gagner l'argent nécessaire à notre vie future. Tu es toujours dans mes pensées, ma chère future femme. Et je pense encore plus fort à toi à l'heure convenue pour regarder la lune, le soir. Je te sens alors si près de moi que j'en frissonne.

Avant de m'endormir, je ferme les yeux pour mieux m'imaginer ton cher visage. Je retrouve l'odeur enivrante de tes cheveux bouclés et je sens la douceur de ta joue sur la mienne. Tu me rejoins dans mes rêves et je m'éveille au matin comblé par ton amour.

Mon oncle me taquine souvent, car il paraît que je souris aux moments les plus imprévus. En réparant une montre, par exemple, ou en mangeant ma soupe. Ce qui, au fond, ne me surprend guère puisque je pense à toi sans cesse.

Mon cher oncle a été très déçu en apprenant que j'irais m'installer dans ta région et il insiste pour que je te demande de reconsidérer ta décision. Il serait vraiment heureux si tu décidais de venir vivre ici après notre mariage, ne serait-ce qu'à titre d'essai. Il prétend que tant qu'on n'a pas essayé quelque chose, on ne peut affirmer qu'on ne s'y ferait pas.

Alors, je te soumets bien respectueusement sa proposition parce que je lui suis très reconnaissant pour tout ce qu'il a fait pour moi et que je suis son seul parent. Cependant, je ne voudrais pas que tu penses que j'essaie de faire pression sur toi. Je t'aime, ma chérie, et je respecterai ton choix. Si tu décides de faire l'essai proposé, je te promets solennellement de m'établir dans ta région si tu ne te plais pas à Drummondville.

J'aimerais aussi te demander, au cas où tu refuserais cette option, si tu me permets d'inviter mon oncle à venir habiter avec nous. Je ne sais pas s'il accepterait, mais je ne veux pas lui en parler avant de connaître ton opinion à ce sujet. Toutefois, je crois que cela l'aiderait à accepter notre séparation s'il devait décider de ne pas me suivre.

Connaître mon oncle t'aiderait sûrement à faire un choix éclairé, c'est pourquoi je te suggère de venir le rencontrer. Si ta grand-mère ou ta mère accepte de t'accompagner, il est entendu que je paierai vos dépenses de voyage. Prends le temps qu'il faut pour jongler à tout ça, ma chérie, je ne veux rien t'imposer.

J'attends de tes nouvelles avec impatience et te prie de transmettre mes meilleures salutations à tes parents et à toute ta famille.

Je t'aime très fort, ma très chère Anne-Marie,

Ton Julien

P.S. J'ai écrit un mot de remerciement à ta grand-maman qui a eu l'amabilité de m'accueillir chez elle.

Cher Julien,

À tout moment, je regarde la belle bague de fiançailles que tu m'as donnée et j'ai hâte d'être ta femme et de pouvoir parler avec toi en toute liberté. Je redoute la curiosité de ma mère concernant notre correspondance et je me cache pour t'écrire.

En ce qui concerne ta proposition de voyage à Drummondville, je dois t'informer que je n'ai pas osé aborder un sujet aussi délicat avec ma mère. Elle est très stricte et nous devons nous montrer prudents. Il ne faudrait pas que tu entretiennes trop d'espoir, car j'ai bien peur que la permission me soit refusée.

Je lis entre les lignes de ta lettre qu'il t'est pénible de quitter ton oncle, comme je trouve insupportable l'idée de vivre loin de ma famille. Je t'encourage donc à lui proposer d'habiter avec nous, si tu viens t'établir dans la région comme tu me l'as promis. Étant donné qu'il a été très bon pour toi, je n'ai pas besoin de le rencontrer, je suis certaine que je l'aimerai.

J'ai commencé à broder de jolies fleurs sur nos taies d'oreiller et Marguerite les touche du bout des doigts en répétant des: beau, beau et doux, doux. L'indépendant Griffon commence à se laisser apprivoiser par elle, comme s'il sentait qu'il devait se trouver une autre maîtresse vu que je partirai dans quelques mois.

Les arbres des alentours se parent des belles couleurs de l'automne. Papa et Jérôme ont terminé les labours et ils ont commencé à bûcher. Maman est en train de monter son métier à tisser pour notre première catalogne. Après leurs devoirs, Clémence et Gisèle tressent nos vieilles guenilles pour nous faire des tapis.

Quand j'observe la lune, je lui demande de te transmettre les tendres baisers que j'ai en réserve pour toi. Je me couche en rêvant de toi, moi aussi.

Je t'aime de tout mon cœur,

Anne-Marie, ta petite fiancée qui s'ennuie

Après la grand-messe, le dimanche, Anne-Marie enlève ses gants et s'arrange pour avoir toujours quelque chose à pointer de la main gauche afin que les villageois voient sa bague à diamant.

— On ne fait pas ça, c'est impoli, lui reproche tout bas sa mère.

— Mes félicitations pour vos fiançailles, la complimente mademoiselle Santerre.

Anne-Marie tend aussitôt son annulaire gauche afin de faire admirer le solitaire qui coiffe la bague en or jaune.

— Votre bague est très jolie, commente l'institutrice.

— Moins que vous, chuchote Jérôme à l'oreille de la jeune fille au sourire charmant.

Mademoiselle Santerre rosit sous le compliment murmuré avec discrétion. Elle jette un coup d'œil pudique au jeune homme costaud et avenant qui la regarde avidement.

— Venez donc dîner avec nous, l'invite Marie-Reine. Vous devez vous ennuyer toute seule, le dimanche après-midi. Nous irons vous reconduire à votre école après le souper. Clémence et Gisèle ont préparé un bon dessert à votre intention et m'ont fait promettre de vous ramener sans faute.

— Comme c'est gentil ! Je ne peux pas les décevoir, n'est-ce pas ?

Deux jolies fossettes creusent les joues de l'aimable institutrice.

— Non, vous ne pouvez pas, soutient Jérôme en la gratifiant d'un sourire enjôleur.

Le jeune homme s'enhardit à l'approche des dix-sept ans qu'il atteindra au cours de l'hiver. Il a la taille d'un homme, le cœur d'un homme et les hormones d'un homme, avec la détermination qui va avec les sentiments qu'il nourrit depuis des années pour l'adorable maîtresse d'école.

Mademoiselle Santerre est toujours célibataire, sans prétendant connu, et Jérôme s'est arrangé pour que ses sœurettes aient l'idée de demander à leur mère de l'inviter. Les deux écolières seraient drôlement surprises d'apprendre que leur grand frère les a habilement manipulées. Il a lancé l'idée de manière détournée et elles l'ont attrapée au bond, convaincues que l'inspiration venait d'elles.

Comme une armée se préparant à un long siège, Jérôme a peaufiné son plan d'encerclement et accumulé des munitions. Les garçons en âge de se marier sont appelés sous les drapeaux et il entend en profiter pour occuper le territoire laissé vacant. Il a tout le temps voulu pour attendre patiemment la reddition de la belle assiégée.

⁂

En ce lundi après-midi, la neige tombe à gros flocons, comme des morceaux d'ouate se détachant du ciel obstrué. Marie-Reine doit étendre le linge à l'intérieur pour le faire sécher. Par la fenêtre, elle observe Germain et Marguerite qui se lancent des boules de neige fondante. Toute à son excitation, Marguerite rate chaque fois sa cible et les lancers volontairement imprécis du complaisant Germain ne l'effleurent qu'une fois sur dix. La boule qui atteint mollement l'objectif provoque les cris et les rires de la fillette.

La «boule d'amour» des Dumont grandit sans que son cerveau suive la courbe de sa croissance physique. Les quelques mots qu'elle bredouille ne sont compréhensibles que pour les membres de la famille. Pourtant, ses sourires confiants et sa tendresse naturelle lui ouvrent tous les cœurs.

La veille, la grand-maman et l'oncle Paul-Émile sont arrivés à l'heure du dîner et ils sont repartis au milieu de l'après-midi malgré les protestations de Marie-Reine qui voulait les garder à souper. Ils ont refusé poliment, désireux d'arriver avant la noirceur. Dans l'intimité de leur chambre, le soir, Marie-Reine s'est ouverte à Théo.

— Notre Marguerite a le don de se faire aimer, chuchote-t-elle afin de ne pas être entendue par la fillette couchée dans la chambre voisine. Tu as remarqué comme maman et l'oncle Paul-Émile la gâtent?

— Vrai, approuve mollement Théo, dont les paupières se ferment malgré lui.

— J'ai eu l'impression qu'ils étaient sur le point de nous annoncer une nouvelle quand Jérôme est arrivé avec mademoiselle Santerre. As-tu remarqué?

— Non, marmonne-t-il, les yeux fermés.

— Je me demande ce que c'était…

— Éteins la lampe, on en parlera demain.

❧

Le mardi matin, l'automobile du curé de la paroisse tourne dans la montée. Marie-Reine se dépêche d'enlever son tablier et de vérifier ses cheveux dans le petit miroir qui coiffe le réchaud du poêle à bois. Elle court à la porte avant pour ouvrir, mais le prêtre continue son chemin jusqu'au tambour arrière.

— Le curé s'en vient, dit-elle en jetant un regard inquiet à Anne-Marie. Veux-tu bien me dire ce qui l'amène ?

Occupée à pétrir la pâte à pain, Anne-Marie la couvre en hâte pour la protéger du courant d'air de la porte que sa mère s'empresse d'ouvrir.

— Bonjour, monsieur le curé, entrez donc, dit-elle courtoisement. Donnez-moi votre chapeau et votre manteau.

— Je vous remercie, répond gravement le prêtre en enlevant son chapeau, mais je ne fais que passer. Votre mère m'a téléphoné et m'a demandé de vous informer du décès de votre oncle Paul-Émile.

Marie-Reine se signe, les larmes aux yeux.

— Seigneur Jésus ! dit-elle. Il est venu dimanche et il avait l'air en pleine forme.

— Je vous présente mes plus sincères condoléances, madame Dumont.

— Merci beaucoup, monsieur le curé, répond-elle d'une voix triste.

— Votre mère m'a également demandé de vous dire que les funérailles seront célébrées vendredi, à onze heures.

— Vendredi, onze heures, répète Marie-Reine, en état de choc.

— Vous étiez très proche de cet oncle, à ce que j'ai cru comprendre ?

— Oui, nos maisons étaient voisines et mon oncle Paul-Émile a toujours veillé sur nous comme un père. Papa était capitaine de goélette, donc il était absent une bonne partie de l'année. Quand il est mort, notre oncle a continué de nous aider même si nous étions devenus des adultes. C'est une grande perte pour nous. Attendez, je vais vous payer des messes pour le repos de son âme.

Marie-Reine se dirige vers sa chambre, où on l'entend se moucher bruyamment, puis elle revient avec un billet de 10 dollars. Anne-Marie se fait la réflexion que son grand-oncle était vraiment apprécié de sa mère pour qu'elle se départe d'une somme pareille sans consulter son père.

— Je vous indiquerai dimanche prochain les dates des messes que je célébrerai le dimanche pour vous permettre d'y assister.

— Vous êtes bien bon, monsieur le curé. Vous êtes sûr de ne pas avoir le temps de prendre une tasse de thé ?

— Non, je dois filer à Cap-aux-Brumes. Si vous êtes prête à me suivre, je peux vous déposer chez votre mère.

— Je ne veux pas vous retarder davantage. Je vais attendre mon mari. Il va tenir à m'accompagner. Il était très attaché à mon oncle, lui aussi.

— Vous lui transmettrez mes condoléances, dit le curé en remettant son chapeau.

— Je n'y manquerai pas. Merci encore, monsieur le curé.

Contre le mur du fond de son grand salon, la dépouille de Paul-Émile Joncas repose entre deux cierges sur pied. Dans ses mains croisées est entrelacé son chapelet en cristal de roche noir. Son visage est serein, comme s'il s'était endormi en faisant de doux rêves. Sachant que la Grande Faucheuse est passée durant son sommeil, Marie-Reine se fait la réflexion que son oncle est mort heureux. C'est Georges qui l'a trouvé au matin, après avoir été obligé d'ouvrir la porte du magasin qui était restée fermée à clef.

Ses fils, Jean et Gabriel, et sa fille, Paulette, debout près du cercueil, accueillent les visiteurs qui forment une longue file ininterrompue. Paul-Émile, connu à des milles à la ronde à cause de son commerce, était un homme hautement apprécié pour sa probité et sa courtoisie. La mine triste, les paroissiens attendent patiemment, tenant à lui rendre un dernier hommage et à témoigner leurs marques de sympathie à ses proches.

Un profond chagrin se lit sur les visages de Marie, Georges et Lucette, Marie-Reine et Théo, Rachel et Benjamin. À cause de la guerre qui complique les transports, Irène et Cécile, les filles de Marie qui résident aux États-Unis ne pourraient arriver à temps pour les funérailles de leur oncle bien-aimé. Adrien sillonne les mers du globe, toujours célibataire et sans attache. Les cartes postales en provenance de pays lointains s'espacent avec les années, comme si sa famille s'estompait dans les brumes de sa mémoire vagabonde.

— Venez vous reposer, maman, insiste Marie-Reine à la fin de la soirée. Les hommes vont continuer de le veiller.

Marie se laisse guider sans réagir et Marie-Reine songe que sa mère doit être bien triste de voir partir, les uns après les autres, les êtres qui lui sont chers. Si elle doit elle-même enterrer tous les siens, comme l'a prophétisé le curé de Cap-aux-Brumes avant son mariage avec Théo, elle se demande où elle puisera la force de poursuivre la route en solitaire.

≈

Le blizzard oblige Marie-Reine à se couvrir le bas du visage de son mince foulard. Elle relève le col de son manteau d'automne et se rapproche de Théo en grelottant. Ils n'ont qu'une couverture de laine pour se couvrir les jambes et elle est déjà lourde d'humidité. La première tempête de la saison les surprend à leur retour des funérailles.

— L'hiver commence de bonne heure cette année, se plaint-elle.

Les mots étouffés par le foulard produisent une suite de sons confus, ce qui incite Théo à entourer sa femme de son bras protecteur et à encourager le cheval à accélérer l'allure.

— Plus qu'une demi-heure, crie-t-il pour couvrir le vent.

Goliath affronte vaillamment la volée de flocons qui le cravachent de toutes parts. La route est déserte et c'est parce que la tempête a commencé à mi-chemin que Théo et Marie-Reine doivent poursuivre la route coûte que coûte. Il n'y a aucun endroit où se réfugier sur le long chemin encaissé entre la montagne et la rivière.

--ঞ্চ

De sa chaise berçante, près de la fenêtre de la cuisine, Anne-Marie essaie de deviner ce qui peut se cacher derrière le rideau neigeux qu'un caprice du vent amincit parfois. Elle entraperçoit une tache sombre vite embrouillée par un tourbillon opaque. Les rafales s'enchaînent avec de plus en plus de force. De nature encore plus inquiète que sa mère, elle a allumé un lampion en pensant à ses parents qu'elle imagine pris dans la tourmente puisqu'ils avaient prévu revenir aussitôt après le dîner suivant les funérailles, de manière à arriver avant la noirceur précoce de l'automne.

Marguerite et Germain dorment encore, allongeant leur sieste comme des oursons tapis dans leur tanière. Une soupe aux pois mijote sur le rond arrière et imprègne la cuisine d'une odeur réconfortante. Mimi est couchée en boule près du poêle à bois qui ronronne.

Les bardeaux fouettés par le vent gémissent et Anne-Marie perçoit le hennissement d'un cheval. Elle court à la fenêtre du salon et distingue Goliath qui avance péniblement dans la montée. Arrivant devant la maison, Anne-Marie entrevoit sa robe alezane qui dégouline et les roues du boghey qui s'enfoncent dans la couche de neige. Elle court au poêle infuser le thé qu'elle tenait prêt, avec des galettes chaudes tout juste sorties du four.

— Ouf! dit sa mère en entrant. J'ai cru qu'on se rendrait jamais.

— J'avais hâte de vous voir arriver, répond Anne-Marie, soulagée.

Marie-Reine accroche son manteau trempé. Anne-Marie lui approche une chaise pour qu'elle enlève ses bottillons et file chercher ses pantoufles. Sa mère a les traits tirés et paraît exténuée. Ses mouvements sont lents et semblent lui coûter beaucoup d'efforts.

— Merci, ma fille. Irais-tu me chercher mon châle?

Elle revient avec le vêtement et s'inquiète de voir sa mère affalée sur sa chaise, pâle et tremblante. Elle l'enveloppe dans la douce écharpe de laine.

— Je vais vous servir une bonne tasse de thé, ça va vous réchauffer. Venez vous asseoir dans la chaise berçante.

— Les enfants ne sont pas revenus de l'école? s'alarme soudain Marie-Reine.

— Ils sont à l'étable, en train d'admirer le veau de Daisy.

La naissance du veau semble requinquer Marie-Reine et elle savoure son thé à petites gorgées, informant sa fille des nouvelles de toute la parenté qui a assisté aux obsèques. La porte du tambour grince et l'on entend les rires et le secouement de bottes qui précèdent le courant d'air se mêlant aux arrivants. Les joues rougies par la bourrasque, Théo sourit d'aise en enlevant son manteau et ses bottes.

— Ça sent donc ben bon, se réjouit-il en tendant à Anne-Marie une enveloppe timbrée. Je parie que t'as fait des galettes à la mélasse.

— Pari gagné, répond-elle. Merci pour le courrier, ajoute-t-elle en glissant la lettre dans la poche de son tablier.

Anne-Marie s'affaire à servir thé, verres de lait et galettes à toute la maisonnée qui se réunit autour de la grande table. Puis elle va éteindre le lampion et allume la lampe à pétrole. L'atmosphère joyeuse fait oublier la tempête et couvre les gémissements du vent qui malmène la maisonnette perchée sur un coteau, sclérosée par la froidure.

⁂

Les lettres de Julien, attendues dans la fébrilité, n'apportent pas la nouvelle espérée concernant la bijouterie de monsieur Lapierre et Anne-Marie se morfond. Théo l'encourage de son mieux, lui répétant que tout vient à point à qui sait attendre. Mais le vieil adage a plutôt l'heur de l'impatienter.

— Tu es trop impulsive, lui reproche sa mère.

Le résultat escompté de leurs conseils cavale dans le sens contraire et Anne-Marie devient plus nerveuse. Les mouvements d'humeur de la fiancée désappointée commencent à lasser même la placide Marguerite qui pousse de grands soupirs chaque fois que son aînée hausse le ton. Sa bouche prend un pli amer, son menton tremble et la petiote court se réfugier dans le silence de sa chambre, aussi malheureuse qu'une vieille chaussette abandonnée dans un coin poussiéreux et sombre.

La belle carriole que Théo étrenne pour aller à la messe de minuit soulève un transport de joie bien éphémère pour Anne-Marie, la lettre suivante n'annonçant aucun développement dans un sens ou dans l'autre.

Déprimée, Marie-Reine dépense une fortune en lampions, implorant le ciel d'apporter un peu de paix à son foyer. Elle se sent lasse, les sautes d'humeur d'Anne-Marie lui coupent l'appétit. Leurs disputes la minent et elle ne comprend pas qu'ils aient pu engendrer une enfant si emportée et si ingrate.

✦

L'incertitude et l'hiver s'emmêlent. L'année 1944 sonne le glas des conscrits. Les opérations de ratissage de la police militaire s'étendent à toute la province de Québec, réputée dans le reste du Canada comme l'endroit où se terrent le plus de déserteurs.

Adeline Soucy se prépare à bien accueillir les MP qui ne manqueront pas de tenter de débusquer son troisième fils. Sans nouvelles d'Ovide et affecté par celles d'Octave, Odilon a préféré attendre la fin de la guerre dans les bois. Un réseau d'informateurs s'organise d'un côté comme de l'autre, mais le village de Val-des-Castors fait cause commune du côté des déserteurs. Et Adeline se targue de faire du repassage sept jours sur sept. Ses deux fers à repasser rougissent en permanence sur le poêle à bois.

— Je plains le catholique qui va venir me virer ma maison à l'envers, glapit-elle après la grand-messe du dimanche.

Les fouilles minutieuses dévastent les habitations aussi proprement qu'un cataclysme. Pour faire régner l'ordre au pays, on sème un peu de désordre, et les mères éplorées subissent les dommages collatéraux de la guerre que n'ont pas voulu livrer leurs rejetons.

✦

Une nouvelle lettre de Julien jette un nouveau froid sur la maisonnée transie. Son oncle est malade et il a dû le faire hospitaliser. Les médecins lui font subir une batterie d'examens pour tenter de découvrir le mal dont il souffre.

Ce bouleversement apporte un surcroît de travail au jeune bijoutier qui doit maintenant faire tout le travail seul en plus de courir à l'hôpital. Comme il est son seul parent, il ne peut se soustraire à ses devoirs envers cet oncle qui a été si généreux envers lui.

— Julien dit que notre mariage doit être retardé, pleurniche Anne-Marie.

Elle court se réfugier à l'étage sangloter dans son oreiller. Marie-Reine allume un nouveau lampion au pied de la statuette de la Vierge.

La semaine suivante, de la fenêtre de la cuisine, Anne-Marie voit tourner une jeep de l'armée dans l'entrée des Soucy. Prévenues par le réseau local de la présence des MP, elle surveille Adeline qui ouvre la porte située sur le côté. Sur le seuil, la fermière brandit à bout de bras ses fers à repasser.

— Venez voir, maman, madame Soucy menace les deux MP qui viennent de débarquer chez elle.

— Seigneur Jésus! s'exclame Marie-Reine. C'est la première fois qu'ils osent venir jusqu'ici. J'espère qu'ils n'ont pas l'intention de venir fouiller notre maison.

— Voyons, maman, calmez-vous. On ne risque rien. Vous n'avez pas de garçon en âge d'aller à la guerre.

— Parle moins fort, l'enjoint sa mère.

— C'est pour que Germain et Marguerite ne se doutent de rien, chuchote-t-elle au creux de l'oreille de sa mère.

— J'aimerais mieux que tu te taises, chuchote à son tour Marie-Reine. Si on se fait prendre à cacher un déserteur…

La phrase peut rester en suspens, le regard sombre de sa mère exprime mieux que les grandes phrases tout le danger qu'il y a à trop parler. Depuis l'enterrement de Noiraude, comme Anne-Marie qualifie intérieurement les événements de ce jour funeste, elle croit naïvement que tous les mensonges qu'elle profère à voix haute trompent tout le monde et ils en deviennent si réels qu'elle finit par croire à son cinéma, ce qui lui permet d'inventer effrontément avec un air de franchise tout à fait convaincant. Au fond d'elle-même, Anne-Marie meurt de trouille, mais elle joue à la bravache pour se donner du courage. Et puis, elle veut aussi rassurer Odilon, embusqué parmi les rats qui parasitent la cave.

De leur poste de guet, Anne-Marie et sa mère voient les deux policiers militaires retourner à leur jeep et faire marche arrière.

— Ils vont revenir en plus grand nombre, chuchote Marie-Reine. Il va falloir se montrer très prudents.

⁓◊

Très chère Anne-Marie,

Pardonne mon retard, j'ai eu tant à faire depuis ma dernière lettre. J'attendais aussi les résultats des examens qu'a subis mon oncle qui est toujours à l'hôpital.

Les nouvelles sont très mauvaises, les médecins ont diagnostiqué un cancer. Comme tu le sais peut-être, le cancer est une maladie incurable et mon oncle est condamné à une mort affreuse.

Je t'écrirai plus longuement la prochaine fois, car je dois laver les sous-vêtements de mon oncle. J'aimerais bien embaucher une bonne, mais les frais médicaux risquent de mettre à mal mes finances.

Tu ne peux pas savoir à quel point tu me manques, j'ai tant de chagrin. J'espère que tu comprends la situation et que tu es prête à m'attendre.

J'ai hâte de te lire et surtout de te revoir. Je t'embrasse tendrement.

Je t'aime, ma petite chérie,

Julien

⁂

Chère Anne-Marie,

J'étais si heureuse en recevant ta lettre m'annonçant ton prochain mariage. J'aimerais t'avoir près de moi et pouvoir te raconter au jour le jour mon grand bonheur avec mon Julien qui est un mari en or.

Je t'en souhaite autant avec le tien. Dans quelques mois, tu t'appelleras madame Briand. Même si nous changeons de nom, nous serons toujours l'une pour l'autre Anne-Marie et Estelle, les deux meilleures amies. J'ai encore un peu de misère à me reconnaître quand on m'appelle madame Lepage, surtout quand ma belle-mère est là. Mes beaux-parents sont véritablement un second père et une seconde mère pour moi. Ils prennent soin de moi comme si j'étais une poupée de porcelaine.

Heureusement qu'ils sont gentils, car mon mari vient d'être appelé à son camp d'entraînement. Je prie tous les soirs pour que la guerre prenne fin avant qu'on l'envoie au combat. Je tremble à l'idée que notre enfant ne connaisse jamais son père. Je te demande de nous garder dans tes prières.

C'est une bonne chose que ton Julien soit exempté de la guerre. C'est tellement affreux de penser que l'homme qu'on aime sera exposé à toutes les atrocités qu'on nous rapporte.

Prie fort pour lui et pour nous qui l'attendons.

Ton amie pour la vie,

Estelle Lepage

⁂

Sous la lumière dansante de la lampe à pétrole, Anne-Marie rédige sa correspondance. Dans chacune de ses lettres à Julien, les mots tendres s'écoulent de sa plume avec légèreté. Malgré le malheur qui s'acharne sur eux, leur amour les soutient et elle se fait un devoir d'encourager son fiancé. Il est si dévoué à son oncle qu'elle l'en aime davantage. Anne-Marie se désole pour Julien, mais elle se dit qu'il lui sera moins pénible de quitter Drummondville quand son oncle ne sera plus, et elle est prête à l'attendre le temps qu'il faudra. Elle a maintenant atteint l'âge de la majorité auquel elle aspirait tant, mais rien ne se passe comme prévu.

Après avoir annoncé à Estelle le retard de son mariage, lui écrire s'avère de plus en plus laborieux, car Anne-Marie a du mal à trouver les mots pour maintenir le moral défaillant de son amie dont l'inquiétude s'accroît d'une lettre à l'autre. Elle doit y consacrer un temps fou qu'elle préférerait employer à monter son trousseau, mais l'amitié d'Estelle lui a été si précieuse qu'elle ne peut la laisser tomber au moment où elle a le plus besoin de réconfort. Le temps qu'Anne-Marie trouve un sujet à aborder sans crainte de la blesser, l'encre se dessèche sur la pointe de la plume qui grince quand elle se remet à écrire. Il est exclu qu'elle entretienne son amie de ses amours ou du flirt de Jérôme et de la jolie Noémie Santerre qui se voient tous les dimanches après-midi. De même qu'il est délicat de faire des allusions au bébé à venir étant donné qu'elle-même n'est pas mariée. Elle doit se cantonner aux parents et aux généralités plutôt banales. Ses lettres ressemblent à des chroniques familiales tronquées où il est tout de même beaucoup question de Marguerite et un peu de Marie-Reine qui maigrit et se remet lentement d'une mauvaise grippe.

Anne-Marie ne laisse filtrer que les informations qu'elle peut divulguer sans danger. Comment pourrait-elle confier à Estelle qu'ils cachent un déserteur sans attache alors que son mari, futur père de famille, doit servir de cible aux balles et aux obus allemands ?

La présence fantomatique d'Odilon leur cause maints maux de tête : il faut lui faire prendre l'air en cachette, le nourrir sans que le reste de la maisonnée se doute de sa présence. À part Théo, Marie-Reine, Anne-Marie et Jérôme, personne d'autre n'est au courant. Le pauvre garçon ne peut passer de longues périodes dans cet espace froid, humide et sombre qu'est la cave en terre. Il a aussi besoin de voir ses parents, qui ne réalisent pas qu'il est condamné à vivre comme une bête traquée et que toute personne cachant un déserteur encoure de graves sanctions.

En contrepartie des inconvénients et périls, le fait d'aider Odilon allège un peu le sentiment de culpabilité que ressent Anne-Marie vis-à-vis des Soucy qui ne recevront jamais de nouvelles d'Ovide. Ce remords récurrent lui donne l'envie de décamper à toutes jambes chaque fois qu'Adeline se plaint du silence de l'absent.

⁂

Marie-Reine a réaménagé la chambre du bas, affirmant que Marguerite est maintenant assez vieille pour coucher à l'étagé avec ses sœurs. Théo a descendu le métier à tisser dont elle peut se servir plus aisément parce qu'il est à portée de main. En réalité, c'est la solution qu'ils ont trouvée pour permettre à Odilon de dormir à la chaleur, dans un lit étroit camouflé derrière une rangée de boîtes. Quand les enfants sont couchés, ils ferment la trappe du haut, le temps qu'Odilon sorte de sa cachette à leur insu.

Ce soir, Théo et Jérôme l'emmènent faire un tour à la grange. La marche au grand air lui fait du bien, l'odeur du foin et la présence des animaux l'aident à reprendre contact avec la réalité et ils peuvent parler sans avoir à chuchoter.

— Quand il va faire plus chaud, j'aimerais rester dans le fenil, avec votre permission, ben sûr. Si les MP me trouvent ici, vous pourrez dire que vous étiez pas au courant que j'étais là, tandis que s'ils me trouvent dans votre maison…

— T'inquiète pas avec ça, ça me surprendrait que les MP viennent fouiller chez nous. Mais tu serais sûrement plus à ton aise dans la grange.

— Vous êtes ben bon pour moi, monsieur Dumont. Je vais tout faire pour pas vous donner de trouble.

Habitué de travailler au grand air, Odilon dépérit dans l'ombre de la cave. Ses muscles s'affaissent, son teint pâlit, ses yeux supportent mal la lumière. Il a les épaules courbées et ses yeux balaient nerveusement les alentours, comme un animal aux abois. Théo le sent sur le point de craquer.

— Demain, mon homme, dit-il, tu vas venir bûcher avec nous autres. Je vais avertir ton père demain matin et on va s'arranger pour te transporter discrètement. Ça va te faire du bien de prendre l'air et de bouger un peu. C'est pas une vie, de passer ses journées dans un trou à rats.

Odilon détourne la tête et renifle bruyamment.

— Viens-t'en, mon homme, dit Théo en lui mettant une main sur l'épaule. C'est l'heure de ton souper.

L'armée punit sévèrement la désertion en temps de guerre et elle emploie les grands moyens pour dissuader la population de protéger les fuyards. Les fers rougis d'Adeline Soucy s'avèrent des moyens de dissuasion dérisoires quand les MP reviennent en force.

Marie-Reine accourt chez sa voisine dès qu'elle voit partir la jeep et le camion militaires. Après avoir été passée à la loupe, la maison est en pagaille. Dans les chambres, tout gît par terre, pêle-mêle : couvertures, oreillers, matelas éventrés, contenu des tiroirs éparpillé. Le zèle de la milice n'a pas épargné non plus les autres pièces, ni les bâtiments de la ferme. Adeline hurle et pleure en se tenant la tête à deux mains.

— Miséricorde ! Ils sont pire que des bandits ! gémit-elle.

Sous la table de la cuisine, les yeux agrandis d'horreur, les deux petits derniers d'Honoré tremblent, serrés l'un contre l'autre. Pour cette fillette et ce garçonnet innocents, la guerre, supposée se dérouler bien loin d'ici, vient de se matérialiser abruptement sous leur nez. Nos soldats, avec leurs lourdes bottes et leurs fusils munis de baïonnette, viennent de faire basculer leur univers douillet dans l'épouvante et ils en resteront marqués à jamais.

Marie-Reine se glisse sous la table et les entoure de ses bras protecteurs.

— C'est fini, c'est fini, murmure-t-elle en bécotant leurs joues baignées de larmes.

Les voisins s'amènent, graves et silencieux, pour aider à remettre de l'ordre et réparer les dégâts. Alma Fontaine commence à nettoyer la cuisine pendant que les autres voisines montent à l'étage. Encouragés par Marie-Reine, mais tremblant de tous leurs membres, les bambins sortent de leur abri et se réfugient dans ses bras. Adeline, en état de choc, continue de gémir en se tenant la tête à deux mains.

— Allons, Adeline, ressaisis-toi, l'implore Marie-Reine, habituée à rester maîtresse d'elle-même.

Jugeant qu'il n'y a rien de tel que de sentir son enfant contre soi pour vous ramener les deux pieds sur terre, Marie-Reine lui confie la petite qui entoure aussitôt le cou de sa mère de ses petits bras potelés. La bambine enfouit son nez au creux de l'épaule maternelle et Adeline cesse de geindre. Marie-Reine porte sur sa hanche le garçonnet tremblotant et entraîne sa voisine vers la porte.

— Allons-nous-en chez nous.

En chemin, il lui revient en mémoire une belle histoire de fées aux pouvoirs magiques que sa mère lui racontait après la disparition de Nicolas, son jumeau. Et elle commence d'une voix douce :

— Il était une fois, une jeune princesse et un petit prince…

Intrigués, les deux bambins l'écoutent religieusement. L'enchantement du conte agit de nouveau, les traits d'Adeline se détendent, le garçon arrête de trembler. Comme par le passé, les gentilles fées arrivent à apaiser les frayeurs. Grâce à sa mère, Marie-Reine possède un grand répertoire de contes capables de vaincre les démons.

— Il ne faut pas qu'Odilon se doute de quelque chose, chuchote-t-elle à l'oreille de sa voisine lorsqu'elles pénètrent dans le tambour arrière.

Adeline l'approuve d'un signe de tête, comprenant que le moral fragile de son fils risque d'être anéanti s'il apprend les misères dont sont victimes ses parents à cause de sa défection.

Sous les chauds rayons du soleil, le rang des Cailles, débarrassé des bancs de neige, s'assèche peu à peu. L'eau de la fonte des neiges glouglloute dans les rigoles bordant la route de gravier. Avril ramène les corneilles et tempère la brise.

Depuis deux semaines, les oiseaux migrateurs regagnent leurs quartiers d'été. Tous les jours, les longues formations en V des outardes sillonnent le ciel en direction du nord. Les oies sauvages signalent leur retour à grands cris. Anne-Marie suspend l'étendage du linge pour les observer. Depuis son enfance, les entendre cacarder la met en joie et elle souhaite que son mariage avec Julien ressemble à l'union des couples de bernaches qui ont la réputation de rester ensemble pour la vie. Comme elles, la «tourterelle triste», comme l'appelle Jérôme pour la taquiner, aspire à prendre son envol vers le pays de ses amours afin d'y bâtir son nid. L'oncle de Julien dépérit rapidement, selon les courts billets que lui envoie régulièrement son fiancé, et Anne-Marie espère que leur mariage pourra avoir lieu à la date qu'ils ont fixée l'automne dernier.

Après le passage des oies bavardes, elle se remet à son ouvrage, pressée de commencer le grand ménage printanier. Elle a tant à faire avant le samedi 24 juin, il faut astiquer la maison de la cave au grenier, coudre les vêtements des enfants pour l'occasion. Puis elle devra aller à Cap-aux-Brumes pour acheter sa toilette de mariée et ensuite sa mère et elle cuisineront quantité de plats pour sustenter la parenté en visite que ses parents devront héberger quelque temps. Pour le repas de noces, sa mère a décidé qu'ils abattront quelques chapons. Marie-Reine raffole de la chair délicate du poulet et rien ne lui fait plus plaisir que d'en régaler ses invités. Alma et Adeline ont gentiment offert de lui céder leurs coupons de rationnement pour le sucre en vue de confectionner les desserts.

Vivement, Anne-Marie rentre préparer le dîner. Elle se sent débordante d'énergie, contrairement à sa mère.

— Je n'ai pas faim, affirme Marie-Reine, assise dans sa chaise berçante.

— Mange au moins ta soupe, recommande Théo.

Marie-Reine se lève et marche en se traînant les pieds. L'air exténué, elle s'assoit en prenant appui sur la table. Anne-Marie a préparé une soupe aux légumes, nourrissante et facile à digérer, parce que sa mère prétexte souvent qu'elle ne veut pas se charger l'estomac.

— Elle est bonne, dit Marie-Reine après y avoir goûté.

Mais Anne-Marie se rend compte que sa mère mange sans appétit, uniquement pour plaire à son mari.

— Pauvre petite fille, dit-elle d'un ton dolent, t'es toute seule pour faire le grand ménage.

— Arrêtez de vous tracasser, maman, j'ai besoin de personne pour le faire. Vous devriez vous faire soigner.

— Anne-Marie a raison, Marie-Reine. J'aime pas te voir dans cet état-là. On devrait aller voir la garde au village.

— Tu t'en fais pour rien, Théo, je suis juste un peu fatiguée. Je suis souvent comme ça à la fin de l'hiver, surtout après une grosse grippe. Ça va se replacer. Je vais faire une bonne sieste tantôt.

Quand Marie-Reine ferme la porte de la chambre à coucher, Théo lance un regard anxieux à sa fille.

— Si ça ne va pas mieux dimanche, papa, vous devriez la forcer à se faire examiner par la garde, après la messe.

L'air soucieux, il approuve d'un signe de tête la suggestion de sa fille.

— Bon, ben, Jérôme, il serait temps de retourner à nos corvées, dit-il.

Dans l'après-midi, Anne-Marie commence le grand ménage printanier par sa chambre. Après avoir lavé le plafond et les murs, elle regarde l'heure à la montre que lui a offerte son fiancé au jour de l'An. Elle a juste le temps d'astiquer les meubles avant le souper. Les pièces de son trousseau sont rangées dans un grand coffre qu'elle frotte amoureusement en pensant à Julien.

D'ici dimanche, Anne-Marie projette de nettoyer une chambre chaque jour et de briquer vendredi et samedi le salon et la cuisine. Il ne lui restera ensuite que les deux chambres du rez-de-chaussée, la cave et le tambour arrière. Quand les châssis doubles auront été posés, elle entreprendra les travaux de peinture, ce qui facilitera les prochains grands ménages et éclaircira la maison.

≈

Le jeudi, en soirée, Alma vient leur rendre visite. En raison des rhumes à répétition dans les deux familles, les deux voisines ne se sont pas vues depuis plus d'un mois. Marie-Reine, qui a dormi tout l'après-midi, accueille son amie la mine souriante.

— Nous allons prendre un thé et une tranche de gâteau roulé, dit-elle gaiement.

— Non merci, je viens juste de sortir de table.

— Il faut que tu goûtes le gâteau roulé d'Anne-Marie. Il se mange tout seul tant il est léger.

— Je n'ai plus faim, plaide la voisine.

— Juste un petit morceau, décide Marie-Reine qui transmet, d'un regard éloquent, l'ordre d'exécution à sa fille.

Avec Marie-Reine, les visiteurs ne peuvent pas refuser à manger et à boire. Ils ont beau invoquer tous les prétextes, elle trouve autre chose à offrir : « Une petite galette ? Non, vraiment ? Rien qu'un petit bonbon à la menthe, alors ! » Formée aux règles de politesse de sa grand-mère Lemieux, elle met tant d'insistance que la plupart des invités, de guerre lasse, finissent par céder.

Heureuse de voir sa mère aussi enjouée et désireuse d'avoir les dernières nouvelles d'Estelle à qui elle n'écrit pas souvent, Anne-Marie se joint aux deux femmes pour la collation. Alma leur apprend que son gendre est en route pour les champs de bataille. En raison de la censure, les soldats ne peuvent fournir à leur famille aucun renseignement précis. Avant leur départ, eux-mêmes ignorent leur destination la plupart du temps. Tout ce qu'Estelle a appris, c'est que son mari partait pour « l'autre bord », comme il l'a écrit.

Anne-Marie plaint sa pauvre amie et elle se promet de lui écrire un petit mot d'encouragement dimanche. Elle croit qu'elle sera dans une meilleure disposition d'esprit pour trouver les mots qui conviennent. Elle fait tourner sa tasse de thé vide dans ses mains en reluquant les feuilles qui restent dans le fond.

— Vous tirez au thé, madame Fontaine ? Regardez donc le drôle de dessin dans ma tasse.

Alma observe le fond de la tasse en la tournant en tous sens et déclare :

— Je vois un enterrement. Après, on dirait qu'il y a un obstacle sur ta route.

— Quel genre d'obstacle ?

— Je sais pas trop… Mais on dirait qu'il y un empêchement…

— Par rapport à quoi ?

— Ça, les feuilles le disent pas, ma belle.

— Vous voyez autre chose ?

— Non, répond Alma en lui rendant sa tasse. Il y a des soirs, comme ça, où les feuilles veulent pas trop parler.

À voir la mine soucieuse de leur voisine, Anne-Marie croit que cette dernière préfère ne pas divulguer ce qu'elle a vu. Alma se lève de table, prétextant qu'il est tard.

— Ben non, proteste Marie-Reine. Veille encore un peu, il est juste sept heures et demie.

— Je me reprendrai une autre fois. Je veux me coucher de bonne heure, j'ai une grosse journée à faire demain.

Elle s'en va dans le cadre de la porte du salon pour saluer les hommes de la maison qui s'y sont retirés afin de laisser les femmes jaser en paix.

— Bonsoir, Théo.

— Bonsoir. Tu reviendras, lui répond celui-ci.

⁓ᵖ

Le samedi matin, Anne-Marie commence tôt le grand ménage du salon. À l'heure du dîner, tout est en ordre. Cet après-midi, elle pourra consacrer son temps à la popote. Anne-Marie range la chaudière et sort étendre les torchons mouillés sur la corde. Une corneille, noire et luisante, passe en rase-mottes au-dessus de sa tête en graillant à tue-tête. Il n'y a qu'à la fin de l'hiver que la jeune femme se réjouit d'entendre les premières corneilles annoncer l'arrivée du printemps. Par la suite, leurs cris éraillés lui écorchent les oreilles. Et c'est d'autant plus énervant que Jérôme la traite de corneille toutes les fois qu'il l'entend fausser ! Pour son malheur, Anne-Marie aime pousser la chansonnette, mais à force de se faire rabrouer, elle a fini par diminuer la fréquence de ses récitals improvisés. Cependant, la semaine dernière, à la vue de la petite Marguerite qui s'est bouché les oreilles quand elle s'est permis de fredonner, Anne-Marie a compris qu'il valait mieux museler ses élans lyriques.

À l'appel joyeux d'une autre formation d'outardes volant vers le nord, Anne-Marie les escorte en pensée jusqu'à Julien, penché sur son établi, scrutant à la loupe le mécanisme d'une montre à réparer. Toute à ses rêves amoureux, Anne-Marie sursaute vivement quand Adeline Soucy surgit à côté d'elle. Surprise elle aussi, Adeline lance un petit cri effrayé.

— T'es-tu toujours nerveuse de même ? T'as failli me faire faire une syncope, halète-t-elle, la main posée sur la poitrine.

— Excusez-moi. Je ne vous avais pas entendue venir. Vous allez bien ?

— Moi oui, mais je viens voir si ta mère va mieux. Je trouve pas ça normal une grippe qui dure aussi longtemps. J'aime pas ça l'entendre tousser de même.

— Je le sais bien, mais elle ne veut pas aller voir la garde-malade au village. Elle prétend que ça va passer chaque fois que papa lui en parle.

Dès leur entrée dans la chambre, elles voient Marie-Reine, assise dans sa chaise berçante, secouée par une quinte de toux. Elle tient un mouchoir devant sa bouche, il est taché de sang. Adeline s'approche et tâte la joue de sa voisine.

— Tu m'as l'air de faire de la fièvre. Tu vas aller consulter la garde au village, déclare-t-elle d'un ton péremptoire. Tu craches le sang, c'est pas bon signe.

Adeline regarde Anne-Marie en secouant la tête gravement.

— Va dire à ton père d'atteler.

— J'irai demain, proteste faiblement Marie-Reine.

— Pas question d'attendre un jour de plus, riposte Adeline. Va avertir ton père tout de suite, Anne-Marie.

Quand la jeune fille revient, sa mère, vêtue de sa robe du dimanche, range son chapelet et quelques mouchoirs propres dans son sac à main. Adeline doit l'aider à mettre son manteau.

— Je lui ai préparé une petite valise, marmonne-t-elle. Je serais pas surprise que la garde l'envoie consulter le docteur à Cap-aux-Brumes.

— Si je suis pas revenue pour souper... commence Marie-Reine.

— Faites-vous-en pas pour le souper, l'interrompt Anne-Marie. Je suis capable de m'occuper de tout. Partez sans inquiétude.

Théo aide Marie-Reine à grimper dans le boghey et couvre ses jambes d'une couverture de laine. D'un claquement de langue, il donne le signal du départ à Goliath. Le cheval descend prudemment la côte, puis s'engage sur la route au grand galop.

∿

Après le départ de sa mère, Anne-Marie profite de la sieste de Marguerite et commence à cuisiner, autant pour chasser ses mauvais pressentiments que pour s'avancer dans ses préparatifs pour la visite prévue le lendemain. Sa grand-mère, son oncle Georges et sa tante Lucette doivent arriver à l'heure du dîner. Mais elle travaille sans joie, le mouchoir taché de sang l'angoisse.

À l'heure du souper, les parents ne sont pas rentrés et la famille s'attable en silence. À l'exception des plus jeunes, tous sont conscients que la grippe de leur mère est plus sévère que d'habitude. Après la vaisselle et la toilette à la débarbouillette du samedi soir, Anne-Marie fait agenouiller ses frères et sœurs pour la récitation du chapelet à l'intention de leur maman.

Le soir, dans son lit, Anne-Marie n'arrive pas à trouver le sommeil. À vingt et un ans révolus, alors qu'elle pourrait enfin quitter le nid familial, la jeune fille se sent tiraillée. Elle aspire plus que jamais à se marier, mais elle pressent que la vie lui réserve un autre mauvais tour. Elle finit par dormir d'un sommeil agité et s'éveille au matin plus fourbue que la veille.

Privés des services de Goliath, les Dumont ne peuvent assister à la messe dominicale. Ils s'agenouillent donc pour réciter un autre chapelet devant la statuette de la Vierge devant laquelle Anne-Marie a allumé un lampion.

Après la vaisselle du dîner, elle s'assoit dans la chaise berçante, près de la fenêtre du salon. Jérôme se berce à ses côtés, la mine sombre. Elle observe la route, se demandant qui arrivera le premier entre sa grand-mère et son père. Dès qu'elle voit venir un cheval et un boghey, elle bondit de sa chaise et sort sur la galerie avant, une main au-dessus des yeux pour se protéger des rayons aveuglants du soleil.

— C'est papa qui s'en vient, affirme Jérôme.

Quand l'attelage dépasse la butte à la limite ouest de leur terre, Anne-Marie aperçoit l'automobile de son oncle Georges qui suit lentement le boghey de son père. Impatiente, elle descend aussitôt le long escalier. Goliath gravit poussivement la montée, son père a l'air accablé. Derrière la vitre arrière de l'automobile, elle distingue le visage de sa grand-mère, triste comme un jour de pluie, tout comme Georges et Lucette, assis sur le siège avant.

Jérôme offre à son père d'aller dételer le cheval et les visiteurs de Cap-aux-Brumes descendent de voiture, mais restent sur place, entourant Théo. Les yeux rougis, le père annonce la nouvelle à ses deux aînés.

— Votre mère est rendue au sanatorium de Mont-Joli.

Anne-Marie et Jérôme se regardent, atterrés. Leur mère est vivante, contrairement à ce qu'ils avaient d'abord craint, mais la tuberculose est une terrible maladie et son évolution est souvent fatale.

— Rentrons, dit Théo.

À travers le brouillard de ses larmes, Anne-Marie voit la silhouette de sa grand-mère s'avancer vers elle. Elle lui prend la main et la presse dans la sienne. Puis sa grand-mère lui enserre la taille, comme lorsqu'elle était toute petite.

Anne-Marie se retrouve dans le salon, ayant perdu souvenance d'avoir remonté le grand escalier. Ses beaux projets s'écroulent, minés de toutes parts. D'abord le bijoutier Lapierre qui ne veut ni vendre ni s'associer, ensuite l'oncle de Julien atteint d'un cancer incurable et maintenant sa mère, menacée à son tour. Elle a l'impression que tout se ligue contre elle et elle se sent misérable. Ses frères et sœurs restent agglutinés dans la porte de la cuisine avec l'expression douloureuse de ceux qui savent sans qu'on ait besoin de dire quoi que ce soit. Malgré tout ce monde, la maison est silencieuse. D'un geste, Théo invite les visiteurs à s'asseoir.

La petite Marguerite, qui vient de s'éveiller, court se jeter en pleurant dans les bras de son père. Théo presse sur son cœur la fillette qui affiche d'habitude un sourire confiant. Les autres enfants s'entassent sur le banc de bois placé contre l'un des murs.

— En attendant Jérôme, prépare le thé, Anne-Marie, commande Théo d'une voix morne.

Marie la suit à la cuisine.

— Tout ce qui t'arrive me fait beaucoup de peine, murmure-t-elle.

La gorge nouée, Anne-Marie n'arrive pas à formuler le moindre commentaire. Marie l'enserre dans ses bras.

Ce geste de tendresse rompt la digue des chagrins contenus à grand-peine depuis ces dernières semaines.

— Excusez-moi, grand-maman, dit-elle, penaude, à travers ses sanglots.

— Tout va se remettre en place, il faut garder l'espoir. Je t'aime, murmure Marie à son oreille.

— Je vous aime tant, moi aussi.

Jérôme revient de l'étable et Anne-Marie, aidée de sa grand-mère, sert le thé au salon. Une fois la famille rassemblée, Théo informe ses enfants des derniers événements.

— La garde du village a tout de suite pensé que votre mère avait la tuberculose. Elle a demandé à monsieur le curé de nous conduire à Cap-aux-Brumes avec son auto.

Théo parle à mots hachés et doit s'arrêter pour essuyer les larmes qui jaillissent au coin de ses yeux pochés.

— Là-bas, le docteur l'a examinée, poursuit-il, puis il est venu nous mener au sanatorium de Mont-Joli.

Il éclate en sanglots. Recevoir un diagnostic de tuberculose a de quoi bouleverser: la plupart des malades qui entrent au sanatorium dépérissent lentement. Ceux qui en réchappent en ont pour de longs mois à se refaire une santé. Comme la maladie est extrêmement contagieuse, le gouvernement provincial a fait construire quelques hôpitaux pour soigner les tuberculeux, dont le sanatorium Saint-Georges de Mont-Joli. L'établissement a été érigé en 1939 au sommet d'une colline, à l'écart de la paroisse. Le repos, le soleil et le grand air sont prescrits aux personnes atteintes puisqu'on n'a pas encore trouvé de remède pour traiter ces malades. Les médecins et les filles de la Sagesse, qui s'occupent de l'établissement, recommandent aux familles des tuberculeux de se faire examiner par un médecin au moindre symptôme s'apparentant à la maladie. En raison des risques de contagion, les visites sont déconseillées.

— Est-ce que le docteur a dit combien de temps maman va rester au sanatorium ? s'informe Anne-Marie.

— Il ne peut pas se prononcer, répond Théo en exhalant un long soupir, mais c'est certain qu'elle en a pour plusieurs mois.

Théo a le dos voûté. Anne-Marie a l'impression que son père a vieilli de dix ans en une seule journée.

— Pour guérir, votre mère va avoir besoin de nos prières.

◆

Assommée par la nouvelle, Anne-Marie sert le souper préparé la veille avec tant de soin, mais elle ne l'apprécie pas. Submergés par la tristesse, les enfants ne desserrent pas les dents. Autour de la table, le silence désespérant s'éternise entre chacun des propos des visiteurs qui parlent gravement des échos de la guerre, de la pluie et du beau temps. Au moment du départ, Théo émerge de sa détresse le temps de remercier sa belle-famille et leur promettre de leur donner des nouvelles.

Une fois la visite partie, la famille s'agenouille dans la cuisine. Pendant le chapelet, les larmes silencieuses d'Anne-Marie coulent le long de ses joues. À ses côtés, la petite Marguerite appuie sa tête contre le bras de son aînée.

◆

Dans son lit au sanatorium, Marie-Reine récite son chapelet. Les yeux baignés de larmes, elle pense à chacun des membres de sa famille : Théo, son amour, qui l'a serrée fort contre lui avant de partir, malgré les exhortations de la religieuse, qui se tenait au pied du lit, l'air courroucé ;

Marguerite, sa petite chérie à l'esprit trop lent, qui a toujours besoin d'aide; Germain, qui aura six ans en avril et qui a tellement hâte d'aller à l'école et de porter un pantalon de grand garçon qu'elle ne pourra pas coudre; Victor, si doux et si tendre, qui pleure en cachette quand on le blesse; Gisèle, sa blondinette aux yeux bleus, rieuse comme son papa; Clémence, qui aura douze ans en mai et dont les yeux d'azur attirent déjà les garçons comme des aimants; Étienne, qui compte sur son appui pour poursuivre ses études; Jérôme, qui s'entiche trop vite de Noémie Santerre et qui risque de déchanter quand la belle rencontrera un homme de son âge; et Anne-Marie, sa rebelle qui n'aspire qu'à retourner vivre à Cap-aux-Brumes.

Étant l'aînée, Anne-Marie devrait prendre la relève de sa mère et s'occuper de ses frères et sœurs. Mais Marie-Reine connaît le tempérament revêche de sa fille et ne fonde guère d'espoir de ce côté. Anne-Marie ne demandera pas mieux que de se décharger de son obligation sur Clémence, et la maman malade s'inquiète de laisser une telle charge à une fillette qui n'y a pas été préparée parce que sa sœur aînée l'a toujours tenue loin des fourneaux.

De grosses larmes trempent son oreiller. Pourquoi n'a-t-elle pas réussi à s'accorder avec sa fille aînée comme elle-même s'entendait avec sa mère? se demande-t-elle en faisant son examen de conscience. Malgré sa bonne volonté, ses tentatives de réconciliation n'ont jamais obtenu de résultats durables. Ce soir, elle se reproche de s'être montrée très sévère par rapport à Bertrand Jolicœur, mais c'était pour son bien, elle ne pouvait quand même pas la laisser s'amouracher d'un pareil flanc-mou. De toute manière, pour être tout à fait franche, Marie-Reine reconnaît qu'Anne-Marie fait montre d'esprit de contradiction depuis bien longtemps. En fait, la fillette lui a toujours répliqué.

« Votre fille est une tête forte », lui avait dit la religieuse qui lui a enseigné en première année.

« Une tête forte et amoureuse ! Rien à faire, il vaut mieux me faire à l'idée qu'elle partira dès que Julien sera prêt à lui passer la bague au doigt ! Seigneur, aidez-moi ! Bonne Sainte Vierge, vous qui comprenez le cœur d'une mère, faites que je guérisse bien vite ! Prenez soin de mon Théo et de tous mes pauvres enfants. Je ne vous le demande pas pour moi, mais pour eux. Il me semble que j'ai toujours été une bonne catholique. J'ai écouté monsieur le curé, mais si j'avais su, je ne me serais pas mariée. Pourquoi le bon Dieu s'acharne-t-il sur moi ? Pourquoi ? »

✧

Aussitôt le chapelet terminé, sans un mot, Théo se retire dans sa chambre. Jérôme et Anne-Marie échangent un regard inquiet devant le comportement inhabituel de leur père.

— Couche Marguerite, dit Jérôme, je vais m'occuper des autres. Après, on ira marcher, il faut qu'on se parle.

Sans s'être concertés, le frère et la sœur cheminent en silence en direction de l'étable. La mine soucieuse, ils marchent à pas lents, insensibles aux étoiles qui scintillent. Arrivés à leur endroit de prédilection pour échanger leurs secrets, petits ou grands, ils s'adossent au mur de la grange.

— Pauvre papa, se désole Anne-Marie. Il a l'air désespéré.

— Il aime tellement notre mère, dit gravement Jérôme. Il va avoir besoin de nous… On est les plus vieux.

La maladie de leur mère ne pouvait arriver à un pire moment pour eux. Sous l'éclairage froid de la lune, leur visage livide les fait ressembler à des morts-vivants.

— Tu crois qu'elle va mourir ? chuchote Anne-Marie.

— J'espère que non... Papa s'en remettrait pas, c'est certain.

— Et moi, je ne pourrais plus penser à me marier...

Apercevant les larmes qui inondent les joues de sa sœur, Jérôme passe son bras autour de ses épaules.

— J'ai besoin de toi, murmure-t-il.

La voix brisée, il ajoute :

— Moi aussi, je voulais partir... cet automne...

Anne-Marie se redresse et le regarde fixement, et Jérôme discerne sur le visage chiffonné de sa sœur un étonnement total.

— Je voulais aller travailler au moulin de Cap-aux-Brumes, avoue-t-il.

— Je pensais que tu étais heureux, ici.

— J'ai pas d'avenir ici. La terre est trop petite.

— Mais... que fais-tu de Noémie ?

— C'est à cause d'elle que je voulais partir.

— Vous avez rompu ?

— Non, dit-il d'un ton hésitant.

— Je ne comprends pas, explique-toi.

— C'est parce que je voulais me ramasser de l'argent pour pouvoir m'acheter une maison...

— T'acheter une maison ? répète-t-elle d'un ton incrédule.

Jérôme n'avait pas l'intention de dévoiler si tôt ses projets. Il voulait y aller par étape, car il sait d'avance ce qu'on ne manquera pas de lui dire et il redoute par-dessus tout que son père prononce la phrase fatidique pour s'opposer à son départ : « T'es pas majeur. T'as rien que dix-sept ans, t'as encore le nombril vert. »

— Oui, une maison, répond-il d'une voix où perce malgré lui de l'agacement. Parce que je veux demander la main de Noémie.

Au lieu d'entendre les arguments auxquels il s'attendait, Anne-Marie l'enserre tendrement dans ses bras.

～✢

Chère maman,

Grand-maman, oncle Georges et tante Lucette sont arrivés dimanche en même temps que papa, mais notre petit rassemblement a été bien triste sans vous.

Vous nous manquez beaucoup, mais vous devez consacrer toutes vos énergies à guérir et ne pas vous inquiéter pour nous. Je vous promets de prendre soin de papa et de mes frères et sœurs tant que vous ne serez pas complètement guérie. Je vous dois bien ça après tous les sacrifices que vous avez faits pour nous.

Depuis votre hospitalisation, la maison n'est pas aussi gaie et je me rends compte qu'un foyer sans la maman ressemble à une coquille vide. Ti-Nours se promène dans toutes les pièces, on dirait qu'il vous cherche. Il se rend à la porte de votre chambre et revient se coucher sur le tapis de la cuisine en poussant un son plaintif. Marguerite essaie de le consoler en l'entourant de ses petits bras et elle finit par s'endormir, la tête posée sur le cou du chien qui ne bouge pas d'un poil tant qu'elle dort.

Nous récitons le chapelet tous les soirs à votre intention et, grâce à Dieu, tout le monde ici est en bonne santé. Vos amies, Alma et Adeline, sont censées vous écrire bientôt. En attendant, elles m'ont priée de vous transmettre leurs meilleurs vœux pour un prompt et complet rétablissement.

À part vos sous-vêtements de rechange et tout ce dont vous avez besoin durant votre séjour au sanatorium, vous trouverez dans l'envoi un petit mot de papa et de chacun des enfants. Marguerite, qui nous voyait faire, a tenu à écrire son message elle aussi, ce ne sont que des barbouillis mais elle y a mis tout son cœur.

J'ai pensé à vous envoyer un jeu de cartes, sachant combien vous aimez faire votre jeu de patience. Comme les hôpitaux ne sont pas réputés pour leur nourriture, je vous envoie une boîte de sucre à la crème et un petit pot de tire d'érable. Dites-moi ce qui vous ferait envie et je vous le ferai parvenir par le prochain courrier.

Je vous embrasse bien tendrement,

Anne-Marie

Marie-Reine relit la missive en tremblant et ses larmes viennent rejoindre celles d'Anne-Marie qui ont séché et fait boursoufler le papier de la dernière page. Elle replie les lettres de chacun et les range dans l'enveloppe qu'elle presse sur son cœur, puis se mouche en évitant de faire du bruit. Dans sa chambre, ses trois compagnes d'infortune font la sieste. Seule la respiration apaisée des malades emplit le silence bienheureux dans lequel baigne, pour une fois, le sanatorium qui, de coutume, résonne de quintes de toux et de raclements de gorge. Alors que, chez elle, Marie-Reine a l'habitude de s'étendre quelques minutes après le dîner, depuis qu'elle doit rester allongée la plupart du temps, le sommeil la fuit. Elle se demande sans cesse ce que fait Théo dont elle revoit la mine soucieuse qu'il s'appliquait à cacher derrière un sourire forcé juste avant de la quitter, dimanche.

Déjà cinq jours qu'elle séjourne au sanatorium de Mont-Joli, tenant d'une main son chapelet et de l'autre son mouchoir, se demandant pourquoi le mauvais sort s'acharne encore une fois sur elle. Elle cherche à comprendre en quoi elle aurait pu offenser la justice divine pour que Dieu lui inflige une telle épreuve. À part le désir inexprimé d'espacer les naissances, elle a toujours accompli son devoir et affronté les épreuves avec résignation, en bonne chrétienne. Quoiqu'elle doive reconnaître que son devoir conjugal lui procure des plaisirs inavouables.

Comme elle, son Théo a le sang chaud et leurs ébats sont fréquents et intenses. Mais dans les circonstances présentes, voilà un autre de ses tourments : comment vivra-t-il ces longs mois de privation ? Au village, la veuve Lafleur ne manque pas de faire les yeux doux à tous les beaux messieurs des alentours et Marie-Reine a remarqué plus d'une fois sa mine gourmande quand elle examine son bel époux. « Elle va en profiter pour lui faire des avances, j'en mettrais ma main au feu ! »

Un léger froufroutement la fait se retourner. La sœur-infirmière, qui fait sa tournée d'inspection, s'arrête près de son lit, affichant un sourire empreint de sollicitude.

— Vous ne dormez pas, chuchote-t-elle. Quelque chose vous tracasse, sans doute ? Est-ce que les nouvelles que vous avez reçues ce matin sont bonnes ?

Chaque matin, la religieuse distribue le courrier comme s'il s'agissait d'une activité de la plus haute importance et elle y met un tel enthousiasme que celles qui n'ont rien reçu depuis plusieurs jours doivent se détourner pour masquer leur déception. La correspondance est pratiquement le seul lien qui relie les patientes atteintes de tuberculose au monde extérieur et les missives tant attendues allument invariablement une petite flamme dans les yeux des chanceuses du jour.

— Oh, non, murmure Marie-Reine, qui s'efforce de sourire. Les nouvelles sont très bonnes. Oui, tout va bien et ma fille aînée m'annonce qu'elle va prendre soin de la maisonnée jusqu'à ce que je sois guérie, mais la pauvre enfant va devoir reporter son mariage et ça me chagrine.

— C'est une bonne enfant. Ne vous inquiétez pas pour le report de son mariage, elle n'en sera que plus heureuse plus tard. Nous sommes toujours récompensés quand nous accomplissons notre devoir.

Marie-Reine aimerait en être convaincue, elle qui se demande justement pourquoi la maladie la frappe après tous les sacrifices qu'elle a dû consentir depuis qu'ils colonisent leur terre de misère. Mais à quoi bon essayer de faire comprendre à la bonne sœur ses tourments ? La pauvre en serait scandalisée et la croirait vouée aux flammes éternelles pour éprouver des pensées si impures. Toute épouse de Jésus qu'elle soit, elle est incapable d'imaginer ce qu'est un vrai mariage. Alors Marie-Reine esquisse un demi-sourire et la nonne, convaincue d'avoir su trouver les mots qui réconfortent, va porter ailleurs sa compassion.

Et Marie-Reine retourne à son séduisant Théo qui, malgré qu'il ne sache pas écrire en lettres attachées, a rédigé deux pages d'une écriture hésitante. Sur chacune des lignes, il a écrit en majuscules ce qui semble à Marie-Reine le plus doux des poèmes :

JE T'AIME
JE T'AIME
JE T'AIME

FIN DU DEUXIÈME TOME

Remerciements

Mes remerciements vont à :

Marcel, mon conjoint, pour son appui et ses conseils ;

Robert, mon fils, pour ce qu'il est et surtout pour sa patience lorsqu'il doit réparer les problèmes informatiques affectant tout ce que je touche ;

André Rousseau, pour son expérience en chasse et pêche ;

Suzie Rousseau, pour son écoute et son soutien ;

André Gagnon, éditeur senior chez Hurtubise, pour son dévouement et sa délicatesse ;

Sybiline, qui illustre avec talent et sensibilité la page couverture ;

Au réviseur-correcteur, pour son apport précieux à améliorer le manuscrit ;

À tous les membres de l'équipe Hurtubise, pour leur contribution ;

Et à toutes les personnes qui m'ont gentiment accordé de leur temps en m'indiquant des sources d'information ou en me faisant bénéficier de leurs souvenirs, ainsi qu'au personnel de la bibliothèque Monique-Corriveau de Québec.

Suivez-nous

Réimprimé en octobre 2012
sur les presses de Marquis-Gagné
Louiseville, Québec